O palácio de papel

O palácio de papel

Miranda Cowley Heller

Tradução de Camila von Holdefer

intrínseca

TÍTULO ORIGINAL
The Paper Palace

REVISÃO
Eduardo Carneiro
Thaís Carvas

PROJETO GRÁFICO E DIAGRAMAÇÃO
Tanara Vieira

CIP-BRASIL. CATALOGAÇÃO NA PUBLICAÇÃO
SINDICATO NACIONAL DOS EDITORES DE LIVROS, RJ

H419p

Heller, Miranda Cowley, 1962-
O palácio de papel / Miranda Cowley Heller ; tradução Camila von Holdefer. - 1. ed. - Rio de Janeiro : Intrínseca, 2021.
400 p. ; 23 cm.

Tradução de: The paper palace
ISBN 978-65-5560-296-8
978-65-5560-077-3 [c.i.]

1. Ficção americana. I. Von Holdefer, Camila. II. Título.

21-71851 CDD: 813
CDU: 82-3(73)

Camila Donis Hartmann - Bibliotecária - CRB-7/6472

[2021]

Editora Intrínseca Ltda.
Rua Marquês de São Vicente, 99, 3º andar
22451-041 — Gávea
Rio de Janeiro — RJ
Tel./Fax: (21) 3206-7400
www.intrinseca.com.br

1ª EDIÇÃO

PAPEL DE MIOLO
Pólen® Soft 80g/m²

TIPOGRAFIA
Sabon

IMPRESSÃO
Ipsis

Para Lukas e Felix, meus amores

E para minha avó Muriel Maurer Cowley,
cujo amor feroz nunca amoleceu

Olhamos o futuro e o passado,
E ansiamos pelo que não existe:
No nosso riso mais impensado
Certa dor persiste;
Nossas canções mais doces falam
do pensamento mais triste.

— Percy Bysshe Shelley, "To a skylark"

LIVRO UM
ELLE

CAPÍTULO 1

Hoje. 1º de agosto, Back Woods.

6h30

As coisas vêm do nada. A mente está vazia e então surge uma pera no enquadramento. Perfeita, verde, a haste inclinada, uma única folhinha. Está em uma tigela de faiança branca, aninhada entre os limões, no centro de uma mesa de piquenique carcomida, em uma antiga varanda com tela, à beira de uma lagoa, bem no meio do bosque, junto ao mar. Ao lado da tigela está um castiçal de bronze coberto por gotas de cera fria e pela poeira entranhada por ter estado largado em uma prateleira desprotegida durante um longo inverno. Pratos com massa comida pela metade, um guardanapo de linho desdobrado, borra de vinho tinto em uma garrafa, uma tábua de pão feita a mão, rústica, o pão partido, não fatiado. Um livro de poesia mofado está aberto em cima da mesa. O poema "To a Skylark" ecoa na minha mente — a cotovia voando para o azul doloroso, emocionante —, enquanto fico olhando a natureza-morta do jantar da noite passada. "*O mundo devia ouvir então, como estou ouvindo agora.*" Ele leu aquilo de um jeito tão bonito. "Para Anna."

E ficamos todos sentados ali, enfeitiçados, lembrando dela. Eu poderia olhar só para ele eternamente e ser feliz. Poderia ouvi-lo, meus olhos fechados, sentir a respiração dele e as palavras me inundando incontáveis vezes. É tudo o que quero.

Além da borda da mesa, a intensidade da luz da manhã diminui à medida que passa pelas telas antes de brilhar sobre as árvores sombreadas, o azul cristalino da lagoa, as silhuetas profundas dos tupelos na beira da água onde a cobertura do sol é vacilante a esta hora do dia. Analiso o centímetro de café forte e velho que sobrou numa xícara suja e penso em bebê-lo. O ar está frio e úmido. Tremo sob o roupão lilás desbotado — da minha mãe — que visto todo verão quando viemos para cá. Tem o cheiro dela e de sonolência, com um toque de cocô de rato. Esta é minha hora favorita em Back Woods. O amanhecer na lagoa, sem mais ninguém acordado. A luz clara do sol, inexorável, a água revigorante, os noitibós enfim quietos.

Do lado de fora na varanda, no pequeno deque de madeira, a areia se acumula entre as ripas. Precisa ser varrida. Uma vassoura está apoiada na tela, deixando uma marca, mas a ignoro e desço o breve caminho que leva até nossa praia. Atrás de mim, as dobradiças da porta guincham, mostrando resistência.

Deixo o roupão cair no chão e fico nua na beira da água. Do outro lado da lagoa, além dos pinheiros e dos arbustos de carvalho, o oceano está furioso, rugindo. Deve estar carregando uma tempestade vinda de algum lugar dentro de si. Mas aqui, na beira da lagoa, o ar ainda está agradável. Espero, observo, ouço... o chilrear, o zumbido de pequenos insetos, um vento que agita as árvores com muita gentileza. Entro na água congelante até a altura dos joelhos e mergulho de cabeça. Nado até a parte funda, para além dos nenúfares, impulsionada pela euforia, pela liberdade e por uma descarga de adrenalina de um pânico sem nome. Tenho um medo sinistro de tartarugas saídas das profundezas para abocanhar meus seios fartos. Ou, quem sabe, elas vão ser atraídas pelo cheiro de sexo enquanto abro e fecho as pernas. De repente sou dominada pela necessidade de voltar para o raso, onde consigo ver o fundo arenoso e me sinto segura. Queria ser mais corajosa. Mas também amo o medo, a respiração ofegante na garganta, o batimento cardíaco ritmado quando saio da água.

Torço o máximo que posso meu cabelo comprido, pego uma toalha surrada do varal que minha mãe amarrou entre dois pinheiros desgrenhados, me deito na areia morna. Uma libélula de um azul elétrico pousa em meu mamilo e fica empoleirada nele por um instante. Uma formiga avança sobre as dunas do Saara que meu corpo acabou de projetar em seu caminho.

Na noite passada, finalmente transei com ele. Depois de todos esses anos imaginando, sem nunca saber se ele ainda me queria. E então o momento em que soube que aconteceria: todo o vinho, a voz linda de Jonas em uma ode, meu marido Peter deitado no sofá em uma névoa de *grappa*, meus três filhos dormindo na cabana deles, minha mãe de pé, diante da pia, lavando os pratos com luvas de borracha amarelo fluorescente, ignorando os convidados do jantar. Nossos olhos se demoraram um pouco mais. Saí da mesa barulhenta, tirei a calcinha na despensa e a escondi atrás da cesta de pão. Então saí pela porta dos fundos. Esperei nas sombras, ouvindo os ruídos de pratos, água, copos e prataria retinindo em uníssono sob a espuma. Esperei. Torci. E então lá estava ele, me empurrando contra a parede da casa, a mão debaixo de meu vestido. "Eu te amo", sussurrou. Ofeguei quando ele me penetrou. E pensei: agora não tem volta. Acabaram os arrependimentos pelo que não fiz. Agora só arrependimentos pelo que fiz. Eu o amo, eu me odeio; eu me amo, eu o odeio. Este é o fim de uma longa história.

Dezembro de 1966, Nova York.

Estou gritando. Grito e engasgo até que minha mãe finalmente percebe que há algo errado. Ela corre comigo para o consultório médico, se imaginando como a srta. Clavel, do desenho animado, enquanto dispara pela Park Avenue, apavorada, segurando o bebê de três meses. Meu pai está correndo também, maleta na mão, subindo a Madison Avenue vindo do edifício Fred F. French. Pensamentos balbuciantes, com medo da própria impotência, como em tudo o que ele faz. O médico diz que não há tempo — se esperarem, o bebê vai morrer — e me arranca dos braços de minha mãe. Na mesa de operações, ele me corta na barriga como uma melancia madura. Um tumor serpenteou pelos meus intestinos, e uma toxicidade de merda se acumulou por trás do aperto de ferro, espalhando veneno em meu corpinho. A merda sempre se acumula, e sobreviver é a alma do negócio, mas por muitos anos não vou saber disso.

Enquanto mexe dentro de mim, o médico corta fora um ovário, descuidado e com pressa de arrancar a morte da vida. Também só vou descobrir isso depois de muito tempo. Quando descubro, minha mãe chora por mim pela segunda vez. "Sinto muito", diz. "Devia ter feito ele ser mais cuidadoso..." Como se ela tivesse o poder de mudar meu destino e optado por não usá-lo.

Mais tarde, estou deitada e com os braços amarrados nas laterais de uma cama de hospital. Grito, choro, viva, lívida de raiva com essa injustiça. Não vão deixar minha mãe me alimentar. O leite dela seca. Quase uma semana se passa antes de libertarem minhas mãos dos grilhões. "Você sempre foi um bebê tão feliz", conta meu pai. "Depois", diz minha mãe, "você nunca mais parou de gritar".

7h30

Deito de bruços, descanso a cabeça nos antebraços. Gosto do cheiro salgado-adocicado que minha pele exala quando pego sol — um cheiro almiscarado de castanhas douradas, como se estivesse sendo curada. Descendo o caminho que vai da casa principal até as cabanas, onde ficam os quartos, ouço uma batida leve. Alguém acordou. Pés esmagam as folhas secas. O chuveiro externo é ligado. Canos resmungam, acordando para o dia. Suspiro, fico de pé, pego meu roupão de praia e volto para casa.

Nosso acampamento tem uma construção principal — o "casarão" — e quatro cabanas com um quarto cada ao longo de um caminho de pinheiros que abraça a margem da lagoa. Pequenas choupanas de ripas de madeira, com seus telhados inclinados para evitar o acúmulo de neve, cada uma com apenas uma claraboia, uma janela de clerestório alongada de cada lado. Antiquadas, rústicas, sem frescuras. Exatamente como cabanas na Nova Inglaterra devem ser. Entre o caminho e a lagoa, há um paredão estreito de árvores — pau-de-cinzas em floração, loureiros e arbustos de mirtilos selvagens — que nos protegem dos olhos curiosos de pescadores e nadadores superentusiasmados que conseguem atravessar até o nosso lado da lagoa por um pequeno acesso público na margem mais distante. Eles não têm autorização para pisar em terra firme, mas algumas vezes andam pela água a um metro de distância, bem na frente de nossa fileira de árvores, alheios ao fato de que estão invadindo nossa vida.

Em um caminho atrás das cabanas, fica o antigo banheiro. Tinta descascando, uma pia esmaltada e enferrujada coberta de manchas beges de mariposas mortas atraídas pela luz no teto à noite, uma antiga banheira vitoriana que existe desde que meu avô construiu o lugar e um chuveiro externo — canos quentes e frios fixados a uma árvore de tupelo, a água se acumulando direto no solo, escorrendo pelo caminho arenoso.

O casarão é um espaço enorme — sala de estar e cozinha, com despensa separada — construído com blocos de concreto e impermeabilizante. Pisos de tábuas largas, vigas pesadas, uma enorme lareira de pedra. Em dias chuvosos, fechamos portas e janelas e nos sentamos lá dentro, ouvimos o crepitar do fogo, nos forçamos a jogar Banco Imobiliário. Mas onde vivemos *de fato* — onde lemos e comemos e discutimos e envelhecemos juntos — é na varanda, tão larga quanto a própria casa, que dá de frente para a lagoa. Este lugar não está preparado para o frio. Não faria sentido. No fim de setembro, quando o clima fica fresco e todas as casas de veraneio fecham para a temporada, Back Woods é um lugar solitário — ainda lindo em uma luz mais sombria, porém solene e sepulcral. Ninguém quer estar aqui no momento em que as folhas caem. Mas quando o verão chega mais uma vez, e os bosques estão densos e as garças-azuis voltam para o ninho e se banham na lagoa cintilante, não há lugar melhor do que este.

Assim que volto para a varanda, sou atingida por uma onda de aflição, uma inquietação me percorrendo o plexo solar como uma profunda nostalgia. Sei que devia limpar a mesa antes que os outros venham tomar o café da manhã, mas quero memorizar a configuração do jantar — reviver a noite passada migalha por migalha, prato por prato, gravá-la com um banho ácido no cérebro. Corro os dedos sobre uma mancha arroxeada de vinho na toalha de mesa de linho branco, ponho o copo de Jonas nos lábios e tento sentir o gosto dele. Fecho os olhos, lembrando a leve pressão da coxa dele contra a minha sob a mesa. Antes de ter certeza de que ele me queria. Imaginando, sem fôlego, se era um toque acidental ou intencional.

Na sala principal, tudo está exatamente como sempre: panelas penduradas na parede acima do fogão, espátulas em ganchos para xícaras, um pote de vidro com colheres de madeira, uma lista desbotada de números de telefone fixada com tachinhas em uma estante de livros, duas cadeiras de diretor colocadas perto da lareira. Está tudo igual, e, ainda assim, enquanto atravesso a cozinha até a despensa, parece que são cômodos diferentes, mais nítidos, como se o próprio ar tivesse acabado de acordar de um sono profundo. Faço o caminho de volta pela porta da despensa, olho para a parede de blocos de concreto. Não há nada. Nenhum vestígio, nenhuma evidência. Mas foi aqui, estávamos aqui, encaixados um no outro para sempre. Roçando, silenciosos, desesperados. De repente, lembro-me da calcinha escondida atrás da cesta de pão, e estou pegando-a e enfiando-a por baixo do roupão quando minha mãe aparece.

— Acordou cedo, Elle. Tem café?

Era uma acusação.

— Estava indo fazer.

— Não muito forte. Não gosto dessa coisa de café *espresso*. Eu sei, você acha que é melhor... — diz ela numa voz falsa e condescendente que me deixa louca.

— Tá.

Não estou com vontade de discutir esta manhã.

Minha mãe se acomoda no sofá da varanda. É só um colchão duro de crina de cavalo coberto com um pano cinza e velho, porém, é o lugar mais cobiçado da casa. Dali é possível olhar a lagoa, beber um café, ler um livro com as costas apoiadas em almofadas antigas, as capas de algodão manchadas de ferrugem. Quem diria que até tecido podia enferrujar com o tempo?

É tão típico dela usurpar o melhor lugar.

O seu cabelo, loiro-palha, agora com listras cinzas, está torcido para cima num coque displicente e bagunçado. A velha camisola de algodão está desgastada. Mesmo assim, ela ainda consegue parecer imponente — uma figura na proa de uma escuna da Nova Inglaterra no século XVIII, bela e austera, envolta em louros e pérolas, apontando o caminho.

— Vou tomar o café rapidinho e depois limpo a mesa — comento.

— Se você limpar a mesa, eu lavo o resto da louça. Hummm... Obrigada — diz, enquanto lhe estendo uma xícara de café. — Como estava a água?

— Perfeita. Fria.

A melhor lição que minha mãe já me ensinou: há duas coisas na vida de que você nunca se arrepende — de um bebê e de um mergulho. Mesmo nos dias mais frios do início de junho, enquanto olho para o Atlântico salobro, ressentida com as focas que erguem a cabeça horrível e disforme e atraem os tubarões-brancos para estas águas, ouço a voz dela na minha cabeça, me instando a mergulhar.

— Espero que tenha pendurado a toalha no varal. Não quero ver outra pilha de toalhas molhadas hoje. Avise as crianças.

— Está no varal.

— Porque se você não der uns gritos com elas, eu vou.

— Entendi.

— E elas precisam varrer a cabana delas. Está um desastre. Não varra, Elle. Essas crianças estão mimadas. Estão bem grandinhas para...

Com um saco de lixo em uma das mãos e a xícara de café na outra, saio pela porta dos fundos deixando a ladainha dela flutuar com o vento.

O pior conselho dela: *Pense em Botticelli*. Seja como a Vênus se elevando da metade de uma concha, os lábios fechados, recatados, até mesmo sua nudez modesta. Palavras de alerta da minha mãe quando fui morar com Peter. A mensagem chegou em um cartão-postal desbotado que ela tinha escolhido anos antes na loja de presentes Uffizi. "*Querida Eleanor, gosto muito do seu Peter. Por favor, faça um esforço para não ser tão complicada o tempo todo. Mantenha a boca fechada e pareça misteriosa. Pense em Botticelli. Com amor, mamãe.*"

Jogo o saco na lata de lixo, fecho a tampa com força e estico a corda elástica bem apertada em volta dela para manter os guaxinins afastados. Eles são criaturas inteligentes com dedos compridos e ágeis. Ursinhos humanoides, mais espertos e mais desagradáveis do que parecem. Estamos travando uma guerra contra eles há anos.

— Lembrou de colocar a corda elástica na tampa, Elle? — pergunta minha mãe.

— Claro.

Sorrio com recato e começo a limpar os pratos.

1969, Nova York.

Logo meu pai vai aparecer. Estou me escondendo — agachada atrás do balcão do bar feito sob medida que separa nossa sala de estar do saguão de entrada. O balcão é dividido em quadrados. Um contém bebidas alcoólicas, outro o fonógrafo, outro a coleção de discos do meu pai, alguns livros de arte imensos, copos de martíni, coqueteleira de prata. A seção que contém as garrafas de bebidas é aberta dos dois lados, como uma janela. Espio através delas, hipnotizada pelo borrão de topázio — o uísque, o bourbon, o rum. Tenho três anos. A meu lado estão os preciosos LPs e os 78 rotações de meu pai. Corro o dedo pelas lombadas deles, gostando do som, respiro o cheiro de papelão gasto, espero a campainha tocar. Finalmente, meu pai chega e não tenho paciência para continuar escondida. Já se passaram semanas. Disparo pelo corredor e me lanço no abraço de urso dele.

O divórcio não é definitivo, mas é quase. Eles vão ter de cruzar a fronteira até Juarez para isso. O fim vai chegar enquanto minha irmã mais velha, Anna, e eu nos sentamos pacientes na borda de uma fonte octogonal de azulejos mexicanos no saguão de um hotel, hipnotizadas pelo peixinho dourado nadando ao redor de uma ilha de plantas tropicais de folhas escuras no centro dela. Muitos anos depois, minha mãe conta que ligou para meu pai naquela manhã, papéis do divórcio na mão, e disse: "Mudei de ideia. Não vamos fazer isso." E, ainda que o divórcio tivesse sido escolha dela, e ainda que o coração dele estivesse partido, ele respondeu: "Não. Viemos até aqui — mais vale acabar com isto, Wallace." *Mais vale*: três sílabas que mudaram o rumo de tudo. Mas naquele momento, enquanto estava sentada alimentando o peixinho dourado com as migalhas do meu bolinho inglês, batendo os calcanhares contra o azulejo, entediada, não tinha ideia de que havia uma espada suspensa por um fio de cabelo em cima da minha cabeça. Que aquilo poderia ter tomado um caminho diferente.

Mas o México ainda não tinha chegado. Por enquanto, meu pai finge estar alegre e ainda apaixonado pela minha mãe.

— Eleanor! — Ele me rodopia nos braços. — Como está minha coelhinha?

Rio e me agarro a ele com algo que se aproxima do desespero, meus cachos loiros soltos cegando-o enquanto pressiono o rosto contra o dele.

— Papai!

Anna vem correndo como um touro, irritada porque cheguei primeiro, me afasta dos braços dele. Ela é dois anos mais velha do que eu e tem mais direito. Ele parece não perceber. Tudo o que importa para ele é a própria necessidade de ser amado. Esforço-me para voltar.

— Henry? Você quer uma bebida? Estou fazendo costeletas de porco — chama minha mãe, de algum lugar do apartamento sombrio anterior à guerra, o gelo tilintando.

— Adoraria — grita ele de volta, como se nada tivesse mudado entre eles. Mas os olhos dele estão tristes.

8h15

— Então, acho que a noite passada foi um sucesso — comenta minha mãe por trás de um romance surrado de Dumas.

— Sem dúvida.

— Jonas estava com uma cara boa.

Minhas mãos ficam tensas ao redor da pilha de pratos que estou segurando.

— Jonas está sempre com uma cara boa, mãe.

O cabelo preto espesso que você pode agarrar com os punhos, os olhos verde-claros, a pele lustrada com seiva e pinho, uma criatura selvagem, o homem mais bonito do mundo.

Minha mãe boceja. É a "deixa" dela — ela sempre faz isso antes de dizer algo desagradável.

— Ele é bacana, só não suporto a mãe dele. Tão hipócrita.

— Ela é.

— Como se ela fosse a única mulher na Terra que já fez reciclagem. E Gina. Mesmo depois de todos esses anos, ainda não sou capaz de adivinhar no que ele estava pensando quando se casou com ela.

— Que ela é jovem? É linda? Que ambos são artistas?

— Ela *era* jovem — corrige minha mãe. — E o modo como ostenta os decotes. Sempre se pavoneando, como se fosse o último biscoito do pacote. É óbvio que ninguém nunca disse para ela não ficar se exibindo por aí.

— É bizarro — ironizo, indo à cozinha para largar os pratos. — Autoestima. Ela deve ter tido pais que a apoiavam.

— Bem, acho muito desagradável. Tem suco de laranja?

Pego um copo limpo do escorredor de louças, vou até a geladeira.

— Na verdade — grito —, deve ter sido por isso que Jonas se apaixonou por ela. Ela deve ter parecido tão exótica depois das mulheres neuróticas com quem ele cresceu. Como um pavão no bosque.

— Ela é de Delaware — retruca minha mãe, como se isso encerrasse o assunto. — Ninguém vem de lá.

— Exato — digo, lhe estendendo o copo de suco. — Ela é exótica.

Mas a verdade é que nunca fui capaz de olhar para Gina sem pensar: *Ela* é a escolha dele? É *isso* que ele queria? Eu a imagino: o corpinho delicado e perfeito de ferrão de abelha; raízes escuras e bagunçadas com um loiro oxigenado no comprimento. Sem dúvida, os descoloridos estão de volta.

Minha mãe boceja de novo.

— Bom, você tem que admitir que ela não é a faca mais afiada da gaveta.

— Você gostava de *alguém* no jantar?

— Só estou sendo honesta.

— Bom, não seja. Gina é da família.

— Só porque você não tem escolha. Ela é casada com seu melhor amigo. Vocês são óleo e água desde o dia em que se conheceram.

— Isso não é verdade. Sempre gostei dela. Podemos não ter muita coisa em comum, mas a respeito. E Jonas a ama.

— Como quiser... — responde minha mãe, com um sorrisinho presunçoso.

— Ah, meu Deus.

Talvez tenha que matá-la.

— Você não jogou uma taça de vinho tinto na cara dela uma vez?

— Não, mãe. Eu *não* joguei uma taça de vinho na cara dela. Numa festa, tropecei e derramei meu vinho nela.

— Você e Jonas ficaram conversando a noite inteira. Do que estavam falando?

— Não sei. Coisas.

— Ele tinha uma baita queda por você quando vocês eram adolescentes. Acho que você o magoou muito quando se casou com Peter.

— Não seja ridícula. Ele era praticamente uma criança.

— Ah, acho que era mais do que isso. Pobrezinho — diz de um jeito monótono enquanto retoma o livro. É bom que não esteja olhando para mim, porque neste momento sei que meu rosto está transparente.

Lá fora, na lagoa, a água está completamente imóvel. Um peixe salta e, na esteira do salto, deixa uma trilha de círculos concêntricos. Observo as ondinhas se afastando até serem reabsorvidas, como se nada tivesse acontecido.

CAPÍTULO 2

8h45

Com a mesa limpa, pratos empilhados na pia, espero minha mãe entender a deixa para se levantar e ir dar seu mergulho matinal — deixando-me em paz por dez minutos. Preciso resolver as coisas. Preciso de clareza. Peter logo vai acordar. As crianças vão acordar. Anseio por tempo. Mas ela se agarra à xícara de café.

— Seja boazinha, pode ser? Só meia xícara.

A camisola dela subiu e, de onde estou, consigo ver tudo. Minha mãe acredita que usar calcinha para dormir faz mal à saúde. "Você precisa arejar à noite", dizia-nos ela quando éramos pequenas. Anna e eu, é óbvio, a ignoramos. Aquilo nos pareceu constrangedor, sujo. A simples ideia de que nossa mãe tinha uma vagina nos enojava, e pior ainda: estava bem ali à vista durante a noite.

— Ele devia deixá-la — comenta minha mãe.

— Quem?

— Gina. Ela é uma chata. Quase caí no sono à mesa ouvindo ela tagarelar. Ela "faz" arte. Sério? Por que a gente ligaria para isso? — Ela boceja antes de continuar: — Eles ainda não têm filhos, não é como se fosse um casamento de verdade. Ele pode muito bem se livrar assim que conseguir.

— Isso é ridículo. Eles são casados — disparo. Mas, mesmo enquanto falo, penso: ela está lendo minha mente?

— Não sei por que você está tão na defensiva, Elle. Ele não é o *seu* marido.

— É só uma coisa idiota de se dizer.

Abro e fecho a porta da geladeira com força, despejo leite no café.

— "Sem filhos" é igual a "não é um casamento"? *Quem é você?*

— Tenho direito à minha opinião — argumenta, numa voz calma modulada para me irritar.

— Muitos casais nunca têm filhos.

— Aham....

— Jesus. Sua cunhada fez uma mastectomia radical. Isso faz com que ela *não seja uma mulher*?

Minha mãe me lança um olhar vazio.

— Você ficou maluca? — Ela se levanta do sofá. — Vou dar meu mergulho. Você devia voltar para a cama e começar o dia de novo.

Tenho vontade de bater nela, mas, em vez disso, respondo:

— Eles queriam filhos.

— Só Deus sabe por quê.

Ela deixa a porta bater atrás dela.

Outubro de 1970, Nova York.

Minha mãe nos mandou para o apartamento ao lado para brincarmos com os filhos do amante dela enquanto a esposa dele cuida de nós. Estão tentando decidir se ele deve ou não deixar a esposa. Estou mais crescidinha agora — não o suficiente para entender alguma coisa daquilo, mas o suficiente para achar estranho quando, do apartamento dele, olho através do pátio interno para o nosso e vejo o sr. Dancy segurando minha mãe nos braços.

Na cozinha minúscula, o filho de dois anos dos Dancy está na cadeira alta, brincando com potes de plástico. A sra. Dancy encara um percevejo prenhe que rolou de costas no batente da porta entre a cozinha estreita e a sala de jantar. Minúsculos seres estão saindo dele, desaparecendo depressa nas rachaduras do piso de taco. Anna sai de um quarto dos fundos com Blythe, a filha dos Dancy. Anna está chorando. Blythe cortou toda a franja da minha irmã com uma tesourinha. O alto da testa de Anna agora é ornado por uma meia-lua irregular de cabelo marrom-escuro. O sorriso petulante e triunfante da Blythe me faz pensar em sanduíches de maionese. A mãe dela parece não notar nada. Ela olha para o inseto explodindo, uma lágrima rolando por sua bochecha.

8h50

Sento no sofá, me acomodo no lugar quente que minha mãe deixou. Já posso ver alguns vultos se reunindo na prainha na margem mais distante da lagoa. No geral são locatários — turistas que de algum modo chegaram até as profundezas do bosque e amam ter descoberto um segredo bucólico. Invasores, penso, incomodada.

Quando éramos pequenos, todos em Back Woods se conheciam. As festas iam de casa em casa: mulheres descalças com vestidos havaianos, homens bonitos com calças brancas de algodão dobradas até os tornozelos, gim-tônica, salgadinhos baratos, queijo cheddar da Kraft, uma nuvem de mosquitos e Cutter — enfim um repelente que funcionava. As estradas arenosas que atravessavam a floresta eram pontilhadas pelo sol filtrado por pinheiros e cicutas. Enquanto andávamos até a praia, um pó fino de barro vermelho se erguia, saturado com o cheiro do verão: seco, cozido, eterno, doce. No meio da estrada, grama alta de praia e hera venenosa cresciam. Mas sabíamos o que evitar. Quando os carros passavam, eles diminuíam a velocidade e nos ofereciam uma carona no estribo ou no capô da frente. Nunca ocorreu a ninguém que podíamos cair, o carro passando por cima de nós. Ninguém se preocupava que os filhos pudessem ser sugados pela ressaca brutal do oceano. Corríamos soltos, nadando nas caldeiras de água doce das lagoas que pontilhavam Back Woods. Nós os chamávamos de lagos, mas na verdade eram lagoas — algumas fundas e largas, outras estreitas e de fundo límpido —, antigas relíquias formadas no fim da Idade do Gelo, quando as geleiras recuaram, deixando para trás blocos enormes de gelo derretido pesados o bastante para amassar a crosta terrestre, abrindo cavidades profundas na paisagem, caldeiras cheias da água mais pura. Havia nove lagoas no nosso bosque. Nadávamos em todas elas, cruzando os limites das propriedades de outras pessoas para chegar a pequenas enseadas de areia, emergindo da água sobre os troncos das árvores caídas. Superando o medo. Ninguém se importava com a gente. Todo mundo acreditava no direito ancestral de passagem: pequenos caminhos sombreados que levavam às portas dos fundos das antigas casas de Cape, construídas quando as primeiras estradas de terra foram abertas, em clareiras ainda escuras, preservadas pela neve, pela maresia e pelos verões quentes. E o agrião colhido em um córrego — o córrego de outra pessoa, o agrião de outra pessoa.

Cape Cod, na baía, era bucólico, mais civilizado. Arbustos de mirtilo vermelho, ameixas e loureiros eram visíveis nas colinas baixas. Contudo, aqui, ao lado do oceano, era selvagem. Era violento, com ondas rebentando e dunas tão altas que dava para descer correndo de uma grande altura e ver o chão disparando ao seu encontro antes de você se atirar na areia quente. Naquela época, nenhuma das amigas da minha mãe se queixava, como fazem agora, acusando as crianças de erodir as dunas só por brincar nelas — como se as pequenas pegadas pudessem competir com as fortes tempestades de inverno que engolem a terra com mordidas gulosas.

Sentados ao redor de uma fogueira na praia à noite, observando a lua se erguer sobre o mar, adultos e crianças bebiam e flertavam, comiam hambúrgueres crocantes de areia cobertos de catchup e picles, preparados em mesas de troncos de árvores. Nossos pais bebiam gim em potes de geleia e desapareciam na escuridão longe do brilho do fogo para se beijarem na grama alta da praia.

Com o passar dos anos, as portas começaram a se fechar. Surgiram avisos de propriedade privada. Os filhos dos primeiros habitantes — artistas e arquitetos e intelectuais que colonizaram este lugar — começaram a brigar uns com os outros por um tempo no cabo. As rixas tiveram início por conta do barulho nas lagoas, e tinham a ver com quem tinha mais direito de amar este lugar. Pessoas impediam as outras de aproveitar o que elas mesmas não aproveitavam. Hoje, até as praias foram tomadas pelas placas de "não entre": áreas enormes isoladas para proteger aves marinhas na nidificação. As batuíras-melodiosas são as únicas criaturas com direito de passagem. Mas ainda é meu bosque, minha lagoa. O lugar que visitei por cinquenta anos — todos os verões da minha vida. O lugar onde Jonas e eu nos conhecemos.

Do sofá da varanda, observo minha mãe nadando a extensão de um quilômetro e meio. Os movimentos regulares, os braços cortando a água, são de uma perfeição quase mecânica. Ela nunca olha para cima quando nada. É como se tivesse um sexto sentido que lhe dissesse para onde está indo, uma baleia migratória seguindo um velho caminho. Pergunto-me agora, como me perguntei muitas vezes, se o sonar dela capta mais do que os cantos das baleias. "Ele devia deixá-la", dissera. É isso que quero? Gina e Jonas são nossos amigos mais antigos. Passamos quase todos os verões da nossa vida adulta juntos, abrimos ostras e as sugamos vivas das conchas. Observamos a lua cheia surgir sobre o oceano, ouvindo Gina se queixar de que isso fazia as cólicas menstruais dela piorarem. Rezamos para que os pescadores locais começassem a abater as focas-comuns. Perus passados do ponto no Dia de Ação de Graças. Discussões sobre Woody Allen. Porra, Gina é a madrinha da minha filha, Maddy. E se Jonas a deixasse? Eu ia conseguir fazer isso? E, no entanto, já fiz. Transei com ele na noite passada. E a lembrança me faz querer transar com ele de novo. O brilho de mercúrio dessa lembrança me faz estremecer.

— Ei, esposa.

Peter me beija na parte de trás do pescoço.

— Ei, você. — Eu me esforço para ser natural.

— Você parecia mergulhada em pensamentos.

— Tem café.

— Ótimo.

Ele remexe no bolso da camisa e puxa um cigarro. Acende. Senta no sofá ao meu lado. Adoro a forma como as pernas compridas dele sobressaem da bermuda de surfe desbotada. Meninão.

— Não acredito que você me deixou dormir no sofá ontem à noite — diz ele.

— Você estava exausto.

— Deve ter sido o *jet lag*.

— Sem dúvida. Entendo. Aquela diferença de uma hora entre esse lugar e Memphis quase me matou — digo, revirando os olhos.

— É verdade. Mal consegui acordar esta manhã. O relógio marcava nove, mas juro que parecia oito.

— Engraçadinho.

— Bebi demais.

— Um eufemismo.

— Fiz algo estúpido?

— Além de se recusar a ler o poema de Shelley para Anna e começar uma briga sobre os quacres?

— Bom, todo mundo concorda que eles são basicamente fascistas... Um pessoal tão violento.

— Você é um idiota.

Beijo-o na bochecha adorável e áspera.

— Precisa se barbear.

Ele empurra os óculos mais para cima do nariz, passa a mão pelo cabelo loiro-escuro encaracolado, que está ficando grisalho nas têmporas, tentando se ajeitar. Meu marido é um homem bonito. Não lindo, mas atraente à moda antiga, como uma estrela de cinema. Alto. Elegante. Britânico. O tipo de homem que fica sedutor num terno. Paciente, mas terrível quando irritado. Um Atticus. Consegue guardar segredos. Raramente perde um lance. Ele está olhando para mim agora como se conseguisse sentir o cheiro do sexo em mim.

— Onde estão as crianças? — pergunta ele.

Peter pega uma das grandes conchas brancas de moluscos enfileiradas na borda da janela de tela, vira a cavidade para cima, esmaga o cigarro.

— Deixei que dormissem até mais tarde. Minha mãe odeia quando você faz isso.

Pego a concha da mão dele, levo-a para a cozinha, jogo a bituca no lixo, enxaguo. Minha mãe já chegou à outra margem.

— Jesus, como aquela mulher nada — comenta Peter.

A única pessoa que já conheci que podia vencê-la numa competição era Anna. Anna não nadava na lagoa — ela voava. Deixava todo mundo para trás. Sigo uma águia-pesqueira que bate as asas pelo céu seguida por um pequeno pássaro preto. O vento agita os nenúfares na superfície da lagoa. Eles suspiram, exalam.

9h15

Peter está na cozinha fazendo ovos mexidos. Da varanda sinto o cheiro do refogado de cebola. A gordura de uma boa pilha de bacon defumado na madeira de macieira é drenada em um invólucro de toalha de papel no balcão. Não há nada melhor do que bacon e ovos para uma ressaca. Na verdade, não há nada melhor do que bacon. Manjar dos deuses. Igual a rúcula e azeite de oliva não filtrado com picles Brinjial da Patak's. As comidas que eu levaria para uma ilha deserta. Isso e macarrão. Imaginei muitas vezes como sobreviveria sozinha numa ilha deserta. Como viveria da pesca. Como construiria uma casa bem acima do nível do mar onde nenhum animal selvagem me alcançaria. Como ficaria em forma de verdade. Na minha fantasia há sempre uma *Obra completa de Shakespeare* que de alguma forma foi parar na praia, e, sem nada mais para fazer para passar os dias, eu leio (com interesse) cada linha: sou forçada pelas circunstâncias a enfim me tornar a minha melhor versão — esse suposto eu em potencial. Minhas outras fantasias eram a prisão ou o exército: em algum lugar onde não tinha escolha, onde cada segundo do meu dia era censurado, onde tinha muito medo de falhar. Autoeducação e cem flexões e porções de biscoitos secos roídos com água fresca — esses eram meus sonhos de infância. Jonas só entrou em cena mais tarde.

Vou me arrastando até a cozinha e pego um pedaço de bacon. Peter dá um tapa na minha mão.

— Sem beliscar.

Ele mistura queijo ralado nos ovos, mói pimenta fresca.

— Por que você está usando a caçarola?

Odeio o jeito como os britânicos preparam ovos. É óbvio: uma frigideira antiaderente e uma boa quantidade de manteiga. Esse método imbecil de cocção lenta, parecido com uma sopa, me deixa com uma panela impossível de ser lavada. Vou ter de deixar de molho por dois dias.

Rosno e o cutuco com uma espátula. A camisa dele está coberta de respingos de gordura.

— Cai fora. Estou fazendo os ovos.

Ele vai até o cesto de pão, pega um pedaço de pão fatiado.

— Toste isso, por favor.

Sinto o rosto corar, a súbita descarga de calor enquanto imagino minha calcinha amassada atrás do cesto de pão, um amontoado de renda preta, a nudez debaixo da saia, a forma como o dedo dele traçou uma linha que subia pela minha coxa.

— Alô? Terra chamando Elle.

A torradeira da minha mãe tem espaço para duas fatias de cada vez. Queima o pão de um lado, deixa branco do outro. Ligo o forno no "grelhar" e começo a alinhar o pão na assadeira. Pego um pouco de manteiga, mas não tenho certeza se passo a manteiga antes ou depois.

— Quanto tempo a gente tem?

— Oito minutos — responde Peter. — No máximo doze. Vá acordar as crianças.

— Devíamos esperar minha mãe.

— Os ovos vão ressecar.

Olho para a lagoa.

— Ela está voltando, está na metade do caminho.

— Mergulhou, perdeu.

— Tá. Você lida com as consequências.

Quando minha mãe se sente desprezada, ela garante que todos se sintam igualmente aflitos. Mas Peter está pouco se fodendo para as merdas dela. Ele só ri, diz para ela deixar de ser tão lunática, e por alguma razão ela aceita aquilo.

1952, Nova York.

Minha mãe tinha oito anos quando a mãe *dela*, Nanette Saltonstall, se casou pela segunda vez. Nanette era da alta sociedade de Nova York — egoísta e linda, famosa pelos lábios exuberantes e cruéis. Quando criança, minha avó Nanette tinha sido rica — paparicada pelo pai banqueiro. Mas a quebra da bolsa transformou tudo. A família se mudou da casa na Quinta Avenida para um apartamento escuro e apertado em Yorkville, onde a única migalha de luxo que o meu bisavô John Saltonstall ainda se permitia era um martíni com vodca às 18h, misturado com uma colher comprida de prata de lei em uma coqueteleira de cristal. A beleza da filha mais velha era a única moeda que ainda lhes restava: Nanette ia se casar com um homem rico e salvar a família. Esse era o plano. Em vez disso, ela foi estudar moda em Paris e se apaixonou pelo meu avô, Amory Cushing, um janota de Boston, um escultor sem sequer um tostão, cujo único patrimônio era uma antiga casa em Cape Cod às margens de uma lagoa remota com caldeiras de água doce no bosque de Massachusetts. Ele havia herdado a casa *e* a lagoa de um tio distante.

O avô Amory construiu *nossa* casa lá durante o curto período em que ele e a minha avó foram apaixonados. Ele escolheu um trecho da costa comprido e estreito, bem longe da própria casa e protegido dos olhares por uma curva acentuada do terreno. Teve a ideia de alugar as cabanas no verão a fim de ganhar um dinheiro extra para sustentar a jovem esposa glamorosa e duas crianças pequenas. Por fora, as cabanas eram sólidas, impermeáveis — com telhados de cedro bem inclinados, que resistiam a invernos rigorosos e intermináveis, a ventos do noroeste e a gerações de disputas familiares. Mas o meu avô estava ficando sem recursos, então construiu as paredes e os telhados internos de papelão prensado, Homasote, barato e utilitário, e apelidou o conjunto de cabanas de "Palácio de Papel". Mas não contava que a minha avó o deixaria antes que ele terminasse de construí-lo. Nem que o Homasote é uma delícia para os ratos, que fazem buracos nas paredes todos os invernos a mordidas e dão o papel regurgitado, como um cereal matinal, aos minúsculos bebês que nascem dentro das gavetas das cômodas. Todo verão, a pessoa que abre o conjunto tem o trabalho de esvaziar os ninhos de rato. Você não pode nem levá-los a mal: os invernos na região são duros, como os peregrinos descobriram. Mas mijo de rato tem um fedor quente, e sempre odiei os guinchos aterrorizados de desespero quando eles caem das gavetas de madeira no matagal.

Depois que se divorciou do meu avô, vovó Nanette passou alguns meses zanzando pela Europa, se bronzeando sem a parte de cima do biquíni em Cadaqués, bebendo xerez gelado com homens casados, enquanto minha mãe e o irmãozinho dela, Austin, esperavam em saguões de hotéis. Quando o dinheiro acabou, Nanette chegou à conclusão de que era hora de voltar para casa e fazer o que, para início de conversa, os pais dela tinham esperado que ela fizesse. Então, ela se casou com um banqueiro. Jim. Era um cara decente, do tipo Andover e Princeton. E a venerava. Ele comprou para ela um apartamento com vista para o Central Park e um gato siamês de pelo longo, e a minha mãe e o irmão dela foram mandados para uma escola particular chique em Manhattan, onde os meninos da primeira série eram obrigados a usar paletó e gravata. Minha mãe aprendeu a falar francês e a fazer bolo com merengue e sorvete.

Uma semana antes do nono aniversário, minha mãe fez seu primeiro boquete. Primeiro, observou enquanto o pequeno Austin, as mãozinhas de seis anos tremendo, segurou o pênis do padrasto até ficar duro. Jim lhes disse que era tudo muito natural. Não queriam deixá-lo feliz? A pior parte, segundo minha mãe quando me contou essa história, era a ejaculação branca e pegajosa. O resto ela poderia, quem sabe, ter suportado. Além disso, odiava o calor do pênis, o leve cheiro de urina. Jim os ameaçou com violência se contassem para a mãe. Contaram assim mesmo, mas ela os acusou de mentir. Nanette não tinha nenhum outro lugar para ir, nenhum dinheiro próprio. Quando flagrou o marido no quarto da empregada ao lado da cozinha transando com a babá, ela lhe disse para não ser vulgar e fechou a porta.

Um sábado, Nanette chegou em casa mais cedo do almoço no clube. Maude, a amiga dela, estava com dor de cabeça e minha avó não queria ir sozinha ao Frick. O apartamento estava vazio — só o gato, que se enroscou nos tornozelos dela à porta da frente, arqueando as costas de um jeito sedutor. Ela jogou o casaco de pele no banco, tirou o salto alto e se dirigiu para o quarto passando pelo corredor. Jim estava sentado em uma poltrona de espaldar alto, a calça em volta dos tornozelos. Minha mãe estava de joelhos na frente dele. Minha avó marchou até eles e esbofeteou minha mãe com força.

MINHA MÃE me contou essa história quando eu tinha dezessete anos. Estava furiosa porque ela tinha dado dinheiro para Anna comprar um novo brilho labial na Gimbel's, enquanto eu ficava em casa e fazia as tarefas.

— Ah, por favor, Elle — disse, enquanto eu estava à pia da cozinha espumando de raiva sobre uma pilha de louças. — Você tem que lavar um prato... você não ganha um batom... eu tinha que fazer boquetes no meu padrasto e tudo o que Austin tinha que fazer era masturbá-lo. O que é que posso dizer? A vida não é justa.

9h20

O mais estranho, penso, enquanto ando pela trilha na direção da cabana das crianças, é que minha mãe perdeu o respeito pelas mulheres, mas não pelos homens. A perversão do padrasto foi uma dura realidade, mas foi a traição e a fraqueza da mãe que a tornaram fria. No mundo da minha mãe, o respeito é concedido aos homens. Ela acredita no teto de vidro. Peter não faz nada de errado.

— Se você quiser deixar Peter feliz quando ele chegar em casa do trabalho — aconselhou-me minha mãe anos atrás —, vista uma blusa limpa, coloque o diafragma e sorria.

Pense em Botticelli.

CAPÍTULO 3

Abril de 1971, Nova York.

Ao lado da cozinha escura do nosso apartamento, o sr. Dancy olha fixo para uma pequena banheira quadrada no banheiro do quartinho da empregada. A sra. Dancy se mudou do prédio. O sr. Dancy nos visita com frequência, as mangas da camisa arregaçadas para mostrar os braços musculosos. As torneiras esmaltadas que ele fecha agora têm letras, Q e F. O velho ralo de latão brilha no fundo da água fria. Um minúsculo jacaré está nadando na banheira. O sr. Dancy o comprou em Chinatown para os filhos dele como animal de estimação. Disseram se tratar de uma espécie que não cresceria mais do que trinta centímetros. Agora ele tinha descoberto que foi enganado. Aquele jacaré é só um filhote. Logo vai crescer e se tornar perigoso. Mesmo aqui, nesta banheirinha, ele tem um brilho ameaçador nos olhos. Mergulho um pauzinho de madeira na água e observo ele atacar com raiva em pequenas investidas apavoradas e inúteis.

— Me dá o pauzinho — diz Anna, se inclinando perigosamente perto da água. — Dá aqui!

A longa trança preta dela se arrastando pela superfície da água como um chamariz.

Entrego, e ela golpeia a criatura. O sr. Dancy observa, acaricia o bigode espesso como um caramelo. Depois de um tempo, ele ergue o jacaré bebê da água pelo rabo nodoso e o segura sobre o vaso sanitário. Ele se contorce no ar, mordendo-lhe o pulso. Observo, fascinada, quando ele o joga na privada e dá a descarga.

— Não dava para a gente ficar com ele — comenta. — Ele teria crescido e virado um monstro.

— Carl... — chama minha mãe de algum lugar do apartamento. — Você quer uma bebida? O jantar está quase pronto.

Junho de 1971, Nova York.

Anna e minha primeira semana no novo apartamento do nosso pai. É um prédio imundo e sem elevador na Astor Place, mas ele o faz parecer exótico e arrojado. O ar é pesado, quente, sem ar-condicionado — a fiação é velha demais para isso —, mas ele tinha conseguido um ventilador giratório para nós. E promete que vai comprar uma *Boneca Madame Alexander* da coleção internacional para cada uma de nós assim que receber o próximo salário. Escolho a da Holanda. Ele nos promete várias coisas bonitas que aprenderemos a não esperar. "Daqui para a frente somos só eu e minhas meninas." Pulamos para cima e para baixo na nossa nova bicama, dançamos ao som dos Monkees e comemos iogurte de mirtilo da Danone. Se você continuar mexendo a fruta do fundo para cima o iogurte fica cada vez mais escuro, diz ele quando liga o noticiário da noite.

Na segunda de manhã, nosso pai se veste com apuro, um terno risca de giz azul da Brooks Brothers e sapato brogue marrom que ele lustra com uma camurça até brilhar bem. Seu cheiro é de sabonete Irish Spring e de espuma de barbear. Ele se olha no espelho do corredor, divide o cabelo com um pequeno pente de casco de tartaruga, ajusta a gravata para que fique bem no centro do colarinho engomado, ajeita os punhos, alinha as abotoaduras de ouro. Ele era famoso por ser bonito na juventude, conta nossa mãe. "Chamavam ele de 'o belo da bola' quando jogava futebol em Yale. Esporte idiota que acabou com os joelhos dele."

Seguro a ponta do paletó dele enquanto descemos a escada escura e rangente. Meu cabelo está desarrumado e embaraçado. Ninguém tinha me lembrado de escová-lo. Estou com uma sensação de frio na barriga. Hoje é o nosso primeiro dia na Colônia Recreativa Triunfo. Anna e eu vamos pegar o ônibus sozinhas. Estamos ambas usando nosso uniforme da colônia: bermuda azul-marinho e camiseta branca com TRIUNFO escrito na frente. Nas costas está escrito *Todas as garotas são vencedoras.*

— Existem pouquíssimas meninas no mundo que são sortudas o suficiente para vestir uma camiseta como essa — diz nosso pai.

No caminho até o ônibus, ele para na Horn & Hardart e compra sanduíches de cream cheese com pão de tâmara e nozes para almoçarmos. Não quero que ele fique zangado comigo, mas as lágrimas vêm por conta própria, me traindo. Detesto cream cheese, digo, quando ele pergunta o que há de errado. Ele diz que tem certeza de que vou gostar e me estende o saco de papel. Dá para notar que está irritado e isso me preocupa. Quando nos deixa no ônibus do acampamento, imploro para não me obrigar a ir. Ele não pode estar em dois lugares ao mesmo tempo, diz. Tem que ganhar a vida. Tem resenhas de livros para escrever. A Time Life está esperando. E ele vai estar bem aqui quando o ônibus voltar. E eu vou amar a colônia, ele promete.

À medida que o ônibus se enfia no tráfego da Sexta Avenida, observo-o ficando cada vez menor. Rasgo um pedaço de papel da borda do saco que contém meu almoço e o mastigo até se transformar numa bola. Quando sentir vontade de fazer xixi, como vou fazer? Como vou saber para onde ir? Quero uma medalha de natação, mas não tenho autorização para me meter em enrascadas. Anna conversa com a garotinha ao lado dela, me ignorando, e come a metade do sanduíche antes de o ônibus alcançar Westchester.

A Colônia Recreativa Triunfo fica junto ao lago. Passamos por um campo de beisebol, por uma área repleta de círculos enormes para jogo de dardos, por uma tenda gigantesca. O motorista para atrás de uma longa fila de ônibus amarelos. O estacionamento é um mar de garotas. Todas vestindo camisetas TRIUNFO idênticas.

Minhas monitoras se apresentam como June e Pia. Ambas vestem camisetas TRIUNFO, mas as delas são vermelho vivo.

— Bem-vindas, visitantes! Para as novatas: se precisarem nos achar, basta procurar as camisetas vermelhas — diz June. — Levante a mão se você esteve na Triunfo no ano passado.

A maioria das garotas do meu grupo levanta a mão.

— Então, vocês *já* são vencedoras! Bom, o mais importante primeiro. Vamos até os cubículos de vocês guardar os almoços. Em *Flechinha.*

Ela nos alinha atrás dela e nos leva até um grande edifício marrom. Pia caminha no fim da fila.

— Para ter certeza de que não há retardatárias. Regra número um: nunca, jamais deixe o grupo. Mas *caso* você se separe, não se mexa. Fique sentada onde está e espere. Uma de nós vai voltar para buscar você — explica Pia.

Na beirada de cada cubículo está um pedaço de fita adesiva com nossos nomes e a data de nascimento escritos com marcador. Eleanor Bishop, 17 de setembro de 1966. Mordo o dedo, me forço a não chorar na frente das outras meninas. Agora todas vão saber que ainda não fiz cinco anos e não vão querer brincar comigo. Barbara Duffy está no cubículo ao lado do meu. Ela tem sete anos e uma lancheira dos *Beatles.*

— Peguem as mochilas! — grita June. — Vamos fazer uma pausa para o pipi e depois vestir as roupas de banho. Quem aqui sabe boiar? Esse é o Estúdio de Arte.

Ela aponta, enquanto passamos por uma sala que cheira a cartolina e cola.

O vestiário é repleto de pequenas cabines cortinadas. Entro numa cabine e fecho a cortina. Estou de calcinha quando percebo que meu pai esqueceu de mandar uma roupa de banho para mim. Eu me visto de novo e, quando saio, todo mundo já foi para o lago. Sento num banco de madeira.

June e Pia não notam que estou sumida até a hora do lanche, quando fazem a contagem depois da natação. Do vestiário, escuto elas chamarem meu nome várias vezes seguidas. Um apito sopra estridente e em pânico.

— Todas para fora da água — ouço um salva-vidas gritar. — Agora!

Fico sentada calmamente, esperando alguém vir me buscar.

9h22

Os degraus da cabana — três tábuas velhas de pinheiro presas por suportes que parecem prestes a apodrecer desde antes de eu nascer — se curvam sob meu peso. Bato com força na porta das crianças. É uma daquelas portas com moldura de metal e tela e vidro que podem ser erguidas ou abaixadas e, com um clique satisfatório, se encaixam no lugar. Meus três filhos estão entocados, seguros em suas camas, o piso pintado de amarelo brilhante coberto de toalhas molhadas e roupas de banho. Minha mãe está certa. Eles são uns porcos.

— Oi! Café da manhã!

Esmurro a porta.

— Levantando e saindo.

Jack, meu primogênito, se vira na cama, me dirige um olhar frio de desdém e puxa o cobertor de lã áspera por cima da cabeça. Ele está sendo obrigado a dormir com as crianças por algumas noites enquanto minha mãe dedetiza a cabana dele por causa das formigas. Dezessete anos é uma idade infame.

Os dois mais novos emergem dos casulos, os olhos turvos, piscando na luz da manhã.

— Mais cinco minutos — pede Madeline, gemendo. — Nem estou com fome.

Maddy tem dez anos. Incrivelmente linda, como minha mãe. Mas, ao contrário da maioria das mulheres da família, ela é pequena e delicada, com a pele tipicamente inglesa — pálida e rosada —, os olhos acinzentados de Peter e os cabelos grossos e escuros de Anna. Sempre que olho para ela me pergunto como é que essa criatura saiu de mim.

Finn levanta da cama com a cueca esgarçada fofa. Deus, eu o amo. As bochechas têm pequenos amassadinhos da fronha. Ele só tem nove anos — ainda no limiar de ser um menininho. Mas logo também vai me tratar com desprezo absoluto. Quando Jack nasceu, olhei para o bebezinho em meus braços, mamando, o ser perfeito. Beijei as pálpebras dele e disse: "Eu amo tanto você e um dia, não importa o que eu faça, você vai me odiar. Pelo menos por um tempo." É um fato da vida.

— Certo, meus amores. Venham, não venham. Mas o pai de vocês está fazendo ovos e vocês sabem o que isso significa.

— Um pesadelo total e uma confusão do caralho — diz Jack.

— Correto.

Desço a escada pisando duro.

— Cuidado com a língua — concluo por cima do ombro enquanto caminho pela trilha cheia de agulhas de pinheiros.

Espero até que a porta da minha cabana se feche atrás de mim antes de me permitir retomar a respiração que estou prendendo desde que Peter me surpreendeu na varanda. A normalidade das coisas em nosso quarto parece impossível: roupas penduradas em cabides antigos de metal ao longo de um mastro de madeira improvisado. Nossa cômoda de carvalho com a gaveta de baixo que emperra quando chove. A cama onde Peter e eu tínhamos dormido por tantos anos, enrolados como brotinhos de samambaia, ou entrelaçados em suor e sexo e beijos, o cheiro agridoce dele. Ele tinha deixado a cama por fazer.

Penduro o roupão em um prego enferrujado que serve de gancho. Ao lado, há um espelho de corpo inteiro, embaçado e envelhecido por meio século de umidade e frio intenso. Sempre fui grata pelo reflexo impreciso dele, pelos pontos turvos. Posso me olhar através de uma rede de prata manchada que esconde minhas protuberâncias e imperfeições — a cicatriz irregular no queixo que está lá desde a noite em que Peter e eu fomos assaltados; a cicatriz longa e fina que divide minha barriga, ainda visível depois de cinquenta anos; a pequena cicatriz branca abaixo dela.

Jack veio rápido. Um bebê feito na lua de mel. Mas, depois de Jack, nada. Não importava quanto tentássemos, qual posição, pernas para o alto, pernas para baixo, relaxados ou tensos, sob ou sobre. Nada. Primeiro achei que fosse por causa de Jack. Talvez algo tivesse se rompido durante o trabalho de parto. Ou talvez eu não me permitisse compartilhá-lo porque o amava demais. No fim, o médico fez um pequeno corte acima do meu osso púbico e colocou uma câmera dentro de mim, buscando respostas.

— Bem, mocinha — disse ele quando me recuperei da anestesia —, alguém fez uma bela bagunça aí dentro quando você era um bebê. É como um bangue-bangue à italiana com todo aquele tecido cicatrizado. E, aparentemente, o cirurgião conseguiu cortar o ovário esquerdo no processo. Mas há boas notícias — comentou quando comecei a chorar. — O tubo saudável tinha uma torção, estava preso a um pedaço de tecido cicatricial. Óvulos estavam se acumulando atrás dele. Eu o soltei.

Maddy nasceu um ano depois. E Finn, onze meses depois dela.

— Parabéns — disse o médico para mim e Peter enquanto eu estava deitada na mesa de exames. — Você vai ter gêmeos irlandeses.

— Gêmeos irlandeses? — indagou Peter. — Isso não é possível.

— Claro que é! — respondeu o médico.

— Bom... se você estiver certo, vou encontrar o irlandês bêbado que comeu a minha mulher e atirá-lo do penhasco mais alto de Kilkenny direto para o mar — retrucou Peter.

— Kilkenny não tem acesso à costa — comentou o médico. — Fui até lá para um torneio de golfe alguns anos atrás.

POSICIONO-ME no maior fragmento de espelho que resta e olho fixo para meu corpo nu, avaliando, procurando por algo no exterior que possa revelar a verdade, o pânico dentro de mim, a fome, o arrependimento, o desejo ofegante por mais. Mas tudo o que consigo ver é a mentira.

— Café da manhã! — grita Peter do casarão. — Depressa.

Visto o maiô, pego uma canga e corro pelo caminho, batendo com força na porta das crianças. Quando estou perto do casarão, percebo como estou, desacelero para uma caminhada. Não é meu estilo chamar a atenção, como Peter bem sabe. Atravesso um emaranhado de arbustos até a margem fria e úmida, enfio os pés na areia molhada. Na lagoa, as pernadas firmes de minha mãe, como uma tesoura, deixam uma trilha branca atrás dela. Ela está quase chegando. A água está ficando azulada. Em breve, até mesmo a transparência verde-acastanhada das águas rasas estará espelhada. Ao menos por algumas poucas horas os peixinhos e os achigãs, flutuando sobre os ninhos de areia circulares, estarão invisíveis. O que está por baixo ficará escondido de nós.

Junho de 1972, Back Woods.

Estou correndo pelo bosque em minha camisola de algodão na trilha que liga nosso acampamento à casa de meu avô Amory. O caminho acompanha a forma do terreno, para cima e para baixo em torno da costa irregular da lagoa. Meu pai abriu a trilha entre as duas propriedades quando ele e minha mãe estavam juntos. Vovô Amory a chama de "a trilha do intelectual", porque, segundo ele, ela dá voltas e voltas sem nunca chegar ao objetivo. No ponto em que a trilha se aproxima da casa de meu avô há uma descida íngreme. Corro por ela, cuidando para não bater os dedos dos pés descalços nos tocos dos arbustos que meu pai cortou. Esses pequenos tocos nojentos são o único legado do meu pai neste lugar.

Passo na ponta dos pés pela janela do quarto de meu avô, atenta para não perturbá-lo, depois corro até o fim da doca de madeira. Sento, agito os pés na água, coço o estômago que comicha, dou meu melhor para ficar sentada completamente imóvel. Logo eles vão chegar. Desde que eu não me mexa nem um pouquinho. Bolhas microscópicas cobrem meus pés com um revestimento gaseificado. Fique parada. Não se mexa. Deixe os pés serem as iscas. Então: o dardo rápido vindo das sombras. A coragem leva a melhor sobre o medo deles e finalmente sinto uma leve sensação de sucção. Um a um os peixes-lua estão beijando meus pés, sugando os pedacinhos de pele morta e as migalhas do chão da floresta que se grudaram em mim. Amo os peixes-lua. São da cor da água de um lago, com as costas sarapintadas e lábios doces e franzidos. Todos os dias lhes trago pés frescos de café da manhã.

Minha mãe e o sr. Dancy ainda estão na cama quando chego em casa. A cabana deles tem uma janela de vidro plano com vista para a lagoa. É maior que as outras três cabanas. Entro correndo no quarto deles sem bater, pulo para cima e para baixo no colchão maleável com os pés molhados e cheios de areia. Minha camisola sobe no ar toda vez que volto para a terra.

— Fora — resmunga o sr. Dancy, meio dormindo. — Wallace, Jesus Cristo.

Pela janela, vejo Anna e a melhor amiga dela durante as férias de verão, Peggy, na lagoa, respingando água uma na outra. Peggy tem cabelo laranja e sardas.

— O que é isso? — Minha mãe aponta para a minha barriga. — Fique parada!

Paro de pular, levanto minha camisola e deixo minha mãe examinar minha barriga. Está coberta de bolinhas vermelhas.

— Ah, pelo amor de Deus! Catapora — constata ela. — Como isso foi acontecer? Melhor eu ir ver a Anna.

— Elas coçam — digo e pulo da cama.

— Fique aqui — ordena minha mãe. — Vou pegar a loção de calamina.

— Quero nadar.

— Fique neste quarto. Não preciso de você infectando Peggy.

Deixo minha mãe para trás e corro para a porta.

O sr. Dancy agarra meu braço com força.

— Você ouviu a sua mãe.

Tento me afastar, mas o aperto só fica mais firme.

— Carl, pare. Você está machucando ela — comenta minha mãe.

— Ela precisa ser contida.

— Por favor, ela tem cinco anos.

— Não me diga como fazer o meu papel.

— Claro que não — responde ela, apaziguando.

Ele joga as cobertas para o lado e começa a se vestir.

— Se eu quisesse lidar com fedelhos mimados, passaria um tempo com meus filhos.

— O que você está fazendo? — A voz da minha mãe soa tensa, estridente.

— Vejo você na volta à cidade. Este lugar me deixa nervoso.

— Por favor, Carl.

A porta bate atrás dele.

— Não. Se. Mexa — ordena minha mãe. — Se eu encontrar você fora deste quarto, vai haver um quebra-pau.

E corre para detê-lo.

Sento na cama, observo Anna colocar uma máscara e um esnórquel. Ela se agacha na beira da água, mergulha a máscara na lagoa, a esvazia, cospe nela. Senta de costas para a lagoa, luta para colocar os pés de pato de borracha. Peggy vai para águas mais profundas. A cada passo, mais alguns centímetros dela desaparecem. O motor de um carro é ligado. Consigo ouvir minha mãe gritando, a voz ficando cada vez mais fraca enquanto sobe a estradinha correndo, perseguindo o carro do sr. Dancy. Observo a parte inferior da trança vermelha de Peggy desaparecer. Agora só a cabeça dela está acima da água, flutuando, incorpórea. Agora só o topo da cabeça dela, como as costas de uma tartaruga. Agora Peggy é só uma trilha de bolhas. Imagino as rêmoras dando beijinhos suaves nela. As bolhas param. Espero ela reaparecer. Bato no vidro, tentando chamar a atenção de Anna. Sei que pode me ouvir, mas ela não se dá ao trabalho de olhar para cima. Bato de novo, mais forte agora. Anna mostra a língua para mim e se senta na prainha para calçar os pés de pato amarelos.

CAPÍTULO 4

10h

Já há cinco pontas de cigarro no cinzeiro ao lado de Peter. Um Camel Light pende da boca. Ele bebe o café sem perceber o cigarro ali. Sem as mãos. Como um truque de circo. Um rastro fino de fumaça escapa do lábio inferior enquanto engole. Ele enfia a mão no bolso da camisa e tira um isqueiro Bic laranja, agita-o várias e várias vezes na mão como um rosário de contas, vira a página do jornal, tateia às cegas em busca de um pedaço de bacon. Se fosse possível fumar durante o sono, ele fumaria. Logo que começamos a namorar eu o atormentei, implorei para ele parar. Mas era como pedir a uma galinha que ela voasse. Quero salvar a vida dele, Deus sabe, mas ele é o único que pode fazer isso.

As crianças se esparramaram no sofá, grudadas nas telas, carregadores brancos em todas as tomadas, pratos sujos ainda na mesa, o romance esfarrapado de minha mãe chutado para o chão. Todo o bacon e a maior parte dos ovos foram comidos. Observo minha mãe chapinhando para fora da lagoa, sacudindo a água. Gotículas brilhantes formam um arco no céu. Ela solta o cabelo comprido do coque, torce, depois o enrola depressa mais uma vez e o prende no lugar com uma presilha. Pega uma velha toalha verde-pistache que havia pendurado no galho de uma árvore e se enrola nela. Dou uma mordida na minha torrada. Aos setenta e três anos, ela ainda é linda.

Na manhã em que Peggy se afogou, eu estava parada praticamente onde estou agora, vendo-a se evaporando na água. E então minha mãe estava ali, ainda de *négligé*, gritando com Anna, se atirando na lagoa, mergulhando. Quando emergiu, segurava Peggy pelos cabelos. A menina estava azulada. Minha mãe a arrastou de volta para a costa pela trança, bateu no peito dela e assoprou ar dentro da boca de Peggy até que ela ofegou e engasgou e vomitou, voltando à vida. Minha mãe tinha sido salva-vidas quando mais jovem e conhecia um segredo: que algumas vítimas de afogamento podem voltar dos mortos. Eu vi. Enquanto minha mãe brincava de Deus. Enquanto o sr. Dancy saía em disparada de nossa vida para sempre. Enquanto Anna cutucava os pés de Peggy com um galho, tentando acordá-la.

Agora, observo minha mãe erguer o rosto para a brisa cálida. A parte de trás dos braços tem manchas de idade. Varizes rompem a superfície da pele atrás dos joelhos e das coxas. Ela olha ao redor sem expressão, então dá um leve sacudir de ombros que reconheço como um "A-há!" e pega os óculos escuros de grau na ponta da canoa onde os deixou. Já vi tudo isso centenas de vezes, mas nesta manhã ela parece diferente. Mais velha. E aquilo me deixa triste. Há algo de eterno em minha mãe. Ela é um pé no saco, mas tem uma dignidade imensa. Ela me lembra a Margaret Dumont dos Irmãos Marx. Ela não se dá ares, eles são naturais nela. Devíamos tê-la esperado para o café da manhã.

— Pode me passar a torrada, ou os gafanhotos acabaram com isso também? — questiona ela, vindo até a varanda e puxando uma cadeira.

Peter espia por cima do jornal.

— Bom mergulho, Wallace?

— Não dá para dizer que tenha sido. A utriculária está de volta. São aqueles malditos pescadores. Eles a arrastam no fundo dos barcos, sabe Deus de onde.

— De qualquer forma, você está radiante esta manhã.

— Dá um tempo — retruca ela, passando manteiga na torrada. — Bajulação não vai levar você a lugar algum. Nem vai fazer bacon aparecer num passe de mágica.

— Então vou preparar um pouco para você.

— Seu marido está com um bom humor incomum hoje — observa minha mãe.

— Estou mesmo — concorda Peter.

— Você deve ser a única pessoa no mundo que já foi *aprimorada* por uma viagem a Memphis.

— Adoro tanto você, Wallace — diz Peter, rindo.

Levanto-me e saio da mesa.

— Vou fazer mais bacon. E ovos. Estes estão frios.

— Deus, não! — grita minha mãe. — E criar uma pilha ainda maior de pratos? Há uma única panela que você não usou?

— Mexidos ou moles? — Já estou odiando-a de novo. — Jack, tire os pratos da mesa e traga a marmelada para a sua avó.

— Maddy, vá pegar a marmelada para Wallace — repete Jack para a irmã sem erguer os olhos.

Minha mãe sempre insistiu para que as crianças a chamassem pelo primeiro nome. "Não estou pronta para ser avó", comentou ela, antes mesmo de Jack começar a falar. "E espero que não ache que vou dar uma de babá."

Maddy ignora Jack.

— Pessoal? Olá?

Ponho até as mãos nos quadris.

— Você já está de pé — observa Jack. — Você pega.

Prendo a respiração por dez segundos, tentando não explodir. Estou debaixo d'água, observando os peixes em meio ao verde-escuro. Fecho os olhos. Sou Peggy. Escolho o silêncio dos juncos.

Peter acende outro cigarro.

— Jack, faça o que a sua mãe diz. Pare de bancar o idiota.

— Isso mesmo — concorda minha mãe, olhando para Jack com gelo nos olhos. — Você está se portando como um babaca. É inadequado.

1956, Guatemala.

Minha avó Nanette se mudou para a América Central depois que o terceiro marido a abandonou. Ela finalmente havia deixado o monstruoso Jim, mas não tinha como sobreviver no mundo sem um homem para sustentá-la. Vince Corcoran era a saída — um milionário, o que naqueles dias significava alguma coisa. Vince fizera fortuna com importação/exportação — frutas e café. Não era bonito, mas era um homem genuinamente bom — um grande coração, gentil com as crianças, loucamente apaixonado pela mãe delas. Ela se casou com ele pelo dinheiro. Não suportava o hálito dele, e, quando transavam, gotas gordas de suor escorriam da testa dele e caíam no rosto dela. Aquilo a enojava. Ela estava mortificada por ter se rebaixado e se casado com um vendedor de bananas, mas ele tinha uma casa em Gramercy Park e um Rolls-Royce vinho. Vince se divorciou depois de ler isso no diário dela, ou pelo menos assim a história foi contada. Tudo o que vovó Nanette conseguiu no acordo foi o carro, uma pequena quantia mensal e uma imensa *villa* na Guatemala que ela nunca tinha visto. Vince a ganhou de um colega muitos anos antes num jogo de pôquer. Então, Nanette, uma mulher solteira de apenas trinta e três anos, três vezes divorciada, deixou a vida de socialite em Nova York para trás: vendeu as peles, pôs as coisas nos baús de couro, empilhou Wallace e Austin, de doze e dez anos, no Rolls-Royce e dirigiu até um vale remoto nos arredores de La Antigua, uma pequena e bela cidade colonial espanhola que ficava à sombra dos vulcões.

A *Casa Naranjal* era uma propriedade caindo aos pedaços, infestada de iguanas. As terras eram repletas de pomares de laranjas, limões e abacates. Jacarandás explodiam em fogos de artifício lilases na primavera. Cachos de bananas pendiam pesados sob a folhagem agitada. Na estação das chuvas, o rio se enchia, depois transbordava. A propriedade ficava protegida dos olhos curiosos dos moradores locais. Don Ezequiel, um velho desdentado, vigiava os enormes portões de madeira. Na maior parte dos dias, ele se sentava à sombra de um barracão de adobe e comia feijões na lâmina de uma faca. Minha mãe adorava se sentar ao lado dele no chão duro de terra e vê-lo comer.

Junto com a propriedade, vovó Nanette herdou uma pequena equipe de empregados, uma cozinheira particular e três cavalos que corriam soltos pelo terreno. Um belo jardineiro de cabelos escuros, que só usava branco, apanhava mangostões para o café da manhã, expulsava tatus dos gramados e pescava grandes minhocas da piscina de fundo preto. Minha avó passava os dias trancada no quarto, aterrorizada com o mundo estranho que a salvou, incapaz de se comunicar com alguém além dos dois filhos. O quarto dela ficava no andar mais alto de uma torre octogonal coberta de buganvílias roxas. Logo abaixo, ficava uma sala de estar gigantesca com tetos altos e portas enormes que davam para a paisagem. O mais próximo que as crianças chegavam da mãe durante o dia era o som dos passos dela andando para lá e para cá no piso de ladrilhos de Saltillo acima de suas cabeças.

Um terraço com colunas ligava a sala de estar à cozinha, onde todas as manhãs a cozinheira preparava a massa para as tortilhas e triturava os tomates verdes para a *salsa verde*. Gaiolas douradas repletas de papagaios de cores brilhantes e calopsitas ficavam presas entre os arcos dos terraços. Wallace e Austin comiam sozinhos à mesa de jantar comprida, alimentando os pássaros com pedaços de banana frita enquanto os papagaios falavam com eles em espanhol. Minha mãe sempre *garantiu* que foi assim que aprendeu a falar espanhol. As primeiras palavras dela foram: "*Huevos revueltos? Huevos revueltos?*"

Por três meses, as crianças não foram à escola. Vovó Nanette não tinha ideia de como matriculá-las. (Minha mãe adora me contar isso toda vez que expresso preocupação com a educação de meus filhos. "Não seja tão banal, Elle", diz ela. "Não faz seu tipo. Réguas de cálculo são para os limitados." Uma atitude baseada no fato de que ela mal sabe somar, como gosto de salientar.)

Austin tinha medo de sair da propriedade, então minha mãe andava nos arredores sozinha com uma velha câmera Leica que o pai lhe dera, tirando fotos de touros brancos em campos vazios; de cavalos selvagens em leitos de rios secos, as costelas aparentes de fome; de escorpiões se escondendo na sombra de uma pilha de lenha; do irmão bebendo limonada ao lado da piscina. O lugar favorito dela era o cemitério, nos arredores do vilarejo. Ela amava as Madonas enjauladas, os jazigos de estuque cor-de--rosa que pareciam catedrais de bonecas, as flores de papel ornamentando o topo das criptas pintadas — turquesa, tangerina, amarelo-limão — com qualquer que fosse a cor favorita do falecido. E as vistosas calêndulas trazidas às braçadas pelos aldeões. Ela ia ao cemitério para ler, aninhada na sombra seca de um túmulo, confortada pelas almas dos mortos.

Quase todas as tardes, minha mãe montava o cavalo favorito dela e cavalgava pelo vale e por uma colina íngreme até a Antigua. Ela amarrava o animal a um poste e vagava pelas ruas de paralelepípedos, explorando as ruínas das igrejas e dos mosteiros antigos, havia muito destruídos pelos terremotos, ainda espalhadas por toda a cidade. Ela amava os *milagros* que as velhas vendiam na praça principal para pendurar em correntes de prata — pequenos amuletos: pernas e braços amputados, olhos, um par de pulmões, um pássaro, um coração. Depois, entrava na Catedral e queimava incenso, rezando por nada.

Certa noite, enquanto cavalgava para casa no vale por uma trilha íngreme que se estreitava entre duas rochas, um homem saiu de trás das pedras, bloqueando o caminho. Ele pegou as rédeas do cavalo e disse para ela descer. Pôs a mão no facão, acariciou a virilha. Ela estava ali sentada, parecendo uma vaca, muda. Chega disso, pensou ela. Chutou o cavalo com força no estômago e atropelou o homem. Ela diz que ainda consegue ouvir o estalo do osso da perna dele, os cascos do cavalo esmagando-lhe o estômago. Naquela noite, no jantar, por cima de uma tigela de sopa de peru, ela contou à mãe o que fizera.

— Espero que tenha matado ele — disse vovó Nanette, mergulhando uma tortilha dentro da sopa. — Mas, Wallace querida, esse tipo de comportamento é impróprio para uma garota.

10h15

O choque de ser chamado de babaca pela avó fez Jack se erguer do sofá. Eu devia tentar, mas isso só transformaria aquilo numa disputa terrível de gritos que me levaria às lágrimas e Jack ao triunfo adolescente. Não tenho a seriedade altiva de minha mãe.

Meu celular vibra. Peter estica o braço por cima da mesa e o pega.

— Jonas está mandando mensagem para você.

Ele clica na mensagem.

Porra, porra, porra, porra. Meu coração para de bater.

— Querem nos encontrar em Higgins Hollow. Às onze horas. Vão levar sanduíches.

Obrigada, meu Deus.

— Tenho a sensação horrível de que combinei algo com Gina ontem à noite antes de desmaiar — comenta Peter.

— Queremos mesmo passar horas na praia? Prefiro me deitar toda largada numa rede.

— Não quero ser grosseiro. Gina pode ficar um pouco chateada.

— Ela não vai se importar. Estamos todos de ressaca.

Contudo, pareço dissimulada até para mim mesma.

Peter termina o café.

— Isso sempre me surpreendeu. Jonas é um pintor brilhante. Bem-sucedido. Tem a aparência de um maldito astro da TV. Ele podia ter se casado com a porra da Sophia Loren. Acho que ele se ligou a Gina só para irritar a mãe dele.

— Bom, foi uma causa válida, de qualquer forma — pondera minha mãe.

Peter ri. Ele ama quando minha mãe é venenosa.

— Então, maritacas? A fim de uma praia?

— Quando é a maré baixa? — pergunta Maddy.

Peter vira o jornal local e passa o dedo pelo gráfico de marés.

— Previsão para as 13h23.

— Dá para a gente levar as pranchas? — pergunta Finn.

— *Por favor* — completa minha mãe.

Disparo um olhar que ela ignora.

— Eu não vou — responde Jack. — Vou encontrar Sam no clube de corrida.

— Como você planeja chegar lá? — pergunto.

— Vou pegar o seu carro.

— Não mesmo. Vai ter que ir de bicicleta.

— Tá de brincadeira? São mais de vinte quilômetros.

— Da última vez que dirigiu meu carro você se esqueceu de abastecer e quase fiquei sem gasolina. Fui no fundo da reserva até o posto Texaco.

— A gente já combinou. Ele vai ficar esperando.

— Mande uma mensagem. Diga que os planos mudaram.

— Mãe...

— Assunto encerrado.

O celular vibra na minha mão. "Sim para a praia?", pergunta Jonas. Posso senti-lo lá do outro lado segurando o celular, me tocando através dele, sentir seus dedos digitando, cada palavra uma mensagem oculta para mim.

— Preciso responder à mensagem do Jonas, Pete. Devo dizer que nos encontraremos a que horas?

— Diga para eles onze e meia.

Jack entra na sala de estar e pega minha bolsa na mesa. Observo enquanto ele remexe nela, atrás das chaves do meu carro.

— O que você pensa que está fazendo? — pergunto.

— Vou trazer de volta com o tanque cheio. Prometo.

— Me dê isso. — Estendo a mão para as chaves. — Ou você vai à praia conosco ou pedala até o clube de corrida. *Ponto.*

— Por que você está fazendo isso? Se esforçando para me criar problemas.

Jack joga as chaves do carro no chão e bate a porta da varanda.

— Como você aguenta ser casado com uma piranha?! — grita por cima do ombro enquanto pisa duro até a cabana dele.

— Você fez uma excelente observação — grita Peter de volta, rindo.

— Você está de sacanagem comigo, Pete?

— Relaxa. É um adolescente. Tem que ser malcriado com a mãe dele. Isso tudo é parte do processo de crescimento.

Todo o meu ser se eriça. Não há nada que me deixe *mais* tensa do que receber ordens para relaxar.

— Malcriado? Ele me chamou de *piranha*. E seu riso só encoraja ele.

— Então isso é culpa minha? — Peter ergue uma sobrancelha.

— Claro que não — respondo, exasperada. — Mas ele segue suas deixas.

Peter se levanta.

— Vou à cidade comprar cigarros.

— Nós estamos no meio de uma conversa.

— Tem mais alguma coisa de que a gente precisa?

— Puta que pariu, Pete.

Maddy e Finn ficam imóveis, como animaizinhos em uma fonte d'água observando um dragão-de-komodo deslizar em direção a um bufalo aquático. É incomum para eles verem o pai zangado. Peter raramente perde a calma. Ele prefere muito mais rir das coisas. Mas ele está olhando para mim agora com os olhos estreitos, frios como pedra, como se pudesse sentir as moléculas a meu redor vibrando num comprimento de onda diferente — como se tivesse me pego no flagra, mas não sabe no flagra *de quê*.

— Você pode trazer café e leite — grita minha mãe da cozinha, onde está fingindo requentar o café, escutando.

Consigo ouvir a voz dela dentro da minha cabeça dizendo "Pense em Botticelli". A parte sã de mim sabe que ela está correta: preciso recuar. Transei com meu melhor amigo entre os arbustos ontem à noite. Tudo o que Peter fez foi rir quando nosso filho adolescente me desrespeitou, o que é um acontecimento diário. Mas é o tom de alerta na voz de Peter que me faz morder a isca.

— Isso não é sobre você, Pete.

— *Sobre mim?* Tem certeza de que quer falar disso, Eleanor?

O café da manhã sobe pela minha garganta. Um pânico repentino. Olho para Maddy e Finn no sofá, as carinhas nervosas. A doçura deles. A preocupação. O que fiz ontem à noite. Um erro terrível que nunca poderei desfazer.

— Sinto muito — digo.

Então prendo a respiração e espero o que quer que aconteça a seguir.

CAPÍTULO 5

Agosto de 1972, Connecticut.

A zona rural de Connecticut é um lugar opressivo no fim do verão. Por volta das oito da manhã, o ar já está denso com a umidade, que não vem de um litoral, e com o verde sufocante de tudo. Depois do almoço, gosto de me esconder na sombra fresca do milharal do meu avô; correr de uma ponta à outra, as palhas preguiçosas dos milhos batendo contra mim; me deitar numa faixa de terra escura arada entre as fileiras, secreta e segura, ouvir o farfalhar tranquilo; observar as formigas, soldados carregando cargas pesadas pelos trilhos e sulcos. No fim da tarde, nuvens de mosquitos aparecem do nada, nos rodeiam e nos forçam a correr para casa para nos proteger até que desapareçam nas sombras da ameixeira de frutos azedos.

Todas as noites, na fazenda dos nossos avós, esperamos que o ar esfrie antes de fazer nossa caminhada depois do jantar. No calor do dia, o asfalto da estrada esquenta e forma bolhas nos pés. Mais tarde, porém, é ótimo de caminhar, o alcatrão ainda macio mas não pegajoso, é como caminhar em maria mole, o cheiro doce de lava se erguendo. Vovô William, pai do meu pai, caminha com sua bengala de nogueira, o cachimbo e um pacote de tabaco enfiados no bolso da calça. Seguimos juntos até depois do milharal, depois do antigo cemitério — que fica do outro lado da rua da fazenda deles —, depois da igrejinha branca com as janelas escurecidas e da casinha de madeira do pastor, as luzes de leitura acesas, as cortinas de renda fechadas. Andamos colina acima, onde os sininhos das ovelhas tilintam nas reentrâncias sombrias da fazenda do vizinho.

Anna e eu carregamos cubos de açúcar nos bolsos e corremos na frente para alimentar o cavalo malhado de Straight. Ele espera por nós na beira do campo, até à cintura no meio das urtigas, as narinas quentes e farejantes captando nosso cheiro. Anna o coça entre os olhos e ele pigarreia e bate os cascos. Quando chegamos em casa, vovó Myrtle sempre tem sidra e biscoitos caseiros de açúcar esperando. Ela diz que gostaria que a gente pudesse ficar aqui com ela o tempo todo — divórcio nunca é bom para os filhos.

— Sempre admirei sua mãe — diz ela. — Wallace é uma mulher muito bonita.

A igreja tem um pequeno parquinho para a escola dominical — balanços e um trepa-trepa —, mas Anna e eu preferimos brincar no cemitério, com as árvores frondosas enormes e os gramados verdes aparados. As fileiras e mais fileiras de lápides são perfeitas para o esconde-esconde. Nosso lugar favorito é o túmulo do suicida. Está ali sozinho na metade da colina. As pessoas que se matam não têm o direito de ficar perto das outras sepulturas porque pecaram, segundo a vovó Myrtle. O túmulo do suicida tem uma lápide alta de pedra, bem mais alta do que eu, com um carvalho-dourado de cada lado. A viúva dele plantou, conta a vovó.

— No início eram só arbustos. Mas isso foi há muito tempo. O avô de vocês a ajudou a cavar os buracos. Ela se mudou para New Haven depois disso.

Quando Anna pergunta como o homem morreu, vovó Myrtle apenas responde:

— O avô de vocês cortou a corda.

Na parte de trás da sepultura há um amplo degrau de mármore. É para as flores, explica vovó, mas até onde ela sabe ninguém nunca a visitou. Nos dias muito quentes, Anna e eu gostamos de nos sentar lá, invisíveis da estrada, na sombra fresca da lápide. Começamos a fazer bonecos de papel. Desenhamos eles no papel e depois recortamos. Anna sempre desenha os rostos e penteados: rabos de cavalo, black power, tranças do tipo Píppi Meialonga, tigelinha. Fazemos roupinhas pequenininhas com alças quadradas que se dobram em volta das bonecas — calças boca de sino e de cintura baixa com listras roxas, aventais de cozinha, jaquetas de couro, botinhas de vinil feitas com giz de cera branco, saias longas e gravatas. Biquínis. Cada boneca tem de ter o próprio guarda-roupa, diz Anna, recortando com cuidado uma bolsa microscópica.

Estamos sentadas no degrau da sepultura quando ouvimos um carro entrar na nossa estradinha de cascalho do outro lado da estrada.

— Ele está aqui! — diz Anna.

Nosso pai vem passar uma semana inteira. Não o vemos há séculos — ele tem viajado a trabalho. Está com saudade das coelhinhas dele, diz quando a vovó nos deixa falar com ele ao telefone. Podemos não reconhecê-lo, comenta ele. Deixou crescer um bigode. Vai nos levar à Feira de Danbury e para nadar no lago Candlewood. Está trazendo uma surpresa.

Recolhemos as bonecas de papel e descemos a colina correndo, gritando o nome dele, animadas com a surpresa. Ele sai do carro no alto da estradinha. Então, a porta do passageiro se abre.

11h

Após minha discussão com Peter, o motor do carro dele se afastando rápido pela estradinha, Finn e Maddy se acomodaram com livros e aparelhos como pássaros marinhos depois de uma onda.

— Se importam se eu me espremer, gordinhos?

Eles abrem espaço para mim sem se incomodar em erguer os olhos.

— Só mais uma apertadinha.

— Mãe! — grita Maddy, irritada com outra interrupção.

Eu me inclino para trás entre eles, fecho os olhos, grata pelo cheiro familiar de meus filhos, o hálito de ovo, um alívio momentâneo. Jack ainda está na cabana dele, emburrado, obstinado, se recusando a sair. O que é típico. Ele era teimoso quando ainda estava no útero. Não importava quantos litros de óleo de fígado de bacalhau eu bebesse, meu filho se recusava a sair do ninho aquecido e aquoso. Ele enfim concordou em sair com duas semanas de atraso, depois de um parto agoniante e interminável. Eu me lembro de ter certeza, a certa altura, de que ia morrer dando à luz. Na manhã seguinte, estava convencida de que o bebê estava morto dentro de mim, embora o médico tivesse dezessete monitores ligados a meu corpo, todos dando sinal dos batimentos cardíacos fortes de Jack. Era o terror de perder o que eu mais amava no mundo, sem nunca ter tido permissão de amá-lo. Ele saiu, porém, rosado e aos berros, pés de sapo compridos, pregueados e enrugados, olhos de peixe, piscando. Uma criatura da água. Primordial. Limpo e embrulhado em azul. Entregue a mim. Uma suavidade envolta em suavidade envolta nos meus braços, dentro e fora de mim ao mesmo tempo.

Quando as enfermeiras o levaram para me deixar descansar, mandei Peter para casa. Ambos tínhamos ficado acordados por muitas horas. Acordei na penumbra. Podia ouvir a respiração ruidosa de Jack, pequenos grunhidos de sonhos, bem ali, ao lado da minha cabeça. As enfermeiras o haviam trazido de volta para mim enquanto eu dormia. Tirei-o do berço, tentei prendê-lo a meu seio, não tinha ideia do que estava fazendo, me sentindo uma impostora que fingia ser uma mãe de verdade. Chorei enquanto tentávamos nos conectar. Tão feliz e tão triste. Dentro e fora.

Houve uma batida na porta do quarto do hospital. A enfermeira, pensei, aliviada. Mas foi Jonas quem entrou. Jonas, que eu não tinha visto e com quem não falava havia quatro anos. Que tinha se retirado de minha vida com raiva e magoado quando me casei com Peter. Que tinha se casado com Gina. Jonas, meu melhor amigo, que estava à porta com um maço enorme de peônias brancas embrulhadas em papel pardo, me observando soluçar com meu bebê no colo.

Ele veio até a beirada da cama, tirou Jack gentilmente de meus braços, sem pedir permissão, sabendo que a tinha. Afastou o cobertor azul da bochecha do bebê, deu um beijo no nariz dele e disse "Sou eu, ou ela parece um pouco masculina?". O mesmo sorrisinho familiar.

— Vá à merda. — Sorri. — Não me faça rir. Isso dói.

— É o seu períneo? — perguntou, preocupado.

— Ah, meu Deus.

E ri em meio ao choro. Felicidade e perda.

IMAGINO JACK agora, deitado na cama, as mãos cruzadas atrás da cabeça, fones de ouvido mantendo o mundo do lado de fora, tentando decidir se deve ou não me perdoar — pensando se vou perdoar *ele*. "Sim, e sim", quero gritar pela trilha. Não existe nada *imperdoável* entre pessoas que se amam. Mas, mesmo enquanto estou pensando isso, sei que não é bem verdade.

Uma mosca ficou presa na varanda. Ela zumbe contra a tela, asas e pernas raspando os filamentos de metal. De vez em quando, faz uma pausa para pensar e a varanda fica em silêncio, só o som das páginas virando, a bolha de saliva de Finn estourando com um barulhinho líquido enquanto ele se concentra no jogo. Do outro lado do lago, figuras começaram a se reunir na prainha aberta ao público, demarcando seu pedaço de areia para o dia, desembrulhando piqueniques em toalhas de mesa de algodão para evitar que qualquer outra pessoa cruze a linha. Nunca devia ter deixado Peter me convencer a encontrar Jonas e Gina na praia. Vou ter de encarar Jonas à luz do dia, comendo os sanduíches de atum nojentos de Gina e relembrando o jantar da noite passada. Não há razão para eu ir. Foi Peter que combinou. Ele pode levar as crianças. Ninguém vai se importar. Exceto eu. Porque aí eles vão estar perto de Jonas e eu não. Eles vão poder colocar as toalhas ao lado dele na areia quente. E o pensamento de não vê-lo me enche de uma ânsia aguda e dolorosa de tocá-lo, de roçar a mão dele sob a arrebentação, de uma fome. Um vício. O canto de uma sereia. Uma sereia com um pênis, penso, e dou uma gargalhada.

— O que é tão engraçado? — pergunta Maddy.

— Nada. — Recomponho-me. — Nada é engraçado.

— Isso é meio esquisito, mãe — comenta ela, voltando ao livro. — Rir à toa. É como um palhaço sinistro.

Ela coça uma picada de mosquito no tornozelo.

— Quanto mais você coça, mais comicha — digo. — Você devia se vestir. Papai vai chegar a qualquer momento.

As crianças ainda estão de pijama. Um pingo de cera de vela endureceu na manga de Finn, está lá desde a noite passada, quando eles vieram desejar uma boa-noite para os adultos bêbados.

— A GENTE ouviu vocês cantando antes — dissera Finn, entrando pela porta de tela com uma expressão travessa de "sei que devia estar na cama mas estou aqui".

— Ah, Deus do céu. Vocês deviam estar dormindo há horas.

— Vocês estão fazendo muito barulho — disse Maddy. — Jack está dormindo. Ele desmaiou.

— Suba — respondi, puxando Finn para o meu colo. — Mas só cinco minutos.

Ele se inclinou para a frente a fim de arrancar uma estalactite de cera da lateral do castiçal. Algumas gotas de cera pingaram na manga dele.

— Posso soprar as velas?

— Não, não pode.

— Você vai nos levar de volta para a cama? Ouvi alguma coisa nos arbustos. Acho que pode ser um lobo.

— Não tem lobo aqui, seu bobo — retrucou Maddy. — Vou pegar um copo de leite.

Finn desceu do colo e foi se enrolar no sofá ao lado de Peter, que continuou conversando com Gina, acariciando as costas do filho como se ele fosse um gato. Do outro lado da mesa, o padrinho de Anna, Dixon, e minha avó postiça, Pamela, estavam discutindo com a mãe de Jonas a nidificação das aves marinhas.

— É a nossa praia — dizia Pamela. — Que direito o Serviço de Parques tem de isolá-la?

— Não podia estar mais de acordo. Eles não passarão — disse Dixon, rindo alto demais do próprio trocadilho.

— A praia pertence à Mãe Natureza — retrucou a mãe de Jonas. — Você se preocupa mais com o lugar em que põe a toalha do que com a possível extinção de uma espécie?

Observei Jonas remover a gota de cera de uma vela como Finn tinha acabado de fazer. Ele moldou a cera entre os dedos de um jeito distraído. Primeiro uma bola, depois um cisne, depois uma tartaruga, um cubo, um coração — como se os dedos estivessem expondo os pensamentos dele em um filme de animação. E me ocorreu que, a primeira vez que o vi, ele tinha mais ou menos a idade de Finn. Um garotinho muito fofo. Impossível imaginar que meu filho pequeno e despenteado possa se tornar um furacão na vida de alguém. Jonas olhou em torno e viu que eu o estava observando.

— Alguém abre a porta de tela para mim? — perguntou Maddy, que vinha da despensa equilibrando dois copos de leite.

Peter se levantou, os pés um pouco instáveis, abriu a porta da varanda e bagunçou o cabelo dela.

— Papai! Vou derramar!

Maddy riu, derramando uma poça de leite.

Finn ficou de quatro e lambeu o leite do chão.

— Sou um gato — disse.

— Nojento — retrucou Maddy, e me soprou um beijo. — Boa noite, mãezinha. Amo você. Boa noite, pessoal.

— Boa noite, fofura — respondeu Peter, se reclinando no sofá. — E nem mais um pio.

Observei Jonas mexendo na cera da vela, da mesma forma que Finn havia feito. Ele apertou a cera entre os dedos sem nem pensar. Deu a forma de uma bola, depois um cisne, uma tartaruga, um cubo, um coração — como se seus dedos estivessem expondo seus pensamentos. E percebi que, quando o conheci, ele tinha a idade de Finn. Um menino gentil. Impossível de imaginar que meu pequeno poderia se tornar o furacão na vida de alguém. Jonas levantou o olhar, me pegou olhando para ele.

— Vocês estragam essas crianças — diz minha mãe, depois que os dois desapareceram trilha adentro na escuridão. — No meu tempo, as crianças deviam ser vistas e não ouvidas.

— Se ao menos essa regra *ainda* se aplicasse a você, Wallace — ironizou Peter.

— Seu marido é terrível — comentou minha mãe, contente. — Não sei como você o atura todos esses anos.

— O amor é cego, graças a Deus. Ou pelo menos a minha mulher é — brincou Peter, rindo. — Esse é o segredo da minha felicidade.

— No meu tempo a gente simplesmente se divorciava e casava de novo — argumentou minha mãe. — Tão mais simples. Revigorante, até. Como comprar roupas novas.

— Hã... Minha lembrança é um pouco diferente — respondi. — E se Anna estivesse aqui, posso garantir que ela concordaria comigo.

— Ah, por favor! Você se saiu bem. Se seu pai e eu tivéssemos continuado casados, quem sabe o que você poderia ter virado. Uma coisinha à toa sem personalidade. Uma gerente de hotel. O divórcio é bom para as crianças.

Ela se pôs de pé e começou a limpar alguns pratos de sobremesa que tinham sobrado.

— Pessoas infelizes são sempre mais interessantes.

Podia sentir a revolta familiar crescendo dentro de mim, mas Jonas se inclinou e sussurrou:

— Ignore. Ela diz coisas que não quer quando bebe. Você sabe disso.

Assenti, me servi de um copo de *grappa*, estendi a garrafa para ele. Nossos dedos se tocaram quando ele a pegou de mim e se serviu.

— Um brinde — propôs ele, erguendo o copo.

— Ao que estamos brindando? — perguntei, batendo meu copo no dele.

— Ao amor cego.

Os olhos dele não abandonavam os meus.

Esperei alguns minutos antes de me levantar e sair da mesa.

Minha mãe estava diante da pia, de costas para mim.

— Uma ajuda com esses pratos seria bem-vinda, Eleanor. A água quente está se recusando a ficar quente de novo.

— Num minuto. Vou ao banheiro.

— Faça xixi nos arbustos. É o que sempre faço.

Escapuli pela porta dos fundos, esperei nas sombras me perguntando se o tinha interpretado corretamente, me perguntando como me sentiria se estivesse errada, deixada aqui plantada como uma garota ridícula de dezesseis anos. A porta da varanda se abriu e passos se aproximaram pela trilha arenosa. Jonas parou, olhou ao redor na escuridão, me encontrou. Ficamos ali, com o ruído do vento na lagoa e o coaxar que parece um mugido das rãs-touro.

— Você está esperando por mim, Elle?

— *Shhh.*

Pus os dedos sobre os lábios dele. Lá dentro, a calmaria vaga das vozes. Algo no toca-discos.

— Vire de costas — sussurrou, erguendo minha saia. — Coloque as mãos contra a parede.

— Você está me prendendo?

— Sim.

— Rápido.

– MÃE!

Alguém está puxando minha camisa.

— Mãe! Você está ouvindo? — pergunta Maddy. — A gente pode mergulhar ou não?

— A gente achou uma toca de peixes ontem — diz Finn. — Pode ter ovos.

— Então? A gente pode ir? — pergunta de novo Maddy. — Mãe!

Balanço a cabeça para clareá-la, tento me concentrar.

— As máscaras e os pés de pato estão na primeira cabana — consigo dizer. Sinto-me imunda, contaminada, desesperada para esfregar as entranhas. E com o coração partido. Porque sei que a radiação já contaminou meu corpo com os materiais perigosos, e não sei se vou sobreviver a isso.

Maio de 1973, Briarcliff, Nova York.

Uma bonita manhã no fim da primavera. Dia do casamento do meu pai. Estou usando um vestido de renda, sapatos de verniz, meias brancas e opacas até os joelhos. Tenho seis anos. Meu pai está se casando com a namorada dele, Joanne. Joanne é uma romancista famosa — "um partidão", nos conta nosso pai.

— Nada mais atraente do que uma mulher forte — comenta ele.

O cabelo dela cheira a Herbal Essences.

— É que o pai de vocês gosta de ser mandado.

Joanne ri. E eles se beijam bem na nossa frente.

Joanne tem apenas vinte e cinco anos.

— A gente quase podia ser irmãs! — diz ela a Anna, que tem nove.

Ela é bonita e atarracada e tem um casaco de pele de ovelha. Fico preocupada que a ovelha tenha que viver sem a pele, e digo isso a ela. Eles se mudaram para o subúrbio. Meu pai se desloca até a cidade para trabalhar todos os dias, mas raramente o vemos quando está lá.

Joanne dirige um Mustang vermelho novo. Minha mãe acha que vermelho é cafona, digo a ela da primeira vez que vejo o carro. Você devia ter comprado azul. E ela finge uma risada. Azul é de bom gosto, digo. Você nem sabe o que isso significa, retruca Anna, me beliscando com força no braço.

Joanne gosta de Anna, mas ela e eu "não combinamos", diz ela a Anna, que repete aquilo para mim. Algumas vezes, Joanne vem à cidade e leva Anna para um "dia das garotas" especial: ver as vitrines da F.A.O. Schwartz, almoçar na Schraft's, patinar no Wollman Rink. Ela compra para Anna uma bolsa fúcsia e laranja da Marimekko com botões prateados brilhantes que parecem moedas. Ela adora o cabelo castanho-escuro e grosso de Anna e a ensina a escová-los dez minutos por dia para deixá-los brilhantes.

Todas as noites, às dezoito horas em ponto, Joanne bebe seu gim-tônica, enquanto meu pai faz o jantar e abre uma garrafa de vinho para a bebida poder respirar. Ele gosta de cozinhar com chalotas e me deixa sentar num banquinho alto na cozinha para eu poder ajudá-lo a descascar as cenouras. Ele cozinha numa grande panela preta de ferro fundido que precisa limpar com óleo em vez de com água e sabão. Limpar assim ia acabar com a panela, diz. Ele explica que o óleo cura a panela, e pergunto:

— Cura de quê?

Joanne se ressente amargamente do fato de meu pai ter de pagar pensão alimentícia e mensalidades escolares. Nas noites de domingo, quando nos leva de volta à estação de trem, ela nos entrega um pedaço de papel dobrado — uma lista de coisas que ela deduziu do "pagamento" da minha mãe: *8 fatias de pão, 4 colheres de sopa de manteiga de amendoim, 6 iogurtes, 2 tortas de frango congeladas, caixas de comida pronta...*

AGORA VEJO meu pai caminhar pela nave. A meu lado, no banco da igreja, vovó Myrtle se senta ereta, o chapeuzinho redondo torto, os lábios apertados. Ela também não gosta de Joanne. Da última vez que Joanne e meu pai nos deixaram na casa de nossos avós, nossas malas estavam repletas de roupas sujas.

— A mulher é uma desleixada — dissera minha avó. — E preguiçosa como um gato ao sol. O pai de vocês pode ter se formado *summa cum laude* em Yale, mas não tem cérebro da cintura para baixo. Como pôde ter escolhido ela? Vou ter que ver se vocês não têm piolhos.

Olho para as dobras da renda branca em meu colo, arranco uma casquinha de ferida do joelho. Minhas pernas estão cobertas de cicatrizes de impetigo e de feridas resultantes de uma queda no concreto áspero sob o trepa-trepa do parquinho. Ela se estica e pega minha mão, me dá um aperto reconfortante. Gosto da sensação da aliança de casamento prata, já desgastada, contra os nós de meus dedos. Ela apoia nossas mãos juntas em meu colo. Sigo as veias azuis fininhas nas costas das mãos dela. Amo-a tanto.

Anna está vestindo azul-marinho. Ela ficou gordinha e Joanne achou que a cor seria apropriada. Nervosa, bato o sapato no chão. Anna me chuta na canela. Disseram-me para não incomodar. Um feixe de luz vermelha cruza o altar em frente à igreja. Eu o sigo até uma janela alta de vitral. É o sangue de Cristo, saindo das feridas abertas dele. Meu pai passa por mim, na direção do padre. Corro para a nave, me atiro aos pés dele, agarro a perna da calça e seguro firme. Ele tenta se livrar de mim, ainda sorrindo para os convidados do casamento, mas não vou soltar. Sou uma fúria de renda branca, ranho e lágrimas. Ele avança alguns centímetros, fingindo ignorar a criancinha agarrada a seus tornozelos. Sou um peixe sugador.

Meu pai e eu havíamos chegado ao altar. O organista inicia a marcha nupcial. Os convidados se levantam, um pouco inseguros. Joanne espuma em nossa direção pela nave, um véu bufante enorme escondendo sua fúria. Ela havia escolhido um minivestido de cetim, e as pernas grossas sobressaem. Parecem salsichas enfiadas em sapatinhos minúsculos. Ela passa por cima de mim, pega as mãos de meu pai e acena com a cabeça para o padre. Estou deitada no chão, enrolada nos tornozelos dele, enquanto eles fazem os votos. *Por que ela não está usando calcinha?*, penso quando dizem a palavra "Aceito".

Novembro de 1973, Tarrytown, Nova York.

Um dos "fins de semana" de nosso pai. Ele devia ficar conosco a cada dois fins de semana, mas essa é a primeira vez que o vemos em mais de um mês. Eles tiveram compromissos intermináveis. Joanne tem muitos amigos e todos querem conhecer o velhote dela, conta ele.

— Quem é o velhote? — pergunto. — *Nós* o conhecemos?

A casa é marrom. No quintal, cordas penduradas em uma árvore nua onde costumava haver um balanço. Além delas, um cume rochoso leva a um pequeno lago lamacento. Não dá para nadar, diz meu pai, mas no inverno vai congelar e a gente pode patinar. A sala de estar é comprida e estreita, com uma enorme janela de vidro laminado com vista para "o lago", como Joanne o chama.

— Propriedade perto da água é impossível de encontrar — comenta ela.

O único cômodo da casa sem carpete felpudo de uma parede à outra é a cozinha.

Sábado à tarde. Anna e eu estamos sentadas no chão da cozinha jogando bugalha com as pecinhas. Lá fora, a chuva golpeia a janela, uma escuridão implacável. Estou chegando no dez e estou prestes a virar quando Joanne entra brandindo a escova de cabelos. Ela puxa alguns fios de cabelo para fora, agita-os na minha frente.

— Você usou minha escova de cabelos, Eleanor. Depois de eu dizer para você não fazer isso.

— Não usei — nego, embora tivesse usado.

— Houve um surto de piolhos na sua nova escola chique. Vou ter de ferver.

Ela está furiosa.

— Se esta escova ficar arruinada, envio a conta para sua mãe. São cerdas de javali.

— Não fui eu!

— Os cabelos são loiros. Não vou tolerar mentiras nesta casa.

Ela se abaixa e recolhe as peças da bugalha do chão.

— Devolve! — grito.

Meu pai sai da garagem arrastando os pés.

— Qual é, vocês duas? Sem contendas, sem dentadas.

— Não fale comigo como se eu fosse uma criança, Henry — diz Joanne.

— Ela pegou nosso jogo sem motivo, e não vai devolver — argumento.

— Elle usou a escova de cabelos de Joanne sem pedir — conta Anna.

— Não é verdade! — defendo-me.

— É só uma escova de cabelos... Tenho certeza que Joanne não se importa. Já disse que sua avó foi campeã de bugalha na escola dela?

Ele abre o congelador e olha dentro.

— Que tal torta de frango para o jantar? Jo e eu vamos sair à noite.

— Não quero que você saia — digo. — Você sempre sai.

— Vamos estar na casa ao lado. E vamos encontrar uma garota legal daqui para tomar conta de vocês.

— Podemos assistir à TV? — pergunta Anna.

— O que quiser.

— Não gosto daqui — disparo. — Esta casa é feia. Quero ir para casa.

— Cale a boca — retruca Anna. — Pare de estragar tudo.

Saio correndo da cozinha em lágrimas.

Atrás de mim, ouço Joanne dizer, por entre as próprias lágrimas de raiva:

— Não aguento mais isso, Henry. Não me inscrevi para ser mãe.

Eu me atiro na cama e escondo o rosto no travesseiro.

— Odeio ela, odeio ela, odeio ela — entoo, como uma oração.

Quando meu pai vem me confortar, viro as costas e me enrolo como um tatu-bola.

Ele me ergue para o colo dele e me acaricia o cabelo até que os soluços serenem.

— Não vou a lugar nenhum hoje à noite, coelhinha. Já passou. Já passou.

— Ela é má — acuso, por entre lágrimas.

— Ela não tem a intenção de ser. Isso é difícil para vocês duas. Joanne é uma boa mulher. Dê uma chance a ela, por favor. Por mim.

Eu me aconchego ainda mais nos braços dele e aceno, sabendo que é mentira.

— Boa garota.

— Pelo amor de Deus, Henry — diz Joanne, quando ele avisa que vai ficar em casa com a gente. — Combinamos com os Streep semanas atrás.

— Você vai ficar bem. Os Streep são mais seus amigos, de qualquer forma. E Sheila vai ter preparado algo delicioso. Não vejo minhas meninas há semanas.

— É sábado à noite. Não vou sair sozinha.

— Melhor ainda. Fique em casa comigo e com as meninas. Vamos ver um filme, fazer pipoca.

— A babá já está a caminho. Não podemos cancelar agora.

Ela vira de costas para ele e se olha no espelho do corredor, colocando as enormes argolas de ouro. Alisa as sobrancelhas e dá em cada uma das bochechas um beliscão forte.

— Vamos pagar a ela por ter se deslocado. Ela vai entender.

Olho para o reflexo de Joanne no espelho, observando, fascinada, enquanto as narinas dela ficam maiores e menores, e maiores e menores. A boca é um traço furioso. Quando me flagra olhando para ela, sorrio em triunfo.

No fim, porém, ela vence. Todos os fins de semana seguintes, quando nosso pai nos busca na estação de trem, ele nos põe no carro e nos deixa com os pais de Joanne, a meia hora de distância. Sempre há uma nova desculpa: as regras de Joanne vieram e ela está se sentindo mal; a casa está sendo pulverizada para acabar com as formigas, eles foram convidados para uma festa em uma casa em Roxbury e Joanne acha que vamos ficar entediadas, mas no próximo fim de semana vamos ficar com ele, é uma promessa. Quando acena um adeus do carro para nós, ele parece sempre tão triste, e sei que a culpa é minha.

O pai de Joanne, Dwight Burke, é um poeta famoso. Ele tem uma voz áspera e adorável e usa terno no café da manhã. Carrega um copo de uísque quando sobe para o escritório de manhã. A esposa dele, Nancy, é uma mulher grande e calorosa. Católica. Ela carrega um rosário no bolso do avental e me pergunta se acredito em Deus. Assa pães redondos amanteigados e chama o almoço de "refeição". O cabelo dela está sempre arrumado. Eles são o tipo de pais a respeito dos quais só li nos livros. Refinados e amáveis. Não consigo entender como criaram uma vaca tão horrível.

O irmão mais novo de Joanne, Frank, ainda mora em casa. Ele tem quinze anos. Sua concepção foi uma surpresa.

— Uma bênção — diz Nancy quando Anna pergunta por que Frank é tão mais novo que a Joanne.

— Ela quer dizer um erro — explica Frank.

Ele tem cabelo loiro com corte militar e acne. Quando se inclina na calça cáqui, podemos ver o cofrinho dele.

Os Burke moram em uma casa de tijolos brancos de três andares cercada por delfínios e canteiros de doces paquisandras, com vista para uma faixa do rio Hudson. A casa é cheia de labradores chocolate com nomes como Cora e Blue e do cheiro constante de levedura em fermentação. Nas manhãs de domingo, vamos à igreja.

Anna e eu temos nosso próprio quarto em um pequeno sótão atrás da cozinha. Uma escada oculta leva da porta de um armário de vassouras na despensa até nosso quartinho.

— Da empregada — é assim que Nancy o chama.

Ninguém mais usa essa parte da casa. As vidraças em formato diamantino dão para uma rocha cinzenta íngreme que chora água fria de algum lugar bem lá no fundo.

Anna e eu voltamos a ser amigas. Brincamos de estátua no jardim, sentamos na escada de madeira fazendo bonecas de papel, ou lemos nossos livros enroscadas na cama. Ninguém nos incomoda. Ninguém grita. Quando é hora da refeição, Nancy toca um cincerro e corremos escada abaixo até a sala de jantar, onde o fogo está sempre aceso, mesmo se for verão. Gosta de nos ter aqui, diz ela. Nancy nos sufoca com abraços e beijos, e desfaz nossas malas de fim de semana nas gavetas da cômoda de nogueira. Frank tem uma sala de recreação nos fundos da casa, onde cria ratos, hamsters e gerbis em aquários. Eles olham através da sala para Waldo, a jiboia que vive numa gaiola de vidro maior no meio deles. À noite, depois do jantar, Frank nos força a assistir enquanto ele alimenta a cobra com bebês ratinhos pequenininhos. Sem pelo. Imploro para sair da sala, mas ele bloqueia a porta. A sala cheira a serragem de cedro e medo.

— Vocês estão se divertindo aí dentro? — grita Nancy da cozinha, onde está terminando de lavar os pratos.

— Estamos alimentando Waldo! Aqui. Pegue.

Ele enfia um ratinho pelado se contorcendo na mão de Anna.

— Não quero — responde ela.

Anna tenta estender o ratinho de volta para ele, mas ele enfia as mãos nos bolsos.

— Se você não alimentar Waldo, ele vai ficar com fome esta noite. Ele pode tentar escapar. Você sabia que mesmo uma jiboia jovem pode constringir um ser humano até a morte em segundos?

Anna abre a tampa da gaiola da cobra, fecha os olhos e solta o filhotinho de rato. Vejo-o cair em uma pilha macia de lascas de álamo. Por cinco longos segundos, ele pisca e olha ao redor, aliviado por estar vivo. Waldo desliza para a frente e então ataca. O rato se foi. Tudo o que resta é uma pequena saliência do tamanho de uma bola de gude na garganta de Waldo. Observamos enquanto os músculos movem aquilo para baixo na direção do estômago da cobra — um movimento de engasgo, sinuoso.

Frank ama a cobra, mas ama os hamsters ainda mais. Ele os cria e vende para bancar pequenas despesas pessoais. São os bens mais preciosos dele. Em um fim de semana, Goldie, a hamster favorita, escapa. Frank está frenético. Ele sobe e desce a escada, correndo, procurando debaixo dos sofás, tirando livros da prateleira, chamando por ela. Tem certeza que um dos cachorros a comeu e chuta a labradora mais velha, Mabel, que dá ganidos e sai mancando.

— Está tudo bem? — grita Nancy da cozinha, onde está preparando um guisado de carne.

Frank se volta contra mim agora. Acusa-me de ter alimentado Waldo com Goldie.

— Sei que você me acha feio. Ouvi você dizer isso.

Ele me prende contra a parede da escada. O hálito dele cheira a Cheetos e leite. Fico olhando o pó laranja fluorescente que se formou ao redor dos lábios dele, enquanto juro que não.

Naquela noite, quando Nancy puxa o cobertor de Anna para cobri-la, o corpo inerte de Goldie surge na cama. Ela tinha sido esmagada entre a cama e a parede. Nancy pega uma vassoura e uma pazinha de lixo, abre a janela e joga Goldie nos arbustos de hortênsias.

Frank está assistindo da porta. Um som estridente e gorgolejante sai da garganta dele. O rosto se contorce em tiques, a acne se dilata num vermelho-escuro. Tenho certeza que está sufocando. Observo, paralisada, me perguntando se ele vai morrer. Em vez disso, ele solta um soluço estrangulado. Anna e eu olhamos uma para a outra, horrorizadas, e então caímos na gargalhada. Frank sai correndo, envergonhado. Ouço o pisar forte dos pés na escada de madeira, ouço o bater distante de uma porta. Nancy encara a escuridão, de costas para nós.

No fim de semana seguinte, quando chegamos à estação de trem, nosso pai diz que vamos passar o fim de semana com ele e Joanne. Dwight e Nancy acham que seria melhor.

CAPÍTULO 6

11h30

Na família da minha mãe, divórcio é apenas uma palavra com oito letras. Letras que podiam facilmente ser substituídas por *Estou entediado* ou por *Má sorte*. Tanto o pai quanto a mãe dela se casaram três vezes. Meu avô Amory, que construiu o Palácio de Papel, viveu na casa na lagoa até o dia em que morreu, cortando lenha com botas de caminhada, pescando, andando de canoa, observando o ecossistema da lagoa se transformando. Ele monitorou os nenúfares, as garças-azuis enormes, contou tartarugas-pintadas se aquecendo ao sol nos troncos que apodreciam e ficavam acinzentados nas águas rasas. Esposas entravam e saíam, mas a lagoa continuava sendo dele. Ele é que a tinha descoberto, saindo aos tropeços da floresta densa com o rifle de caça aos dezoito anos, encontrado a água pura e fresca, o fundo arenoso branco, e bebendo dela. Quando morreu, vovô Amory deixou a casa para Pamela, a terceira e última esposa dele. Só ela tinha provado ser digna, compreendido a influência poderosa, a alma — a religiosidade — da lagoa. O Palácio de Papel ficou para minha mãe. O irmão dela, Austin, que nunca abandonou Antigua, não queria nada. Mas para minha mãe era tudo.

Na parede de meu escritório na Universidade de Nova York, há uma foto em preto e branco de minha mãe quando menina na Guatemala. Meu escritório é o paraíso dos acumuladores — livros caindo das prateleiras, mesa com pilhas altas de teses de doutorado, tocos de lápis, artigos de literatura comparada a serem avaliados, uma muda de abacateiro deprimente e velha que sou obrigada a manter porque Maddy a "fez" em meu aniversário quando tinha seis anos. Os únicos espaços vazios são as paredes brancas, totalmente nuas, exceto por aquela única foto. Na imagem, minha mãe está montada num cavalo palomino. Ela usa tranças compridas e veste uma batinha bordada, calça jeans enrolada na bainha, *huaraches* de couro. Ela tem quinze anos. Atrás dela, um menininho vestido de branco caminha pela estrada poeirenta empurrando um carrinho de mão de madeira; campos abertos se abrem na direção de penhascos de lava no sopé acidentado de um vulcão encoberto. Com uma das mãos, minha mãe segura a ponta da sela de vaqueiro. Na outra, uma espiga de milho. Ela está sorrindo para a câmera, descontraída, feliz — um abandono e uma liberdade que nunca vi no rosto dela. Os dentes são brancos e alinhados.

Ela me disse que a foto foi tirada pelo belo jardineiro, que o menininho era filho dele; que, segundos depois que a foto foi tirada, o menino atingiu o cavalo com o carrinho de mão, o cavalo disparou, galopou pelo campo e a arremessou, quebrando o braço dela e duas costelas. No outono seguinte, minha mãe saiu da Guatemala e foi para um colégio interno chique na Nova Inglaterra, onde jogava tênis de roupas brancas e tinha de frequentar a capela todas as manhãs. Ela nunca se arrependeu.

Sempre adorei essa foto. Ela me lembra o Davi, de Michelangelo: um momento esculpido na eternidade um instante antes do disparo — um pouquinho antes de tudo mudar; e a casualidade das coisas que nos levam a virar à esquerda, ou à direita, ou a simplesmente sentar numa estrada poeirenta e nunca mais seguir em frente. Aquele menino, aquele carrinho de mão, aquele cavalo, aquela queda, a escolha de minha mãe de deixar a Guatemala, de voltar para o bosque — e assim ganhamos a lagoa.

Da varanda observo Finn e Maddy saltitando na parte rasa. Maddy aponta para algo se movendo perto dos nenúfares. Finn dá um passo para trás, mas Maddy segura a mão dele, maternal.

— Tá tudo bem, cobras-d'água são inofensivas — explica ela.

Eles observam a cabecinha preta fazendo curvas em S na superfície da lagoa.

— Olha! Peixinhos! — diz Finn, e desaparecem debaixo d'água juntos.

As pontas amarelas brilhantes das máscaras de mergulho deixam a superfície marcada com formas do número oito.

— Alguém viu meus óculos escuros? — Minha mãe perambula da cozinha para a varanda. — Sei que deixei eles na estante. Alguém deve ter tirado do lugar.

— Estão bem aqui. Na mesa. Exatamente onde você os deixou — comendo.

— Vou dar um pulo até ali ao lado. Prometi para Pamela que levaria uma garrafa de leite e dois ovos.

— Você devia ter pedido a Peter para comprar umas coisas para ela.

— Duvidoso. Qualquer pessoa com bom senso sabe evitar o marido como uma praga quando começa a sair fumaça dos ouvidos dele. Mas você, Eleanor, insiste em chegar com o fósforo e atear fogo no cabelo de todo mundo. Estou me retirando, com meu frasco de leite e meu embrulho de ovos. Estarei de volta quando você e seu marido pararem de agir feito crianças na frente dos seus filhos. Você devia tentar não ser tão difícil, querida. Ele é um bom homem. Um homem sensato. Você tem sorte de ter ele.

— Eu sei.

— E tome algo para essa ressaca — sugere ela. — Você está pálida e parecendo prestes a vomitar. Tem água tônica na geladeira.

Minha mãe sempre teve uma quedinha por Peter. Ela não está errada. Ele é um homem maravilhoso. Uma nogueira imponente. Gentil, mas nunca fraco. A força dos rios. Obstinado, atencioso, interessante. Um sotaque inglês sedutor. Ele nos faz rir. Ele me adora. Adora nossos filhos. E eu o adoro também, com um amor tão profundo e forte quanto as raízes de uma árvore. Há momentos em que quero despedaçá-lo membro a membro, mas essa provavelmente é a definição de casamento. Papel higiênico pode levar à Terceira Guerra Mundial.

Minha mãe desaparece entre as árvores na outra extremidade de nossa praia, cesta de ovos numa das mãos, garrafa de leite na outra. Três minutos depois posso ouvi-la gritando "Olá-áá!" quando sai da floresta para a propriedade de meu avô. Ele está morto há muitos anos, mas sempre será a casa *dele*. Uma porta de tela se abre, bate, o ruído distorcido de uma risada, Pamela dizendo "Ah, céus!". Pamela é uma década mais velha, mas ela e minha mãe são grandes amigas.

— Ela é praticamente a única pessoa que ainda consigo suportar neste bosque — diz minha mãe. — Só que seria mais agradável se ela usasse qualquer outra cor além de roxo. E você ia pensar que ela inventou o botulismo, da maneira como cozinha. Encontrei um pedaço de queijo azul na geladeira dela que no fim das contas era manteiga. Todo mundo diz que meu pai morreu de velhice, mas desconfio que ela pode ter envenenado ele por engano.

Há barulho de cascalho e areia, o carro de Peter estacionando. Eu me preparo para o que está por vir. Tudo? Nada? Algo intermediário? Um instante impotente. Sem saber o que esperar. Ouço ele vindo pela trilha em minha direção, e meu estômago sofre uma ligeira queda livre. Dou as costas para a porta de tela, ajeito o corpo em uma posição neutra no sofá e pego meu livro para que ele também não seja capaz de me decifrar. É tudo judô. Mas ele passa pela varanda e anda na direção das cabanas.

— Jack, abra!

Ele esmurra a porta da cabana.

— Fora. Agora.

Eu me viro e tento ler o rosto de Peter de onde estou sentada. Jack aparece e se senta ao lado do pai nos degraus. Não consigo ouvi-los, mas vejo Peter falando de forma enérgica, Jack escutando com um olhar sombrio, depois explodindo em gargalhadas. Meu corpo inteiro se desmancha em alívio. Meu marido e meu filho alto e magricela se levantam e andam na minha direção. Ambos estão sorrindo.

— Se acalmou um pouco, patroa? — pergunta Peter.

Ele enfia a mão no bolso para pegar os cigarros, dá palmadinhas nos bolsos buscando o isqueiro.

— Trouxe seu filho envergonhado. Ele entende que se comportou como um bostinha e nunca, nunca mais deve falar com a mãe daquele jeito de novo. Peça desculpas para a sua mãe.

Ele bagunça o cabelo de Jack.

— Desculpa, mãe.

— E... — incentiva Peter.

— E nunca, nunca mais vou falar com você daquele jeito de novo — diz Jack.

Peter me pega pelas duas mãos e me puxa do sofá.

— Animação, rabugenta. Está vendo? Seu filho ama você. Agora, rumo à praia? — indaga Peter.

Ele vai até a porta da varanda e grita para Maddy e Finn.

— Oi! Fora da lagoa. Estamos saindo em cinco minutos.

Eles respingam água um no outro e mergulham, ignorando-o.

— Então, posso pegar o carro? — pergunta Jack.

— No seu sonho, companheiro.

— Então você pode *pelo menos* me deixar na casa do Sam?

Dois segundos, e Jack já voltou a ser o adolescente cheio de razão tendo os direitos injustamente negados. Isso devia me irritar. Mas, nesse momento, quando meu coração está girando fora do eixo, a total previsibilidade dele é uma boia salva-vidas. Viro minha bochecha na direção dele.

— Beijo, por favor, pestinha.

Ele me dá uma beijoca relutante, mas sei que me ama.

Peter olha o relógio.

— Merda. Estamos incrivelmente atrasados. Reúna os gatinhos, Elle. Vou pôr as coisas no carro. Jack, ligue pro Sam e peça que ele pegue você no fim da estrada em dez minutos.

Grito para Finn e Maddy mais uma vez e ando pela trilha até o banheiro. O saco plástico vedado com todo o nosso protetor solar dentro desapareceu misteriosamente. Sei que deixei na despensa ontem. Puxo a última das gavetas amplas do armário embutido para roupas de cama, mesa e banho — onde minha mãe enfia qualquer coisa que encontra pela casa que considera feia. Está lá, claro, junto com um par de chinelos de Maddy que eu estava procurando e um calção de banho úmido de Peter que agora tem aquele fedor de mofo esquecido-na-máquina-de-lavar-por-três-dias. Enterrada no fundo da gaveta está uma grande garrafa térmica xadrez vermelha que minha mãe tem desde que eu era mais jovem que Maddy. Tempos atrás, havia um copo chique de plástico bege que se encaixava perfeitamente no topo. Desenrosco a tampa e dou uma cheirada na garrafa térmica. Provavelmente já se passaram vinte anos desde que minha mãe a usou e, no entanto, o cheiro mais tênue de café velho ainda sobrevive nas paredes de plástico duro. Enxaguo-a, encho-a com água da torneira da banheira, tomo um gole. A água tem um gosto ligeiramente metálico de cano. Preciso de gelo.

No fim da trilha, paro por um momento, observo meu adorável marido virando a esquina com três pranchas na cabeça, uma pilha de toalhas debaixo do braço, as crianças grudadas nos calcanhares dele. Eu não o mereço.

— Peter! — grito.

— Sim?

— Amo você.

— Claro que ama, sua idiotinha.

CAPÍTULO 7

Maio de 1974, Nova York.

Temporada da flor de cerejeira. A colina atrás do Metropolitan Museum é um mar cor-de-rosa. Comeria algumas, se pudesse. Subo nos galhos baixos de uma árvore e me escondo em uma copa de flores. Em meio às florações, consigo ver os antigos hieróglifos das Agulhas de Cleópatra.

Minha mãe espalha um pano xadrez na encosta sombreada e coberta de grama, extrai um prato de papel da cesta e despeja um saquinho plástico vedado com ovos cozidos descascados. Ela desdobra um quadrado de papel-alumínio, cheio de uma mistura de sal e pimenta, mergulha a ponta mais fina do ovo e dá uma mordida.

— *Nhami* — diz em voz alta para si mesma.

Ela procura pela garrafa térmica xadrez vermelha na cesta, desenrosca o copo plástico de cima e se serve de um pouco de café com leite.

— Eleanor, desça daí. Não temos o dia todo.

Desço com cuidado. Estou usando um *collant* e uma meia-calça por baixo do macacão e não quero rasgá-los. Estamos indo direto do parque para minha primeira aula de balé.

— Aqui... — Minha mãe me dá um saco de papel pardo e uma caixinha de leite. — Tem manteiga de amendoim e manteiga, ou linguiça de fígado.

É sábado e o parque está lotado, só que mais ninguém se incomoda em escalar as rochas e vir até esse bosque escondido. Acho um lugar seco na grama, estendo o cardigã nele e sento ao lado da minha mãe. Ela está imersa em um romance, então almoçamos em silêncio. Acima de nós, o céu está do mais puro azul. Consigo ouvir o zumbido baixo dos insetos, o estalo distante de uma bola de beisebol, uma súbita torcida alegre. As rochas têm um cheiro doce e limpo. É o primeiro dia oficial da primavera, e elas estão arejando ao sol depois de um longo inverno hibernando debaixo de montes de neve e de merda de cachorro.

— Trouxe biscoitos de noz-pecã — avisa minha mãe. — Quer o último ovo cozido?

— Preciso fazer xixi.

— Bom, vá atrás daquela pedra.

— Não posso.

— Não seja fresca, Eleanor. Você tem sete anos. Quem no universo vai se importar?

— Estou de *collant* e meia-calça.

— Muito bem, então vai ter de segurar até chegar lá. — Ela dobra a pontinha da página, enfia o livro na bolsa e começa a embalar o nosso piquenique. — Me ajude a guardar isso.

As aulas de balé foram um presente do meu pai — que não quero. Queria ginástica, como qualquer outra menina da minha turma. Plantar bananeira e fazer a posição da ponte. Anna diz que tenho ossos grandes demais para o balé. Pior de tudo, perdi a primeira aula, então todas as outras meninas vão estar na minha frente.

Minha mãe olha o relógio.

— São duas e quarenta e cinco. Precisamos correr ou vamos nos atrasar.

Quando chegamos ao estúdio de madame Rechkina, as outras meninas já estão alinhadas em frente à parede espelhada, coquezinhos perfeitos em redes pretas. Estou sem ar, minha meia-calça coberta de manchas de sujeira.

— Mamãe, chegamos tarde demais.

— Que bobagem.

— Preciso ir ao banheiro.

— Você vai se sair bem. — Ela abre a porta do estúdio e me dá um pequeno empurrãozinho. — Nos vemos daqui a uma hora.

Madame Rechkina me recebe com um sorriso de lábios apertados e gesticula para as meninas abrirem espaço no meio da sala. Assumo meu lugar. Coloco os pés na primeira posição. O pianista começa um minueto.

— *Pliée, mademoiselles.*

A madame caminha pela sala, fazendo correções.

— *Pliée encore!* Braços graciosos, por favor!

Observo a menina na minha frente e tento copiá-la.

— *À la seconde!* — grita a madame.

Posiciono os pés mais afastados e dobro os joelhos. E então acontece. Uma grande poça se forma no piso de madeira lustroso abaixo de mim, se espalhando depressa e encharcando as pontas da minha sapatilha de balé rosa. A música para. Atrás de mim, ouço um grito agudo. Saio correndo da sala aos prantos, deixando um rastro de pegadas molhadas no chão imaculado, e me tranco no banheiro.

— Srta. Josephine! — grita a madame para a assistente. — Um esfregão, *s'il vous plaît. Vite, vite!*

No fim de semana seguinte, minha mãe me faz voltar.

— Eleanor — diz com firmeza —, não somos uma família de covardes. Você precisa encarar os medos. Se não for assim, você perdeu a batalha antes de ela começar.

Imploro que ela me deixe ficar em casa com Anna, mas ela me interrompe:

— Não seja ridícula. Você acha que aquelas meninas nunca fizeram xixi antes?

— Não no chão — comenta Anna, rindo tanto que até segura a barriga.

12h30

O estacionamento da praia está escaldante. Saio do carro para o asfalto arenoso e solto um grito.

— Jesus, filho da puta. — Salto de volta para o Saab. — Acho que acabei de descascar a pele da sola dos pés.

Tateio em busca dos chinelos, encontro-os entalados debaixo do assento do passageiro.

— Vocês dois deviam colocar meias. A areia vai estar escaldante. — Entrego a Finn um par de meias brancas sujas e suadas que peguei no assoalho na minha frente. — Maddy?

— Estou bem. Estou usando sandálias — responde ela.

— As laterais dos pés vão ficar queimadas.

— Mãe... — Maddy me lança um olhar aflito. — Não vou usar meia e sandália. Que horror.

— O que tem de errado com meia e sandália? — Peter sai e começa a retirar as coisas do porta-malas. — É o uniforme dos ingleses no exterior.

Espero até todos estarem fora do carro antes de abaixar o retrovisor e checar o rosto no espelho. Corro os dedos pelo cabelo, belisco as bochechas, amarro a canga mais para baixo nos quadris. Posso ver a caminhonete caindo aos pedaços de Jonas estacionada mais à frente.

Peter está parado ao lado da porta aberta do carro.

— Aqui. — Ele pega minha mão e me puxa para fora.

Pego a pilha de toalhas e as garrafas térmicas com água gelada.

— E seja legal com a Gina quando ela enfatizar que estamos uma hora atrasados. Não a Eleanor megera. Seja boazinha.

— Sou sempre legal.

Dou um chute na bunda dele quando passa por mim, mas ele consegue se desviar.

Quando alcançamos o topo da duna, uma centena de guarda-sóis se tornam visíveis. De uma cor só. Listrados. Vermelho, branco e azul. A água está azul-turquesa, uniforme, clara. Nada de maré vermelha, nada de sujeira. Um dia de praia perfeito. Um dia de *tagarelice*. Crianças jogando frisbee, fazendo castelos e cavando buracos fundos que se enchem de água de uma nascente debaixo da areia. Lindas jovenzinhas desfilando autoconscientes em biquínis, como se não soubessem que são observadas. Procuro por Jonas. Ele sempre fica mais para a esquerda.

Peter os vê primeiro. Eles montaram uma tenda de praia listrada nas cores amarelo e branco. Parece uma tenda de circo, fechada em três lados, mas aberta para o mar. Gina está de pé ao lado dela, acenando com uma toalha fúcsia para nós. Maddy e Finn descem a duna correndo em direção a ela e Peter segue no encalço. Fico para trás, me preparando para o que quer que aconteça. E se Peter sentir algo diferente entre mim e Jonas? E se Gina notou que nós dois sumimos ao mesmo tempo na noite passada? Tento visualizar o cômodo antes de sair pela porta dos fundos. Jonas à mesa, recostado na cadeira, fora da claridade da luz das velas. Peter desmaiado no sofá, Gina rindo de algum comentário feito por Dixon, minha mãe servindo *grappa* em copos de café *espresso*, limpando pratos, lavando copos na pia. Tenho quase certeza de que Gina estava de costas para mim. Jonas está sentado na areia, olhando o mar. Respiro fundo. Não somos uma família de covardes.

Julho de 1976, Back Woods.

Estou flutuando num bote de borracha azul. Meus olhos estão fechados, o rosto ao sol. Partículas pretas dançam sob as pálpebras no vermelho opaco. Fico à deriva, ouço o som da respiração entrando e saindo, deixo o vento salgado me levar até o meio da lagoa. Não há nada além de mim. Não há ninguém aqui além de mim. Um momento perfeito. Suspendo o braço sobre a borda do bote, abro os dedos, sinto a resistência da água enquanto passa por eles. Imagino que sou um pato. A qualquer momento uma tartaruga mordedora vai vir nadando do fundo frio e agarrar meus pés amarelos e pontiagudos, me arrastando para o fundo. Ao longe, ouço o barulho de remos de madeira sendo jogados no fundo de uma canoa. Anna e a amiga dela Peggy remaram até o outro lado da lagoa. De lá até a praia é apenas uma curta caminhada. Quando abro os olhos, só consigo distinguir as pequenas labaredas de um laranja brilhante dos coletes salva-vidas delas enquanto puxam o barco para a costa e desaparecem na linha das árvores.

Minha mãe e o novo namorado, Leo, foram até a cidade pegar os filhos dele no ponto de ônibus da Greyhound. Eles vêm ficar conosco por dez dias. Leo é um músico de jazz da Louisiana. Saxofone. Ele tem uma barba preta grossa e ri bastante. Acredita que exercícios são para os fracos. A comida predileta dele é camarão. Anna está incerta em relação a ele, mas eu o acho legal.

Os filhos de Leo, Rosemary e Conrad, moram com a mãe em Memphis. Eles têm um forte sotaque sulista e dizem *ceis tudo*. Rosemary tem sete anos. Tímida. "Irrelevante", diz Anna. "E com um cheiro estranho." Conrad tem onze, um ano mais velho que eu. Ele é baixinho e atarracado, óculos de fundo de garrafa e os olhos esbugalhados. Chega perto demais. Só nos encontramos uma vez antes, numa lanchonete, quando vieram a Nova York visitar o pai. Rosemary pediu um bife malpassado e falou do pecado original.

— A ex-mulher quer ele morto — ouço minha mãe dizendo a uma amiga pelo telefone da cozinha. — Se fosse por ela, Leo jamais veria os filhos de novo. — Ela abaixa a voz. — Francamente, concordo com ela, mas não se atreva a repetir isso. Não são crianças muito agradáveis. Mas acho que pouquíssimas pessoas realmente gostam dos filhos de outras pessoas. Leo diz que o garoto odeia entrar na água, então ficar na lagoa com ele nesse calor infernal tem tudo para ser um pesadelo absoluto. Vamos torcer para que ele tome banho.

Ela nos disse para nos comportarmos da melhor maneira.

No centro da lagoa, onde a água é mais funda, florestas de utriculárias crescem lá embaixo. Os peixes gostam de se esconder bem ali. Viro de barriga para baixo e espio por cima da borda do bote. A pequena sombra que lanço cria uma lente que me permite enxergar tudo abaixo de mim em foco. Um cardume de peixinhos se move entre os caules de nenúfares e gramíneas apodrecidas com movimentos ágeis e convulsivos. Uma tartaruga-pintada nada devagar pelo verde fosco até a superfície. Bem lá embaixo, um peixe-lua protege o ninho num flutuar vigilante e preguiçoso. Inclino-me para a frente e enfio o rosto na água, abro os olhos. O mundo vira um borrão suave. Fico assim enquanto os pulmões aguentam, ouvindo os sons do ar. Se pudesse respirar debaixo da água, ficaria daquele jeito para sempre.

Do outro lado da lagoa, ouço uma porta de carro batendo, a risada estrondosa de Leo. Eles chegaram.

12h35

Jonas está recostado nos cotovelos, o cabelo preto lambido como um pato coberto de óleo. Uma camiseta fina de algodão branca presa aos ombros. Uma centelha de luz solar cintila na aliança de casamento. Ele não se vira quando chegamos perto. Eu me pergunto se é porque não consegue me encarar, encarar o que tínhamos feito. Ou talvez o objetivo fosse me querer todos esses anos, e agora sou só alguém que ele comeu e com quem tem que lidar. Ou quem sabe ele também queira evitar esse momento de reconhecimento — manter a antiga vida viva por mais um momento, antes que tudo mude. Porque vai mudar, de alguma maneira.

Peter se senta bem ao lado dele e aponta para algo no horizonte. Jonas se inclina para responder. Ondas atordoantes de calor se erguem da areia.

— Ei! — grita Gina, os olhos semicerrados, e começa a vir na minha direção pela areia. Fico olhando o umbigo dela, com piercing, enquanto entra e sai de vista sob o top. Finn e Maddy estenderam as toalhas por perto e estão borrifando protetor solar um no outro. Eu me afasto deles.

Jonas não se virou, mas acho que vejo os antebraços dele ligeiramente tensos.

Lanço um olhar para as crianças; um temor crescente.

— Sério, Elle? — indaga Gina.

— Mãe — chama Finn —, preciso que você aperte os meus óculos.

Abro a boca para falar, mas não sai nada. O que quer que eu responda, penso, tenho que dizer de um jeito discreto, por favor.

— Estamos esperando por vocês há mais de uma hora. Os sanduíches devem estar empapados.

Quero que minha voz conserve a calma, mantenha o tom, sem dúvida meu rosto está me traindo. Debaixo da pilha de toalhas que estou carregando, minhas mãos estão tremendo.

— Sinto muito. Devíamos ter ligado. Tive uma briga ridícula com Jack hoje de manhã e tudo entrou numa espiral. Deixe eu largar essas toalhas. Vou até o mercado comprar sanduíches novos.

Gina olha para mim como se eu tivesse enlouquecido.

— Oi, Terra chamando Elle. Estou brincando! Não acredito que achou que eu ficaria chateada por causa dos sanduíches. — Ela ri, mas por um milésimo de segundo uma expressão estranha transparece em seu rosto, e me pergunto se ela sentiu meus intestinos se revolvendo.

— Claro que não. — Forço um sorriso. — Estou perdendo a cabeça. Ou é o Zolpidem ou a perimenopausa.

Gina passa o braço pelo meu e me arrasta até os outros.

— Estou feliz que vocês chegaram. Jonas se recusa a entrar na água. Não está um dia lindo?

— Está muito quente.

— Cristo do céu, nunca vou entender vocês, gente de Back Woods. Vocês têm a vida perfeita no lugar mais maravilhoso do planeta e tudo o que conseguem dizer é "está muito quente". Jonas estava arrancando os cabelos hoje de manhã. Ei, hora de dar um mergulho! — grita Gina para Finn e Maddy. — O último a entrar, queridinhos... É hora de chacoalhar. — Ela balança o bumbum de leve. Maddy olha para mim com uma expressão de puro horror, mas eles a seguem até a água, correndo para mergulhar de cabeça.

— Ei, patroa! — diz Peter para mim. — Me dá aquela garrafa de água, por favor? Estou morrendo de sede.

Miro e jogo a garrafa térmica. Ela atravessa o ar e pousa perfeitamente em pé aos pés dele.

— Mandou bem — comenta Peter.

Então, Jonas se vira. Olha direto para mim. Ele se levanta e limpa a areia das mãos, caminha na minha direção com os braços esticados, pega a pilha de toalhas que estou carregando e se inclina para beijar minha bochecha.

— Senti saudade — sussurra no meu ouvido.

— Oi — digo. Não vou aguentar. É demais para suportar. — Também senti saudade.

Ele corre a ponta do dedo pelo meu braço, e estremeço.

— Quem vai entrar?! — grita Peter para nós. — Está escaldante pra cacete.

Fevereiro de 1977, Nova York.

Quinta série. Um dia de neve. Anna e eu vamos ficar com o padrinho dela, Dixon, esta semana. Meu pai e Joanne estão morando em Londres — ele foi transferido pelo trabalho — e minha mãe e Leo foram a Detroit para um show. Eles vão se casar em maio. Dixon é o amigo "descolado" da mamãe. Todo mundo o ama. Ele tem cabelos loiros compridos e sujos presos em um rabo de cavalo e dirige uma picape. Conhece Carly Simon. Minha mãe diz que ele não precisa trabalhar. Eles são melhores amigos desde os dois anos, do contrário acho que ele nem falaria com ela. Estudaram juntos na pré-escola e passaram os verões juntos em Back Woods, nadando pelados e catando moluscos na lama quando a maré estava baixa. "Apesar de eu odiar moluscos... Mas Dixon tem um jeito de convencer você a fazer as coisas", comentou minha mãe. Muito tempo atrás, Anna perguntou para mamãe por que ela não se casou com ele. "Porque ele é um libertino", respondeu ela. E pensei na Estátua da Liberdade.

Os Dixon vivem em um apartamento caótico na 94 Leste, próximo à Park Avenue. A filha dele, Becky, é a minha melhor amiga. Anna e a irmã mais velha da Becky, Julia, são da mesma idade, mas nunca foram muito próximas. Julia é ginasta. A mãe delas deixou as duas para se juntar a uma comunidade já fazia dois anos, então Becky e eu passamos a maior parte do tempo sem supervisão, jogando cama de gato, indo ao Central Park de patins, inventando receitas nojentas que forçamos uma à outra a comer. Hoje de manhã preparamos vitaminas no liquidificador com Brewer's Yeast e uma mistura instantânea de pudim de morango. Dixon diz que está cagando e andando, contanto que a gente coma. Da última vez que minha mãe nos deixou lá, ele deixou a gente assistir a *Amargo pesadelo* na TV. Passamos o restante do fim de semana correndo e gritando, "guinchando como um porco". Minha mãe teve um ataque, mas Dixon disse a ela que parasse de ser tão atrasada e puritana. Ele é a única pessoa que fala assim com ela.

Um estranho silêncio tomou conta da cidade. Do lado de fora da janela não há nada a não ser um turbilhão branco e ofuscante. Ouço o barulho do vapor quente nos canos à medida que se expandem e se contraem. O apartamento é claustrofóbico com o calor seco, e o protetor branco de metal do radiador queima minhas pernas quando me inclino para a frente, usando todo o meu peso para abrir um pouquinho a janela pesada, mas ela se recusa a ceder.

— Alguém pode me ajudar, por favor? Preciso de ar.

Entretanto ninguém se move. Estamos jogando Banco Imobiliário, e Anna acabou de ganhar Marvin Gardens. Ela precisa pensar.

Dixon e sua nova esposa, Andrea, passaram a manhã inteira no quarto com a porta fechada. "Eles têm um colchão d'água", comenta Becky, como se isso explicasse tudo. Andrea e Dixon se conheceram num ritual de purificação no Novo México. Andrea está grávida de seis meses. Eles têm quase certeza de que é dele.

— Não ligo para ela — diz Becky, quando minha mãe pergunta o que ela acha da nova madrasta.

— Ela me parece legal — respondo.

— Legal? — Minha mãe tem a aparência de quem acabou de engolir um caroço de azeitona.

— Por que isso é ruim? — pergunto.

— O legal é o inimigo do interessante.

— Ela fala com a gente como se a gente fosse adulta, o que é bem bacana — aponta Becky.

— Bom, você não é. Você tem onze anos — retruca minha mãe.

— Outra noite, no jantar, ela perguntou se eu estava ansiosa para começar a menstruar — recorda Becky.

É a primeira vez que vejo minha mãe sem palavras.

— Elle! — grita Anna. — É sua vez.

Sento ao lado dela no chão da sala de estar e jogo os dados. Acho o cheiro do piso de madeira bom. A mesma cera Butcher's que minha mãe usa.

Estou olhando para o corredor comprido e estreito que leva até os quartos, tentando decidir se devo ou não usar a carta "Passe Livre da Prisão", quando uma porta se abre. Dixon sai para o corredor, nu. Ele coça as bolas de um jeito distraído. Atrás dele, Andrea emerge. Ela arqueia as costas como um gato, estica os braços no ar.

— Acabamos de foder tão gostoso — diz ela. A luz é fraca, mas conseguimos ver tudo: a mata vermelha gigantesca, o cabelo frisado de Janis Joplin, o sorriso satisfeito.

Dixon passa por nós e atravessa a sala de estar, se agacha ao lado do toca-discos e coloca a agulha em um LP. Posso ver pelo escuro na fenda do traseiro dele.

— Ouça os vocais de apoio nessa faixa — comenta ele. — Clapton é um gênio.

Fico olhando para o carrinho de mão prateado em miniatura na minha mão, desejando poder sumir no chão. Becky me cutuca, um pouco forte demais.

— Vai jogar ou não?

CAPÍTULO 8

12h45

— Vai entrar? — pergunta Peter.

— Em cinco minutos. Preciso me recompor depois de atravessar a porra do Saara.

Pego a garrafa das mãos dele e bebo direto do gargalo.

— Que encantador — diz Peter. — Minha esposa foi criada por lobos.

Jonas ri.

— Eu sei. Eu era um deles.

Peter me entrega o protetor solar fator cinquenta.

— Pode passar nas minhas costas?

Ajoelho atrás dele e espremo o protetor solar na mão. De algum jeito, ele já tinha conseguido deixar a areia entrar no tubo, e estou irritada com a sensação dos grãos enquanto esfrego o creme nos ombros dele. Jonas se senta do nosso lado, observando enquanto acaricio a pele de Peter.

— Pronto. — Dou um tapinha nas costas de Peter para finalizar. — Está oficialmente bloqueado. — Limpo as mãos numa toalha e engatinho até a sombra da tenda. — Melhor.

Peter se levanta e pega uma prancha.

— Não demore. Não quero ficar enrugado esperando você.

No instante em que Peter sai, sinto vontade de ter ido com ele, porque agora Jonas e eu estamos sozinhos e nunca me senti mais desconfortável na vida. Já estivemos juntos nessa praia milhares de vezes, desde crianças, caminhamos na beira do mar procurando ouriços-do-mar e conchinhas, espionamos alemães nus esquisitos de cima das dunas e nos perguntamos como deveria ser se afogar. Mas aqui e agora, aninhada nas sombras da tenda dele, sinto como se estivesse com um completo estranho.

Há uma pequena janela de tela no pano lateral da tenda. Observo Jonas através dela, sentado a centímetros de mim, mas completamente separado. Ele está concentrado — desenhando algo na areia com a ponta de uma concha. Desse ângulo não consigo decifrar o que é.

— Onde está o jovem Jack? — pergunta, sem erguer os olhos.

— Protestando.

— Contra o quê?

— Eu não emprestar o carro para ele.

— Por que não?

— Porque ele foi um tremendo babaca — digo, e ele ri.

Gina acena para nós do quebra-mar, convocando. Jonas acena de volta. Ele se inclina para a janela de tela.

— Posso entrar?

— Não.

— Então você vai ouvir minha confissão?

— Não tenho certeza se três ave-marias vão ajudar muito.

Ele pressiona a palma da mão contra a tela.

— Elle...

— Não faça isso — peço. Mas coloco a mão contra a dele.

Ficamos sentados assim, em silêncio, imóveis, palma com palma através da tela fina.

— Sou apaixonado por você desde os oito anos.

— Isso é mentira.

Agosto de 1977, Back Woods.

Na cobertura de árvores acima de mim há uma janela. Deito-me na margem musgosa de um riacho olhando o pedaço de céu quase perfeitamente quadrado. Num minuto está todo azul, no seguinte uma nuvem passa flutuando como uma pintura no teto de uma igreja. Uma gaivota oscila na moldura. Consigo ouvir os gritos de lamento e de chamado bem depois de ela sumir de vista. Enfio a mão no bolso e pego um caramelo da Tootsie Roll. É aqui que venho quase todos os dias agora. De vez em quando, minha mãe pergunta onde estive e respondo "Por aí", e ela parece satisfeita. Eu podia pegar carona até a cidade com um assassino em série e ela não notaria. É tudo Leo e Anna, o tempo todo. Eles discutem a respeito de tudo. Tem sido assim desde que ele e mamãe se casaram. Tenho pavor de me sentar à mesa para jantar. Tudo começa bem — Leo nos ensinando sobre a China ou por qual razão os documentos do Pentágono ainda são relevantes. Mas logo ele começa a confrontar Anna. Ele não aprova a amiga Lindsay, porque ela se veste como uma prostituta, porque é superdesenvolvida e subletrada — ela pensou que o Khmer Vermelho fosse uma cor de batom. Os pais dela votaram em Gerald Ford. Por que Anna tirou uma nota baixa em matemática? Como ela pode ficar sentada sem ajudar enquanto a mãe nos serve? A saia dela é muito curta. "Por que é que você tá olhando, esquisitão?", retruca Anna, e, quando ele se levanta da cadeira, ela corre para o quarto e tranca a porta.

— São os hormônios — explica minha mãe a ele, tentando acalmar os ânimos. — Todos os adolescentes são um pesadelo. E as garotas são piores. Espere até Rosemary chegar à puberdade.

Leo prometeu fazer um esforço. Mas tem sido ainda pior desde que chegamos ao bosque. Leo decidiu "tomar as rédeas". Ele manda Anna para a nossa cabana se ela dá uma resposta atravessada e mamãe se recusa a interferir.

— Não posso arbitrar constantemente — diz para Anna.

Ela fica deitada na cama se recusando a chorar, e grita comigo se tento entrar. Numa manhã de julho, Anna e Leo estavam brigando feio durante o café da manhã, e mamãe atirou um ovo na parede da cozinha.

— Honestamente, não aguento isso nem mais um minuto. Vou para a casa da Pamela. — Ela me alcança uma banana. — Recomendo que você encontre outro lugar para passar o dia se não quiser ficar surda.

Estava andando até o mar, pensando em como ia envenenar Leo — como teria que ser a única a salvar Anna, já que a nossa mãe não ia, quando tropecei em uma raiz e arrebentei o chinelo. Eu me sentei no caminho para enfiar o Y de volta no buraco da sola. Sob os galhos baixos das árvores havia uma trilha suave — provavelmente uma trilha de cervos. Rastejei para o bosque e segui a trilha até ela esmaecer e terminar em um emaranhado de trepadeira espinhosa. Estava voltando quando notei o som de água corrente. O que não fazia sentido, porque não há água corrente naquela parte do bosque. É por isso que os peregrinos continuaram indo na direção de Plymouth depois que desembarcaram em Cape. Puxei os arbustos para o lado com a toalha, ramo por ramo, atravessei o emaranhado, tentando não arranhar muito as pernas, e emergi do matagal em uma pequena clareira. No centro havia uma nascente de água doce, saindo do solo para um riacho estreito. As árvores gigantescas haviam recuado, deixando um tapete de musgo aveludado por baixo. Deitei-me na margem e fechei os olhos. Veneno pode ser óbvio demais, pensei. Talvez Anna e eu devêssemos fugir de casa, mudar para cá. Podíamos construir uma casa na árvore com uma plataforma e um telhado feito de ramos. Teríamos água fresca. Poderíamos pescar na praia — bem cedo, antes que mais alguém acordasse — e coletar mirtilos vermelho e também selvagem para não termos escorbuto. Comecei a fazer uma lista mental dos suprimentos de que íamos precisar: latas vazias de *Medaglia D'Oro* com tampas de plástico para servir de compartimento à prova d'água, fósforos de madeira, velas, anzóis e linha, um martelo e pregos, uma barra de sabão, dois garfos, uma muda de roupa íntima, sacos de dormir, repelente. Mamãe se arrependeria de deixar Leo punir Anna e por nunca ficar do lado da filha. Talvez não de imediato, mas eventualmente ela sentiria nossa falta.

MAS O DIA DO TRABALHO está se aproximando e os únicos suprimentos de sobrevivência que consegui reunir são duas latas de café enferrujadas e alguns tocos de velas. Bem acima de mim, um bando de pássaros escreve um V de vitória, como um pensamento fugaz voando para longe pelo céu azul entalhado. Uma sombra cai sobre o meu rosto. Congelo. Tento me tornar invisível.

— Olá. — Um garotinho, de talvez sete ou oito anos, está olhando para mim, a aproximação tão silenciosa que não o ouvi chegando. Ele tem cabelos pretos abundantes que vão até os ombros. Olhos verde-claros. Está descalço. — Sou o Jonas. Estou perdido.

Ele não parece chateado ou assustado.

— Elle — digo.

Tinha visto a família dele na praia. A mãe é uma mulher de cabelos crespos que grita com a gente se deixamos os caroços de maçã na areia. Moram em algum lugar em Back Woods.

— Eu estava seguindo a águia-pescadora — comenta, como se isso explicasse tudo.

Ele se senta a meu lado na margem musgosa e olha para o céu. Durante muito tempo nenhum de nós fala. Ouço o bosque frondoso, a água da nascente caindo sobre as pedras. Sei que Jonas está ali, mas, de alguma forma, ele se torna uma sombra.

— *É uma janela* — diz ele depois de um tempo.

— Sim.

Levanto e limpo os vestígios de terra da parte de trás da minha bermuda jeans.

— A gente devia voltar — sugiro.

— Minha mãe deve estar desesperada — retruca, com uma carinha séria.

Quero rir, mas em vez disso seguro a mão dele, levo-o de volta pela trilha e o entrego à mãe. Ela me agradece com o que parece uma reprovação.

12h50

— Não é mentira.

Finn, Maddy e Gina nadaram até depois do banco de areia, até a borda do baixio, a queda abrupta do fundo do oceano. Atrás deles, Peter se lança para a frente arrastando a prancha sobre as cristas. Quero chorar.

— Sim. É. Aquela noite no piquenique na praia, quando conheci Gina? Você fez questão de me dizer que estava apaixonado por ela e tinha, "felizmente", me esquecido cem por cento. E isso deve ter uns vinte anos. Então...

— Só disse aquilo para machucar você.

— Lembro até onde eu estava parada. Que, estranhamente, era nessa praia. Até me lembro do que eu estava vestindo. Lembro o que você estava vestindo. Senti como se meu corpo tivesse sido esvaziado de repente... Do jeito que o estômago despenca numa montanha-russa.

— Você estava usando jeans — interrompe Jonas, com suavidade. — As bainhas estavam molhadas.

Além da arrebentação, Maddy pega uma onda e a surfa até a costa. Quando atinge a areia, ela se levanta e faz uma dancinha triunfante antes de correr de volta para o mar.

— Porra. Porra. Porra. O que fizemos? — Estou sufocada pelo desespero. Pelo passado. Por agora. Por tudo isso.

— O que deveríamos ter feito há muito tempo.

— Não.

— Ontem foi a melhor noite da minha vida. A primeira noite.

Faço que não com a cabeça. Sinto um calafrio.

— Já era tarde demais para isso anos atrás.

Ele tira a mão dele da minha. Sinto como se tivesse sido esbofeteada — desesperada, agora, para tê-lo de volta. Então algo roça minha perna. Jonas enfiou a mão por debaixo da tenda. Ele sobe a mão pela minha perna, encontra a parte interna da coxa.

— Gosto desta parte de você — diz.

— Pare com isso.

Dou um tabefe na mão dele.

— Macia, pele de bebê...

Os dedos dele puxam meu maiô.

— Estou falando sério. Eles estão bem ali. Consigo ver as crianças.

— Estão a cem metros de distância. Deite-se. Feche os olhos. Eu fico de olho.

— Não.

Mas coloco a toalha sobre os quadris, deito-me na areia. Passos crocantes passam pela barraca de náilon atrás da minha cabeça. Ouço uma tira solta de velcro arranhando a areia. O som de ida e volta de uma bola de borracha ao bater em raquetes de madeira. Um leve cheiro de óleo de coco.

Jonas puxa o fundo do meu maiô para o lado, traça o meu formato, pressiona só a pontinha do dedo dentro de mim.

— Gina está bem ali — sussurro. — Peter.

— *Shhh*... Estão muito, muito longe. Depois da arrebentação. Estou olhando para o seu marido agora.

Ele mergulha o dedo dentro de mim e se demora ali, tão devagar que mal consigo respirar, me abrindo com a ponta de seus dedos. Solto um gemido, rezo para que o vento tenha abafado o som. Então, ele me fode com o dedo, com força e rápido. Movo os quadris, me empurrando para cima e para baixo nos dedos dele, querendo a mão dele inteira dentro de mim. Estou em uma praia lotada. Meus filhos estão brincando nas ondas. E pensar em Gina e Peter como pedrinhas jogadas por cima da superfície da água me deixa mais excitada do que jamais estive na vida.

— Gina está saindo da água — sussurra.

Ele aperta com força meu clitóris entre os dedos. Gozo em cem estremecimentos, engolindo um grito enquanto ela anda pela praia na nossa direção.

— Não é tarde demais — comenta ele, e depois limpa a mão na areia, se levanta e vai se juntar à esposa.

CAPÍTULO 9

Setembro de 1978, Nova York.

O marasmo entre o fim do verão e o início das aulas. É um dia para comprar sapatos novos na Stride Rite — ganhar um pretzel salgado e uma história em quadrinhos. Sem trovoadas e relâmpagos, sem granizo ou enxofre — apenas um dia calmo e nublado. Mas hoje Anna está sendo mandada para um internato em New Hampshire. O ônibus sai ao meio-dia da esquina da 79th com a Lexington. Na semana em que voltamos à cidade, Leo estava voltando de um show quando viu Anna e a amiga Lindsay paradas na nossa esquina pedindo trocados. Elas estavam dizendo a um homem com um terno risca de giz que haviam sido assaltadas e precisavam de dinheiro para pegar um ônibus para casa. O homem pescou uma nota de dez do bolso e disse para as garotas tomarem um táxi. Leo esperou o homem ir embora antes de sair das sombras.

— Anna, o que você está fazendo aqui? — perguntou ele, compreensivo. — É tarde. Você não devia estar lá em cima?

— Estava só levando a Lindsay até o ponto de ônibus.

— Acho que não.

— Isso é porque você não acha nada — retrucou Anna.

— Vi o que estavam fazendo.

— Ah, é mesmo? O quê?

— Mentindo. Roubando. Agindo como duas vagabundas baratas da rua Catorze.

— Você é um puta pervertido.

Ele estendeu a mão.

— Me dê o dinheiro. Agora. Sua mãe e eu vamos discutir o que fazer com você.

— Ele pensa que pode me dizer o que fazer... — comentou Anna com Lindsay, zombando. — Mas ele não é meu pai. Graças a Deus. Vamos sair daqui.

— Seu pai foi embora — respondeu Leo.

— Ele não foi embora. Ele tá morando em Londres.

— Se quisesse ver você, ele veria.

— Vá se foder. Ah, espera aí, é isso que você quer fazer de qualquer jeito, não é?

Leo diz que não se lembra de ter levantado a mão para dar um tapa no rosto dela, mas Lindsay me disse que ele tinha aquele olhar, como se quisesse machucá-la. Agora toda vez que Leo a vê, ele se sente um monstro. Um deles tem de ir. Então vai ser Anna. Por mim tudo bem que ela esteja indo embora. Na semana passada, ela me pegou experimentando um dos seus sutiãs e rasgou meu trabalho de leitura de verão ao meio. Mas estou triste por ela também. Porque sei que está assustada e com saudade de casa, mesmo antes de partir. E sei que gostaria que nossa mãe tivesse escolhido ela.

Sento-me na beira da cama dela e observo enquanto ela arruma as últimas coisas na mala. Pego um par de presilhas de cabelo da maçaneta.

— Não toque nas minhas coisas. — Ela as arranca da minha mão e as atira no fundo do armário. — E se usar qualquer uma das minhas roupas, eu mato você.

— Posso ficar com isso? — Tiro um velho exemplar da revista *Tiger Beat* da lixeira. Donny Osmond me encara.

— Pode.

Anna senta em cima da mala e fecha o zíper, então olha ao redor do quarto, preocupada, como se tivesse esquecido alguma coisa. Há um pequeno frasco do perfume *Love's Fresh Lemon* em cima da cômoda. Ela caminha até lá.

— Toma... — Ela o entrega para mim. — Já que não vou estar por aqui no seu aniversário.

Ela retirou os pôsteres, mas ainda há tachinhas por todo lado e retângulos escuros e sujos que parecem molduras de sombra. Um pequeno canto rasgado de papel brilhante está preso por trás de uma tachinha. É tudo o que resta das coisas de Anna: uma peça de quebra-cabeça de Sweet Baby James, o resto dele amassado no lixo.

— Por que não posso ficar com o seu quarto? Por que ele pode?

Anna explode em lágrimas.

— Odeio você — diz para mim.

O pior de tudo é que Anna está sendo substituída. A mãe de Conrad decidiu que não consegue lidar com um garoto de treze anos. Ela vai ficar com a esquisita Rosemary e a sinistra obsessão dela por cantos gregorianos e pelo pecado original, e a gente vai ficar com Conrad. É horrível olhar para Conrad com o corpo pesado de lutador. Anna diz que é porque a mãe o flagrou se masturbando no banheiro. Vamos buscá-lo no aeroporto depois de Anna pegar o *ônibus do colégio interno*. Ela tem medo de viajar sozinha, e mamãe sabe disso, mas Leo insistiu que mamãe recebesse o filho dele na família, então ela não pode levar Anna para New Hampshire. "Não posso estar em dois lugares ao mesmo tempo", argumentou mamãe.

— Você deveria ir morar com o papai — digo.

Anna vai até a escrivaninha, abre a gaveta de baixo e tira um envelope azul do correio aéreo.

— Escrevi para ele este verão. Contei como tudo estava bem ruim entre mim e Leo. Perguntei se podia ir morar com ele em Londres.

Ela me entrega o envelope.

A carta do papai é curta. Diz que gostaria que ela pudesse ir, mas que não podem pagar um apartamento maior agora. As coisas estão apertadas e Joanne precisa de privacidade para escrever. Se dependesse de mim, escreve ele, claro que você poderia morar conosco. Ele tem certeza de que as coisas vão melhorar. Leo é um bom homem. Está assinada "Com amor, Papai".

— Ele não me quis — diz Anna.

— Ele diz "se dependesse dele".

— *Depende* dele, imbecil.

Quando está na hora de ir, Anna se tranca no banheiro. Ela abre a torneira no máximo, mas posso ouvi-la chorando. Leo saiu para fazer algumas coisas de última hora, então não há despedidas raivosas. A descida no elevador é silenciosa. Observamos o patamar de cada andar deslizando para cima até que o ascensorista trava a alavanca de bronze com um solavanco e abre a porta da gaiola.

— *Bon voyage!* — grita nosso magro porteiro Gio, enquanto saímos em fila para o saguão, mantendo os olhos no chão de mármore preto e branco. — Volte logo, Anna. Vamos sentir sua falta.

Anna consegue dar um sorriso.

— Aparentemente você é o único.

Ela lança um olhar gelado para mamãe.

— Precisam de um táxi, garotas?

— Não, obrigada, Gio — diz minha mãe. — Daremos um jeito. Se meu marido voltar para casa, por favor, diga a ele que levamos Anna até o ônibus. Eleanor, ajude sua irmã com a mala.

Nós nos arrastamos pela Lexington Avenue, passamos pela Lamston's, pela farmácia, pela cafeteria que oferece vaca-preta, descemos a ladeira até a esquina, onde o ônibus enorme está esperando.

— Talvez seja como um acampamento — comento com Anna. — Você sempre quis ir para um acampamento para dormir fora.

— Talvez — responde Anna. Ela agarra meu braço e o passa pelo dela. — Queria que você viesse comigo.

É a coisa mais legal que ela já me disse.

— Sinto muito — digo a ela.

Empurramos a mala dela para o bagageiro do ônibus e ficamos ali paradas juntas.

— Não deixa ele ganhar — retruca ela. E sem uma única palavra para a nossa mãe, entra no ônibus e não olha para trás.

13h15

Entrei no mar até a altura dos joelhos. Toda vez que uma onda bate em mim, firmo os músculos da perna, viro o corpo um pouco para o lado, aperto com força a areia debaixo dos dedos dos pés. Não quero ser puxada para baixo.

Peter e as crianças ainda estão bem longe, flutuando nas pranchas. Verifico a água em torno deles, procurando barbatanas. Procurando sombras. Faz muito tempo desde que nadei aqui na inocência. Sempre que viemos à praia, imagino um tubarão se aproximando. Sou a primeira a vê-lo. Imagino meus gritos de alerta, os respingos frenéticos enquanto eles meio que nadam e meio que correm na minha direção, na direção da segurança, na direção da costa. Eu me imagino gritando por socorro e, então, sem ninguém mais à vista, meu próprio mergulho desesperado na direção do perigo. Tirando-os das garras do tubarão, arriscando minha vida para salvar meus filhos. E toda vez o outro pensamento vem: se fosse só Peter na água, eu nadaria para salvá-lo?

Peter acena para mim agora.

— Hora do almoço! — grito, gesticulando para ele trazer as crianças.

Ele olha por cima do ombro para uma grande onda se aproximando e começa a remar com as mãos com toda força. Ele pega a onda na crista e passa por mim surfando. O rosto dele é pura alegria.

Gina arrumou o piquenique na sombra da tenda. Posso ver a marca do meu corpo na areia, ao lado de uma pilha de sanduíches de atum em um prato de papel.

— Jonas foi procurar um banheiro. — Gina distribui copos de limonada. — Olha, ele é tão fofo.

Ela aponta para o desenho de Jonas na areia. Aquele que eu não conseguia ver da tenda. É um coração. Dentro ele havia escrito "Amo só você".

Gina estende um saco de minicenouras para as crianças.

— Você consegue imaginar, ter um marido tão romântico? — pergunta ela para Maddy.

— Você é tão sortuda, Gina — responde minha filha.

— Ela *é* — concordo.

— O que eu sou, um pão com ovo? — indaga Peter.

— Mais ou menos. Mas um pão com ovo bom — argumenta Maddy.

— Odeio pão com ovo — comenta Finn. — Nunca me faça comer pão com ovo. Porque odeio.

Vejo Jonas voltando dos banheiros pela duna.

— Ei, cara! — grita Peter para ele. — Você perdeu um ótimo surfe. Uma arrebentação perfeita.

— Estava ocupado demais flertando com a sua mulher. — responde Jonas.

Ele se deita a meu lado na areia, mãos cruzadas atrás da cabeça. Consigo sentir o calor da pele dele. O pequeno espaço entre nós é denso. Não ar, mas água. A proximidade ilícita vibra por todo o meu corpo.

— É sua por um preço! — Peter ri. — Estava esperando o comprador certo.

Ele enfia o último bocado do sanduíche na boca.

— Vou dizer para o meu povo falar com o seu povo — brinca Jonas, deixando o braço roçar no meu.

Por um segundo me permito absorvê-lo, antes de me sentar e me afastar um pouco.

— Rá-rá! — retruco.

Há uma mancha de maionese na bochecha de Peter.

— Você tem uma coisa aí — digo. Molho o canto da minha toalha com um pouco de saliva e limpo.

— Eca — comenta Finn.

— É só cuspe, pateta. E, Peter, nunca mais diga “Ei, cara” de novo. Nunca.

Gina está ocupada colocando pedras e pedaços frescos de alga preta em volta do contorno do coração que Jonas desenhou para mim na areia.

Maddy está ajudando a recolher seixos e conchas para ela. Ela corre com um bolacha-da-praia na mão.

— Olha! — grita como se tivesse encontrado o tesouro de Sierra Madre.

— É perfeito — comenta Gina, e o coloca no centro da palavra AMO.

Não consigo olhar para Jonas.

— A gente devia ir — sugiro a Peter.

— Não quero ir embora — choraminga Finn.

— Sem choramingar — peço.

— Eu também não... — diz Maddy.

— Estou sendo reduzida a cinzas — retruco.

Peter olha para o relógio.

— As crianças estão se divertindo. Podemos ficar mais meia hora.

Ele tem razão. As crianças estão felizes. Não é culpa delas se Jonas me comeu.

— Deixa os dois com a gente — sugere Gina. — Podemos levá-los de volta mais tarde.

— É uma boa — comenta Peter, antes de eu ter a chance de dizer não. — Vocês podem dar um mergulho na lagoa quando chegarem lá. Tirar todo o sal.

— Perfeito — conclui Gina.

Olho para Jonas, querendo que ele invente uma desculpa. Ele sorri, divertindo-se.

Peter começa a recolher nossas coisas.

— Lá pelas três?

— Ótimo — afirma Jonas para todo mundo, mas está olhando para mim. — Se esperar por mim para dar o mergulho da tarde, atravessamos o lago juntos.

— Vou fazer margaritas — planeja Peter.

— Bote sal num copo para mim — responde Gina.

No carro, Peter coloca a mão na minha coxa.

— Enfim sós, linda.

— Não graças a você. Estava tentando me livrar deles. Eles vão para o acampamento e ficarão zanzando por lá até a hora do jantar.

— Mas agora temos umas horinhas livres. Pensei em darmos um mergulho em Black Pond.

Ele se inclina, encosta o nariz no meu pescoço.

— Um mergulho sem roupa — completa, com uma voz "sugestiva". — Esse maiô me deixa com tesão.

— Meu maiô preto, velho e surrado deixa você com tesão?

— Minha esposa branca, velha e surrada deixa, na verdade.

Dou uma risada. É assim com Peter.

— Vamos lá. Vai ser divertido. — Ele põe a mão entre as minhas pernas, acaricia a coxa onde a canga se abriu. — Quando foi a última vez que você fez sexo num lugar público?

Minha perna treme. A memória da mão de Jonas.

— Quer saber? Essa é uma ótima ideia — digo, tentando disfarçar. — Não vamos lá há séculos.

— Excelente — responde ele e afasta a mão.

CAPÍTULO 10

Junho de 1979, Connecticut.

Através da janela de vidro enorme da sala de jantar dos meus avós, onde estou arrumando a mesa do jantar, consigo ver todo o caminho pelas colinas baixas até a fazenda vizinha. As vacas deles ruminam contra uma cerca de arame farpado. A última luz dourada do dia de verão cintila no topo das árvores ao longe. Meu pai e Joanne estão se divorciando. Ele nos diz que é porque sentia muita falta das meninas dele e Joanne se recusava a voltar para os Estados Unidos. Ele *nos* escolheu. Estamos passando o mês de junho juntos.

Na sala de estar, onde assistem ao noticiário das seis da tarde, meu pai e vovó Myrtle discutem em voz baixa. Ando na ponta dos pés em torno da mesa de jantar, colocando um garfo de prata em cada guardanapo, a faca de prata à direita, tentando ouvir algo, tomando cuidado para não fazer barulho.

— Que bobagem — ouço vovó Myrtle dizer. — Aquela mulher insuportável chifrou você. E eu chamaria isso de bênção disfarçada. — Ela aumenta um pouco o volume do televisor. — Devo estar ficando surda na velhice.

— Você está errada, mãe — responde meu pai. — Senti falta das meninas.

Mas há uma fraqueza na voz dele que me faz pensar em cômodos vazios.

— Essas duas meninas são a única coisa boa que você conseguiu realizar — comenta ela.

Ouço meu pai se levantar e ir ao bar, ouço o barulho dos cubos de gelo caindo no copo de uísque.

NO NOSSO quarto ao lado da cozinha, Anna está deitada na cama de solteiro dela olhando para o teto.

— Tenho que cair fora daqui — diz quando entro.

Estamos aqui há dois dias, mas ela já quer ir embora. A colega de quarto dela, Lily, a convidou para passar três semanas no "chalé" de verão da família em Newport.

— Eles são membros do Clube de Campo. O irmão dela, Leander, é jogador profissional de tênis.

— Você nem sabe jogar tênis.

— Deus, você é irritante.

— Se você for embora, não vou ter nada para fazer.

— Não quero ficar presa aqui por um mês, só porque o papai decidiu voltar para casa.

Ela se levanta, pesca uma revista da bolsa, se joga de costas de novo. Fico olhando para ela.

— Para de olhar para mim.

— Quer nadar amanhã?

— Não.

— Quer dar uma volta de bicicleta?

Ela me ignora.

Sento na borda da cama, olhando ao redor do quarto.

— Se você tivesse que escolher entre Tab e Fresca para o resto da vida, se só pudesse ter um desses refrigerantes, qual escolheria? — pergunto.

— Não tenho que escolher.

— Eu sei, mas hipoteticamente.

— Hipoteticamente eu posso bater em você se não calar a boquinha.

— Papai vai ficar triste se você for embora.

— Até parece. Ele tem *zero* direito de fazer a gente se sentir culpada. Ele nos abandonou. E agora que voltou temos que ficar *agradecidas*?

Há uma batida suave na porta. A cabeça de papai surge no interior do quarto.

— Aqui estão minhas meninas — diz, vivaz. — O jantar está quase pronto. Temos carne assada.

— Não estou com fome — responde Anna.

Ele se senta na cama ao lado dela.

— O que você está lendo, filhota?

— Uma revista. — Ela não se dá ao trabalho de erguer os olhos.

— Nossa, vocês devem ter crescido uns dez centímetros desde que nos vimos na Páscoa. Como foi o trimestre de primavera? — pergunta para Anna. — Sua mãe me contou que você tirou nota máxima em francês. *Mademoiselle, tu es vraiment magnifique!*

O sotaque horrível dele fica pairando no ar.

Anna olha para ele com desprezo.

— Bom, lavem as mãos e venham ajudar a vovó a servir.

— Feche a porta quando sair — diz Anna.

DEVE SER CEDO. Faixas estreitas de luz acinzentada riscam minha colcha através das lâminas da veneziana. Uma pomba aflita está chamando a companheira. Fico deitada escutando a canção triste e vazia. Anna está dormindo. Vozes baixas vêm da cozinha. Saio da cama e caminho silenciosamente pelo chão de linóleo. Nossa porta está entreaberta. Meu pai está à mesa da cozinha com a cabeça entre as mãos. Vovó Myrtle está parada junto ao balcão da cozinha fazendo massa de torta, de costas para ele. Vejo ela cortando a manteiga na farinha e pingando água gelada por cima.

— Há um ônibus às onze e vinte na sexta de manhã. Verifiquei os horários. A conexão é em New Haven — avisa ela, abrindo um armário e tirando um saco de açúcar.

— Anna está tão zangada comigo...

— Bom, mas o que você esperava? Ela é uma garota de quinze anos que mal conhece o próprio pai. Ela vai precisar de uma saia de tênis. Podemos ir até Danbury amanhã.

— Mãe, me explique como consertar isso.

— Não há nada a explicar, Henry. Você fez sua cama. Agora você só precisa descobrir como desfazê-la.

Da janela do meu quarto observo o vovô, já na horta no sopé da colina, ajoelhado na terra úmida. Ele está removendo ervas daninhas do ruibarbo, uma cesta cheia de ervilhas ao lado dele. A porta de tela se fecha com estrondo. Meu pai atravessa o gramado na direção dele. Vovó Myrtle puxa um rolo de madeira da gaveta de baixo.

Visto minha bermuda jeans e uma camiseta e chego para o café da manhã. Há meia toranja para mim na mesa, os triângulos cor-de-rosa cuidadosamente separados da casca, uma pitada de açúcar mascavo formando uma crosta doce. Ao lado está uma colher de prata num guardanapo de linho. Beijo a bochecha macia e penugenta da minha avó e me sento à mesa.

— Pensei em levar você e Anna para um mergulho na piscina dos Wesselman mais tarde. — Ela beija a parte de cima da minha cabeça. — Você precisa usar um chapéu, Eleanor. Seu cabelo está tão descolorido pelo sol, está quase tão branco quanto o meu.

— Chapéus fazem a minha testa coçar.

— Depois podemos pegar alguns livros novos na biblioteca. Vou fazer costeletas de cordeiro para o jantar. E você pode me ajudar a colher aspargos no canteiro.

— Não quero que Anna vá embora.

— Os aspargos são difíceis de cultivar, sabe. Seu avô estava preocupado que os cervos e os coelhos fossem comer todos os brotos nessa primavera.

— Vou ficar sozinha.

— Sua irmã não precisa ter o verão arruinado só porque o pai de vocês escolheu se casar com aquela mulher horrível. — Minha avó me estende uma pilha de torradas de pão branco com manteiga e um frasco de vidro com geleia caseira de maçã. — Seu pai é um bom homem, mas não tem força.

Ela se senta a meu lado.

— Agora você, Eleanor, você tem força. Anna é dura na queda, só Deus sabe, mas *você* é estoica. — Ela se serve de um copo de *buttermilk*. — Me culpo pela fraqueza do seu pai. Eu o mimei.

Atrás de nós, uma tábua do piso range. Meu pai está ali parado. Acima do fogão, um relógio de parede bate os segundos. Encaro minha torrada, envergonhada por ele, desejando poder desaparecer, salvá-lo do constrangimento.

— Elle e eu estávamos falando de dar um mergulho — diz minha avó, como se nada tivesse acontecido. — Telefonei para os Wesselman. Joy me disse que os arbustos de mirtilo deles estão carregados.

— Gostaria de levar as meninas para um mergulho lá na pedreira hoje — comenta meu pai.

— Já fiz uma massa de torta. — Ela se levanta, abre e fecha algumas portas de armário. — Sei que pus aqueles baldes de plástico para frutas aqui em algum lugar.

Espero meu pai revidar, mas ele olha pela janela da cozinha, as mãos nos bolsos.

— A nogueira preta que o pai e eu plantamos no ano passado deu muito certo — diz ele.

— Na verdade, vó, prefiro ir à pedreira com o papai. Podemos colher mirtilos para você depois.

Meu pai se endireita, se vira para mim, o rosto com um sorriso tão largo que me deixa triste.

— Bom, claro, querida — diz ela para mim. — Se é disso que você gostaria, então acho que é perfeito.

A PEDREIRA está escondida na concavidade de duas colinas que se erguem atrás da fazenda dos Straight. Convenci Anna a vir com a gente. Agora que sabe que vai embora na sexta-feira, o humor dela melhorou. Escalamos a encosta, toalhas nas mãos, seguindo uma trilha de vacas até uma ampla faixa de pasto que se estende ao longo do cume como uma linha do horizonte verde e cintilante. No topo plano da primeira colina, vacas pretas e brancas pastam, a cauda espantando moscas dos traseiros, úberes pendendo com leite de pasto. Todo o campo está pontilhado com cocô de vaca — alguns secos o suficiente para queimar, outros exalando vapor. Do outro lado do campo, protegida por um bosquezinho de árvores, está a pedreira: um poço profundo e claro, as laterais de granito escorregadias de musgo e água pingando, as bordas escarpadas perfeitas para saltos no frio revigorante. Mas antes temos de atravessar o campo de cocô de vaca.

Meu pai tira os sapatos e os alinha lado a lado em formação militar.

— Corrida com obstáculos — comenta ele, sorrindo para nós, e começa a pular uma amarelinha com habilidade pelo campo. Ele vem aqui desde que era criança. — O último a entrar é um ovo podre — grita por cima do ombro. Ele parece tão feliz, despreocupado, e isso me deixa feliz. Anna arranca os tênis e corre para o campo atrás dele, competindo do outro lado. Sigo atrás dela, rindo, vento no rosto, a toalha voando atrás de mim como uma bandeira. As vacas se movem e mastigam à nossa volta, os traseiros chacoalhantes se agitando com suavidade, alheias às menininhas passando por ali correndo como um foguete.

14h

O velho caminho para Black Pond é quase invisível, a faixa central coberta de capim tão alto que roça na parte inferior do carro quando passamos, um som como o vento em uma pradaria. À nossa frente a estrada se desvia, se bifurca, se bifurca de novo, e de novo, antes de acabar em uma cerca de madeira quebrada. Além da cerca, há uma trilha quase invisível. Saio do carro e sigo Peter na descida íngreme da colina, me esquivando de montes de excremento de coiote, cinzentos com pelo de coelho e cardo, até uma pequena praia de areia. Black Pond é a menor lagoa de caldeira do bosque — um lugar que só as "pessoas do bosque" conhecem. *Nossa* lagoa é ampla e límpida. A beleza está no tamanho dela, na extensão de um quilômetro e meio de azul cristalino, na limpidez do céu. Essa lagoa é mais antiga, mais sábia, ressequida, como se guardasse muitos segredos. Um poço sem fundo cercado pelo bosque denso, que passa metade do dia na sombra.

A praia está intocada, cheia de agulhas de pinheiro. Faz um bom tempo que ninguém vem aqui. Quando éramos crianças, esse era o lugar preferido para piqueniques. Um lugar para um passeio especial. E cada vez que vínhamos precisávamos lembrar de qual ramificação da estrada seguir, qual bifurcação. Era fácil se perder no caminho. Uma vez, quando vim aqui com Anna, havia um casal nu na praia fazendo sexo. A mulher estava deitada de costas, as pernas bem abertas no ar, o homem no cio em cima dela. Lembro de pensar que ela era gorda demais para ficar nua, que havia algo obsceno naquilo. Não no sexo, que me assustou e fascinou, mas no jeito como o corpo dela se esparramava no chão duro como uma massa crua e no jeito como ela parecia não ligar se os víamos. Tínhamos recuado, correndo para casa, rindo de vergonha e encanto.

Peter e eu nos sentamos na margem. Ele pesca um cigarro do bolso. Acende e pergunta:

— Você se lembra da primeira vez que me trouxe aqui?

— Nosso primeiro verão.

— Ainda acho que aquele pode ter sido o momento mais romântico da minha vida.

— Bom, isso não depõe a favor do restante da nossa vida juntos.

Peter ri, mas o que estou dizendo é verdade. Tinha trazido ele aqui para um mergulho no fim da tarde. Depois, quando fizemos amor na praia, de repente me lembrei do casal nu, das pernas da mulher bem abertas, da parte carnal de tudo isso, e gemi alto o suficiente para ecoar na lagoa. Peter gozou naquele momento. Sempre soube que havia algo ruim em mim, uma perversão secreta, uma podridão que tentei esconder de Peter. Que espero que ele nunca enxergue.

— Olha — diz, pegando minha mão —, devo um pedido de desculpas a você.

— Pelo quê?

— Por hoje de manhã. Por ontem à noite. Sei que você estava chateada porque não li o poema da Anna.

— Fiquei chateada na hora. Mas Jonas o leu lindamente. Ler o poema para ela todos os anos é tudo o que importa, de fato.

— Ainda assim, sinto muito. Fui grosseiro e me arrependo.

— Todo mundo tinha bebido demais. Você não tem por que se desculpar. Juro.

Não tem mesmo.

— Ainda agora no carro, quando pus a mão na sua coxa, você se encolheu.

— Não me encolhi — digo, me odiando pela mentira. — Na verdade, queria que você fizesse isso mais vezes.

Ele apaga o cigarro na areia, olha para mim com desconfiança, como se quisesse ter certeza de que estou dizendo a verdade.

— Nesse caso, ótimo.

Ele se inclina, me beija. Os lábios dele têm gosto de fumaça e sal. A poucos metros de nós uma tartaruga-caixa desliza de um tronco para a parte rasa.

Eu me levanto e começo a tirar o maiô.

— Que tal aquele mergulho? — sugiro.

Não posso transar com ele agora. Não depois do que fiz com Jonas. Também não posso enganá-lo dessa forma, humilhá-lo. Ele me agarra, mas me afasto correndo — correndo para a água que, espero, me purifique. Peter segue atrás de mim, nu. Nado, sem fôlego, em direção à parte sombreada da lagoa, tentando ficar dez braçadas à frente. Mas ele é mais rápido, mais forte, me pega por trás, satisfeito.

— Peguei você. — Ele pressiona a ereção contra as minhas costas macias.

— Tempo — digo, me contorcendo para sair do aperto dele. — Precisamos voltar para casa.

— Cinco minutos não vão fazer diferença.

— Exatamente. — Dou um sorriso. — Preciso de pelo menos dez.

Então mergulho para longe dele, nado até a praia, para as roupas, para o que parece ser minha alma.

Julho de 1979, Vermont.

Filas e mais filas. Um mar de verde vibrante. Nunca vi tanto milho. Os campos de milho de William Whitman são intermináveis, formidáveis. Eles se movem colina acima em direção à fazenda dele como um batalhão inimigo. Whitman é o amigo mais antigo de Leo. São melhores amigos desde a escola primária. Domingo é o aniversário de Whitman e fomos convidados para passar o fim de semana na fazenda dele de cento e vinte hectares no norte de Vermont.

— Whit se mudou da Filadélfia para cá há alguns anos, depois que a esposa dele morreu — conta Leo, enquanto dirigimos pela estrada de terra comprida que vai, promete Leo à minha mãe, acabar chegando à casa da fazenda. Ela tem certeza de que fizemos um retorno errado. — Deixou tudo para trás, escritório de advocacia chique, uma bela casa em Chestnut Hill.

— Acho que a gente devia ter pegado aquela última bifurcação à esquerda — comenta minha mãe.

— Do que ela morreu? — pergunto.

Conrad e eu estamos espremidos contra janelas opostas no banco de trás para abrir espaço para um estojo de violão grande e amarrotado no assento do meio.

— Ah, bom, essa é uma história terrível — diz Leo. — Whit e o filho, Tyson, estavam fora num fim de semana de pai e filho. Ty devia ter uns dez anos na época.

— Final de semana de pai e filho? — pergunta minha mãe, tentando ler um mapa rodoviário à luz fraca. — Parece desagradável. Quem sabe um pouco profano?

Leo ri.

— Dificilmente. Guias indígenas. Grande Coruja, Pequena Coruja... Lobo Poderoso, Filhote Poderoso. Sentar ao redor da fogueira. Miçangas. Talhar pontas de flechas.

Minha mãe olha para ele sem expressão, como se não conseguisse nem mesmo absorver o conceito.

— Como escoteiros — explica Leo. — Enfim. Foram acampar e voltaram no domingo à noite. Louisa estava deitada na entrada, esfaqueada tantas vezes que o vestido ficou vermelho. Whit disse que o pequeno Tyson ficou ali em silêncio. Nem um som. Nem uma lágrima. Então se deitou no chão de mármore, se aninhou encostado ao corpo da mãe, nariz com nariz, perscrutando a morte dela, olhos abertos. Como se estivesse tentando achar a alma dela, o Whit disse.

— Isso é tão triste — comento.

— O garoto nunca se recuperou. Mal fala.

— Ele é um retardado — diz Conrad, sem erguer os olhos da revista *Mad*.

— *Conrad* — recrimina Leo, mantendo a voz controlada, mas o aviso é inequívoco.

— É completamente retardado — corrige Conrad em um cochicho em voz alta. — Conheci ele.

As mãos de Leo apertam o volante. Desde que Conrad se mudou para a nossa casa, no ano passado, Leo tem se esforçado para evitar conflitos. É importante para ele que Conrad não se sinta infeliz vivendo com a gente. Mas não importa quanto Leo seja legal, é bastante óbvio que Conrad gostaria de voltar para a casa em Memphis e que, como Anna, gostaria que a mãe tivesse escolhido ele. Na maior parte do tempo, ele fica no quarto — o antigo quarto de Anna — com a porta fechada, ouvindo ABBA e Meatloaf, levantando pesos ou assistindo a M.A.S.H. na TV dele com antena interna. O quarto fede a chulé: nauseante, úmido e azedo.

CHEGAMOS À casa da fazenda ao anoitecer. Whitman e Tyson estão esperando por nós na entrada, três cachorros pulando atrás deles.

— Ouvimos aquele seu velho calhambeque vindo pela estrada a um quilômetro de distância. Podia ter ido encontrar você. — Whitman dá um abraço de urso em Leo. — E você, Wallace. Ainda bonita como uma égua.

— Faz tanto tempo, cara — diz Leo, batendo nas costas dele.

Tyson é surpreendentemente bonito. Alto, num macacão surrado, o rosto gentil.

— Sou a Elle — digo, estendendo a mão.

Mas ele desvia o olhar, envergonhado até o último fio de cabelo. Dá chutes no chão.

— Tyson deve ter mais ou menos a sua idade, Conrad. — Whitman pega as nossas malas, e o seguimos casa adentro. — Pegue as outras malas, Ty, e leve-as lá para cima, no sótão.

Whitman é o total oposto do filho. Pequeno, alegre, falando sem parar — tão rápido que não sei como consegue respirar. Ele lembra um galo de desenho animado, a risada rouca de garnisé, o sotaque sulista, o jeito rápido e animado de se mover. Gosto dele.

Na velha casa, ele tinha servido o jantar.

— Ensopado de coelho fresquinho com milho, feijão e outros vegetais. Virei basicamente um fazendeiro desde que deixamos a Filadélfia — comenta, com orgulho. — Eu mesmo assei o pão hoje de manhã. Toda a comida nesta mesa vem do nosso jardim. Até os coelhos.

— Você cria coelhos? — indaga Conrad, cutucando o ensopado dele.

Whitman ri.

— A gente *pega* coelhos. São uma ameaça. Uma praga. A gente tem de colocar armadilhas se quiser que um único vegetal sobreviva. Mas por aqui comemos o que matamos. Embora a gente não consiga comer coelho tantas vezes quanto eu gostaria. O Ty sai por aí desarmando as armadilhas quando não estou olhando. Ele não suporta os gritos.

O filho dele se senta à ponta da mesa de carvalho comprida, comendo em silêncio o ensopado de coelho.

Whitman se vira para mim.

— Já ouviu um coelho gritar?

Balanço a cabeça negativamente.

— Nada bonito. Não posso culpar meu filho. — Whitman se recosta na cadeira. — Por falar em pragas, os cervos estão piores do que nunca este ano. — Ele se vira para Conrad. — Você sabe o que isso significa, não é, meu jovem?

Conrad balança a cabeça.

— Amanhã à noite, carne de veado.

Conrad parece horrorizado. Whitman gargalha.

— Conrad não é exatamente do tipo que se arrisca na hora de comer — comenta Leo, partindo outro pedaço de pão com a mão. A barba dele é um ninho de migalhas. — Se dependesse dele, ia viver de palito de peixe e Whoppers.

Como um grande bocado do meu ensopado.

— Você devia provar, Conrad.

— Eu provei — responde ele. — É muito bom.

— Não, não provou. Você está só empurrando de um lado para outro do prato.

— Dedo-duro — dispara Conrad.

— Mentiroso — retruco.

— Idiota.

Tyson ficou imóvel, como se estivesse tentando se esconder à vista de todos.

— Não se preocupem... — Whitman quebra a tensão. — Não comi nada além de ovo cozido em creme de leite até os doze anos. Vou fazer espaguete com almôndegas amanhã. E, não, não saí e atirei numa vaca, Conrad. E, lembrei agora, se algum de vocês quiser dar um passeio na floresta, se certifique de usar vermelho brilhante. Tenho tido problemas com caçadores de cervos invadindo minhas terras fora da temporada.

— Odeio caçadores — digo.

— Pois bem, não tenho nenhum problema com eles se estiverem tentando colocar o jantar na mesa — explica Whitman. — Mas esses caçadores estão atirando por esporte. Sem nenhuma moral. Deixam os malditos animais deitados lá se esvaindo em sangue. Nem mesmo um tiro na cabeça. Vergonhoso. Os cachorros os encontram no bosque. Vêm para casa com a boca toda cheia de sangue.

— Acho que vou vomitar — diz Conrad.

— *Conrad.* — Leo parece estar prestes a entrar em ebulição.

— Tínhamos um cachorro quando eu vivia na Guatemala; quando era menina — conta minha mãe. — Ele entrava no galinheiro e arrancava a cabeça das galinhas com uma mordida. O jardineiro atirou nele.

— Guatemala? — Whitman levanta uma sobrancelha e volta a encher o copo dela.

— Minha mãe nos levou para lá quando eu tinha doze anos. Meu irmão, Austin, tinha só dez anos.

— Por que a Guatemala?

— Um divórcio infeliz. E "os criados" eram baratos. Naquela época, você podia ter um cozinheiro particular por oito centavos a hora. Nanette estava acostumada com as coisas mais refinadas. Mas ela odiou a Guatemala com fervor. Estava convencida de que ia ser atacada por um aldeão com um facão.

— Ela ainda mora lá?

— Ela morreu há alguns anos. *Não* de ataque de um facão. Meu irmão nunca saiu de lá. Se casou com uma garota local. Odeia os Estados Unidos. Pensa que somos todos um bando de selvagens... — Ela ri, larga o copo. — Ele é ornitólogo. Um especialista em papagaios, dentre todas as coisas inúteis.

— Amo papagaios — comenta Tyson, tranquilamente.

DEPOIS DO jantar, Whitman nos leva por uma escada quase vertical até um sótão em formato retangular, com pé-direito alto que vai até as vigas. Quatro colchões estão colocados no chão.

— Vou deixar a luz do banheiro acesa lá embaixo — avisa ele. — Não quero nenhum de vocês tropeçando no escuro. Espero que ninguém tenha problemas com morcegos.

— Que droga, pai — diz Conrad, depois que Whitman saiu. — Vai todo mundo dormir no mesmo quarto?

— Vai ser divertido. É como acampar — responde minha mãe, embora ela também pareça hesitante.

Em algum ponto da noite, sou acordada por sussurros no escuro. Vozes baixas e ásperas. Leva um momento para os meus ouvidos se ajustarem. Mamãe e Leo estão discutindo. Minha mãe parece descontente.

— Pare com isso, Wallace. Chega — ouço o farfalhar dos lençóis enquanto Leo se afasta dela.

— Não transamos há semanas.

— Porra! — Leo chia. — Não na frente das crianças.

Tenho que fazer xixi, mas se levantar agora ela vai saber que os ouvi. Vai ficar envergonhada. E não posso fazer isso com ela.

— Vou ficar quieta. Prometo.

— Você está bêbada. — A voz dele é fria.

— Por favor, Leo.

Tapo os ouvidos, puxo o cobertor sobre a cabeça para não ouvi-la suplicar. Ela soa tão patética — em pânico, desesperada. Talvez seja esse o som de um coelho quando grita.

DEVE SER CEDO quando volto a acordar. A casa inteira está adormecida. A luz pálida do amanhecer se infiltra através da pequena janela do sótão. Conrad está deitado em cima das cobertas, vestido. Nem mesmo tirou os sapatos. Leo e minha mãe estão deitados de costas um para o outro. Espero que, quando acordarem, Leo lhe diga quanto a ama.

Desço a escada na ponta dos pés, ansiando por ar fresco. Lá fora, o frio da manhã não se dissipou. Não tinha visto a fazenda à luz do dia, e ela é linda. Arbustos de rosas-selvagens sobem pelas cercas de madeira. Na horta, fileiras e mais fileiras de brotos de abobrinha, de ervilha-torta em estacas com um emaranhado de capuchinhas cor de laranja roçando os calcanhares. Três coelhos estão comendo as alfaces.

Além do jardim, os campos de milho se estendem até a base das colinas, onde bosques escuros se lançam na direção de um céu rosado. Visto o suéter e saio andando por um campo de batatas que contorna o milho — cheiro almiscarado e doce se eleva e paira alguns metros acima do chão.

Sigo uma estradinha larga de trator que corta os campos no meio, dividindo o mar de milho. Como sebes, pés de milho me flanqueiam dos dois lados. Ouço o farfalhar, os sussurros. Gostaria de não ter ouvido minha mãe.

Estou caminhando há mais de uma hora quando me aproximo de uma curva acentuada e paro de repente. Dez metros à minha frente, um cervo enorme está parado no meio do caminho. Um macho, o pai do

Bambi, chifres orgulhosos e imponentes como árvores nuas no inverno. Ele olha direto para mim e olho para trás, desejando que não salte para longe. E então o estalido de um tiro. Os olhos se escancaram de surpresa, e ele cai. Sangue escorre de um buraco no pescoço. Ele fica ali deitado em um silêncio suave e triste. Há um movimento no milharal, o cano de uma arma. Recuo para o verde vivo, escondida dos caçadores. Tyson emerge na trilha. Ele limpa a boca com as costas da mão. Os olhos são vazios, baços, os olhos de um sonâmbulo. Ele se abaixa até o chão e se deita ao lado do animal moribundo. Parece tão pequeno ao lado dele, como uma criança. Ele olha nos olhos do cervo e observa, sem piscar, até que a vida resvale para o nada. Põe-se de joelhos e então, num gesto de alguma forma lindo e doentio, se inclina e beija o cervo morto com gentileza na boca. Tyson ouve minha respiração forte. Ele fica de pé com um salto, arma engatilhada.

— Tyson, espere!

Saio para a trilha.

Ele olha para mim por um momento e então, antes que eu possa dizer outra palavra, se vai. Observo a parte de cima do milho serpenteando atrás dele na trilha.

QUANDO VOLTO para a fazenda, Conrad está na horta com Whitman. Ele agita um balde de água enquanto Whitman despeja um pó marrom escuro dentro dele. Tyson está parado ali perto, uma pequena mancha de sangue na ponta da bota.

— Bom dia, Elle — grita Whitman quando me vê. — Nos perguntamos aonde você tinha ido.

— Caminhei pelos campos de milho.

Tyson me observa intensamente. Durante todo o caminho de volta tentei processar o que testemunhei, para entender por que ele faria algo tão cruel. Imagino o tipo de agonia que ainda deve sentir, a raiva do assassino da mãe que continua à solta, sem punição. E, no entanto, o que vi mais parecia um ato de amor do que uma vingança despropositada.

Whitman me estende um balde.

— Venha e nos dê uma ajudinha espalhando isso.

— Nossa, isso fede — digo. — O que é isso?

— Sangue de vaca seco. Mantém os cervos e os coelhos longe. Eles também não suportam o cheiro. Só um fiozinho em volta de cada planta. Não precisa muito. Espero que vocês crianças estejam com fome. Tem um monte de bacon no forno. Os ovos do galinheiro ainda estavam quentinhos quando os recolhi.

Conrad e eu ajudamos Whitman a derramar sangue nas plantações, enquanto Tyson nos observa ao lado das alfacinhas e dos pepinos. Quando terminamos, toda a vida no jardim de Whitman tinha cheiro de morte para mim.

CAPÍTULO 11

16h

— Bebida? — Peter espreme um limão em volta da borda azul-cobalto de um copo mexicano e, em seguida, o mergulha de cabeça para baixo num prato de sal.

— Já podemos beber? — Minha mãe entra, olhando o relógio.

— Definitivamente não. — Peter despeja uma porção generosa de tequila em uma coqueteleira de martíni.

— Bom, nesse caso, não consigo resistir.

Deus, isso me irrita — as brincadeiras dos brancos, anglo-saxões e protestantes que giram em torno do álcool.

— Onde eles estão? — pergunto.

Jonas e Gina ainda não apareceram com as crianças e a cada minuto que passa fico mais agitada. Desde que Peter e eu voltamos de Black Pond, fiquei o tempo todo esperando Jonas aparecer. Não joguei gamão com Jack, não toquei nos apetrechos de manicure que trouxe, mas reli uma edição antiga da *New Yorker*, roendo as unhas. Não se passaram nem vinte e quatro horas e, quando não estou com ele, já estou contando o tempo até estar — como se minha vida tivesse deixado de existir e fosse só o tempo entre ele e ele. Isso me irrita, esse tilintar interminável. Imagino minha cavidade estomacal cheia até a borda com pequenos pedaços de unhas roídas. O peso de uma vida inteira de dor que nunca foi digerida. Quando me abrirem, é o que vão encontrar. Sedimentos estranhos, afiados e quebradiços.

Jack está aninhado a meu lado no sofá, a cabeça no meu colo, lendo alguma coisa no celular. Visto daqui ele parece um menininho doce, e meu coração se despedaça. Eu me inclino para lhe dar um beijo, mas ele me afasta com as costas da mão.

— Ainda estou zangado com você — avisa.

— Grosseiro da parte deles nos fazer esperar. Abra espaço. — Peter se espreme ao nosso lado no sofá, tentando não derramar a bebida. — Gole?

— Depois do meu mergulho.

— Eu aceito um — diz Jack.

Peter faz menção de estender o copo para Jack.

— Nem pense nisso. — Fico de pé, tirando os dois de cima de mim. — Estou indo dar o meu mergulho. Diga a Jonas e Gina que vou vê-los outro dia.

— Você devia estar se preocupando assim? — pergunta minha mãe da cozinha.

— Valeu, mãe. Sim, todos se afogaram. Ou morreram num acidente de carro terrível.

Bato a porta de tela atrás de mim.

— Sua esposa tem sido um pesadelo completo desde que acordou hoje de manhã — comenta minha mãe com Peter. — As regras dela vieram?

— Ouvi você — grito, e aperto o passo até a beira da água.

Doze braçadas rápidas me levam para o fundo. Viro de costas, mãos nos quadris, usando só as pernas de sapo para me impulsionar mais para longe. Ouvindo o som abafado da água borbulhando ao passar por mim.

No meio da lagoa, me viro e fico boiando de bruços como morta, o rosto para baixo, abro os olhos e tento enxergar. Meus olhos, porém, não conseguem se ajustar ao esverdeado da lagoa no crepúsculo. Meus sentidos falham agora, é demais para mim. Imagino como seria me afogar — afundar em uma névoa turva, tentando lutar para voltar à superfície, absorver água como se fosse ar.

Outubro de 1979, New Hampshire.

Do lado de fora da janela do carro, o outono da Nova Inglaterra passa rapidamente num borrão de amarelo e vermelho, o ocasional intervalo escuro de um pinheiro. É o fim de semana dos pais no internato de Anna. Dixon, mamãe, Becky e eu estamos indo vê-la de carro. Nunca estive em New Hampshire. "Nem eu", diz Anna quando ligo para dizer que vamos visitá-la. "Nunca saímos do *campus*. Estou presa num túnel do tempo de tijolos vermelhos com garotas que jogam hóquei na grama e vivem à base de laxante." Mas a verdade é que Anna está muito mais feliz agora. Quase nunca volta para casa para visitar. Nos fins de semana prolongados, ela fica com uma colega de quarto que mora mais perto da escola.

Ir no fim de semana dos pais foi ideia de Dixon. Mamãe não planejava ir, mas ele insistiu. Anna é a afilhada dele. Ele gosta muito de Leo, diz para minha mãe, mas os casamentos acabam, filhos não.

— Bem, isso não é tecnicamente verdade — comenta minha mãe.

— Não seja cruel. Você está começando a parecer a sua mãe — diz Dixon, cutucando-a nas costelas.

Ele havia se separado de Andrea. Quando o bebê deles nasceu (em casa, na banheira), ficou evidente que não era de Dixon.

— Sou muitas coisas — conta Dixon. — Brilhante, um deus do sexo, um especialista em Whitman. Mas asiático não é uma delas.

— Você vai encontrar alguém — diz minha mãe. — Você sempre encontra. Em mais ou menos dois segundos.

— Verdade. Mas nada que dure.

— Isso é porque você tem instintos horríveis e só namora imbecis — pondera minha mãe.

— É meu calcanhar de Aquiles. Se eu tivesse algum bom senso, teria me casado com você.

— Óbvio.

— Para ser justo com a Andrea, ela estava só seguindo a própria verdade dela.

— Não tenho mais nada a acrescentar.

Dixon ri.

— Não importa. Era um bebê fofo, não era, Becks?

— Mais ou menos — responde Becky. — A cabeça dele tinha um formato esquisito.

— Isso era temporário. O canal de parto da Andrea era muito estreito.

Becky faz um barulho de engasgo.

— Por favor, podemos não falar sobre a vagina da Andrea, pai?

Becky e eu estamos espremidas no banco de trás entre a mochila de lona de Dixon e uma bolsa de palha mexicana enorme da minha mãe cheia de coisas de última hora que Anna esqueceu de pôr na mala quando viajou em setembro.

— Por que isso não pode ir no porta-malas? — pergunto.

— O porta-malas está cheio de caixas. Vamos colher maçãs na volta — informa ela, e continua depois de ouvir um gemido meu: — Vamos fazer manteiga de maçã. Não me deixe esquecer de pegar um pouco de pectina, Dix.

— Legal — comenta Dixon. — Manteiga de maçã.

Ele liga o rádio, gira o botão e passa por várias estações com estática.

— Por favor, mantenha os olhos na estrada — comenta ela.

— Sem dar uma de copiloto.

A única estação local que ele consegue sintonizar está tocando "Time in a Bottle".

— Essa não — diz minha mãe. — Não suporto Jim Croce. Muito piegas.

— Dê uma folga para o pobre coitado, Wallace. Ele foi morto por uma nogueira.

— Bem, isso não melhorou a música dele.

Dixon ri e aumenta o volume ao máximo. Minha mãe coloca os dedos nos ouvidos, mas está sorrindo. Ela está sempre mais relaxada ao lado de Dixon.

ENTRAMOS NUMA estrada rural margeada por paredes de pedra gotejantes e pequenos bosquezinhos de bordos. Ela serpenteia por pastos abertos, celeiros pintados de vermelho, pomares de macieiras sem fim, as árvores ainda pesadas com frutas. O internato de Anna fica numa pista estreita, a entrada demarcada por dois pilares maciços e uma placa de bronze discreta, manchada e quase ilegível. Colégio Lamont. A entrada de cascalho comprida se abre de repente para gramados amplos pontilhados por árvores tão grossas que seriam necessárias três pessoas para passar os braços em volta dos troncos.

O Lamont é maior do que eu imaginava, mais formidável. Dormitórios de tijolos vermelhos e prédios de salas de aula cobertos por hera, uma capela de madeira branca ao lado de uma biblioteca com colunas de mármore. No estacionamento de cascalho, os alunos pululam em torno dos pais, em um misto de alívio e felicidade. Anna não está à vista. Nós a encontramos sentada ao sol nos degraus do dormitório. Há um livro de bolso no colo dela. Ela está chorando.

— Como pode o Phineas ter morrido? — Ela fecha o livro e se põe de pé. — Odeio este livro.

— A Separate Peace *é o ápice para os engomadinhos deprimidos. Todo mundo sabe disso* — diz Dixon.

— Ele era tão bonito... Era perfeito.

— Só os bons morrem jovens — diz Dixon.

— Isso é um lixo completo — arremata minha mãe.

Anna e mamãe estão levemente afastadas, como crianças no baile da escola, cada uma esperando a outra fazer o primeiro movimento. Nunca mais foi a mesma coisa entre elas desde que Anna foi mandada embora. Mamãe tentou fazer as pazes, mas há uma distância em Anna, uma frieza que nunca vai derreter — como se a vida anterior estivesse no espelho retrovisor, ainda visível, mas os olhos estivessem apenas na estrada à frente.

Mamãe cede primeiro, atravessando o piso até onde a filha está parada.

— Estou tão feliz de ver você — diz, abraçando-a. — Você está maravilhosa.

— Não esperava que conseguisse vir.

— *É claro que conseguimos.* — Minha mãe se eriçou.

— Você não apareceu no ano passado.

— Bem, estamos aqui agora. — Dixon põe o braço em volta de Anna. — E que dia maravilhoso. Preciso encontrar o banheiro antes que me mije todo, e então quero a visita guiada.

— Jesus pai... — diz Becky.

— Os pais da Lily nos convidaram para almoçar com eles na pousada — conta Anna.

— Pensei que íamos ter um almoço em família, mas parece uma ideia ótima. — Ela sorri, mas dá para ver que está desapontada.

— Antes quero mostrar todo o meu dormitório para Elle. — Anna pega minha mão como se sempre tivéssemos sido melhores amigas.

Becky começa a nos seguir, mas Dixon a impede.

— Você viu o tamanho daquela árvore, Beck? Deve ter uns duzentos anos de idade. Vamos dar uma olhada.

Anna tem um quarto triplo — grande, com janelas altas, piso de madeira gasto e três camas de solteiro encostadas nas paredes. No parapeito da janela, um caroço de abacate desenvolve raízes branco-acinzentadas em um frasco de vidro cheio de água turva. A cama de Anna está desarrumada — reconheço a colcha indiana roxa. Duas fotografias estão presas na parede acima dela. Uma é de Anna e das colegas de quarto paradas na frente de uma piscina. A outra foto é de nós duas subindo em uma árvore no Central Park. Estamos rindo.

Anna se senta na cama de pernas cruzadas. Dá um tapinha no espaço ao lado dela. O colchão afunda na beirada quando me sento.

— Então, adivinha? — diz. — E tem que prometer não contar a ninguém.

— Certo.

— Estou falando sério. Sob pena de morte. — Ela se inclina. — Perdi virgindade no fim de semana passado.

Ela soa tão orgulhosa de si mesma, como se isso fosse uma grande conquista, e quero dizer a coisa certa — algo que soe casual, adulto. Anna está confiando em mim. Mas tudo em que consigo pensar é em mofo, suor úmido, minha mãe implorando. Puxo um fio solto da colcha. Ele deixa uma sanfona de tecido.

— Não sabia que você tinha um namorado... — comento.

— Não tenho. Ele é amigo do irmão da Lily. Tem dezenove anos. Estávamos todos lá para o Dia de Colombo.

— Como é que foi?

— Não muito bom. Mas ainda assim, não sou mais virgem.

— E se você engravidou?

— Não engravidei. Peguei emprestado o diafragma da Lily.

— Que nojento.

— Lavei antes, dã. Por, tipo, duas horas... — Ela ri.

— Ainda assim é nojento.

— Tanto faz. Melhor que receber orientação dos pais. — Ela pula da cama e vai até a janela, pega a muda de abacate e a segura contra a luz. — Preciso trocar essa água.

— Vou esperar.

— Esperar o quê?

— Até me apaixonar.

Anna coloca o frasco de volta, não diz nada, fica de costas para mim, a janela que abriu entre nós, seja ela qual for, foi fechada.

— Talvez não espere. Não sei... — Eu me atrapalho. — Acho que soa idiota.

— Não. Acho que é uma boa ideia — diz, virando-se para mim.

— Você acha?

— Para *você*. Só não é para mim. Duvido que algum dia vá me apaixonar. Não faz meu tipo.

DIRIGIMOS PARA casa no escuro. O carro cheira a maçãs frescas. Becky e eu sentamos no banco de trás brincando de origami da sorte.

— Escolha um número — pede, começando.

— Três.

Ela abre e fecha a boca do papel dobrado três vezes.

— Escolha uma cor.

— Azul.

Ela desdobra o triângulo azul para revelar minha sorte.

Dentro ela tinha escrito: *Você vai dar uns amassos num porco gordo oleoso*. Ela tem a letra de uma criança de oito anos.

— Você é tão nojenta! — Dou uma risada. — Sua vez.

Pego meu próprio origami e ponho os dedos nas fendas triangulares do papel. Abre. Fecha. Abre. Fecha. Abre. Ela aponta para o vermelho. Abro a dobra.

— "*Um estranho misterioso logo vai entrar na sua vida.*" — Ela lê o que escrevi num sussurro. — E ele vai pôr o pênis dele em você.

— Eu NÃO escrevi isso. Psicopata.

— Espere. — Becky se inclina sobre mim e abre o zíper da mochila do pai, com cuidado para ele não ouvir. Ela tira um livro branco sem capa. — Você acha que *eu* sou nojenta?

O livro está cheio de desenhos em preto e branco. Imagem atrás de imagem de um casal fazendo *aquilo*. A mulher se parece com a esposa do *Bob Newhart Show*, só que nua. O homem tem cabelo comprido escuro e barba. Está vestindo uma camisa aberta e nada além disso. Dá para ver o *pênis* por fora da barra da camisa. Ele é repugnante. Penso em Anna transando com aquele cara da faculdade. Pensar nela com alguém que mal conhece faz eu me sentir triste por ela e me pergunto se, bem no fundo, ela se arrepende. Porque, depois que você faz isso, nunca mais pode desfazer.

Becky vira a página para uma ilustração diferente: a mulher está encostada em uma parede. O homem está de joelhos com o rosto na virilha dela.

— *Argh*... — sussurra Becky. — Dá para imaginar algo mais nojento? Ela deve ter gosto de xixi.

— Ecaaa.

Começamos a rir tanto que chega a doer.

— Qual é a brincadeira? — pergunta Dixon do banco da frente. — Quero participar.

Becky coloca o livro de volta na mochila do pai.

— Estávamos lendo — digo.

— Elle, você sabe que ler no carro deixa você enjoada — comenta minha mãe. *Ela abre o porta-luvas e tira um saquinho de plástico*, me entregando em seguida. — Só por precaução. Mas, pelo amor de Deus, se sentir náusea tente segurar até a gente poder encostar. O cheiro de vômito me faz querer vomitar.

16h10

Deixo os pulmões doerem até que, incapaz de aguentar mais um segundo, liberto a cabeça da água, emergindo em busca de ar. Sinto algo no meu tornozelo, é pontiagudo, veloz. Entro em pânico, sentindo aquele puxão. Jonas surge da água na minha frente. Ri do olhar de pânico no meu rosto.

— Você está louco? Achei que fosse um pargo.

Nado para longe dele, furiosa, mas ele agarra a parte de baixo do meu biquíni.

— Solte.

— Não vou soltar.

— Você é um imbecil.

— Não sou. — Ele me puxa para mais perto. — Você sabe que não sou.

— Você se atrasou.

— Seus filhos são peixes. Eles não saíam da água.

— Eu sei. — Suspiro. — Às vezes quero pôr as pranchas deles num picador de madeira. Não sei como Peter tem paciência.

Nadamos, separados porém juntos.

— Parece que a Gina percebeu algo... Houve um momento estranho quando cheguei na praia.

A distância, vejo Maddy e Finn perseguindo um ao outro na margem. Atrás deles, minha mãe está pendurando uma toalha de mesa de linho branca no varal. Ouço uma porta bater, a risada de Gina pairando. Jonas também ouve. Afasto os olhos dele.

— Está tudo bem — diz.

— Não está tudo bem. Tem algo errado comigo. Devia estar repleta de uma culpa dilacerante. Em vez disso, na praia agora há pouco com Gina me senti orgulhosa. Como se tivesse vencido. Aquele coração na areia.

— Você venceu.

— Isso é uma coisa horrível de se dizer.

— É.

Acima de tudo, uma das coisas que sempre amei em Jonas é a capacidade de admitir os próprios defeitos, uma paz despreocupada com quem ele é.

— Eu a amo. Mas carrego você no meu sangue. Isso não é uma escolha.

— Claro que é.

— Não. É o que tenho de fazer. E aceito isso. Essa é a diferença entre a gente. A aceitação da escolha que a gente fez.

— Não quero falar sobre isso.

Fossem quais fossem os segredos que minha meia-irmã, Rosemary, revelou quando Peter e eu estivemos em Memphis na semana passada, por mais que aquilo possa ter mudado a maneira como penso a respeito do passado, Jonas e eu sempre teremos de ser o sacrifício, a penitência.

— Não vou deixar o Peter.

— Então é isso? Simplesmente acaba?

Jonas olha em outra direção, para o lado selvagem e desabitado da lagoa. Encara os juncos, os caniços, o lugar onde nos tornamos verdadeiros amigos: um garotinho escondido no arvoredo, montado no galho baixo de uma árvore, paciente, sem emitir um som; e uma garota desengonçada e zangada que queria morrer naquele dia. A árvore ainda está lá, mas os galhos agora se elevam no céu.

— Sim. Tantos anos. — comenta Jonas.

— Cresceu tão alto.

— Acontece.

— Amo o jeito como as árvores crescem e caem ao mesmo tempo. Queria que a gente pudesse fazer isso.

Tudo o que quero fazer é beijá-lo.

— Você devia nadar de volta — digo.

— Disse a Gina que ia voltar caminhando pelo outro lado da lagoa e que a encontraria em casa.

— Não. Nade de volta para ela.

Jonas olha para mim, a expressão indecifrável.

— Tudo bem — concorda. — Talvez veja você no acampamento.

— Talvez... — digo, odiando tudo o que isso envolve: a distância deixada pelo movimento do corpo dele para longe do meu, o buraco familiar que carreguei por tantos anos dentro de mim se reabrindo. Mas tenho de deixar ele ir, mesmo que isso, nós, seja o que desejei a vida inteira. Porque Jonas é um erro: *isso* é um erro, e *é* tarde demais. Amo Peter. Amo os meus filhos. Não há nada mais além disso.

Vejo-o nadar para longe, vejo o espaço entre nós aumentar. E então estou nadando atrás dele, puxando-o para baixo da água comigo, beijando-o com força e por muito tempo, ali na bruma, escondidos dos olhos do mundo, dizendo a mim mesma que vai ser a última vez.

— Está tentando me afogar? — pergunta, quando voltamos à superfície, ofegantes.

— Ia tornar as coisas mais fáceis.

— Porra, Elle. Passei a vida inteira esperando por ontem à noite. Não volte atrás.

— Eu preciso. Estou voltando. Não consigo enfrentar isso ainda.

— Não faça isso.

Borboleteamos para fora da lagoa, as pernas sincronizadas pingando, batendo as asas para voar, nos jogamos na prainha arenosa, sentamos lado a lado no calor.

CAPÍTULO 12

Abril de 1980, Briarcliff, Nova York.

Domingo. Temos tido uma primavera úmida, mas hoje está perfeito, ensolarado e fresco, tudo verde e florescendo. Joanne pediu a meu pai que tirasse as caixas dele do sótão dos pais dela. Passamos pelo Hudson com todas as janelas do carro abertas. Desde que Joanne e meu pai se separaram, temos passado mais tempo juntos. Ele tem feito um esforço enorme comigo e com Anna, mas não posso deixar de reconhecer que se Joanne ainda estivesse por perto ele provavelmente não ia estar.

Ele preparou um piquenique para a gente: sanduíches de presunto e tomate, peras, picles adoçado, uma garrafa de cerveja para ele, um achocolatado Yoo-hoo para mim. E está de ótimo humor.

— Não consegui me livrar da Joanne rápido o suficiente, mas *lamento* perder Dwight e Nancy. Eles foram bons para mim. Vamos parar em algum lugar primeiro para almoçar. Não quero chegar cedo.

— Amava aquela casa. Tinha o melhor cheiro.

— Nancy vai ficar feliz de ver você. Ela anda um pouco para baixo desde que Frank foi para a faculdade.

Estou aliviada por Frank não estar lá. Pensar na cobra nojenta dele e no lábio superior úmido ainda me deixa nauseada.

— Não vejo eles há tanto tempo. Anna e eu costumávamos ficar lá o tempo todo.

— Não o tempo *todo*...

Ele para no estacionamento da estação ferroviária Tarrytown.

— Tem uma areazinha de piquenique decente do outro lado dos trilhos — comenta.

No momento em que saio do carro, algo triste estremece dentro de mim, indistinto porém bem evidente. Faz anos que não venho aqui, mas esta é a parada onde Anna e eu descíamos da linha Harlem-Hudson quando vínhamos visitá-los antes de eles se mudarem para Londres — a parada onde aprendemos a não esperar ver mais do nosso pai do que a curta viagem de carro do trajeto entre a estação e a casa dos Burke.

Atravessamos os trilhos e encontramos um banco com vista para o Hudson. O rio está se desvencilhando do último inverno, se espreguiçando depois de acordar para a primavera. Observo um galho enorme deslizando rio abaixo, arrastado pela correnteza lenta e pesada. Meu pai pesca o velho canivete suíço do bolso, saca o abridor de garrafas e abre a cerveja. Sempre adorei o canivete dele — os tesouros ocultos: a pequena tesourinha, a lixa de unha, a minisserrinha. Ele puxa a lâmina grande e começa a descascar uma pera madura numa espiral fechada e precisa.

— Por que paramos de ficar com os Burke, pai?

— Porque queria minhas meninas comigo.

— Então por que você nos deixava lá o tempo inteiro antes disso?

— Bom, isso foi Joanne. — Ele corta um pedaço da pera e a oferece para mim na lâmina da faca. — Cuidado. Essa lâmina é mais afiada do que parece. Tem um pedaço de queijo Muenster na sacola.

Com meu pai, tudo é sempre culpa de outra pessoa.

— Já contei a história de como consegui essa cicatriz?

Ele ergue o polegar e se inclina. Uma pausa dramática. Ele não se limita a contar histórias, ele as representa. Narra. Infla como uma fragata, a ave vermelha de peito de barril. Espera que o público se acomode. No geral, quando está repetindo uma história, faço de conta que nunca a ouvi antes.

Não quero ferir os sentimentos dele. Mas agora tudo o que quero fazer é alfinetar. Desinflá-lo. *Sim. Você já me contou umas vinte vezes.*

— Meu pai me deu esse canivete quando fiz dez anos. Disse que canivetes eram para homens, não para meninos, para usar com respeito. Abri o polegar da primeira vez que usei. Tentando tirar a tampa de uma garrafa de refrigerante com esta mesma lâmina. Tive de levar doze pontos. Sangue para todo lado. Como uma veia jugular. Meu pai tirou o canivete de mim por um ano. Disse que tinha cometido um erro grave, que um menino que não sabe a diferença entre um abridor de garrafas e uma lâmina estava só disfarçado de homem. Foi uma lição poderosa.

Atrás dele, um trem diminui a velocidade ao se aproximar da estação, rumo ao sul.

— Seu avô me ensinou a talhar, sabe. E a atirar direito. Lembra daquela pequena tartaruga de madeira que fiz para você?

Balanço a cabeça, "não", embora esteja na prateleira acima da minha cama, onde sempre está. Entrego o queijo para ele, pego um sanduíche da sacola de piquenique. Presunto, abacate e tomate no pão branco. Tiro a fatia de pão de cima. Está úmida, manchada com suco cor-de-rosa. Uma por uma, pego as sementes, atiro-as na grama. No rio, um veleiro luta contra a correnteza.

PARAMOS NA entrada circular de cascalho dos Burke às catorze horas em ponto.

— Bem na hora — diz meu pai, satisfeito consigo mesmo.

Um labrador chocolate está deitado na varanda da frente, cochilando numa mancha de sol. Ele vem devagar, se esfrega na perna do meu pai e então fica ali, imóvel, como se aquele simples gesto o tivesse deixado atordoado.

— Olá, velha menina — diz, acariciando-a. Ele me pergunta: — Você se lembra da Cora?

— O filhotinho?

— É uma senhora idosa agora. Anos caninos. — Ele bate na porta. — Olá-á?! Nancy? Dwight? Alguém aí? — Mas há somente a casa silenciosa. — O carro da Nancy está aqui. Ela deve estar trabalhando no jardim dos fundos.

Ele abre a porta da frente e entramos.

Tudo está exatamente como na minha lembrança: as pinças de bronze brilhantes e a pá de concreto para as cinzas inclinadas contra a lareira de tijolos brancos. As poltronas de espaldar alto dos brancos, anglo-saxões e protestantes, o tapete persa surrado. Um vaso de peônias colhidas no jardim está em cima da mesa de centro, pétalas caídas espalhadas sobre os livros de arte.

— Olá, olá? — grita meu pai, uma vez mais.

Sigo-o até a cozinha. A cafeteira foi deixada ligada, liberando um leve odor amargo de café queimado. Meu pai desliga a máquina, segura a jarra de vidro sob a torneira. Ela sibila e vaporiza quando a água atinge o anel caramelizado, tingindo a água de marrom.

— Ela não está lá fora. Devem ter saído para uma caminhada. Vou começar a pegar minhas caixas no sótão. Vá dar uma olhada no seu antigo quarto.

— Talvez a gente devesse esperar. Parece que estamos invadindo.

— Os Burke são da família. Com ou sem Joanne.

A porta secreta que leva ao nosso antigo quarto está aberta. Paro na metade da escada de madeira, no patamar onde Anna e eu costumávamos nos sentar e brincar com nossas bonecas. No andar de cima, no nosso antigo quarto, nada mudou. Até as colchas de matelassê são as mesmas. Evoco o rosto de Frank em agonia no dia em que achamos o hamster dele esmagado atrás da cama de Anna. A maneira como chorava, com o tipo de amor por um animal de estimação que as pessoas mais cruéis muitas vezes têm. O sol entra pelas janelas gradeadas. Acima da rocha sombria, o céu está brilhante. Os rododendros de Nancy estão em floração. Nada mudou. Ainda assim, agora o nosso velho quarto parece triste e vazio, unidimensional — como um palco montado para uma infância feliz olhado por trás, revelando paredes falsas e espaços vazios. De repente, tudo o que quero é ficar com meu pai.

Lá embaixo, na despensa, paro em frente à porta da antiga sala dos hamsters de Frank. Um cartaz amarelado feito com caneta Magic

Marker ainda está fixado na porta: NÃO ENTRE SOB PENA DE MORTE. Giro a maçaneta, entro na sala proibida e sem janelas. Meus olhos demoram um pouco para se ajustar. É um depósito agora, as paredes cheias até em cima com caixotes empilhados. As gaiolas dos hamsters sumiram. Contudo, no canto mais distante, iluminado pelo brilho tênue e azulado do néon, está um aquário de vidro. É cinco vezes maior do que aquele de que me lembro. Ao andar na direção dele, vejo uma mudança sutil, um movimento sinuoso, reptiliano. Recuo e saio da sala.

Nancy está sentada à mesa da cozinha, cortando maçãs.

— Bom, olá, querida — diz ela com vivacidade. — Aí está você.

Eu me sinto aprisionada na luz do sorriso bondoso dela.

Ela abaixa um miolo de maçã e limpa as mãos no avental.

— Waldo não ficou enorme?

— A gente bateu. Papai disse que tudo bem começar a tirar as coisas dele.

— É claro, querida. Deitei-me para um cochilo rápido. Você desabrochou em uma jovem adorável. Deve ter quinze anos agora.

— Treze. Vou fazer catorze em setembro.

— Imagino que esteja com sede depois dessa viagem. Fiz chá gelado. Dwight deve voltar a qualquer minuto. Ele desceu a colina para devolver um livro para um amigo, Carter Ashe.

Ela vai até a geladeira e fica ali sem abri-la, balança um pouco a cabeça como se estivesse tentando se livrar de um pensamento passageiro.

— Ele não chegou a tempo para a refeição — diz. — Você deve estar com sede. Fiz chá gelado.

ENCONTRO meu pai no sótão, cercado por caixas e pilhas de fotos antigas. O ar está quente, abafado. Tem cheiro de passado.

— Dê uma olhada. — Ele me passa um envelope pardo grosso. — Todas as minhas antigas folhas de contato e os negativos. Tem algumas maravilhosas da sua mãe.

Pego as folhas de contato em preto e branco e olho através delas. Fotos e mais fotos da minha mãe com um vestido de festa e pérolas, deitada num sofá, sorrindo para a câmera. Anna na banheira, coberta de espuma e com um escorredor de macarrão na cabeça. Eu e mamãe no parquinho. Ela está me empurrando no balanço de bebê, um dos meus sapatinhos vermelhos de fivela caiu. No fim da pilha, encontro uma série de fotos de nós quatro. Estamos na escadaria do Museu de História Natural, Anna e eu de vestidinhos bordados combinando e sapatos estilo boneca. Papai está me carregando nos ombros. Não tenho lembrança de nada disso.

Nas sombras de uma cornija, empurradas contra a parte em que o teto é mais baixo, estão três caixas abertas com o nome do meu pai rabiscado em marcador preto. Estão cheias de discos. A coleção dele de 78 rotações em envelopes de papel pardo, LPs em capas de papelão gastas. Corro o dedo pelas lombadas. Gosto do som que faz. Eu me lembro deles.

Meu pai pega uma foto colorida desbotada da pilha diante dele.

— Venha ver esta aqui.

É uma foto dos meus pais. Eles parecem tão jovens. Estão em um campo. Minha mãe está deitada na grama, a cabeça descansando no colo do meu pai. Ela está usando shorts de marinheiro e uma blusa branca com babados, os três primeiros botões desabotoados. Os olhos dela estão fechados. Ele está olhando para ela. Parece feliz de um jeito que não reconheço. Atrás deles, ao longe, um vulcão se ergue em um céu desbotado.

— Acatenango. — Ele aponta para o vulcão. — Sua mãe e eu fomos de avião à Guatemala para que eu pudesse conhecer a sua avó Nanette e seu tio Austin. Que desastre. Você nunca a conheceu, não é?

— Não tenho certeza. Talvez. Quando eu tinha alguns meses de idade.

Meu pai assente.

— Claro. Foi enquanto você ainda estava no hospital. Depois da operação. Ela veio para o Natal. Me trouxe uma tapeçaria folclórica bordada de Maria e José montados num burro. Tentou alegar que era uma relíquia maia valiosa. — Ele ri. — Deve estar no fundo de uma dessas caixas, aliás. Era uma força da natureza, aquela mulher. Não me suportava. Disse que sua mãe estava se rebaixando ao casar comigo. — Ele coloca a foto de volta na pilha. — Ela estava certa. Sua mãe era muita areia para o meu caminhãozinho. — Ele faz uma pausa. — Sua mãe e Leo parecem muito felizes.

— Acho que sim.

Ele toma a foto de mim. Olha para ela por um bom tempo.

— Estava tão apaixonado pela sua mãe.

— Então, o que aconteceu? Quer dizer, você é quem foi embora.

— Acredite, era a última coisa que eu queria no mundo.

— Então por que vocês se divorciaram?

— Acho que sua mãe finalmente percebeu que Nanette estava certa a meu respeito.

Ele ri, mas sei que há uma parte dele que acredita que isso é verdade.

— Isso é uma idiotice completa — digo. — E Nanette parece ter sido uma vaca.

Papai sorri.

— Bom, quanto a isso, srta. Elle, você está certa.

Ele se levanta, tira o pó das calças.

— Vamos carregar essas coisas e dar o fora do Túnel do Tempo.

NANCY NOS dá um abraço de despedida à porta.

— Queria que vocês não tivessem que ir embora... Tenho certeza que Dwight vai estar em casa a qualquer minuto. Ele está só devolvendo um livro.

Está parada na varanda, acenando.

Fico olhando-a sumir de vista.

— Nancy parecia tão triste. Solitária — comento.

— Dwight é um homem bom, grande poeta, mas tem os demônios dele. O casamento nem sempre é uma felicidade...

DOIS DIAS depois, meu pai recebe uma ligação descontrolada de Joanne. O corpo de Dwight Burke foi retirado do rio Hudson. Ele estava desaparecido desde a manhã de segunda-feira.

— Ele foi ver o Carter, amigo dele... — diz Joanne. — Eles acabaram bebendo bourbon demais. Sabe como ele é. Mamãe não queria que ele dirigisse, convenceu-o a passar a noite lá. De acordo com Carter, ele dirigiu rumo ao rio ao amanhecer. "Para se recuperar da noite anterior."

— Nada melhor para curar uma ressaca do que um mergulho frio — diz meu pai, quando me conta do afogamento. — Mas aquele rio pode ser um monstro poderoso.

16h30

Não existe nada mais bonito do que Jonas molhado depois de um mergulho. Cabelo preto com corte rústico batendo no pescoço e pingando. Descalço, vestindo só shorts velhos, a pele marrom brilhante, olhos verdes pálidos atentos. Ele pega uma folha de um galho e remove o cabinho com cuidado, o rendilhado, deposita a silhueta delicada na palma da minha mão. Esmaga o verde arrancado da folha e o move debaixo do meu nariz.

— *Humm...* — Respiro o cheiro cru e mentolado. — Sassafrás.

— Você sabia que tribos nativas norte-americanas usavam ele para curar acne?

— Muito romântico.

Dou uma risada.

— Caminhada rápida até o mar? — pergunta.

O SOL derramava um rio de lava no oceano. Um corvo-marinho mergulha no ouro líquido. As ondas se avolumam, mas sem crista. As batuíras abrem caminho com o bico em torno dos bancos de areia à procura de piolhos-do-mar e moluscos. Ainda há alguns retardatários no fim da tarde. Nós nos sentamos em uma depressão no topo das dunas, escondidos atrás de uma cortina de capim. Estou apaixonada.

— Uma foca foi içada na praia mais cedo — comenta Jonas. — Finn e eu caminhamos até lá para ver. Um corte enorme na capa de gordura dela. Parecia que um tubarão tinha tentado arrancar um pedaço dela a dentada.

— Por que todos aqueles idiotas na praia ainda ficam animados quando avistam uma foca na água? Elas estão em toda parte agora, são, tipo, as pombas do mar. E elas têm aquelas cabeças horríveis e disformes.

— As focas são muito incríveis. Podem beber água salgada e transformar em água doce. Elas eliminam o sal através da urina. Escrevi uma redação sobre isso na quinta série. Pelo que me lembro, levantei a ideia de que alguém deveria descobrir uma maneira de fazer uma destilaria de água salgada com bexigas de foca.

— Que criança peculiar você foi.

Grãos de areia escorrem pelos dedos de Jonas.

— Então, o que você e Peter fizeram depois que saíram da praia?

— Não sei. Nada, na verdade.

— Quando chegamos, ele nos agradeceu por ficarmos com as crianças. Disse que era bom para vocês dois terem um "tempo a sós".

— Jonas.

— Desculpe. — Ele parece ter dez anos. — Não consigo evitar.

— Consegue.

Ele enfia uma gramínea afiada entre os polegares, estica bem, sopra através do buraco, um tom baixo de sirene de nevoeiro.

— Tudo bem... Mas você perguntou. Jogamos as toalhas molhadas na parte de trás do carro, encostamos em um beco sem saída na floresta e transamos. Foi bom. Fazia um tempo.

— Você está mentindo.

— Ele é meu marido, Jonas.

— Não.

Ele olha para o chão, cabelo caído no rosto. Não consigo ver os olhos dele.

Suspiro.

— Fomos a Black Pond para um mergulho rápido, depois sentei na varanda e li minha pilha da culpa de vinte edições anteriores da *New Yorker*, enquanto esperava por você. Por que demorou tanto? Estava enlouquecendo.

Agora Jonas ergue os olhos e sorri.

— Deus, estou tão ridiculamente apaixonado por você.

Ao longe, no mar plano e espelhado, uma cabeça de foca redonda e preta rompe a superfície da água. Vejo-a aparecer e desaparecer na costa.

— Também estou apaixonada por você. Mas não sei se isso importa.

Outubro de 1980, Nova York.

A orquestra foi até tarde. Estamos ensaiando para o Concerto de Inverno do ensino fundamental. Sou a segunda flauta.

— Se afastem, todos vocês! — grita a srta. Moody, nossa professora de música, enquanto os alunos começam a avançar na direção da porta. — O coro é nesta sala no primeiro período.

Ela vem até onde estou sentada, guardando as partes da minha flauta.

— Gostaria que você trabalhasse naquele primeiro movimento no fim de semana, Eleanor. E faça aqueles exercícios que dei a você na semana passada na nossa aula. Você precisa fortalecer a embocadura se for atingir as notas altas. Não queremos que desafine, não é?

Gosto da srta. Moody, mas ela pode ser tão irritante. Visto a jaqueta e guardo a flauta na mochila.

São só quatro e meia, mas já parece que a noite está caindo. Odeio a mudança de horário. O vento do fim de outubro penetra nas minhas roupas enquanto me arrasto para casa sozinha pela Madison Avenue. Na 88th, paro na papelaria para comprar uma barra de chocolate Three Musketeers. Quando saio da loja, um rapaz está encostado na parede do prédio. Ele é alto, o rosto coberto de cicatrizes de acne, e veste uma jaqueta de um time de basquete estudantil — St. Christopher, a escola de ensino médio católica do nosso bairro.

— Ei. — Ele sorri para mim, então sorrio de volta. — Belas tetas.

— Estou usando uma parca, idiota.

No entanto, curvo os ombros e me afasto o mais rápido que posso pela rua que escurece. Eu correria, mas sei que não posso parecer apavorada. Estou esperando no semáforo para atravessar quando escuto passos atrás de mim. É ele, com um sorriso torto e assustador no rosto. Olho ao redor à procura de um adulto cujo passo acompanhar, mas não há mais ninguém na rua. Ele enfia a mão no bolso. Tem um canivete.

— Aqui, aqui, gatinha — sussurra.

Carros estão vindo de ambas as direções, mas entrar no tráfego parece ser a opção mais segura. Por pouco um táxi da Checker não me acerta, e o motorista abre a janela para gritar. Mas continuo em frente, correndo tanto que o ar frio queima meus pulmões. Na subida da ladeira, faço uma volta fechada e corro para o saguão de um prédio com porteiro.

— Posso ajudar, senhorita?

Não consigo recuperar o fôlego.

— Tem um cara me seguindo. — Estou ofegante.

O porteiro sai para a rua e olha para os dois lados.

— Ninguém aqui — avisa.

Eu me sento no banco do aquecedor.

— Tem alguém para quem você gostaria que eu ligasse?

— Não, obrigada.

Minha mãe está assistindo à passagem de som de Leo no Village Gate. É quarta-feira, então Conrad ainda vai estar no treino de luta livre.

— Moro ali na esquina.

O porteiro verifica a rua de novo e aponta o polegar para cima.

— Tudo limpo, senhorita.

Sigo-o e olho rua abaixo na direção da Park Avenue. Há uma igreja na esquina. As luzes estão acesas.

— Vou ficar bem — digo.

Mas, no momento em que ouço as portas pesadas se fechando atrás de mim, meu desejo é ter ficado lá. Desço a rua verificando cada escada, andando bem perto dos carros. As árvores de Natal já estão montadas nas ilhas centrais da Park Avenue, as luzinhas formando uma trilha pelo meio da avenida até a Grand Central. Na primavera, canteiros de tulipas florescem ali. Elas voltam todos os anos com as flores de cerejeira. No nosso quarteirão, as tulipas são vermelho brilhante. Quando as pétalas começam a cair, deixam para trás fileiras e mais fileiras de caules nus coroados com pequenos cachos pretos que se parecem com cílios.

Quando viro na Park ele está lá, esperando por mim nas sombras, as costas apoiadas na parede da igreja. A mão dispara e agarra meu braço.

— Aqui, aqui, gatinha.

Ele abre o canivete.

Temos assistido a alertas do serviço público na escola. Filmes curtos em preto e branco que nos alertam sobre rubéola, ingerir fragmentos de tinta descascada com chumbo, sobre o perigo da heroína, a importância da autodefesa. E lembro, agora, que devo enfrentar meu agressor.

— Não gosto de garotos católicos. Eles têm pele cor-de-rosa. É nojento.

Olho direto nos olhos dele, muito juntos e malvados. Cravo o salto do sapato no peito do pé dele o mais forte que consigo. E então corro, arfando, apavorada, mais depressa do que já corri na vida, até chegar à segurança do lar.

17h

— Preciso ir para casa.

Levanto-me e removo a areia.

— Quero mostrar uma coisa para você antes.

— Disse a Finn que o levaria para passear de canoa.

— Dez minutos.

Sigo-o pela parte de cima da duna até o lugar em que ela alcança a borda da floresta. Ele pega minha mão e nos conduz até a linha das árvores. Jonas para na frente de um matagal gigante.

— Aqui.

Não há nada, só uma fúria de verde.

— Olhe por baixo.

Deito no chão e espio sob o matagal. Ali, escondida pela exuberância, está a velha casa abandonada. A casa que Jonas e eu encontramos quando éramos crianças. Tudo o que resta agora é a fundação e duas paredes de pedra, o resto fora devorado por amoras silvestres e trepadeiras espinhosas. A anileira sobe pelas paredes em ruínas, sufocando-as em beleza.

— Como você encontrou isso de novo?

Ele se deita a meu lado. Aponta para um buraco onde antes havia uma porta.

— Lembra da cozinha? E aquele cômodo do meio ia ser o nosso quarto quando nos casássemos.

— Claro que me lembro. Você prometeu me dar uma panela para banho-maria. Me sinto meio enganada.

Ele rola para cima de mim, puxa a tira do meu biquíni com os dentes, fazendo com que ela caia, lambe meus seios como um cachorro enorme e desastrado.

— Pare com isso. — Eu o afasto, rindo. Mas posso sentir meu sexo inchando.

— Desculpe. Eu preciso.

Ele olha direto nos meus olhos, intenso, enquanto me abre bem. Entra em mim, nem uma vez desviando o olhar. Posso sentir o gozo dele pulsando para fora, me preenchendo.

— Não se mova — sussurro. — Fique dentro de mim.

Sem se mover, ele estende a mão e, com a respiração mais suave, mal toca a pontinha em mim, até que soluço, grito, agonizando na eternidade.

Ficamos deitados assim, entrelaçados, dois corpos, uma alma.

Aperto mais as pernas em torno dele, aprisionando-o, forçando-o ainda mais fundo dentro de mim. Comida e água. Luxúria e tristeza.

— Você nunca devia ter me deixado — digo. — Isso é um desastre.

— Você disse que queria Peter.

— Não nessa época. Depois daquele verão. Você nunca voltou.

— Fui embora por sua causa. Para que você pudesse recomeçar a vida.

— Mas não recomecei. Não tinha ninguém além de você com quem falar, nenhum jeito de tirar aquilo da minha cabeça. Mesmo uma mudança para outro país não adiantou.

Ele desvia o olhar. Uma tristeza contínua entre nós. O vento aumentou, agitando as árvores acima de nós. Um amieiro sarapintado balança, chovendo pinhas verde-musgo em miniatura. Jonas puxa uma do meu cabelo.

— Você já contou para Peter sobre o Conrad?

— Claro que não. A gente fez um juramento de sangue. Você praticamente cortou a ponta do meu dedo.

— Só quis saber. — Ele hesita. — Você está casada há muito tempo. Eu ia entender.

— Queria que Peter soubesse. Detesto o fato de que sempre existiu uma mentira entre a gente. Não é justo com ele. Mas ele não sabe. E nunca vai saber.

Ouço o silêncio da floresta, o escoar sutil do dia. Luz viscosa se espalha pelo chão, transformando agulhas de pinheiro em lascas de cobre. Minhas palavras me enchem de remorso. Rolo para longe de Jonas, sento e volto a amarrar a parte de cima do biquíni. Um carrapato sobe por um pedaço de grama. Ele se parece com uma sementinha de melancia. Coloco-o na unha do polegar, esmago-o no centro e vejo as perninhas se espalharem até ter certeza de que está morto. Cavo um buraco no chão e o coloco ali, enterro, dou pancadinhas no solo até ficar sólido.

— Enfim... — digo.

Jonas se senta e envolve os braços sólidos em volta de mim.

— Sinto muito.

— Preciso ir. Peter vai começar a se preocupar.

Ele segura meus cabelos com os punhos.

— Não.

Consigo ouvir minha dor na voz dele. Então ele me beija. Com rudeza, forte, transtornado. Não quero ceder, mas o beijo também com um amor que parece um afogamento. O desejo ofegante de respirar. Luz do luar e doce loucura e tubarões e morte e compaixão e vômito e esperança, todos juntos. É demais. Preciso ir para casa, para os meus filhos. Para Peter. Eu me afasto, luto para ficar de pé, desesperada.

— Elle, espere...

— Conrad destruiu tudo. — É só o que digo.

LIVRO DOIS

JONAS

CAPÍTULO 13

Junho de 1981, Back Woods.

Há tartarugas mordedoras na nossa lagoa — criaturas pré-históricas gigantescas escondidas no fundo, debaixo da lama fresca. No fim da tarde, elas se desenterram e sobem até a superfície vítrea e obsidiana da lagoa, onde insetos aquáticos se deslocam como catamarãs velozes e febris. Da varanda com tela, você consegue ver as mordedoras se erguerem: primeiro a cabeça, um punho preto e feio, e em seguida a extremidade de uma carapaça preta flutua à vista. É a distância entre as duas silhuetas que diz se você está vendo o "Grandão" — o avô das mordedoras — ou apenas um dos descendentes menores do tamanho dos de Galápagos. Poucas pessoas já o viram. O povo de Back Woods diz que ele é um mito, ou está morto há muito tempo — e as mordedoras são inofensivas. Em cem anos, ninguém jamais foi mordido. Mas eu o vi. Sei que está por aí, vivendo de rãs-touro e filhotes de pássaros, rezando pelo lampejo fugaz de um pé laranja com membranas, pela mordida macia num patinho.

Na primeira vez que vi Jonas, naquele dia na primavera, ele era só um menininho perdido e atarantado, seguindo um passarinho. Eu tinha apenas onze anos, embora na minha cabeça fosse velha o suficiente para ser mãe dele quando o peguei pela mão e o levei de volta para a trilha. Nunca poderia ter imaginado então, na segunda vez que o vi, quatro anos depois, que aquela criança estranha ia mudar irrevogavelmente a minha vida.

Naquele dia, acordei ansiosa — uma sensação de vazio e nostalgia no peito. Meus sonhos tinham me assustado: um homem queria que eu comesse batata assada recheada. Disse que ia me matar. Implorei para ver minha mãe uma última vez. Havia tocadores de banjo. Bati no vidro, mas ninguém conseguia me ouvir.

Anna ainda estava dormindo. O diário com espiral dela tinha caído aberto no chão ao lado da cama. Fiquei tentada a ler, mas já sabia tudo o que estava escrito. Enfiei a mão por baixo do colchão e puxei meu próprio diário. Seda jade, com um cadeado pequenino e uma chavezinha. Mamãe o tinha comprado para mim em Chinatown depois do nosso *dim sum* de ano-novo. Anna escolhera uma camiseta vermelha coberta com o que pareciam ser caracteres chineses, mas quando você inclinava a cabeça para o lado lia "Vá se foder!". Minha mãe comprou um roupão lavanda. Até chegarmos em casa, eu já tinha conseguido perder a chave do diário. Arrombei o cadeado com um alfinete e o quebrei. O que não importava, uma vez que praticamente tudo o que escrevia ali eram listas de coisas que eu precisava fazer para me tornar uma pessoa melhor. Coisas como "Praticar flauta por uma hora todos os dias!!" ou "Ler *Middlemarch*!".

Tinha chovido bem forte na noite anterior e o ar estava saturado. O calor da manhã levantava o vapor das trilhas úmidas e cheias de agulhas de pinheiros em torno do acampamento. Nossa cabana já cheirava a mofo. Eu precisava fazer xixi.

Fechei a porta da cabana atrás de mim em silêncio e fui até o banheiro, chutando, com os pés descalços, pinhas afiadas mordiscadas por esquilos. As toalhas que tínhamos pendurado no varal para secar estavam encharcadas e pesadas, salpicadas com fragmentos de detritos pretos das árvores acima.

Quando sentei no vaso, notei sangue na minha canela. Limpei com um punhado de papel higiênico e peguei um band-aid do armário de remédios. Estava com uma perna apoiada no assento do vaso sanitário, lutando para abrir o invólucro frustrante de papel encerado, quando vi gotas de sangue no chão. Ergui a barra da camisola. A parte de trás estava manchada de sangue. Finalmente. Esperei tanto tempo por esse momento, verificando as calcinhas todos os dias na esperança de alcançar as minhas amigas.

Vasculhei o armário das toalhas, encontrei a caixa de Playtex de Anna e sentei no assento do vaso. Sabia o que fazer. Tinha roubado os absorventes internos dela algumas vezes antes, tinha praticado como colocar. Becky disse que eu estava sendo uma idiota, mas me preocupava que, se fizesse aquilo errado, o absorvente ia romper meu hímen. Estudei o pequeno folheto na caixa com os pictogramas de um canal vaginal semelhante a um pulmão, pernas dobradas nos joelhos, de cócoras, na posição correta.

Estava tirando o invólucro de plástico quando ouvi uma batida na porta do banheiro.

— Não entre! — gritei. — Tem gente!

— Bom, vai logo, preciso mijar.

Era Conrad.

— Faça xixi nos arbustos. Você é uma garota?

— Você é uma vaca completa?

Ouço ele se arrastando para a floresta. Houve momentos em que Conrad era suportável. Às vezes, eu até sentia pena dele. Mas tinha algo de sinistro, de insinuante no jeito dele — o tipo de cara que fica lavando as mãos o tempo todo. Recentemente, ele começou a me seguir e a Anna quando caminhávamos para a praia, sempre escondido. Algumas vezes, deitadas na areia quente, pegávamos ele nos espionando do alto das dunas, esperando ver nossos seios.

Conferi se a porta do banheiro estava trancada. Sentei de volta no vaso sanitário, ergui bem a camisola em torno da cintura e tirei a calcinha para conseguir afastar as pernas o suficiente. Posicionei o aplicador de plástico cor-de-rosa e estava empurrando o êmbolo quando ouvi um barulho. No lado oposto do banheiro, o rosto de Conrad estava esmagado com força contra a janela com grades, os olhos arregalados, olhando entre as minhas pernas abertas. Deixei cair o aplicador de absorvente e ele saiu quicando pelo chão do banheiro.

— Sai daqui, aberração! — berrei, o corpo todo vibrando de raiva e vergonha.

Ouvi a risada doentia de Conrad enquanto ele fugia. Até amanhã, cada um dos amigos esquisitões dele ia ficar sabendo. Sentei no vaso sanitário chorando, gotinhas de sangue pingando na água, querendo morrer. No segundo em que ouvi a porta da cabana dele bater, corri para a minha cabana, enfiando a camisola ensanguentada debaixo da cama, fora da vista, me meti num maiô e corri para a lagoa. Meu único pensamento era colocar a maior distância possível entre mim e Conrad. Nunca mais conseguiria encará-lo de novo, era óbvio. Uma pilha de remos estava encostada em uma árvore. Peguei um, empurrei nossa canoa de fibra de vidro para longe da vegetação rasteira esponjosa e verde direto para a água o mais forte que pude e me deitei no fundo enquanto a canoa se afastava da praia. Passei os braços pelo peito, me abraçando, olhando o céu da manhã. Ser um viking morto deve ser assim, pensei, enquanto a canoa deslizava sem tripulação.

Quando estava longe o suficiente da costa, me sentei e remei o mais rápido que pude. Quando alcancei o meio da lagoa, tinha decidido que a opção mais simples era me afogar. Precisaria de algo pesado para me manter no fundo. Era uma nadadora forte e sabia que, no fim, lutaria para voltar à superfície. Se tivesse uma pedra grande, poderia amarrá-la na corda da canoa, enrolar a corda em volta do tornozelo e pular. Conrad talvez nunca admitisse o que havia feito, mas saberia, pelo resto da vida miserável e anormal dele, que era o responsável pela minha morte.

Remei na direção do lado pantanoso e desabitado da lagoa, onde cavalinhas espreitavam como um exército de bambus em miniatura e emaranhados fininhos de caules de nenúfares esperavam para prender o remo. A costa aqui era repleta de detritos glaciais, rochas antigas e seixos depositados na esteira do gelo glacial, que se movia devagar.

Ao me aproximar da parte rasa, enterrei o remo com força na água, ganhando impulso, depois o ergui bem alto sobre os nenúfares, deslizando em silêncio sobre a teia de aranha deles. O solo arenoso e áspero raspou no fundo da canoa. Estava perto de saltar e arrastá-la pelo resto do caminho quando ouvi uma voz tranquila.

— Não se mova. Fique no barco.

Olhei para cima, assustada. Ele estava sentado, imóvel, no galho mais baixo de um pinheiro que se projetava sobre a minha cabeça, acima da água. Camuflado quase por completo. Sem camisa, vestido com uma bermuda verde-oliva desbotada, as pernas compridas penduradas. Estava mais magro do que da última vez que o vi. Mais alto, claro. Ele devia ter doze anos agora. O cabelo preto grosso emaranhado passando dos ombros. Mas os olhos tinham a mesma intensidade mais-velho-do--que-sua-idade que havia me impressionado naquele dia em que ele me encontrou no bosque.

— Me passe o seu remo — sussurrou.

— Por que você está sussurrando? — sussurrei de volta.

Ele apontou para os juncos embaixo do meu barco.

Eu me debrucei sobre a borda da canoa tentando ver o que ele estava apontando, mas do meu ângulo não conseguia ver nada.

— O remo — pediu ele de novo, mantendo a voz num sussurro.

Fiquei de pé, tomando cuidado para não balançar a canoa, e levantei o remo até a árvore. Jonas tirou do bolso um saco plástico com alguma coisa que parecia carne crua de hambúrguer e passou aquilo na ponta do remo.

— Observe.

Ele o abaixou bem na minha frente.

O som vai ficar para sempre gravado no meu cérebro — a mordida repentina e violenta e o estalo da madeira. Jonas se inclinou para trás no galho com todo o seu peso, agarrado ao cabo de madeira. E então o vi, surgindo da escuridão, as mandíbulas fechadas em torno do meu remo. Era o Vovô — um macho de tartaruga mordedora preto e feio, tão largo quanto um barquinho. Pré-histórico. A cabeça como a de uma galinha. E ele estava furioso. Jonas saltou da árvore, puxando o remo com toda a força. Os dentes cerrados.

— Preciso de ajuda.

Dando um amplo espaço ao Vovô, fui até ele e, juntos, puxamos e arrastamos o mordedor em direção à terra firme.

— Preciso soltar o cordame — disse. — Não largue.

Ele correu até a canoa e desenrolou a corda grossa presa na proa.

— Depressa, por favor — comento.

Devagar, o Vovô estava comendo o remo na minha direção.

Jonas fez um nó corrediço no cordame, rastejou atrás da tartaruga e laçou a cauda de escamas grossas.

— Peguei ele!

— E agora?

— Temos de colocar ele na canoa.

O Vovô sibilava e se debatia, dando puxões nas amarras. O longo pescoço se retorcia e se virava, tateando impotente à procura da corda, as mandíbulas afiadas que nunca largavam o remo. Ele voltou a atenção dele para mim com uma raiva assassina: humilhação por ter sido capturado, fúria por ter sido exposto ao mundo, destituído da sua dignidade, e começou a avançar mais ainda pelo remo. Estava vindo no meu encalço agora, vindo até a porção de carne, e entendi o que ele estava sentindo.

— Solte ele.

— De jeito nenhum.

Jonas puxou a corda com mais força.

— Não está certo. E ele vai me comer.

— Estou tentando pegar ele há dois anos. Meus irmãos dizem que ele não existe.

— Bom, você pegou.

— Sim, mas eles não vão acreditar em mim.

— Então eles são idiotas.

— De acordo com eles, eu sou o idiota.

— Essa não é uma boa hora para se discutir a questão — comentei, enquanto o mordedor avançava na minha direção. — Mas se o seu plano é erguer uma tartaruga assassina enfurecida de quarenta e cinco quilos para dentro de uma canoa precária, então talvez seus irmãos estejam certos.

Jonas ficou ali, avaliando a situação: a criatura gigantesca dando puxões, subjugada, meu rosto assustado, a canoa de fibra de vidro. Com um suspiro profundo, ele desamarrou o troféu. Larguei o remo e recuei.

Por alguns longos instantes, o Vovô continuou se aproximando. Então, percebendo aos poucos que a liberdade lhe fora concedida, deixou cair o remo das mandíbulas, nos lançou um último olhar cauteloso e virou o corpo enorme em direção à segurança das profundezas. Ficamos olhando enquanto ele executava o rastejar artrítico pela parte rasa e, quando a água estava suficientemente funda, o observamos nadar para salvar a própria vida.

Não sobrou nada do remo, a não ser um pedaço de pau com a ponta triturada. Prendemos a corda mais uma vez e arrastamos a canoa em torno das margens da lagoa na direção do meu acampamento. Em algum momento, Jonas segurou minha mão, tal como tinha feito anos antes, quando o conduzi para fora do bosque.

CONRAD ESTAVA sentado na beira da água, observando nossa aproximação, um sorrisinho de escárnio desagradável entalhado no rosto flácido. A gargalhada doentia de hoje de manhã ainda ecoava na minha cabeça, mas minha aflição e minha vergonha foram substituídas por uma frente fria de raiva.

— Quem é aquele? — perguntou Jonas.

— Meu irmão postiço horrível. Odeio ele.

— Ódio é uma emoção forte.

— Bom, então odeio ele com força. — Fiz uma pausa. — É um pervertido. Peguei ele me espionando hoje de manhã enquanto estava no banheiro. Estou planejando matá-lo mais tarde.

— Minha mãe diz que é sempre melhor fazer a coisa certa.

— Não existe fazer a coisa certa com Conrad. Com ele a coisa é sempre errada.

— O que aconteceu com o remo? — Conrad quis saber quando nos aproximamos.

Passei por ele sem responder.

— Foi atacado por um mordedor — contou Jonas.

— Parece emocionante. — Aquele tom sarcástico me fez querer atirar o remo na cara dele, mas continuei andando.

— E foi — respondeu Jonas.

Juntos colocamos a canoa em solo seco, virando-a de lado para o caso de mais chuva.

— Também tive uma manhã emocionante — disse Conrad.

Minha mandíbula se retesou. O que quer que acontecesse a seguir, não ia deixar ele me provocar.

— Fico visualizando aquilo na minha cabeça, sem parar — zombou Conrad. — Quem é seu amiguinho?

— Jonas, conheça o meu irmão postiço, Conrad. Ele está morando com a gente por um tempo enquanto a mãe dele decide se quer ele de volta ou não. Tenho um pressentimento horrível de que vamos ficar com esse fardo para sempre.

— Bem que você queria — retrucou Conrad. E, embora eu não tivesse feito a coisa certa, o olhar de dor genuína no rosto dele quase contrabalançou a minha humilhação com o absorvente interno.

— Venha — disse eu para Jonas. — Vamos contar para os seus irmãos o que aconteceu.

NAQUELE VERÃO, Jonas se tornou a minha sombra. Quando cruzava a lagoa a nado ou de canoa para ir ao mar, ele me esperava na praia, sabendo que eu apareceria. Quando, em vez disso, eu andava até a praia pela trilha que cortava o bosque, o encontrava sentado em um tronco de árvore caída, desenhando no pequeno bloco de desenho que sempre carregava consigo — um galho quebrado de pinheiro, um besouro. Era como se tivesse uma bússola interna — um campo magnético que captava o verdadeiro norte. Ou talvez, como um pombo-correio, ele conseguisse sentir meu cheiro no vento.

Às vezes ele apontava para um excremento de coiote, ou para uma trilha que levava a uma área mais baixa com uvas-de-urso, onde o mato baixo ainda tinha a marca de um cervo. Passávamos a maior parte dos dias deitados na areia quente da praia ampla e vazia, desafiando um ao outro a nadar um pouco longe demais na água congelante durante a maré alta, surfando nas ondas, tentando não ser levados pela ressaca. Muitas vezes a gente nem conversava. Mas, quando conversava, a gente conversava a respeito de tudo.

Eu sabia que a nossa amizade não fazia sentido. Eu não era uma solitária, ou mesmo sozinha. Becky estava logo ali, e eu tinha Anna. Mas naquele verão, por alguma razão, quando tantas coisas estavam desmoronando, quando comecei a me sentir uma presa, Jonas fazia eu me sentir segura.

Éramos um par estranho. Eu — alta, pálida, saracoteando por ali usando Dr. Scholl's e um biquíni, escondendo os seios desconfortáveis e as novas curvas debaixo das camisas de colarinho puído que herdava do meu pai. Jonas, sem dúvida trinta centímetros mais baixo, moreno-escuro, sempre descalço, com a mesma bermuda verde imunda e a camiseta dos Allman Brothers que usava todos os dias. Uma vez, quando sugeri que esse hábito era nojento e que uma máquina de lavar poderia ajudar, ele deu de ombros e disse que nadar no mar e nas lagoas era antisséptico.

— Além disso, você está sendo muito grosseira.

— Estou sendo maternal. Me sinto responsável por você.

— Não sou um bebê.

— Eu sei. Você é uma criança.

— Você também.

— Não mais.

— Ou seja?

No segundo em que abri a boca, quis me dar um soco.

— Nada. Sou só mais velha que você.

Jonas não ia deixar passar batido.

— Não. Você disse que *você* não era mais uma criança, mas *eu* sou. Você não precisa andar comigo se não quiser. Não sou responsabilidade sua.

— Pare de agir como um bebê.

— Aparentemente, sou um bebê.

— Certo. Tanto faz... Sou uma "mulher" agora, como minha mãe vive me dizendo. Pra falar a verdade, me dá vontade de vomitar quando ela diz isso. "Eleanor, sinta orgulho. Você agora é uma mulher."

Ele olhou para mim com uma expressão séria e firme. Então se esticou, pôs a mão no meu ombro e deu um apertão reconfortante.

— Sinto muito. Soa mesmo detestável. Vamos lá, achei algo legal ontem. A propósito — disse ele por cima do ombro enquanto andávamos —, eles ensinam educação sexual na quinta série, então entendo que as mulheres sangram.

— Nojento.

— O poder de gerar vida é uma coisa linda.

— Ai, meu Deus!

Dei um tapa nele.

— Sinta orgulho, Eleanor, você agora é uma mulher — disse ele, na melhor imitação da minha mãe, e correu na frente antes que eu pudesse derrubá-lo no chão.

NAS PROFUNDEZAS do bosque, em um arvoredo de alfarrobeiras, Jonas tinha descoberto uma casa abandonada, as paredes e o telhado apodrecidos há muito tempo, restando só o contorno de pedra de dois pequenos cômodos. Rosas-silvestres e madressilva tinham se emaranhado por cima de tudo. Engatinhamos até as paredes baixas e ficamos no centro do que um dia fora a casa de alguém. Jonas encontrou um pedaço de pau e arranhou uma protuberância no solo arenoso até desenterrar uma garrafa azul-safira, gasta como vidro de praia. Ele abriu um espaço no chão e nos deitamos um ao lado do outro, olhando para as nuvens brancas em forma de sardinhas. Fechei os olhos e ouvi o sussurrar dos pinheiros, senti o cheiro do funcho e do zimbro. Era confortável ficar deitada com ele no silêncio. Silenciosos porém conectados, conversando sem palavras — como se pudéssemos ouvir os pensamentos um do outro e por isso não houvesse necessidade de falar em voz alta.

— Acha que era aqui que ficava a cama do casal? — perguntou Jonas depois de um tempo.

— Você é uma criança tão esquisita.

— Só estava pensando em como este lugar é lindo, e que a gente podia reconstruir a casa e morar aqui quando a gente se casar.

— Certo, em primeiro lugar, você tem doze anos. E, em segundo lugar, pare de ser estranho.

— Quando a gente for mais velho, a nossa diferença de idade não vai importar. Quase não importa agora.

— Acho que isso é verdade.

— Vou interpretar isso como um sim.

— Tá, mas quero uma panela para banho-maria.

— MEUS IRMÃOS me provocam por sua causa — contou Jonas uma tarde, quando o levava para casa saindo da lagoa.

Eu conhecia mais ou menos os irmãos dele: Elias tinha dezesseis anos. Ele e Anna aprenderam a velejar juntos dois verões atrás, e uma vez se beijaram durante uma rodada de verdade ou consequência. Hopper tinha a minha idade, catorze anos. Alto, com cabelos ruivos grossos e sardas. Tínhamos nos cumprimentado uma ou duas vezes nas festas de sexta à noite do Iate Clube, mas foi só isso.

— Eles provocam você porque sou velha o suficiente para ser sua babá. E eles têm razão. É um pouco esquisito.

— Hopper tem uma queda por você. Talvez seja por isso que ele está dificultando as coisas para mim. Mas não acho que isso explica o comportamento do Elias.

Dou uma risada.

— Hopper? Mal falo com ele.

— Você devia chamar ele para dançar algum dia. Olhe.

Ele se agachou e pegou uma casca de ovo azul minúscula que tinha caído na grama alta da beira da estrada.

— Os tordos estão de volta.

Ele a estendeu para mim com muito cuidado. Era leve, fininha como um papel.

— Achei que os gaios-azuis tivessem expulsado todos eles.

— Por que eu seria legal com ele quando ele está sendo um idiota com você?

— Ele só está sendo um idiota porque me vê como uma ameaça.

— O que *eu* devia fazer é dizer a ele para parar de provocar você.

— Por favor, não. Isso ia ser humilhante.

Desaceleramos quando chegamos a uma curva na estrada. Depois dela ficava a casa dos Gunther — a única propriedade em Back Woods com uma cerca em volta do perímetro para impedir a entrada. Os Gunther eram estranhos. Austríacos. Eram discretos. Um casal de escultores. Às vezes, eu os encontrava na estrada quando estavam passeando com as pastoras-alemãs. As cachorras me apavoravam. Quando alguém passava pela casa, elas vinham até a beira da cerca latindo e salivando. Uma vez, uma delas escapou e mordeu a perna de Becky.

À medida que nos aproximávamos da entrada dos Gunther, eu já conseguia ouvir as cachorras latindo, descendo depressa a colina na nossa direção.

— Certo — disse eu. — Vou convidá-lo. Mas duvido que ele pense em você como uma ameaça.

Dei uma risada.

No geral, nós corremos quando passamos pela casa dos Gunther. Mas agora Jonas parou imóvel no meio da estrada.

— Obrigado, Elle, por esclarecer isso.

As cachorras tinham alcançado a cerca e estavam frenéticas, raivosas. Atiravam-se contra ela, não estavam acostumadas a ser ignoradas.

— Precisamos sair daqui. Elas vão arrebentar a cerca.

Mas Jonas permaneceu ali, enquanto as cachorras aumentavam os ganidos.

— Jonas!

— Posso voltar para casa daqui por conta própria — disse ele com frieza. E se afastou de mim pela estrada.

No topo da colina, o sr. Gunther emergiu do estúdio.

— Astrid! Frida! — gritou o homem para as cachorras. — *Herkommen! Jetzt!*

Quando fui até a praia no dia seguinte, Jonas não apareceu.

— PAPAI — diz Conrad —, você sabia que a Eleanor é uma papa-anjo? Ela está apaixonada por um garoto de dez anos.

É o fim do verão. Minha mãe tinha ido ao lixão antes que ele fechasse. Leo está em frente à pia, retirando as espinhas de uma anchova que pescou hoje de manhã — tinham subido a costa, explorando as águas perto das margens.

— Ele é só um garoto que me segue. E tem doze anos, não dez — explico, mas posso sentir minhas bochechas ficando vermelhas.

— *Quem* segue você? — pergunta Leo.

Ele tinha estado em turnê com alguma banda de jazz quase o mês inteiro. Na verdade, estou contente por ele estar de volta. Minha mãe fica muito mais feliz quando Leo está por perto.

— Aquele garoto, Jonas, que está sempre por aqui — diz Conrad. — Ele é o namorado da Elle.

— Legal — comenta Leo, desaparecendo na despensa.

Ouço coisas caindo. Leo pragueja.

— Deixe de ser idiota. Ele é só uma criança.

Empurro minha cadeira para longe da mesa e limpo meu prato.

— Exato — diz Conrad. — Papa-anjo.

— Alguém sabe onde sua mãe esconde o filme plástico? — grita Leo. — Por que ela continua comprando papel encerado? Quem usa papel encerado?

Anna tinha ficado sentada no sofá tentando colocar o anel de volta no lugar. Então ela ergue os olhos, pronta para atacar.

— Uau, Conrad, isso é ciúme? — pergunta ela, e sorri. — Acho que Conrad tem uma quedinha por *você*, Elle.

Conrad faz uma careta. Depois força uma risada.

— O que você acha, Elle? — pergunta Anna. — Você gosta dele? Ele quer que você seja a namorada dele.

— Pare com isso, Anna — peço. — Que nojento.

No entanto, sinto uma pontada desconcertante de reconhecimento, como se as palavras dela me recordassem de algo que eu já sabia, mas que não conseguia lembrar.

— Vá se foder! — xinga Conrad.

Anna pode sentir a fraqueza dele, e o encurrala para matar.

— O incesto é em muitos pontos pior do que papar anjo, Con.

Conrad dá um salto e agarra o braço dela com força.

— Cale a boca. Cale a boca ou vou quebrar seu braço.

— Fica calmo — provoca Anna. — Só estou tentando ajudar. Quero ter certeza de que você sabe que é um pecado antes de "fazer" qualquer coisa de que vai se arrepender.

Leo sai da cozinha no momento em que Conrad dá um soco no rosto de Anna.

— Conrad! — E em duas passadas ele já está agarrando o filho pela camisa, puxando-o para longe de Anna com as mãos enormes cheirando a peixe. — Qual é o seu problema, porra?!

Ele arrasta o filho pela varanda, empurrando-o porta afora com tanta força que Conrad cai no chão.

— Levante-se!

Ficamos olhando enquanto Conrad tenta lutar contra as lágrimas.

— Uau — diz Anna, com um sorriso maldoso. Ela volta para o sofá e pega o livro, continua lendo como se não fizesse ideia de que tinha acabado de pôr fogo na casa.

O PIQUENIQUE de Dixon na praia, evento que marca o fim da temporada, sempre foi a minha noite favorita do verão. Back Woods inteira se reúne para uma fogueira gigantesca em Higgins Hollow. Recolhemos algas marinhas quebradiças e enegrecidas pelo sol na linha da água para fazer estopa, arrastamos troncos retorcidos para uma pilha, ficamos olhando o fogo cuspir brasas no céu noturno. Todo mundo dança e canta. Ao anoitecer, acendemos velinhas com faíscas e corremos como vaga-lumes. Os adultos bebem demais. Espiamos eles das dunas e brincamos de caça à bandeira. As pessoas cozinham lagostas e mariscos em panelas esmaltadas enormes e manchadas, embrulham milho cru ensopado com água do mar em papel-alumínio e atiram no fogo.

Somos o povo dos hambúrgueres. Minha mãe sempre insiste em trazer picles adocicado, mostarda e cebolas cruas que tornam o hálito dela insuportável. Ela passa entre os rabanetes com sal como se fossem uma iguaria.

Este ano, Conrad não tem permissão para vir. Está de castigo por uma semana. Ele implora ao pai para não deixá-lo em casa. Até minha mãe tenta convencer Leo a mudar de ideia, mas ele não cede.

— Deus sabe que ele *tem* sido difícil ultimamente — comenta ela.

Eles estão saindo da lagoa depois de um mergulho.

Anna e eu estamos sentadas na varanda tomando sorvete de morango.

— E o quarto dele precisa ter cheiro de chulé o tempo todo? Não tem alguma coisa que ele possa fazer em relação a isso? Aquele remédio para pé de atleta que vendem pode ajudar, não acha? Dei um frasco de talco para ele, mas ele disse que dá coceira. Você precisa conversar com ele.

Observo Leo se secar com uma toalha como se estivesse polindo um grande carro branco. O calção é folgado, e sua barriga sacode enquanto a toalha se move para a frente e para trás. Ele parece um bebezão crescido. Leo não é muito de nadar, mas minha mãe o colocou em um novo programa de exercícios.

— Não deve ser fácil para ele estar nesta casa, Leo. Todas essas mulheres. Você esteve fora quase metade do verão. É difícil pertencer a outra família que não a sua. Ele precisa que você fique do lado dele.

— O que ele *precisa* é entender as consequências das ações dele.

— O que você está fazendo é alienar ele ainda mais. Isso só torna as coisas mais difíceis para todos nós.

— Isso não tem a ver com você e as meninas, Wallace. Tem a ver com o meu filho.

— Deixe ele vir. Ele fica muito feliz em fazer a Caça ao Urso com você. É uma tradição.

— Nenhum filho meu se safa depois de bater numa garota.

— Ela deve ter merecido.

ESTOU DEITADA na cama na manhã seguinte olhando para a claraboia.

Uma nuvem de pólen amarelo se acumulou nas bordas. Precisamos de uma boa chuva para que fique limpa. Faz dias que o céu está azul. Observo uma aranha se movendo à toa pela teia. Uma mariposa ressecada pende de um único filamento solto, balançando com cada soprinho de brisa. Meu cabelo cheira a fumaça de fogueira e catchup. Alguém está tomando banho. Um jato de água respinga nas folhas secas. A água range até parar. Conrad xinga ao pisar em um espinho. Pego meu livro e abro na marcação que fiz. Vai levar alguns minutos para o tanque da água quente ficar cheio de novo.

Nosso acampamento só tem um chuveiro, preso a uma pequena árvore do lado de fora da casinha do banheiro, com uma cerca velha feita de estacas que vive cheia de aranhas pernudas e inofensivas como teto. Ninguém usa os ganchos de madeira apodrecidos para pendurar as toalhas. Nós as penduramos nos galhos mais baixos da árvore. Um rio de água com sabão escorre direto do corpo para as folhas e para a trilha, agulhas de pinheiro rodopiando atrás, então temos uma regra rigorosa de não fazer xixi no chuveiro. Caso contrário, o caminho para o banheiro começa a cheirar como a parte de trás de um ônibus da Greyhound.

Depois de dez minutos, pego a toalha e meu condicionador Wella Balsam. Há uma poça de sabão no caminho, pouco a pouco se infiltrando no solo. Salto a poça e pouso na outra ponta espalhando um líquido, me cobrindo com o que no mesmo instante percebo ser água com xixi. Volto correndo pela trilha e bato na porta da cabana da minha mãe.

Ela aparece alguns segundos depois, ajeitando o roupão de banho, parecendo exausta.

— Leo está dormindo — sussurra.

— Você está sentindo este cheiro?

Estendo a perna.

— Eleanor, não estou com disposição de cheirar você. Foi uma longa noite. Gim-tônica demais.

— Conrad fez xixi no chuveiro.

— Bom, pelo menos ele está tomando banho. Já é alguma coisa.

— Mãe. É nojento. Pisei nisso.

— Vou falar com ele. Mas ele já está de castigo, então só Deus sabe que bem vai fazer.

— Por que é que ele tem que ficar aqui?

Minha mãe suspira e sai, fechando a porta da cabana atrás dela.

— Sabe, talvez se você e Anna fossem mais legais com Conrad, ele não ia se comportar dessa forma. — Ela esfrega as têmporas. — Você pode ir até a cozinha e me trazer água e uma aspirina?

— Por que ele é *nosso* problema? Por que ele não pode voltar para Memphis e morar com a própria família?

— Nós *somos* a família dele.

— Eu não sou.

— Só tente, Elle. Pelo Leo.

Ela olha para trás, para o quarto, para se certificar de que Leo continua dormindo.

— Convide ele para um mergulho de vez em quando. Chame ele para jogar um jogo de tabuleiro. Você não vai morrer se fizer isso.

— Ele trapaceia. E não consegue chegar nem na metade da lagoa.

— Tente. Por mim.

— Tá. Vou convidar ele para vir à praia hoje. Mas, se ele agir feito um idiota, você me deve cem dólares.

— É melhor eu já ir pagando. — Minha mãe suspira. — Mas obrigada.

OS RESTOS da fogueira da noite anterior ainda estão fumegando na areia. Alguém fez uma barricada de troncos em volta para evitar que as pessoas queimassem os pés. Há um prato de papel virado para baixo, algumas espigas de milho meio enterradas.

— E então? — pergunta Conrad. — Foi divertido?

— Sim.

— Quem estava lá?

— Os de sempre.

Conrad atira areia no prato de papel com o dedão do pé. Ela faz um ruído frenético quando aterrissa e resvala.

— Meu pai fez a Caça ao Urso?

— É claro.

Conrad parece chateado.

— Quem foi o cachorro?

— Não sei. Uma das crianças. Lamento que você não tenha podido vir — forço-me a dizer.

Estendemos nossas toalhas logo acima da linha da água. A maré está subindo. Sento e pego uma lata suada de Fresca da bolsa. Quando puxo o lacre, ele se quebra na minha mão, deixando o metal em forma de gota fechado.

— Me dê isso — diz Conrad, e golpeia a lata com um pedaço afiado de concha até ela abrir e depois a estende de volta para mim.

— Valeu.

— Você quer entrar?

— Preciso me aquecer primeiro. Talvez nem entre. As ondas parecem violentas.

— Pensei que você gostasse da coisa violenta — comenta Conrad, e ri da própria piada ruim.

Ignoro e abro o livro. Ele fica ali sentado, coçando uma picada de mosquito na perna. Depois de um tempo, ele se levanta e caminha na direção da água. Deito-me de bruços, aliviada por ele ter se afastado. Fecho os olhos e descanso a cabeça nos braços. Estou adormecendo quando sinto algo molhado cair nas minhas costas.

— Olha o que encontrei — diz Conrad. — Acho que você e Jonas deixaram aqui na noite passada.

Estendo a mão para trás e tiro a coisa de cima de mim. É uma camisinha usada. Dou um grito agudo e fico de pé num salto.

— Qual é o seu problema?! — grito, e corro para o mar para me limpar.

A primeira onda me cega e submerjo. Quando tento subir, desabo outra vez e mais outra. Preciso de ar, mas me forço a afundar. Encontro o solo e me empurro do fundo do mar o mais forte que consigo. Rompo a superfície ofegando em busca de ar, me lanço para a praia e tropeço tentando sair antes que outra onda possa me atingir. Alguns adultos tinham visto eu me debater e correm para me tirar dali.

— Estou bem — aviso. — Estou bem.

Meu maiô é um saco de areia. Livro-me da areia, de crustáceos, de algas marinhas. Uma pedra rosada cai no chão perto do meu tornozelo. Conrad está dobrado, gargalhando. Passo por ele sem olhar.

— Foi uma brincadeira — diz. — Relaxa.

Pego a toalha e o livro, enfio na bolsa.

— Você devia dar um mergulho — respondo. — É um dia perfeito para se afogar.

— VOCÊ ME deve cem dólares — digo à minha mãe quando chego em casa.

— Onde está Conrad? — pergunta.

— Morto, se eu tiver sorte.

— Estou fazendo sopa de mariscos para o jantar.

DE MANHÃ, quando vou até a casa principal para o café da manhã, encontro Jonas sentado do lado de fora no deque. Conrad está do lado de dentro à mesa comendo uma tigela de flocos de milho com o roupão felpudo marrom e asqueroso, lendo *Spy vs. Spy*.

— Ei. — Sento ao lado de Jonas. — O que você está fazendo aqui?

— Vim me despedir.

— Ah.

— A gente ia embora no sábado, mas minha mãe pegou o Elias nas dunas com uma garota no dia da fogueira e, como ela disse, "não gostou do que estava vendo". Também conhecido como bunda pelada do meu irmão. — Ele suspira. — Enfim, a gente vai voltar para Cambridge hoje à tarde.

Na varanda, Conrad coloca o gibi de lado e para de comer, a colher suspensa por cima da tigela. Sei que está de ouvidos atentos, mas não me importo.

— Quando começam as aulas? — pergunto.

— Em duas semanas mais ou menos, acho.

— Oitavo ano, certo?

— É.

— Uau.

— Sim... — Jonas ri, um pouco triste. — Coisa de menino crescido.

Ficamos sentados em silêncio. De todos os dias que passei com ele, essa é a primeira vez que parece esquisito. Pensar na escola, na vida real fora de Back Woods, de repente faz nossa diferença de idade parecer enorme, um fosso intransponível.

— Eu sei — diz ele, lendo meus pensamentos. — É estranho. — Ele esfrega o dedo do pé na areia úmida. — Eu pensei de a gente nadar na lagoa.

— Tenho que ir à cidade com Anna e minha mãe.

— Bom, então acho que é isso. — Jonas fica de pé e estende a mão para apertar a minha. — Vejo você no próximo verão.

— Por que você não dá um beijo de despedida nele? — grita Conrad do lado de dentro da varanda com tela.

— Cale a boca, Conrad! — E pego a mão estendida de Jonas.

— Dê um bom beijo de língua molhado — zomba Conrad.

— Ignore ele — sugere Jonas.

— Quer saber, tenho tempo para um mergulho rápido. Um segundo.

Corro e ponho o maiô. Jonas já está nadando quando volto. Mergulho e o alcanço.

— Sinto muito. Ele é um idiota completo.

— Garotos da idade dele só têm uma coisa na cabeça — comenta Jonas.

Dou uma risada.

— Você é mesmo tão estranho.

— Foi um ótimo verão, Elle. Obrigado.

Jonas chapinha diante de mim.

— Foi um prazer — digo. — Uma última competição de prender a respiração?

— Não é uma competição se eu sempre ganho. Mas admito que você ficou um tantinho melhor.

— Fala sério, sou a campeã estadual.

— Um, dois, três, para baixo.

Assinto.

Mergulhamos na água e prendemos a respiração. Então, sem pensar, puxo-o para mim e o beijo.

ESPERO ATÉ Jonas ir embora antes de confrontar Conrad.

— Por que você faz isso?

— Faço o quê?

Conrad vira as páginas do gibi, come uma última colherada de cereal empapado. Leite pinga do canto da boca dele. Os lábios são muito grandes, muito vermelhos. Fico olhando o leite escorrer pelo queixo e pelo pescoço dele como uma gota de suor branco.

— Se comporta feito um porco.

— Você não devia andar por aí com um garoto de doze anos de idade.

— Não é da sua conta.

— Isso me dá nojo.

— Por que você se importa?

— Não me importo. Mas você está envergonhando a família. — Ele se põe de pé e me confronta. — Você deixou ele beijar você?

Minha mãe e Anna contornam a casa em direção ao carro.

— Coloque peras na lista — ouço minha mãe dizer. — E bifes finos. Ah, estamos quase sem uísque.

— Você deixou ele dedar você? — cochicha Conrad.

Eu me volto contra ele.

— Fico com vergonha de ser vista com *você* — respondo. — Você é a vergonha desta família. Não eu.

— Certo...

Ele sorri com malícia.

— É verdade. Ninguém quer você aqui, rastejando atrás dos arbustos como um tarado com os seus cravos nojentos. Por que você não volta a morar com a sua mãe? Ah, é... Ela também não quer você.

O rosto de Conrad muda para um tom de vermelho-escuro.

— Isso é mentira.

— Mesmo? Qual é o número dela? Vamos ligar para ela e perguntar.

Vou até o telefone preto de disco e ergo o fone. Há uma lista de números importantes em um pedaço de papel fixado na parede. Percorro-a e encontro o número. Começo a discar.

— Está chamando.

— Vá se foder — diz Conrad, e corre para fora. Ele está chorando.

— Bebê! — grito para ele.

Na minha mão, ouço uma voz fraca e distante: “Alô? Alô?”. Coloco o fone de volta no gancho.

A RETRIBUIÇÃO pela minha crueldade com Conrad chega depressa. Começa com uma sensação de coceira sob as pálpebras. A garganta incha. No fim da tarde, meu rosto está se esvaindo em bolhas. Não consigo abrir os olhos nem um milímetro. O médico explica para minha mãe que só há uma maneira de contrair esse tipo de hera venenosa: alguém no piquenique deve ter jogado um tronco coberto de videira no fogo quando eu estava sentada no caminho da fumaça, que carregou o óleo envenenado direto para os meus ouvidos, a minha boca, as minhas narinas. Minha mãe montou uma cama de acampamento para mim na despensa escura. Ela cobre o meu rosto e o meu pescoço com gaze molhada encharcada em loção de calamina. Pareço o leproso do *Ben-Hur*. Ela me traz chá gelado de camomila e um canudo. Coloca uma tigela de gelo ao lado da cama. Engolir é uma tortura.

Todos estão na sala de estar jogando pôquer. Ouço as fichas de madeira sendo jogadas no pote. Anna e Leo discutem quem tem o melhor blefe. Minha mãe ri. Conrad ri. Minhas bandagens estão secando, grudando nas feridas doloridas. Tento gritar, mas minha voz não sai. Mais risadas. Bato no chão com o pé e finalmente escuto passos se aproximando.

— Mãe?

— Ela me mandou ver o que você precisa. — É Conrad.

— Preciso da minha mãe — sussurro. — Minhas bandagens estão grudadas.

— Certo — diz, mas em vez de sair ele se senta na beira da cama.

Uma bolha de pânico se avoluma na minha garganta. Fico lá, indefesa, e me preparo para o que quer que esteja por vir.

— Chame a minha mãe! — rouquejo. Consigo sentir ele olhando fixo para mim.

— Aqui — diz. Ele retira a gaze do meu rosto com cuidado e a substitui por uma toalhinha gelada. — Não abra os olhos. Vou buscá-la.

Anna grita da outra sala:

— Conrad, é a sua vez!

— Estou indo! — Mas ele não vai embora. — Eu podia ler para você ou algo assim.

— Só preciso da minha mãe.

Ele se levanta. O pé dele se move para a frente e para trás no chão de madeira áspero. Espero ele ir embora.

— Sinto muito pela camisinha... Não sei por que fiz aquilo.

— Porque quer que todo mundo odeie você.

— Não é verdade.

— Então por que você age feito um idiota o tempo todo?

— Não quero que você me odeie — responde baixinho.

— Meio tarde para isso, não? — indaga Anna, parada junto à porta. — Pare de chatear minha irmã, Conrad.

— Tá tudo certo — garanto.

— Isso é porque você não se dá conta de que ele está parado aí secando você como uma aberração sinistra — avisa ela.

Posso sentir Conrad ficar rígido.

— Vamos lá, pombinho, todo mundo está esperando.

— Pare com isso, Anna. Ele não estava me chateando.

— Certo... Você é quem sabe. E se você não vier, Conrad, a gente vai tirar você do jogo.

— Vou em um segundo — diz.

— Sinto muito por isso.

Hesito.

— E sinto muito, de verdade, por ter falado aquilo da sua mãe.

Conrad se senta ao lado da minha cama.

CAPÍTULO 14

Janeiro de 1982, Nova York.

Subo na cama e espero. Logo ouço os passos da minha mãe, andando de meias, pararem em frente à minha porta no corredor comprido e forrado de livros do nosso apartamento. Ela devia estar usando sapatos. O velho assoalho de tábuas lasca e fere qualquer pessoa imprudente o bastante para usar meias na casa. Uma corrida rápida pelo corredor, uma derrapagem, e uma farpa fininha de madeira escura perfura o pé, indo fundo demais para uma pinça. As solas dos meus pés estão cobertas de pequenas cicatrizes. A essa altura, já consigo fazer o ritual sozinha: acender o fósforo, esterilizar a agulha até que a pontinha brilhe, vermelha, e abrir uma linha na carne acima da sombra da farpa. Cavar.

Minha mãe apaga a luz do corredor quando passa pelo meu quarto. Ela odeia desperdiçar energia elétrica. Espero ela fechar a porta do quarto. Na sala de estar, Leo fecha o livro, puxa a corrente do velho abajur Ming e empurra para trás a pesada poltrona de madeira. A porta do quarto se abre e se fecha de novo, agora com mais firmeza. Vozes abafadas de boa-noite, água correndo no banheiro, a batida suave do copo plástico do enxaguante sendo recolocado na borda da pia de porcelana. Conto os minutos. Ouço o rangido da cama ao receber o peso do corpo de Leo. Minha respiração sobe e desce. Ouço o movimento do meu lençol de algodão. Espero. Espero. Está silencioso. É seguro.

Cuidando para não fazer o menor ruído, saio da cama e giro a maçaneta da porta devagarinho. O silêncio continua. Saio para o corredor muito escuro e tateio em busca do interruptor, volto a acender a luz. Espero. Nada. Eles estão dormindo, ou cansados demais para se importar. Fecho bem a porta, volto a subir na cama de solteiro estreita e puxo as cobertas em volta do pescoço. Fiz o que pude. É sempre mais seguro quando o corredor está iluminado.

CERTA NOITE em outubro, um mês depois de voltarmos de Cape, emergi de um sono profundo. O que me acordou foi uma brisa cálida nas coxas. Lembro de pensar que tinha chutado as cobertas, mas, quando me abaixei para puxá-las de volta, percebi que minha camisola estava erguida, amarfanhada, pernas e barriga e seios expostos. E havia umidade por toda a calcinha. Devia ter menstruado mais cedo. Limpei a mão na barra da camisola e estava me levantando para ir ao banheiro quando um pensamento me ocorreu: não havia nenhuma mancha escura, nenhum sangue onde havia limpado a mão. Pus a mão no nariz, confusa. Um cheiro acre forte que não reconheci. Uma textura grossa e pastosa. Então vi algo se mover no meu armário. Alguém estava ali dentro, escondido nas sombras, na escuridão cavernosa. Não conseguia ver o rosto, mas conseguia ver o pênis dele, carne branca contra a escuridão, ainda ereto. Ele o estava espremendo, as últimas gotas de sêmen brilhando na ponta. Congelei, paralisada. Com medo de respirar. Nos últimos três meses, quatro mulheres foram encontradas mortas na cidade, estupradas e estranguladas, e o assassino ainda estava solto. A vítima mais recente tinha só dezoito anos, mais ou menos. Ela havia sido encontrada nua, flutuando no rio, as mãos amarradas nas costas. Com cuidado, devagar, eu me deitei. Talvez, se pensasse que eu não o tinha visto, ele fosse embora sem me machucar. Fechei bem os olhos e rezei. Por favor, saia. Por favor, saia. Não vou gritar. Não vou contar para ninguém. Dentro de mim, no silêncio, estava gritando tão alto que o som preenchia o vazio, um terror que quase não conseguia controlar. Minutos se passaram. Por fim, um movimento. O oscilar silencioso da porta do meu quarto. Eu me permiti abrir uma frestinha dos olhos para ter certeza que ele tinha ido embora. No momento em que a porta estava se fechando, Conrad se virou.

Fevereiro

Do lado de fora da porta do meu quarto, ouço o mais tênue dos rangidos do assoalho de tábuas.

— Eleanor? — sussurra Conrad, conferindo para ter certeza de que estou dormindo. — Eleanor, você está acordada?

Ele abre a porta e para ao lado da minha cama no escuro. Depois de alguns segundos, ele se abaixa, puxa minha camisola acima das coxas. Abre a calça, se toca. Um som suave, pastoso. Fico em silêncio. Engulo. Não me atrevo a me mexer. Tenho de fingir que estou num sono profundo. Conrad acha que não sei que ele vem ao meu quarto. Olha para mim. Se masturba. Até onde ele sabe, estou morta para o mundo, inconsciente do que está fazendo. Podia muito bem ter tomado um remédio forte para dormir. E ele *nunca* pode saber. Enquanto achar que as visitas noturnas são o segredo dele, eu posso agir normalmente, sentar à mesa do jantar em família com ele, passar pelo quarto dele para ir ao banheiro. Porque, no que me diz respeito, nada tinha acontecido. Quem sabe se não tivesse ficado paralisada de terror naquela primeira noite, se tivesse gritado e esperneado. Mas então ia estar tudo ali, a humilhação, a imundície. Quando acordei naquela noite, ele já tinha batido uma punheta em mim, na minha calcinha. Eu tinha visto a ponta do pênis dele. Essa parte nunca podia ser desfeita, mesmo com um grito. Todos na família ficariam com aquela imagem nojenta grudada na cabeça. Eu ia ficar marcada para sempre — um objeto de pena. Por isso, vou carregar o peso dessa vergonha em vez de dedurá-lo.

Sei que meu silêncio o protege. Mas também me protege: Conrad tem pavor de ser pego — exposto diante do pai, rejeitado para sempre. Esse é o poder que tenho para me proteger. Sempre que chega muito perto de mim, eu finjo estar acordando, e ele rasteja para fora antes de ser pego. Na ponta dos pés, de volta para o buraco de rato dele. Estou segura. Só não posso cair no sono, jamais.

Março

Leo e Conrad estão brigando.

— Maldito seja! — grita Leo. — Não aguento, não aguento... — Ouço a pancada de uma parede sendo socada. — É uma vergonha! Você entende? Entende?

— Pai, por favor.

— Organize este quarto! — Mais batidas, chutes.

Acabei de chegar em casa depois de trabalhar como babá e preciso muito fazer xixi. Espio o corredor comprido. A porta do quarto de Conrad está escancarada. Ele vai ficar constrangido se souber que ouvi, mas preciso passar pelo quarto dele para chegar ao banheiro. Ponho as coisas no chão, penduro o colete estofado num gancho e ando na ponta dos pés pelo corredor na esperança de passar por eles sem ser notada.

— Pai, por favor, eu tentei. Mas não entendo.

— Não entende o quê?! Que Des Moines é a capital de Iowa? É geografia, não um bicho de sete cabeças. Se for reprovado outra vez eles vão expulsar você. *Você entende?*

— Sim, senhor.

— Não existem segundas chances aqui.

— Não fui reprovado de propósito, pai — diz Conrad, muito chateado. — Eu só sou ruim nisso.

— Não existe esse negócio de *ruim em geografia*. Existe preguiça.

— Não é verdade... — A voz de Conrad falha.

— Você está me chamando de mentiroso?

— Não, eu...

Leo me olha quando passo sorrateira.

— Peça para a Eleanor ajudar você. Ela só tirou nota máxima nesse semestre. Eleanor, venha aqui.

Paro, mas não entro.

— Não preciso da ajuda dela — diz Conrad. — Posso me esforçar mais, prometo.

— Sua irmã se sai bem porque tem iniciativa. Ela se esforça muito e corresponde às nossas expectativas.

— Só sou boa em memorizar coisas.

— Ela não é minha irmã.

Quando olha para mim, há veneno nos olhos dele.

— Preciso ir ao banheiro — aviso.

— Leo? — chama minha mãe de algum lugar das entranhas do apartamento. — Posso preparar uma bebida para você?

MEUS OLHOS estão fechados, mas consigo sentir a respiração úmida de Conrad. Ele inclina o rosto para perto do meu, procurando sinais de vida. Mantenho a respiração regular, lenta. Ele se inclina mais e acaricia o meu cabelo. Eu me agito, finjo estar prestes a acordar. Ele puxa a mão e recua para as sombras, espera para ver se vou me mexer de novo. Viro de lado e me ajeito. É o suficiente para deixá-lo nervoso. Conrad abre a porta para sair. Quando está quase saindo, diz alguma coisa tão baixinho que mal consigo ouvir. Mas ouço. "Um dia desses vou botar em você de verdade. Vou engravidar você. E aí quem eles vão pensar que é o filho perfeito?"

Vômito sobe na direção da minha garganta, mas consigo controlar. Não movo um músculo.

Abril

A clínica está lotada de mulheres. Mulheres mais velhas, jovens mulheres grávidas. Três garotas porto-riquenhas estão sentadas na minha frente.

— *Yo, mamacita* — provoca uma delas. — Você tem um amiguinho?

E as outras riem. Fico olhando o assento de plástico laranja da minha cadeira. Do lado de fora a neve cai, matando a primeira floração das cerejeiras. Minhas botas de caminhada estão encharcadas. No percurso do metrô até a clínica gratuita, em meio aos montes de neve em botão, quase perdi a coragem. Mas estou aqui agora, esperando o número do meu bilhete cor-de-rosa ser chamado, como se estivesse na lanchonete Baskin-Robbins.

A enfermeira chama cinco de nós de cada vez. Entrego a ela a carta assinada que falsifiquei no papel timbrado da minha mãe, me dando autorização para obter contraceptivos, já que tenho apenas quinze anos. Ela mal olha antes de jogá-la no topo de uma pilha do que provavelmente são cartas semelhantes. Sou levada para uma área fechada por cortinas com as garotas porto-riquenhas e uma mulher grávida. Uma psicóloga nos fala dos riscos do controle da natalidade, da opção da adoção e, em seguida, dá a cada uma de nós um teste de gravidez para fazer. A mulher reclama que é um desperdício de teste, mas a enfermeira explica que faz parte do protocolo. As três garotas me fuzilam com os olhos o tempo todo.

— Qual é o problema, loirinha? O papai não quer pagar um médico de verdade?

Levo o teste para o banheiro e faço xixi na tira.

Minha mãe acha que estou passando o dia com Becky, indo ver *Victor/Victoria*. Ela até me deu dinheiro para pipoca e refrigerante. Quero contar a verdade, implorar para ela me salvar, mas não posso fazer isso. Partiria o coração dela, destruiria seu casamento. Ela está tão feliz com Leo, e sou mais forte que ela — forte o suficiente para suportar isso. A responsabilidade é minha, não dela. Fui legal com Conrad, deixei ele entrar. "Você é quem sabe", dissera Anna naquela noite da hera venenosa. E ela estava certa. Agora, em todo lugar que vou, estou encurralada pelo peso do corpo dele, a respiração úmida, as mãos fedidas, as partes carnudas horríveis.

DA SESSÃO de informação, somos conduzidas para um vestiário e nos dão vestidos de papel.

— Tirem tudo, deixem os sapatos — diz a enfermeira. Há uma fila de mulheres em vestidos de papel fininho e botas pesadas de neve sentadas em um banco comprido esperando a vez. Só depois de duas horas o meu nome é chamado, e a enfermeira me leva até uma sala de exames.

O médico tem uma máscara sobre a boca. Não chego a ver o rosto, só os olhos distraídos dele.

— Por favor, peça à paciente que suba na mesa e ponha os pés nos estribos — diz ele à enfermeira.

— Só preciso de uma receita de anticoncepcional — explico.

Ele se volta para a enfermeira.

— Você explicou que ela não pode obter medicamentos prescritos antes de ser examinada?

A enfermeira assente e me lança um olhar impaciente.

— Claro, doutor. Ela assinou os formulários.

Quando subo na mesa, sinto o vestido se rasgar. Como vou voltar para o vestiário sem me expor? Deito e deixo a enfermeira ajeitar minhas botas molhadas nos estribos de metal. Está quente na sala, mas não consigo parar de tremer.

Há uma batida na porta.

— Entre! — grita o médico.

Um jovem asiático de jaleco branco entra na sala.

— Temos aqui um aluno de medicina de Kyoto estudando os nossos métodos de controle da natalidade. Você se importa se ele observar? — indaga o médico.

Ele acena para o homem da extremidade da mesa, ignorando o olhar de horror nos meus olhos. Entrega-lhe uma máscara.

O homem me faz uma reverência formal, os braços apertados ao lado do corpo, antes de colocar a cabeça entre as minhas pernas e olhar para a minha vagina.

— Interessante... O hímen ainda está intacto.

— Sim — concorda o médico. — Você vai sentir um toque gelado.

CAPÍTULO 15

1982, Nova York.

Novembro

A água escorre das janelas. Meu quarto é como um túmulo, lacrado. Tem cara de ser cinco da manhã. Bocejo, me sento na cama, olho para o pátio interno. A chuva forte empoçou no centro, formando um lago quadrado. Um copo de papel desliza pela superfície, arrastando um pedaço de filme plástico atrás dele como uma cauda de água-viva. Procuro o relógio. Tenho uma prova de história no primeiro período e ajustei o alarme para mais cedo para terminar de memorizar a matéria. Sete e quarenta e cinco. Um lampejo de pânico me atinge quando percebo que dormi durante o alarme. Corro pelo quarto, jogando coisas na mochila, me amaldiçoando em voz alta: Congresso da Lei do Selo, Tributação sem Representação, "*o tiro ouvido no mundo todo*". Visto seja qual for a roupa que deixei no chão e estou quase do lado de fora, perto da porta da frente, quando me lembro dos anticoncepcionais. Corro para o quarto, alcanço a parte bem de trás do armário, pego o recipiente oval bege de dentro do velho patim de gelo, onde o mantenho escondido, e engulo *terça-feira*.

NA SEMANA em que comecei a tomar a pílula, Conrad parou de vir ao meu quarto à noite. No início, pensei que fosse o momento. Seis dias depois da minha visita à clínica, ele tinha ido passar as férias de Páscoa em Memphis com a mãe e a esquisitona Rosemary, que eu não via há três anos e, pelo que sabia, provavelmente já era uma noiva de Cristo. Nas primeiras semanas depois que Conrad voltou, eu me deitava na cama à noite, me forçando a ficar acordada, esperando o ranger do assoalho, o farfalhar das roupas dele, o abrir do zíper. Mas nada aconteceu. Foi como se eu tivesse tomado uma pílula mágica.

Conrad estava diferente quando voltou de Memphis. Estava feliz. A viagem tinha sido um grande sucesso. A mãe pediu que ele voltasse em junho e ficasse todo o verão.

— Vamos dirigir até o Novo México para visitar meu tio — contou ele no jantar. — Rosemary descobriu que são exatas novecentas e noventa e nove milhas de Memphis a Santa Fé. Estamos escolhendo um desvio de uma milha para que sejam mil cravadas.

— Legal — disse Leo. — O tio Jeff?

— É.

— Ele ainda está casado com a aeromoça?

— A Linda.

— Isso. Com o cabelão.

— Eles estão separados — disse Conrad.

— Sua mãe nunca suportou ela. Disse que era uma caçadora de fortunas. Se bem que se casar com um ortopedista não é exatamente tirar a sorte grande. — Leo se serviu de uma montanha de purê de batatas. — Alguém pode me passar a manteiga?

Conrad também *parecia* diferente. Parou de fechar o botão de cima das camisas apertadas em torno do pomo de adão, o que sempre o fez parecer um assassino em série, e começou a usar o xampu anticaspa que minha mãe sempre colocava no banheiro. Entrou para a equipe de luta livre do colégio. Havia até uma garota de quem ele gostava na escola. Leslie. Ela era do segundo ano e tinha sido transferida no meio do ano.

Pouco antes de ele partir para o Tennessee no verão, Conrad, Leslie e eu fomos assistir a *E.T.* juntos. Enquanto estávamos sentados no cinema escuro comendo pipoca e vendo um garotinho se comunicar com um dedo comprido, percebi que pela primeira vez em muito tempo as coisas pareciam quase normais.

JÁ SE PASSARAM mais de seis meses, e mais nenhuma batida silenciosa na porta, nenhuma sombra escura ao lado da minha cama, observando. Nenhuma ameaça sussurrada. Porque passar o verão com a mãe e a irmã o fez perceber o pervertido nojento que ele era, ou porque ele e Leslie estão se roçando o tempo todo, ou porque os hormônios que estou tomando mudaram meu cheiro, eu não sei. Mas, o que quer que seja, os anticoncepcionais estão funcionando.

Corro os oito quarteirões até a escola, a chuva caindo forte no meu guarda-chuva, água suja das poças espirrando nos meus tornozelos. Provavelmente vou tomar bomba no teste. Não consigo lembrar por que Paul Revere é tão importante.

Dezembro

— *Aí* está você — diz minha mãe, abrindo caminho pelas pesadas cortinas de veludo do palco e se estatelando em uma cadeira de metal dobrável na seção das violas, agora vazia.

— Você não deveria vir aqui atrás — comento.

— O concerto foi um grande sucesso. — Ela me ignora. — Se bem que aquele maestro não tem senso de ritmo. Com o que pagamos, a escola devia contratar alguém mais musical.

— Mãe!

Lanço um olhar feroz e um "cale a boca" com os lábios. Metade da orquestra da escola está nos bastidores, guardando os instrumentos. O sr. Semple, nosso maestro, está por perto, conversando com os oboístas.

— Eu devia dar uma palavrinha com ele. Ele pode não saber que está fora do ritmo.

— Se você falar com ele, eu mato você.

Separo as partes da minha flauta, coloco um lenço branco na ponta da minha vara de limpeza e a enfio nos pedaços ocos do tubo de prata. Um fio de saliva fino escorre da ponta da minha flauta quando a seguro na vertical.

— E por que tocar um movimento do IV Concerto de Brandenburg quando você pode tocar o v? — Ela tira um bastão da Chap-Stick da bolsa e aplica cera em cada canto dos lábios. — Seja como for, Eleanor, você roubou a cena. Seu solo de flautim sempre foi a minha parte favorita de *O quebra-nozes*: aquele deslizar fluido como mercúrio acima da escala: *Bada bada bada bah... blrump, ba ba badladladladl bloom-pah* — canta, forçando os pulmões.

— Ai, meu Deus. *Manhê*. Pare.

Pego a flauta e o flautim e os enfio na mochila.

— Os fagotes pareciam leite coalhado — diz.

Leo e Conrad estão esperando por nós no saguão do lado de fora do auditório.

— Bravo! — grita Leo. — Você se transformou numa excelente flautista, mocinha.

Ele se vira para Conrad.

— O que achou?

— Foi bom.

— Só bom? Achei a Elle fantástica.

— Não gosto de coisas clássicas.

Algumas das minhas amigas vieram me dar os parabéns, tagarelando entusiasmadas: *Você foi incrível*; *Quem diria que você podia fazer isso?*; e *É difícil?*. Gosto delas, mas sei que não estão aqui para me ver tocar um instrumento de sopro. Elas estão aqui porque Jeb Potter, o cara mais gato da escola, toca tímpanos na orquestra.

Conrad para na borda do círculo.

— Ei — diz para as minhas amigas. — Como vão as coisas?

Ele põe a mão no meu ombro.

— Sou o irmão da Elle. Conrad.

— Irmão *postiço* — explico.

1º de janeiro de 1983, Nova York.

Se comer outro bolinho, vou explodir. Estamos em um restaurante de *dim sum* lotado em Chinatown, sentados diante de uma mesa redonda enorme. É a nossa tradição de ano-novo. Mamãe e Leo estão de ressaca e sendo levemente desagradáveis com todo mundo. Um garçom com um grande carrinho de metal soltando vapor está trombando pelo restaurante, arremessando pequenos pratos brancos de comida irreconhecível nas mesas. O ar está pesado com fumaça de cigarro, suor e comida. O garçom coloca uma cerveja diante da minha mãe, e ela bebe direto da garrafa.

— Para a ressaca — explica ela. — Nem mesmo se passaram vinte e quatro horas e já quebrei a minha primeira resolução.

Olho para Anna e dou um gemido.

— Estou tão gorda.

— Por favor, eu me sinto um carrapato — retruca Anna.

Anna veio para casa do internato. Ela está dormindo no meu quarto, já que Conrad está com o quarto dela agora. Rosemary está no sofá-cama. Mamãe montou uma cama dobrável para minha irmã, mas o colchão é irregular, fino no meio. Você consegue sentir a barra de metal através dele. Então, dei minha cama para Anna. À noite, ficamos conversando ali até capotar. Desde que a visitei no internato, quando ela confiou em mim pela primeira vez, nos tornamos amigas.

— Quem quer um pão recheado com porco? — Leo pega dois pratos do carrinho.

Conrad estende a mão para pegar um, mas Leo desvia dele — Conrad está ganhando peso.

— Rosemary?

Rosemary está passando as férias com a gente. Continua tímida, com cabelo loiro-escuro opaco. Pequena para a idade. Triste. Tem catorze anos, mas usa sapatos marrons confortáveis, de amarrar, e saias de lã pregueadas. Pelo aspecto, é como se a mãe a vestisse. Rosemary não queria vir, mas Leo insistiu. Ele está feliz por ter os dois filhos sob o mesmo teto de novo, mas minha mãe está enlouquecendo. Ela fica encontrando motivos para ir ao supermercado Gristedes. De Natal, Rosemary deu a cada um de nós um sino de cerâmica, lembrança de Graceland, Memphis, todos diferentes. Leo tocou canções de Natal no saxofone e todos nós cantamos. Então, Rosemary perguntou se podia cantar o solo do espetáculo *Lully Lullay*, que para mim sempre soa como alguém tocando flauta. Rosemary insistiu em cantar todos os versos, os olhos fechados, balançando para a frente e para trás com a música. A certa altura, as lágrimas começaram a rolar pelas bochechas dela. Anna beliscou minha coxa com tanta força que quase gritei.

— *É como se ela nunca tivesse crescido* — comenta Anna mais tarde naquela noite, quando estamos deitadas na cama. — A pele dela é translúcida. Deve ser toda aquela religiosidade.

— DEVÍAMOS falar do verão, Rosemary — sugere Leo. — Ia ser maravilhoso se você pudesse vir para uma estada decente, longa, este ano. Sentimos sua falta.

Posso ver mamãe chutando-o mentalmente por baixo da mesa, mas ela sorri para Rosemary, balança a cabeça em concordância, termina a cerveja e acena para um garçom.

— Não posso. Tenho acampamento da banda em junho — conta Rosemary. — E então mamãe e eu vamos a Lake Placid.

— Ela não me disse nada a respeito de Lake Placid — diz Conrad.

— É uma viagem de garotas. Você não está convidado.

Conrad pega o pão recheado com porco do prato dela e o morde. Pequenos pedacinhos de carne marrom com molho escorrem dos cantos brancos da massa.

— Tem certeza de que precisa disso, Conrad? — pergunta Leo.

Fevereiro

O parquinho ainda está cheio. Do lado de fora está um gelo e a escuridão do anoitecer está chegando, mas a sra. Strauss, a mulher para quem trabalho de babá depois da escola, insistiu para eu levar a filha dela Petra, de cinco anos, ao parque para tomar ar fresco. Tenho certeza, no entanto, de que ela era capaz de ver que eu tinha feridinhas de frio e que o meu nariz estava prestes a cair. É uma daquelas mulheres que só *parecem* simpáticas — do tipo que compra em lojas esnobes como a Bendel e a Bergdorf, mas não na Bloomingdale's. Os Strauss moram em um edifício moderno de tijolos brancos na rua 75th leste, com um toldo bege que se estende por toda a calçada até o meio-fio, para que os moradores possam entrar em um táxi sem se molhar na chuva. O apartamento deles tem portas de correr para uma sacada com vista para o parque. Quando a sra. Strauss e o marido estão com muita preguiça de levar o Weimaraner deles para passear, o deixam cagar lá fora, e então a merda congela em montinhos horríveis marrom-acinzentados.

Sigo Petra pelo parquinho, do trepa-trepa aos escorregadores e balanços. As crianças correm por ali em casacos de lã grossos e luvas, cachecóis amarrados em volta do pescoço, narizes escorrendo com ranho. As babás se sentam juntas em um banco do parque, ignorando-as, tentando preencher o intervalo entre a saída da escola e a hora do jantar com o menor esforço possível.

— Me empurra! — pede Petra, aos gritos.

Esqueci minhas luvas. Minhas mãos estão ficando azuis enquanto empurro a corrente de metal do balanço, lançando-a cada vez mais alto no vento. As árvores estão nuas. Dentro do bolso do casaco, posso sentir o peso do monte de moedas que roubei da gaveta da cozinha onde a sra. Strauss deixa alguns trocados para a governanta usar nas máquinas da lavanderia do porão.

SAIO DO ELEVADOR acenando um boa-noite para Pepe, o ascensorista do nosso prédio. Alguns andares acima, alguém está chamando por ele.

Pepe desliza o pesado portão de bronze até fechar. A porta externa do elevador bate atrás de mim. Fico parada no vestíbulo, tateando a mochila, tentando encontrar as chaves de casa. Mesmo daqui do lado de fora, no patamar, consigo ouvir Conrad e Leo discutindo, mais uma vez. É tão alto que todos no prédio devem ouvi-los. Conrad está gritando que o pai não entende nada — ele só estava "segurando" para algum garoto na escola. A erva não era dele.

Deslizo pelo chão de mosaico preto e branco gasto do vestíbulo e apoio as costas contra a porta da frente. Não vou entrar de jeito nenhum.

— Você está de castigo por um mês — berra Leo.

— Você não pode fazer isso! Tenho ingressos para a Luta Livre no Garden. É André, o Gigante! — grita de volta Conrad. — Leslie vai comigo!

— Dê os ingressos para Elle.

— Comprei com o meu dinheiro! O que ganhei de Natal da minha mãe. — Conrad está chorando. — Você é tão otário. Odeio você.

Estou fazendo a lição de álgebra na minha escrivaninha quando Conrad aparece à porta.

— Aqui, sua puta — diz ele, e joga as entradas em mim.

— O que *eu* fiz? Odeio esportes.

Março

O som de papel me acorda. Uma capa de brochura laranja e branca está enfiada na fresta da minha porta fechada, que agora tem uma tranca e um ganchinho. Observo com pavor enquanto *Ratos e homens* desliza devagar de baixo para cima. Ela se prende por baixo da haste de metal, levanta e solta. A capa do livro desaparece. A maçaneta da minha porta gira.

— Mãe? — pergunto, em voz alta, antes que a porta se abra. — É você?

Ouço o rastejar de passos recuando pelo corredor antes de voltar a trancar a porta.

Abril

O chuvisco lúgubre não parou desde que chegamos à casa de nossos avós em Connecticut. Minha avó insiste que as chuvas de abril trazem um maio primaveril, mas isso aqui está mais para coração amargurado do que para os brotos verdejantes da primavera. Anna e eu estamos passando duas semanas com nossos avós. Vovó Myrtle tem tido arritmia e está se sentindo um tantinho vacilante. Ela gostaria de ter mais pessoas na casa. São as férias de Páscoa de Anna da UCLA, e ela quer passar a maior parte do tempo com eles.

— Quem sabe se algum dia vou voltar da Califórnia. E até lá eles podem estar mortos — diz ela, quando me liga da escola para me contar a respeito do plano.

— Adorável. Todos nós vamos sentir sua falta.

— Você sabe que vai.

— Eu sei. Já sinto.

AGORA, Anna e eu estamos deitadas em nossas velhas camas de solteiro, onde passamos a maior parte dos últimos três dias lendo os livros que a vovó Myrtle pegou na biblioteca para nós.

— Isso deve manter vocês ocupadas até esse tempo horrível melhorar — comentou ela, entregando um livro grosso para cada uma de nós. *Guerra e paz* para Anna, *O morro dos ventos uivantes* para mim.

Seguro o livro na frente do rosto, cheiro as páginas. Adoro o cheiro dos livros da biblioteca: mais importante do que os livros normais, um cheiro grandioso de antigamente, como os degraus de um palácio de mármore, ou um senador.

Anna boceja e se espreguiça.

— Este livro é grande demais. E russo demais. Toda aquela prosa masculina e vigorosa. Nunca vou terminar. Vou lá procurar outra coisa para ler.

Sozinha em nosso quarto, vejo o chuvisco frio deslizar pelos vidros da janela. Fico olhando a bruma. O pé de macieira se tornou um espectro na névoa, os galhos escuros encharcados batendo contra a vidraça. Não ligo se chover por um mês. Estou feliz de estar aqui — onde estou segura; onde posso ficar um tempo com minha irmã divertida, indelicada, sarcástica; onde posso adormecer sem medo; onde sei que minha avó, não importa quão frágil esteja, vai me amar intensamente, fazer waffles fresquinhos, insistir em lavar meu cabelo na pia da cozinha com xampu Johnson's Baby, como fez desde que eu era bebê, enxaguando o cheiro de querosene adocicado debaixo da torneira morna, minha cabeça inclinada para trás em um ângulo não natural, o pescoço pressionado contra a borda de porcelana fria da pia. Eu me deito na escuridão reconfortada pelos roncos de Anna, antes de, finalmente, voltar a cair num sono inquieto.

— Você está um lixo — disse Anna quando voltou da Califórnia.

— Tenho tido problemas para dormir — respondi.

— Pensei que alguém tivesse dado um soco nos seus olhos.

Quando Conrad começou a entrar no meu quarto à noite, quis ligar para Anna e contar. Mas sabia que ela contaria para minha mãe, mesmo que a fizesse prometer que não ia. Anna não é como eu. Ela floresce no confronto. Está cagando e andando para o que as outras pessoas pensam. Não precisa ser amada. Anna é uma guerreira. Ela nunca, jamais teria permitido que Conrad se safasse. Nem teria entendido por que permiti que continuasse — que a única maneira de me proteger da vergonha e da humilhação que sentia era negar qualquer conhecimento daquilo. Mas, se contasse para Anna, ela ia atacá-lo, destruiria tudo, iria me expor diante dele de um jeito diferente. Conrad saberia que eu sempre soube do seu segredo sujo. E então aquilo parou, e pensei: nada de terrível aconteceu de fato. Ele se tocou, mas nunca me tocou. Ninguém jamais precisa saber. Mas há pouco tempo as visitas noturnas começaram de novo, e desejei ter contado a ela quando pude.

Anna volta se arrastando, segurando o exemplar de O *grande Gatsby* do meu avô.

Olho de relance quando ela entra.

— Você já não leu esse livro centenas de vezes?

— Essa é a primeira edição — explica, com reverência.

— Ele disse que você podia pegar?

— Não queria incomodar. Ele está lá em cima no escritório. — Ela se acomoda na cama. — De qualquer forma, não vou ler, só quero deitar na cama e acariciar o livro. Quem sabe talvez até role uns amassos.

— Você é tão idiota.

Dou uma risada.

— Eu sou. *Essa é a melhor coisa que uma garota pode ser nesse mundo, uma linda tolinha.*

— Uma de vocês pode vir me ajudar a pôr o jantar na mesa? — pede a vovó, gritando da cozinha. — As batatas precisam ser descascadas.

— Eu vou. Você fica e apalpa o livro — digo para Anna, saindo do quarto e dizendo para minha avó: — Posso ficar com as cenouras? Sou péssima descascando batatas.

Sempre termino com pedaços pentagonais pálidos, a maior parte da batata ainda presa à casca. Vou desapontar nossa avó, o que detesto.

— Por que você não corre até a estrada e pega a correspondência? — Vovó sugere. — Deixei lá o dia todo.

Ela vai até a pia e começa a descascar as batatas. As lascas muito finas caem com elegância na bacia. Chego por trás e afago a bochecha dela, fazendo suaves relinchos de pônei.

— Ah, pelo amor de Deus, sua menina boba — diz, mas está sorrindo. — Minhas galochas estão no saguão de entrada, se precisar.

Lá fora, a garoa se transformou em chuva torrencial. Relâmpagos cortam o céu, desenhando o contorno das lápides do outro lado da estrada. Segundos depois, um trovão.

Maio

Acordo suando de nervosa, de costas para a porta. Adormeci durante a vigia. Um poste de luz projeta sombras de árvores na parede acima de mim — dedos de bruxa. Não consigo ver, mas ele está lá atrás de mim, ao lado da cama. Observando-me. Decidindo. Mudo de posição um pouquinho, murmuro como se estivesse em um sono profundo, espero que saia. Mas ele não se move. A ponta de um dedo toca meu tornozelo, traça uma linha na minha perna, para na minha bainha. Pressiona minha coxa. Uma pressão úmida e macia. E percebo, então, que não é o dedo dele. Afasto-me antes de conseguir me conter. Muito rápido. Muito ciente.

— Elle? — sussurra, testando. — Elle?

Eu me enrosco do outro lado, ombros côncavos, joelhos contra o peito, choramingando como em um pesadelo.

— Não é um pavão — resmungo. Meu braço golpeia o nada. — A sua casa é aqui.

Conrad recua para a sombra. Ele espera eu me acalmar. Quando minha respiração fica mais lenta, ele sai. A porta faz um barulho que lembra um suspiro atrás dele.

CAPÍTULO 16

Junho de 1983, Nova York.

Oito da manhã e a cidade já está sufocante e mormacenta, desprendendo o cheiro acinzentado empoeirado de calçadas quentes, xixi de cachorro, manchas de óleo no asfalto, perfume doce e fraco das tílias. Estamos indo para Back Woods hoje. O carro está estacionado em fila dupla e estamos atrasados. Estou ajudando Leo a carregar o carro. Ele está ansioso para pegar a estrada. Temos uma viagem de seis horas pela frente e ele quer evitar o trânsito. Mas minha mãe ainda não conseguiu pegar o gato, e o carro está carregado só pela metade porque Conrad, que está encarregado de trazer as nossas malas para baixo, está se mexendo tão devagar que parece não sair do lugar.

— Você pode mover essas pernas curtas um pouco mais rápido? — indaga Leo.

— Pau no cu — responde Conrad.

Leo não diz nada.

Minha mãe se inclina para fora da janela do nosso apartamento no quarto andar.

— Elle, você quer que eu coloque seu irrigador bucal na mala? Ah, e preciso que você corra até o Gristedes e me traga mais uma caixa de papelão. Algo que eu possa usar para a sujeira do gatinho na viagem.

Quando o carro finalmente está carregado, minha mãe sai do prédio segurando uma cesta de piquenique e a caixa de transporte do gato.

— Ele estava escondido debaixo da cama. — Ela põe a caixa do gato no banco de trás e me entrega a cesta de piquenique. — Pode acomodar isso a seus pés, Elle? Leo não quer parar para almoçar. Tem uma maçã e três nectarinas. Fiz sanduíches com manteiga de amendoim e maionese, ou carne assada.

Ela se acomoda no banco da frente e se abana com um folheto de publicidade do painel.

Movo a caixa do gato para o meio do assento para fazer uma parede entre mim e Conrad.

— Por que a gente não pode ter um carro com ar-condicionado? — pergunta Conrad.

— Você vai nadar na lagoa em algumas horas — diz Leo, fechando com força o porta-malas.

Abro a janela, deixando entrar a mais leve brisa úmida. Mal posso esperar para chegar lá. Anna vai passar o verão em um *kibutz* no norte da Califórnia, então vou ficar com a nossa cabana só para mim. Estou inscrita para aulas de vela. E Jonas vai voltar neste verão. No ano passado, os pais dele estavam em um ano sabático em Florença. A mãe dele está trabalhando em uma biografia de Dante. Estou animada para revê-lo. Eu me pergunto se ele mudou muito ou se cresci mais do que ele.

O tráfego está intenso. Em algum lugar de Rhode Island, o nosso radiador superaquece. Leo encosta na margem com vegetação rasteira, praguejando.

— Eu precisava esticar as pernas mesmo — comenta minha mãe.

Uns vinte metros à nossa frente, outro carro quebrou. Atrás dele, em um letreiro gigantesco, um homem em um terno com estampa de zebra anuncia uma concessionária de automóveis. Observo os carros passarem se arrastando, e fico levemente ressentida, como se tivéssemos perdido nosso lugar de direito na fila.

— Enchi uma embalagem de leite vazia de dois litros com água, só por precaução — avisa minha mãe. — Está em algum lugar atrás de você, Conrad.

— Me passe essa água, por favor, Con. — Leo desafivela o cinto de segurança. — Preciso deixar o calor debaixo do capô sair. Esfriar o radiador.

Conrad olha por cima do ombro.

— Está muito lá trás. Não consigo alcançar.

— Então saia e dê a volta.

— Você vai sair do carro de qualquer jeito.

— Vou pegar — digo, antes que Leo tenha a chance de responder. Contorço-me por cima do encosto do assento, me estico por cima de sacos de papel cheios de mantimentos, malas, uma cesta de peras e me esforço para pegar a água. — Peguei.

— Elle, você é um anjo — diz Leo. — Lido com você mais tarde, Conrad.

A voz dele está dura de desprezo.

— *Lido com você mais tarde* — zomba Conrad em voz baixa. Ele olha para mim com ódio. — Baba-ovo.

Entre nós, no banco, o gato da minha mãe mia e arranha a caixa.

QUANDO CHEGAMOS a Woods, já é quase meia-noite. O acampamento ficou trancado o inverno todo. Nossas canoas estão empilhadas na varanda. Tudo está coberto de pólen e teias de aranha. Algum animal grande conseguiu entrar durante o inverno, derrubando pratos das prateleiras abertas. Cacos de faiança estão espalhados por todo o chão da sala de estar. Os ratos fizeram o ninho anual na gaveta de talheres. Merda de rato nos dentes dos garfos, placentas nas colheres de chá. A água quente precisa ser ligada. Nenhuma das lanternas funciona. Ninguém tem vontade de arrumar as camas.

Faço xixi nos arbustos, sigo pela trilha até minha cabana e me jogo no colchão nu. Estou muito feliz de estar aqui. Fico deitada escutando o retumbar e o coaxar das rãs-touro, o farfalhar do vento quente nas árvores. A lua cheia brilhando através da claraboia. Um galho estala. Alguma coisa está se mexendo do lado de fora da cabana. Prendo a respiração. Espero. As pisadas passam se arrastando em direção à beira da lagoa. Logo ouço respingos e um som parecido com o choro suave de um bebê. Saio da cama e engatinho até a porta de tela, espio para fora, para a escuridão, deixando meus olhos se ajustarem. Uma mamãe guaxinim enorme e seus quatro filhotes estão pescando na parte rasa. Ela para, cheira o ar, me sentindo. Um momento depois, volta para a tarefa dela. Desliza a pata pela superfície da água e ergue um peixe.

Cuidando para não fazer barulho, saio para a trilha. Ela congela, desconfiada agora. Dou um passo para a frente. Ela vira a cara na minha direção e rosna. Em questão de segundos, os guaxinins desapareceram por entre as árvores. Nenhum sinal deles. Só o trinado suave da lagoa. A lua está tão brilhante que posso ver as pedrinhas sob a água. Tiro a camisola e me arrasto pelos juncos até a altura da cintura e então me fundo à lagoa. Nunca nadei sozinha desse jeito — à noite, nua, no silêncio. Parece um luxo, algo secreto.

Saio e me balanço para me secar, pego a camisola do galho, me precipito pelos degraus até minha cabana e fecho a porta atrás de mim.

Então a mão de alguém sai da escuridão e cobre a minha boca.

— Estava vendo você — sussurra Conrad.

Meu estômago despenca até o pé. Meu corpo inteiro fica gelado de pânico. Grito, mas tudo o que sai é um gemido abafado.

— Você devia mergulhar pelada toda noite.

Ele esfrega a mão pelo meu corpo nu, suspira.

— Sua pele é macia, elástica.

Ele me empurra para a cama.

Luto para me livrar, mas ele é muito forte.

— Você sabia que eu estava olhando.

— Pare com isso, Conrad — imploro.

— Provocante. Você gosta disso. Você me deixa entrar no seu quarto à noite. Nunca me diz para sair. Sei que você só finge que está dormindo.

Faço que não com a cabeça, me debatendo, desesperada.

— Isso é mentira — consigo sussurrar.

— Falei para todos os meus amigos que você me deixa te tocar.

Conrad me penetra. Sinto uma dor lancinante quando meu hímen é rompido. Me rasga inteira. Penso na mamãe guaxinim ouvindo meu choro suave de bebê dos ramos das árvores mais acima. Quando ele goza, eu soluço.

UM PÁSSARO azul voa pelo céu, bate as asas de árvore em árvore. Deito no solo musgoso nas profundezas do bosque perto do meu córrego secreto em posição fetal. Depois que Conrad saiu, corri para o banheiro e me lavei na torneira quente. Queria tirar ele de mim. Mas não adiantou nada. Não sou mais eu mesma. Não posso ir para casa. Não posso ficar aqui. Não vou deixar ele arruinar este lugar para mim. A lagoa é minha. O bosque é meu. Preciso dormir. A noite me odeia. Sou um zumbi.

Horas depois, volto a mim, o corpo congelado, os dentes batendo, as roupas encharcadas de suor, entorpecida. Não consigo me orientar, ainda presa no nevoeiro de um sonho que persiste e foge. Quero ficar lá, mas o aqui não vai permitir. Lavo o rosto no córrego frio, passo as mãos pelo cabelo. Minha carne me enoja. Tenho de ir para casa. Nunca posso ir para casa.

EU ME APROXIMO do acampamento com cautela, rondando os arbustos do lado de fora da despensa. Meu único objetivo é a invisibilidade — rastejar, achar um buraco, me arrastar para dentro dele, fechar bem os olhos, não ver nada a não ser moscas. O furgão de Leo se foi. Minha mãe está sozinha na cozinha preparando o jantar. Observo-a por entre a minha cortina de folhas. Está cantarolando, enchendo uma panela grande com água. Dou um passo na direção dela. Ela ergue os olhos, alerta, como um cervo, como se sentisse minha presença. Fecha a torneira, vai até a janela, espia o lado de fora. Espero até que vire de costas antes de sair da floresta, entrando pela porta dos fundos.

— Aí está você! — diz. — Não vi você o dia todo. Estava começando a me preocupar.

— Caminhei até a cidade.

— O seu amigo Jonas apareceu mais cedo.

— Onde está todo mundo?

— Leo e Conrad foram até o mercado. Esqueci a cerveja. Vamos comer tacos de anchova.

— Acho que vou pular o jantar. Estou com uma dor de estômago horrível.

Minha mãe parte um repolho no balcão, parece uma pilha de ossos verde-claros.

— Mãe?

— Humm — diz, sem se virar.

— Preciso contar uma coisa para você.

— Você pode pegar o *sour cream* para mim?

Ela limpa a lâmina da faca com um pano de prato e pega uma pilha de salsinha lavada. Dá uma sacudida rápida.

— *Manhê.*

— Não me chame assim, por favor, você sabe que odeio.

Ouço um carro vindo pela estradinha.

— Ah, que bom. Eles estão voltando. Posso pôr as anchovas na grelha.

Ela derrama um pouco de azeite em uma panela de ferro fundido e joga alguns dentes de alho amassados dentro.

— Vamos lá, conte.

As portas do carro batem.

— Acho que estou com febre.

Ela sente minha testa com as costas da mão.

— Você *está* um pouco quente. — Ela vai até a pia e enche um copo de água. — Tome. Vou levar algumas aspirinas assim que adiantar o peixe.

Desço a trilha na direção da minha cabana, fico do lado de fora com medo de entrar, com medo do que vou encontrar.

O estranho é que nada mudou. Não há vestígios da violência, nenhum cheiro do medo. Meu chão amarelo é brilhante e alegre. Minha mãe deixou uma pilha de lençóis de algodão recém-lavados e fronhas florais na ponta do colchão. Nada mudou, exceto eu.

FICO NO QUARTO por quatro dias, trêmula, chorando, conseguindo evitar Conrad todo esse tempo. À noite, tranco a porta, coloco uma cadeira na frente dela. Minha mãe acha que peguei uma infecção intestinal. Enfio o dedo na garganta, me forço a vomitar na lata de lixo qualquer comida que ela me traz. Dou descarga muitas e muitas vezes, fingindo diarreia. Ela mantém todos afastados da minha cabana.

— A última coisa de que a gente precisa é você infectando os outros.

Ela me traz tigelas de caldo de galinha com arroz e compressas frias. Não é uma pessoa calorosa, mas sempre foi uma excelente enfermeira. Todos os dias Jonas vem fazer uma visita, mas ela o manda de volta.

Segunda-feira de manhã, no primeiro dia das aulas de vela, tenho uma recuperação milagrosa. Minha mãe não sabe se me libera, mas prometo ligar para casa se me sentir mal. A brisa do mar vai me fazer bem, digo. Ela me leva até o Iate Clube na baía e me deixa na doca.

— Leo vai estar aqui às cinco para pegar você.

— Pensei que você ia vir me buscar.

— Leo já vai estar na rua. Ele está indo com Conrad até Orleans para comprar calções de banho novos. Os que ele trouxe não servem mais na cintura, aparentemente.

— Por que Conrad precisa de calções? Ele quase nunca entra na água. Não quero passar mal no carro com Leo...

Minha mãe suspira.

— Tá. Cinco horas.

Fico olhando o carro se afastar antes de descer a rampa do barco. Meu corpo parece estranho para mim, fraco, transparente. Mas estou feliz por estar longe do acampamento, longe dele, em um lugar seguro.

Um grupo de crianças está parado na doca, esperando por nosso instrutor. Atrás delas, as pernas balançando na água, Jonas está desenhando algo que chamou a atenção dele no porto.

— Ei — diz, como se a gente tivesse acabado de se ver ontem.

— Ei, desconhecido. O que está fazendo aqui?

— Aprendendo a navegar.

Paro a poucos metros dele, com medo de que vá farejar a vergonha em mim, mas ele salta, um sorriso enorme no rosto, e vem me dar um abraço apertado. Estou chocada com quanto ele mudou — ainda é bronzeado e desleixado, ainda não usa camisa, mas parece bem mais velho do que catorze anos. Deve ter mais de um e oitenta de altura, e ficou muito bonito. Por um momento, enquanto nos abraçamos, me sinto estranhamente tímida. Gostaria de ter lavado o cabelo.

— Você parece diferente — comento, afastando-o. — A mesma merda de bermuda.

Ele ri.

— Uns dez tamanhos maiores, mas, sim, você me conhece: uma criatura de hábitos. Como você está?

Sou salva da desonestidade pela chegada do instrutor de vela, que grita para pegarmos um colete salva-vidas e subir a bordo, três em cada barco. Cinco barcos Sunfish estão atracados na baía. Parecem balinhas, as velas listradas em verde, turquesa fosforescente, laranja, vermelho e lavanda.

— Espero que não se importe que eu esteja aqui — diz Jonas, enquanto subimos a bordo. — A sua mãe me disse que você se inscreveu. Recebi todos os seus cartões-postais. Obrigado.

— Tá de brincadeira? Claro que estou feliz em ver você. — E estou mesmo.

— Você também está diferente.

— Tive intoxicação alimentar.

Sou uma Intocável. Ele me analisa por um momento.

— Não. Não acho que seja a diarreia.

— Que nojo!

— De fato.

— Acho que estou mais gorda.

— Não é isso. Você está mais adorável do que nunca.

— Você está mais ridículo do que nunca — digo, dando uma risada. Mas fico feliz que ele pense assim.

Uma garota mais velha sobe no barco e se espreme entre a gente.

— Sou a Karina. Fiz isso ano passado.

Ela toma conta da escota da mestra. Empurra a gente para o lado.

Navegamos para a baía agitada. Atrás de nós, um barco vira. Alguém fica no patilhão e o endireita. A vela molhada bate contra o mastro. As crianças saem dali encharcadas e felizes, torcendo água das camisetas.

Puxam a retranca, agarram a corda. O instrutor manobra para a frente e para trás em torno do nosso grupo de barcos em um pequeno esquife branco com um motor de popa.

— Mudança de rumo! Vento difícil! Prestem atenção na escota! Puxem a corda!

— Ele está falando mandarim ou grego antigo? — brinca Jonas. — Não consigo decifrar.

Rimos, mas em uma hora Jonas já está capitaneando o barco como um profissional, afastando a mandona Karina, gritando comigo para alterar o ângulo de giro, fazer os nós, mover o peso corporal. As velas balançam, viramos e disparamos, diminuímos a velocidade até parar. Nada disso importa. Estou feliz por estar respirando. Feliz por estar aqui com Jonas. A salvo de Conrad. Consigo fazer isso, penso enquanto navegamos cada vez mais para longe. Consigo sobreviver a isso. Ninguém precisa saber. Vou colocar uma faca de cozinha embaixo do colchão. Se me tocar de novo, vou matá-lo. Só de pensar nisso fico animada. Fecho os olhos e deixo o vento salgado crispar meu rosto.

CAPÍTULO 17

Julho

Domingo. Nosso dia de folga das aulas. Jonas e eu planejamos um piquenique na praia. Vamos fazer a travessia de canoa e andar até o mar para que Jonas possa pescar no caminho para casa. Estou na cozinha fazendo sanduíches de presunto e queijo Muenster quando ele chega. Tenho um pote de picles com endro já embalado na cesta, uma garrafa térmica com chá gelado. Acrescento um saco de cerejas, alguns guardanapos de papel e um saquinho de biscoito Milano. Jonas se inclina no balcão e observa enquanto passo o papel encerado em volta dos sanduíches, fazendo dobras caprichadas.

A porta de tela se abre e se fecha com força. Conrad se senta à mesa da varanda. Vou até a despensa e enfio a cabeça na geladeira, fingindo estar procurando alguma coisa.

A porta da minha cabana ficou trancada todos os dias desde aquela noite, mas comecei a me sentir segura à luz do dia, desde que a gente não esteja a sós. Desde que eu nunca, jamais, olhe para ele. Eu me tornei um cavalo com antolhos. Conrad finge agir como se nada tivesse acontecido, mas tem sido excepcionalmente solícito — puxando minha cadeira à mesa do jantar, tornando a encher meu copo de água. "Um perfeito jovem cavalheiro", diz minha mãe, sorrindo para ele.

— Olá, Conrad — diz Jonas.

— O que tá rolando? — resmunga Conrad.

— Nada de mais. Elle está preparando um sanduíche para a gente levar para a praia.

— De quê?

— Presunto e queijo.

— Talvez eu vá com vocês.

— Certo — responde Jonas.

O pote de mostarda que estou segurando escorrega da minha mão e se espatifa no chão, manchando de amarelo dijon tudo em volta.

Eu me abaixo e recolho os cacos de vidro.

— Você está bem? Você se cortou? — pergunta Jonas, entrando na despensa para me ajudar.

— Estou — murmuro. — Só vidro e mostarda por todo lado.

— Conrad quer vir com a gente.

— A gente não consegue acomodar três pessoas na canoa.

— Posso pescar mais tarde. Os robalos não têm muitos lugares para ir.

— Você devia ter me perguntado primeiro.

— O que eu podia fazer? Dizer "Espere um instante enquanto vou perguntar a Elle se ela quer que você venha? Foi mal, ela disse não"? Isso teria sido um tantinho estranho, para dizer o mínimo.

— Preciso de jornal molhado e uma vassoura — disparo.

— Tem certeza de que você está bem?

— Estou legal — respondo, lhe dando as costas. — Pare de perguntar.

Pegamos a trilha que vai do acampamento à praia, andando em fila indiana pelo bosque — Conrad, Jonas, depois eu.

Jonas mantém uma conversa fiada com Conrad. Desacelero e deixo eles seguirem em frente. Quando estão fora de vista, me dobro com ânsia de vômito. Estava errada. Não consigo fazer isso. Não consigo ficar com ele. Sorrindo, nua exceto pelo biquíni, nadando, sabendo. Sabendo que ele sabe. O pânico que sinto é como uma serpente deslizando para fora da minha boca.

Em algum lugar mais adiante Jonas está me chamando.

— Bati o dedo do pé! — explico. — Já alcanço vocês.

Quero dar meia-volta e correr para casa, me trancar no quarto. Em vez disso, fecho os olhos e decido me acalmar, seguir em frente. Já percorri esta trilha tantas vezes que reconheço cada raiz, cada árvore. Sei que, quando virar a próxima curva, vou ver videiras selvagens subindo pelas árvores e por arbustos, cachos das doces uvas Concord pendendo dos loureiros, plantações remanescentes de cem anos atrás, quando esta colina arborizada ainda era uma fazenda. Sei que, além das vinhas, a trilha vai se alargar e ficar mais íngreme. Vou chegar ao cume da colina e descer em uma depressão entre as dunas, onde um antigo atalho corre paralelo ao mar. Mais longe, no topo da próxima duna, vou chegar a uma cabana de madeira, em ruínas mas ainda de pé, construída durante a guerra como um posto de observação para a aproximação de submarinos alemães. Anna e eu brincamos ali com nossas bonecas quando éramos pequenas. Vou ficar ali, olhando para o oceano imenso, o meu oceano. Conheço este lugar. Este é o meu lugar, não o dele.

A praia é linda e ampla. Maré baixa. Conrad já está até os joelhos na água, chapinhando. A pele das costas dele é de um branco brilhante em contraste com o calção vermelho feioso. Há um punhado de acne em seus ombros. Vasculho o oceano, procurando melancólica por uma barbatana de tubarão. Desço correndo as dunas íngremes, deixando a toalha pender atrás de mim como uma capa.

Sento a poucos passos de Jonas.

— Ei. — Ele dá um tapinha num espaço ao lado dele na toalha, mas ignoro.

Conrad mergulha sob uma onda e tomba. As pernas gordas dele apontam para fora da água como dedos de um gigante fazendo o sinal da paz, antes de o mar terminar por endireitá-lo.

— Vocês dois brigaram feio?

— Não. Só o de sempre: ele é um imbecil e eu o odeio.

— Então por que está agindo como se estivesse zangada comigo?

— Não estou agindo como nada. Você arruinou um dia bacana. Nada de mais.

— Não arruinei o dia, Elle. Está lindo, perfeito. Olhe aquela água. Até Conrad está feliz por estar aqui.

— Bem, graças a Deus por isso. — Fico de pé. — Vou dar uma caminhada pela praia. Vocês dois se divirtam. Não tem sanduíches suficientes para nós três.

— Você pode ficar com o meu se prometer parar de agir como uma doida.

— Não fale tão alto.

Vou até a beira da água pisando duro, me odiando. Conrad destruiu a lagoa, destruiu o Palácio de Papel, me destruiu. Mas não vou deixar ele ficar entre mim e Jonas, manchar a única coisa que ainda é minha com a tinta preta de lula dele.

Conrad está pulando ondas, de costas para mim. Estendo a mão até a linha da água, pego uma pedra preta de sílex muito dura e lascada — meu coração, penso, enquanto arremesso-a na direção dele com toda a força, mirando a cabeça. A pedra não o acerta e desaparece no mar a um metro dele. Sempre tive o braço fraco e odeio isso. É uma fraqueza que os outros conseguem enxergar. Olho para baixo, procurando uma pedra melhor. Toda vez que a maré recua, centenas de buraquinhos aparecem na areia lisa e úmida onde os moluscos se enterraram às pressas, se escondendo da gaivota de visão aguçada mais acima. Acho a pedra perfeita: cinza, do tamanho de uma tangerina, com uma listra branca em relevo no centro. Quando fico de pé, Conrad está olhando para mim. Coloco a pedra no bolso para mais tarde e me afasto, seguindo a beira do mar até estar tão longe dele que, quando olho para trás, ele não é nada além de um pontinho insignificante.

QUANDO CHEGO em casa da praia, Jonas está esperando nos degraus da minha cabana, algo escondido nas mãos.

— Olhe — Ele está segurando uma perereca do tamanho de um botão.

— Fofa. — Passo por ele e abro a porta da cabana com um empurrão. — Tenho quase certeza de que ela está mijando em você. Elas fazem isso sempre que são pegas.

— Sim. É uma reação instintiva ao medo.

— Então, vejo você amanhã, acho.

— Elle, espere. Sinto muito.

Ele põe a perereca no chão e fica olhando enquanto ela salta para longe.

— Pelo quê?

— Não sei. Você está tão zangada comigo. Por favor, não fique zangada. Já não fui punido o suficiente? Aquele cara só fala de luta livre e Van Halen, meus dois assuntos menos favoritos.

Ele parece um garotinho. Eu me sinto péssima. Nada disso é culpa dele, mas não há nada que eu possa dizer que o faça entender, porque não há nada que possa ser dito.

— Podia ter sido um grande sucesso — digo, e me sento ali ao lado. — Me desculpe por ter sido má.

TRÊS SEMANAS nas aulas de vela, Jonas e eu somos promovidos de um Sunfish para um Rhodes. Cada um de nós recebe um pequeno distintivo para aplicar na roupa com ferro quente. Jonas é um marinheiro nato, mas sou um segundo imediato decente, e me sinto em paz quando estou na água com ele. No geral, o barco comporta seis pessoas, mas o nosso instrutor quer que a gente seja "autossuficiente", capaz de navegar com uma tripulação de duas pessoas. Então, hoje, Jonas e eu vamos formar uma dupla. Chuviscou a manhã toda e estamos longe da baía com capas de chuva de um amarelo brilhante. O vento está instável, mudando de direção a cada dez segundos. Já fui atingida pela retranca tantas vezes que até Jonas para e ri de mim.

— Isso é ridículo! — grito.

— Concordo. Vamos voltar.

Ele ajusta a escota e tenta uma mudança de rumo, mas o vento se recusa a cooperar. Nosso barco balança na rebentação, a vela abanando frouxa.

— A gente devia pedir um reboque — sugiro. Nosso instrutor vai vir nos buscar se precisarmos dele.

— De jeito nenhum. É a nossa primeira vez navegando em dupla. Vai melhorar.

Em vez disso, a chuva começa a despencar tão forte que meus ouvidos se enchem com a água pingando do cabelo. Já não consigo enxergar a doca. Ali perto, na neblina, nosso professor está rebocando outro barco.

— Vou chamar ele.

— Dê mais cinco minutos.

— Estou morrendo de frio.

Ele se levanta e se atrapalha com a vela.

— Certo. Cinco.

Puxo a gola para cima e me agacho no casco.

Jonas se inclina contra o mastro, olhando a chuva como se estivesse procurando por respostas.

— No que está pensando? — pergunto.

Uma gaivota sai voando da névoa e pousa na proa. Ela inclina a cabeça e olha para Jonas, sem piscar. Jonas desvia o olhar primeiro.

— Não quero que você fique zangada.

— Não vou ficar.

Ele se senta a meu lado com um suspiro resignado.

— Você e Conrad alguma vez, sabe, fizeram alguma coisa juntos?

— Fizeram alguma coisa? — Cuspo as palavras. — Que tipo de coisa? O que isso quer dizer? Por que está me perguntando isso?

— É só que ele disse algo naquele dia depois que você saiu da praia.

Eu me preparo.

— O quê? O *que* ele disse?

— Disse que você deixa ele te apalpar. Disse que você curte. E que eu não devia ter muitas esperanças.

Uma risada histérica escapa da minha boca. Minha traqueia começa a se fechar sozinha.

— Isso é tão nojento.

Ele ri, aliviado.

— Bem, tecnicamente vocês não são parentes, mas pensar nisso me fez querer vomitar.

— Qual o problema desse garoto? Odeio tanto ele. Ia morrer antes de deixar ele me tocar — digo, a voz tremendo.

— Na verdade, nunca pensei que você tivesse deixado.

Não quero chorar na frente de Jonas, mas as lágrimas começam a escorrer contra a minha vontade.

— Elle, deixa pra lá. Ele só estava brincando, sendo um idiota. — Ele pega a barra da camiseta e seca a chuva e as lágrimas das minhas bochechas. — Então, posso ter esperanças de novo?

— Sou muito velha para você — digo, embora não tenha certeza se acredito em mim mesma.

— Sei que você acha isso, mas está errada.

— E você é bom demais para mim. — Isso eu sei que é verdade.

Ele enfia a mão na capa impermeável, tira um Peppermint Patty amassado e o parte ao meio.

— Almoço?

Há algo tão doce em tudo que ele faz, algo no gesto dele que parte meu coração e me faz chorar de novo.

— O quê? Você detesta menta?

Um soluço explode em mim, metade riso, metade dor. Conrad me roubou tudo. Nunca mais vou voltar a ser doce. Nunca mais vou voltar a ser limpa. Sempre imaginei que minha primeira vez ia ser com alguém que amasse. Alguém como Jonas. Estou soluçando descontroladamente, todo o terror e a vergonha que represei jorrando de mim em convulsões e engasgos intensos.

— Elle. Pare, certo? Sinto muito por ter tocado no assunto. Sou um idiota.

Tento me controlar, recuperar o fôlego, mas quanto mais tento, mais choro. O nevoeiro do mar se intensifica, fica tão denso que abafa meus soluços, transforma nós dois em espectros.

— Ele gosta de me depreciar. A gente sabe disso. Eu não deveria ter dito nada. Por favor, pare de chorar.

Quero lhe contar tudo para aliviar esse fardo, mas não posso. Ele mal tem catorze anos, e tenho de carregar sozinha esse bando de corvos dentro de mim. As feridas dentro de mim vão cicatrizar e se curar, porém disformes. E da próxima vez vou estar preparada, armada com mais do que anticoncepcionais. Ao longe, ouço o toque de um sinal de alarme.

— Devemos voltar — consigo expelir através do muco, das lágrimas e dos soluços.

— Elle, não entendo. Por favor, pare de chorar. Não é como se fosse verdade. — Ele está angustiado, confuso. — Aconteceu alguma coisa que você não está me contando?

Fico olhando para os meus tênis molhados. Uns três centímetros de água do mar se acumularam no fundo do barco. Dou umas pisadinhas, espalhando pequenos respingos, limpo o rosto na manga da capa de plástico.

Sinto ele me examinando, tentando pesar as coisas.

— Conrad machucou você?

— Não — sussurro.

— Jura pela sua vida?

Aceno com a cabeça, mas meu rosto deve ter me traído, porque de repente o corpo de Jonas murcha, como se a lâmina afiada da descoberta tivesse removido os ossos dele.

— Ah, Deus.

— Você não pode dizer nada. Nunca. Ninguém sabe.

— Elle, prometo, ele nunca mais vai tocar em você.

Solto uma risada, mas o som é amargo, falso.

— Isso foi o que prometi para mim mesma depois da primeira vez que ele entrou no meu quarto.

Uma grande sombra passa debaixo do barco. Paira por um momento antes de deslizar para as brumas. Nosso barco balança com suavidade enquanto conto tudo para Jonas.

CAPÍTULO 18

Agosto

Os dias mais bonitos do verão vêm logo depois de uma chuvarada forte. Cúmulos brancos flutuam em um azul profundo, o ar tão fresco que dá para beber. Hoje é um desses dias. A tempestade de ontem lavou os céus. Acordo depois de ter esquecido — posso até estar sorrindo, antes de a memória retornar e eu desejar desaparecer. Um galho estala do lado de fora da cabana, os degraus cedem com um rangido oco. O rosto da minha mãe aparece na porta de tela.

— Por que isso está trancado? — indaga ela, sacudindo a maçaneta.

— Ela prende, às vezes...

Fico de pé num salto e abro a porta.

— Guarde essas coisas, por favor. — Ela joga uma pilha de roupa recém-lavada e dobrada na minha cama. — Leo achou que ia ser divertido levar o velho barco do meu pai para passear hoje.

O barco a vela do meu avô fora deixado em um reboque na parte inferior da nossa entrada, acumulando agulhas de pinheiro durante todo o verão.

— Estamos pensando em onze horas mais ou menos para a maré subir, então levante-se. Sem enrolação.

— Acho que vou pular essa, se estiver tudo bem. Não estou no clima.

— Leo quer um dia em família. Podemos fazer um piquenique e depois navegar até Point.

Point é o fim literal de Cape, uma faixa de areia cada vez menor que se curva em volta do porto largo como um abraço protetor, a barreira final entre a civilização e o oceano aberto e vasto. Do começo da costa, você pode navegar até Point, ancorar, nadar nas águas mornas e cristalinas da baía protegida, observar os caranguejos rastejando nas algas marinhas, procurar mexilhões quando a maré baixa. Mas três minutos de caminhada em torno de Point e você está de frente para o mar, nada entre você e Portugal a não ser um iate ocasional se aproximando de um porto seguro, barcos pesqueiros bem ao longe rumo às águas ricas de Stellwagen Bank em busca de atum-rabilho e linguado, as baleias saltando.

— Por que tenho de ir? Por que você e Leo não vão sozinhos? Não vai caber todo mundo mesmo. O barquinho mal dá para dois, três no máximo. E Leo é tão imenso, ele é basicamente duas pessoas já.

— Vamos dois de cada vez. Conrad está vindo.

— Nem pensar. Não vou com ele.

Ela suspira.

— Elle, estou pedindo a você que faça isso.

— É uma péssima ideia. Ele é como um gato grande e gordo.

— Não seja malvada, não combina com você.

— É verdade.

— Por que você está sendo tão desagradável? O que ele fez para você?

Minha mãe sacode a cabeça em desalento.

— Tá. Mas só se Jonas vier também.

— Já disse. É um dia em família.

— Mãe. Sério. Pense nisso. Se a gente virar na baía, Conrad vai ser inútil. Não vou conseguir endireitar o barco sozinha se a água ficar remotamente agitada. Então ou você, eu, Leo e Conrad nos esprememos dentro do barco, e nesse caso ele definitivamente vai afundar, ou preciso de Jonas para me ajudar a navegar.

— Tá... O dia está bonito demais para discutir.

Na entrada, Conrad e Leo estão tentando atrelar o reboque do barco ao carro, mas ele fica escapando das mãos deles. Eu os vejo gargalhando da própria incompetência, hipnotizados pela esquisitice da normalidade, a banalidade do cotidiano.

— Nunca peça a um saxofonista que execute o trabalho de um homem — comenta Leo quando me vê ali parada. — Venha nos dar uma mãozinha com isso. Conrad, você segura no lugar enquanto Elle coloca o pino.

Hesito, tentando pensar em alguma desculpa, mas nada surge.

— Quando quiser, Elle... Este reboque não vai engatar sozinho. — Ele me entrega o pino de metal. — Segure isso enquanto Conrad e eu levantamos.

— Pronto, fedelhos! — Minha mãe aparece, sorrindo. Ela coloca uma caixa de isopor no banco traseiro.

Conrad e Leo encaixam o reboque no lugar. Quando fica de pé, Conrad acidentalmente derruba o pino do reboque da minha mão. Ele se abaixa para pegar.

— Sinto muito, Elle — diz, a voz tão baixa que mal consigo ouvir.

JONAS ESTÁ esperando por nós no final da garagem dele, sentado na beira da estrada. Ele parece relaxado, sem camisa como sempre, mas há uma desconfiança em seus olhos, uma contração.

— Entre aí, Jonas! — diz minha mãe. — Conrad, você se espreme.

Jonas se senta ao lado dele, inclina o corpo de encontro à janela do carro, fingindo observar as árvores passarem. Nunca vi Jonas desviar o olhar de nada, nunca vi o corpo dele recuar. E sei que é porque o aprisionei — removendo o dardo do cervo de cauda branca, gramíneas silvestres saltando do tutano dele: forçando-o a conspirar, a carregar a mentira. É como se eu tivesse roubado a virgindade dele.

— Talvez a gente precise usar a vela — comento com ele —, assim a gente pode correr na frente do vento.

O BOSQUE estava encantador e calmo — só uma brisa perfeita a barlavento —, mas quando chegamos à baía o vento ficou mais forte. Ondas atravessam o porto, avariando os barcos nos ancoradouros. Quase não há ninguém na água.

Nas primeiras vezes que tentamos colocar o barco, ele é açoitado de volta para a costa antes que possamos abaixar a bolina. Conrad grita de dor quando o barco atinge a canela dele. Minha mãe observa da praia, gritando instruções inúteis.

— Isso não vai dar certo, Leo — digo. — Está muito difícil.

— Você tem razão. Mas viemos até aqui. Entrem. Um último empurrão.

— Acho que vou desistir. — Conrad está nervoso.

— Venha com a gente. Vai ser divertido — diz Jonas. Mas há uma maldade que nunca ouvi antes.

Neste momento, Leo aproveita uma pausa entre as ondas, nos empurra com força e de repente estamos oscilando, arrancando para o mar. O vento ribomba e estica a vela branca. Conrad se senta na proa, as pernas balançando na borda, deslizando na água como grossas iscas cor-de-rosa.

— Não consigo olhar para ele — confessa Jonas em voz baixa.

— Você tem que fingir que está tudo bem. Você me prometeu.

— Por quê? Como consegue falar com ele?

— Não consigo. Mas não tenho muita escolha, tenho? Eu moro com ele.

— Bom, na verdade você tem. Se a sua mãe soubesse...

— Minha mãe nunca, jamais, vai saber.

— Você não pode deixar ele se safar, Elle.

— Cale a boca... — E então grito para Conrad: — Recolha as pernas! Você pode ser mordido por um tubarão.

Jonas se afasta de mim, os lábios apertados de raiva. As ondas ondulam e sacodem nosso pequeno barco à medida que ele ganha velocidade.

Conrad se retrai para uma posição de pernas cruzadas. As solas dos pés dele estão tomadas de calos, e consigo ver as linhas fininhas de rachaduras subindo pelos calcanhares onde ele arrancou a pele morta. Ele olha para mim e sorri.

— Você estava certa. Isso é muito legal.

Ele cospe o chiclete no mar. Observo enquanto aquilo afunda na espuma do nosso rastro. Tiro uma Fresca do isopor.

— Quer uma? — Jogo a lata para Conrad.

— Valeu.

Ele puxa a tampa de alumínio e a atira pela borda do barco.

— Você não devia ter feito isso — grita Jonas. — Um pássaro pode se engasgar.

— Certo. Como se alguém pudesse me ver... — zomba Conrad.

— A questão não é essa — diz Jonas. — *Eu* vejo você.

— Acho que vou sobreviver.

— Babaca — resmunga Jonas em voz baixa.

A costa diminui atrás de nós. Mal posso distinguir minha mãe acenando da praia. Uma grande onda nos levanta e depois nos deixa cair com um baque na espuma da água.

— Jesus! — grita Conrad, enquanto a água ensopa as roupas dele. — Pensei que o objetivo de arrastar você junto era você saber velejar.

— Fique à vontade — responde Jonas, e solta o leme.

— Babaca!

Conrad se levanta e começa a se aproximar de nós.

Sinto uma mudança no mar à medida que nosso barquinho fica sem controle nas ondas.

— Jonas, por favor, não seja idiota. A estrutura vai se romper.

Ele não diz nada, mas agarra o leme.

Outra onda nos faz desabar.

— Estamos muito longe — comento. — Afrouxe a escota, ou vamos passar o Point.

— Tudo bem. Vou mudar o rumo — diz Jonas. Ele puxa as cordas e se prepara para virar. — Fique sentado, Conrad. Cuidado com a retranca!

Conrad mostra o dedo do meio para ele. Sorri para mim. Os dentes parecem chicletes.

Quando a retranca o atinge, vejo-o tombar e em seguida despencar no mar. Ele surge um momento depois, se debatendo atrás do barco.

— Pare! — grito para Jonas. — Pare o barco.

Jonas afrouxa o cabo, e nosso barco diminui a velocidade. Há um colete salva-vidas laranja no tanque, e tento desamarrá-lo, mas meus dedos se atrapalham com o nó molhado.

— Socorro! — berra Conrad, enquanto nosso barco se afasta cada vez mais dele. — Me tirem daqui!

Ele está em pânico, engasgando em busca de ar.

— Tire o moletom, ele está puxando você para baixo! — grito, lutando para soltar o colete salva-vidas.

— Jesus Cristo, sua piranha estúpida. Só jogue o treco.

— Estou tentando!

Mas me sento, anestesiada. Jonas põe a mão em cima da minha e a deixa ali, imóvel. Quando a próxima onda vem, Conrad é erguido da água, o rosto branco de terror. Ele estende a mão para mim.

LIVRO TRÊS
PETER

CAPÍTULO 19

Fevereiro de 1989, Londres.

Estou andando depressa na Elgin Crescent na direção da estação de metrô Ladbroke Grove, tentando pegar o último trem de volta para Mile End. É tarde e o ar úmido da noite está de gelar os ossos. Minha respiração produz pequenas explosões de fumaça branca enquanto corro. Bebi demais, e minha bexiga está prestes a explodir. Estou pensando em me agachar entre dois carros quando um homem corpulento surge na minha frente e me pede a carteira. Ele tem a cabeça rapada e uma suástica tatuada no pescoço. Os pubs acabaram de fechar e há pessoas caindo nas ruas, mas de jeito nenhum vou dizer não a um homem com uma faca. Entrego o dinheiro do meu bolso.

— Seu anel — ordena.

— Mas ele não vale nada.

— A porra do anel, vadia — diz, e me dá um soco no estômago.

Eu me dobro para a frente. Há um balão atravessando o interior da minha cabeça dizendo "Pare de ser idiota", mas de alguma forma parece que não consigo conectar o pensamento à ação.

O homem agarra minha mão e torce o anel para tentar tirá-lo do meu dedo.

— Vá se foder! — digo, e cuspo na cara dele.

Ele limpa o rosto com a manga antes de me dar um tapa com as costas da mão com tanta força que meus dentes chacoalham.

Mereço isso.

Agosto de 1983, Back Woods.

Três dias depois, o corpo de Conrad aparece na praia, a alguns quilômetros da costa. Uma mãe, moradora do lugar, e os dois filhos pequenos dela o encontram. De início, acham que o cadáver inchado é de uma foca. As orelhas foram mordiscadas por caranguejos. Estou na minha cabana debaixo de um cobertor, me escondendo do choro de Leo, quando a porta se abre e Jonas entra. Está tremendo, o rosto pálido. Engatinho para fora do cobertor e o abraço com força. Descanso a cabeça no ombro dele. Não consigo enxergar seu rosto, mas não importa. Sei que está chorando, porque também estou.

— Sinto muito — sussurro. — Sinto muito.

Ficamos sentados assim por um bom tempo, nos abraçando em silêncio, o coração de Jonas batendo contra o meu.

— NINGUÉM nunca pode saber — diz Jonas. — Juramento de sangue.

— Ninguém — repito.

Há um alfinete de segurança na minha cômoda. Espetamos os polegares, cada um espreme uma gota de sangue, e pressionamos um contra o outro.

Jonas limpa a mão na bermuda. Procura no bolso e tira um anel de prata com uma pedra de vidro verde e o coloca na palma da minha mão. Aperto os dedos com força em torno dele. É gelado, uma das pontas de metal que seguram o vidro machuca a minha linha da vida.

— Amo você, Elle.

Deslizo o anel no meu dedo anelar e coloco a mão na dele.

Também o amo.

NO VERÃO seguinte, Jonas não vem a Woods. Ele está indo para um acampamento no norte do Maine, diz a mãe em uma voz seca quando telefono para a casa dele. Jonas só me escreve uma carta naquele verão. Os borrachudos são terríveis, conta, mas está aprendendo a fazer uma canoa com casca de bétula. Viu um alce gigante. Disse que existe um tipo de urso chamado de "beiçudo". Há pargos no lago. Ele sente a minha falta mais do que tudo, mas é melhor assim. E, embora saiba que ele tem razão, e que fui eu quem fez isso com a gente, me sinto arrasada, abandonada. Como se ele tivesse escolhido o acampamento *em vez* de mim, não *por causa* de mim.

Fevereiro de 1989, Londres.

Tropeço no chão, babando um bocado de sangue na calçada.

— Já cansei de você, sua merda — diz o homem.

Tiro o anel de Jonas do dedo e o estou entregando quando alguém sai das sombras atrás dele.

— Ei! Pare com isso.

— Vá se foder, seu verme — retruca o Cara de Porco, e então desaba no chão na minha frente.

Um homem está parado acima dele, parecendo levemente chocado. Está segurando uma chave de roda.

— Tinha isso no porta-malas — conta, acenando com a cabeça na direção de um Rover amassado estacionado atrás dele.

Ele é alto e magro, vinte e tantos anos, talvez, está vestido com uma jaqueta de veludo cotelê roída pelas traças e um cachecol de lã fininho em uma noite gelada de fevereiro. Ingleses sempre insistem em agir como se o clima não existisse. Começa uma chuva torrencial e eles só erguem a gola. Quando me levanto, noto que os brogues de couro marrom dele parecem feitos sob medida.

— Talvez seja melhor a gente dar o fora daqui — sugere. — Ele vai ficar um pouquinho zangado quando acordar. Posso acompanhar você?

— A gente não devia chamar a polícia?

— Ah... — Ele sorri. — Americana. Isso explica a estupidez de zanzar pelas ruas de Londres sozinha à noite.

Ainda não recuperei o fôlego por completo, mas consigo rosnar:

— Talvez eu esteja mais segura aqui com ele.

— Certo, então. Como quiser.

Ele pesca um maço de Rothmans do bolso da jaqueta, acende, larga a chave de roda no porta-malas e o fecha com força.

— Tem certeza de que não quer uma carona para algum lugar? Ah, puta que pariu. Ele tira uma multa de estacionamento do para-brisa.

Cara de Porco ainda está inconsciente a meus pés, mas começa a gemer. Fico olhando, fascinada, enquanto uma nuvenzinha branca em formato de fiozinho fino sai da boca frouxa como fumaça de cigarro. Fico tentada a dar um chute nele.

— Você é um assassino que usa machado?

Ele ri.

— Sim, mas não hoje à noite. Está muito frio.

— Na verdade, uma carona cairia muito bem.

— Peter.

E estende a mão.

Agosto de 1983, Memphis, Tennessee.

O funeral é em Memphis. Minha mãe é apresentada à ex-mulher de Leo à sombra de uma velha magnólia ao lado de uma cova aberta. Vejo gotas de suor escorrendo pelo pescoço do padre até o colarinho branco duro, uma lágrima descendo pelo rosto de Leo. Ele executa uma marcha fúnebre no saxofone enquanto o caixão de Conrad é baixado para o solo úmido. No meio, o fôlego dele falha. Meus olhos estão secos. Sei que devia chorar, até desejo chorar, mas não posso. Não tenho direito. A ex-mulher olha para mim com ódio, e tenho certeza de que ela sabe. Ela está usando meia-calça cor da pele e escarpins. Abraça Rosemary, pálida e de olhos esbugalhados, com força contra o vestido de algodão preto fino. Rosemary sorri para mim e dá um pequeno aceno, como se tivesse acabado de me enxergar na arquibancada em um jogo de basquete. Os joelhos da mãe dela cedem. Rosemary a equilibra e desvia os olhos.

Mais tarde, Leo leva minha mãe, Anna e a mim para um almoço rápido em um restaurante chinês, onde todos os pratos estão cheios de palmito e nenhum de nós fala. Às três da tarde, nós o deixamos na antiga casa dele para a recepção. Ela é levemente decadente — tábuas de madeira brancas com uma varanda coberta sustentada por grandes colunas. Ordem coríntia, comenta Leo, distraído. Parecem chiques demais para a casa, muito esperançosas, e isso me deixa triste. No jardim da frente, há dois resedás, o chão abaixo deles atapetado com flores que caíram e se transformaram em pedacinhos de papel colorido. Ao lado da porta da frente, está um porta-guarda-chuvas em forma de crocodilo com a boca bem aberta. Não consigo imaginar Leo morando aqui algum dia.

Minha mãe dá um aperto na mão de Leo.

— Tem certeza de que não quer que eu entre com você?

— Melhor não. Preciso de um tempo com elas.

Ela assente.

— Quando devo buscar você?

— Vou pegar um táxi até o hotel.

Ficamos sentadas no carro alugado e o observamos desaparecer na casa de madeira caindo aos pedaços. Consigo ouvir um ventilador zumbindo lá dentro. Alguém está soluçando. A porta de tela bate com força atrás dele.

Estamos quase chegando ao hotel quando minha mãe sai da autoestrada e entra em um centro comercial.

— Preciso fazer uma paradinha — diz. Ela entrega cinco dólares para mim e cinco dólares para Anna. — Divirtam-se.

Ficamos paradas no ar úmido do fim da tarde e observamos ela desaparecer na farmácia.

Anna parece perplexa.

— O que a gente pode fazer com dez dólares num centro comercial em Memphis?

— Sorvete?

— A última coisa que preciso é de mais calorias. Prefiro morrer.

— Que bacana.

— O que foi? Você quer engordar?

— "Prefiro morrer"?

Ela me olha sem expressão.

— Muito sensível — comento.

— Ah. Certo. Merda.

Por um segundo, o rosto dela congela. Então, começa a rir. De repente, estou rindo também, uma histeria aguda, tão forte que, por fim, lágrimas escorrem pelo meu rosto.

— Meninas?

Minha mãe caminha até nós. Ela está carregando uma pequena sacola de papel branco. O lindo rosto dela parece cansado, esgotado.

— Se importam de compartilhar a piada? Estou precisando dar uma boa gargalhada.

"DEVE TER sido uma semana antes de Conrad morrer", ouço minha mãe falando ao telefone no quarto. "Não fizemos amor desde então."

Estamos de volta a Nova York por alguns dias. A cidade está pegajosa. O fedor de banana vomitada do lixo apodrecido se eleva das ruas. Não importa o que a gente faça, acabamos com grandes marcas de suor nas camisetas debaixo dos braços. Os aparelhos de ar-condicionado pingam água rançosa nas calçadas logo abaixo. Nosso apartamento está sufocante e coberto de poeira e bolas de naftalina e o cheiro doce das baratas nas paredes. Todo mundo odeia estar aqui, mas Leo não pode voltar para a lagoa. Ele se culpa pelo acidente: foi ele que insistiu para velejarmos naquele dia, embora as ondas estivessem muito fortes. À noite, os pensamentos dele e a culpa que sente são despejados em espiral. Ele anda de um lado para outro na sala de estar, uísque na mão, berrando com minha mãe, um disco quebrado de "e se", procurando respostas que não consegue encontrar. Por que não fiz ele usar um colete salva-vidas? Por que o colete estava amarrado com um nó duplo? Como ninguém notou? Conrad viu a onda que o pegou? Ele sabia?

— Não — digo, minha garganta se comprimindo. — Ele não esperava por aquilo.

Agora que Conrad se foi, Anna tem o antigo quarto dela de volta. Toda vez que Leo passa por ali, ele a olha como se a presença dela fosse uma traição.

— Preciso tirar meu rabo daqui e voltar para a escola — comenta Anna. — É como se a gente morasse num necrotério com uma cabra raivosa.

Não faz nenhum sentido, mas entendo o que ela quer dizer.

— NÃO ME peça isso! — grita Leo. — Não consigo suportar. Não consigo suportar.

— A culpa não é minha — argumenta minha mãe.

A porta do quarto deles está fechada, mas consigo ouvir a gritaria através da parede do meu quarto. Há um estrondo e, em seguida, o som de vidro se quebrando.

— Se livre disso! — berra Leo.

— Pare! Pare! Esse era o abajur da minha avó.

— Que a sua avó se foda.

— Por favor. Amo você.

A porta do quarto se abre e Leo passa por mim pisando duro, sai correndo do apartamento, sai do edifício para a noite quente. Minha mãe soluça no quarto dela. Eu me obrigo a escutar até que, incapaz de aguentar mais um segundo, coloco o travesseiro sobre a cabeça.

Cinco semanas depois, Leo nos diz que está se mudando. Ele arruma as malas, pega o saxofone e dá um beijo de despedida em minha mãe.

— Não vá. Por favor, não vá — implora ela.

Ela fica ali, segurando o braço dele, já solitária, antes mesmo de ele ir embora. Quando a porta se fecha atrás dele, ela vai até a janela e espera até ele aparecer, observa-o se arrastar devagar pela rua, para longe dela. A barriga dela já está começando a aparecer.

Maio de 1984, Nova York.

O bebê morre durante o parto. O cordão umbilical se rompe e ele não consegue respirar, sufocando no líquido amniótico. Tentam de tudo para salvá-lo. Arrancam e puxam, rompem a parede vaginal, o períneo. Médicos gritam, enfermeiras correm. É um menino. Minúsculo e azul, como uma criança de Picasso. Leo desapareceu e não deixou nenhum número para contatá-lo, então nunca fica sabendo que os dois filhos dele se afogaram.

Meu pai me acompanha ao hospital para buscar minha mãe. Ele empurra a cadeira de rodas dela até o meio-fio, com cuidado para não passar em nenhuma saliência. Há um táxi da Checker esperando por nós. A bolsa do enxoval da minha mãe com roupas de bebê lavadas e dobradas está pendurada na parte de trás da cadeira de rodas. Ela não percebe, enquanto nos afastamos no táxi, que meu pai a deixou pendurada lá. Pela janela de trás, vejo a bolsa balançar de um lado para outro até parar.

As flores de cerejeira estão se abrindo ao longo da Quinta Avenida, banhadas de sol.

— Amo esta época do ano — diz minha mãe. — A gente devia fazer um piquenique. Podemos fazer sanduíches de pepino.

Os olhos dela estão vazios.

— Primeiro, vamos levar você para casa — responde meu pai. — Elle fez sopa, e coloquei um abacate e um pé de alface Boston na geladeira. Vou sair rapidinho depois de acomodarmos você para comprar uma garrafa de uísque. Todos nós precisamos.

— Preciso achar Leo. Preciso contar a ele.

— Sim. Estou cuidando disso — responde meu pai.

Há algo diferente na voz dele, uma autoridade e uma ternura que não reconheço. Enquanto o táxi acelera rumo a nossa casa, me ocorre que, pela primeira vez na vida, tenho pais.

Há um pedaço de chiclete grudado na parte de trás do banco do motorista, pressionado ali com uma impressão digital ressecada. Observo as lágrimas escorrendo pelas bochechas de minha mãe. Quero abraçá-la, mas não o faço.

O taxímetro sobe devagar.

— Você acha que isso teria acontecido se ele tivesse ficado? — indaga minha mãe. O cabelo dela está achatado e o rosto forte e bonito, inchado e vermelho.

Meu pai pega a mão dela e diz:

— Não seja ridícula. Fizeram tudo o que podiam. Não é culpa de ninguém.

— Tem de ser — responde ela.

E eu sei que ela está certa.

CAPÍTULO 20

Fevereiro de 1989, Londres.

A meio caminho de Mile End, peço a Peter que encoste para eu poder fazer xixi. É Londres, que se traduz como: toda porra de lugar na cidade está fechada depois das onze horas.

— Você pode esperar cinco minutos? — pergunta.

— Se eu pudesse esperar, não estaria sugerindo abaixar as calças na frente de um completo estranho para mijar na rua.

— Certo. Entendido. Encantador. — Peter encosta o carro em uma rua estreita de paralelepípedos. — Pode ir, então.

Eu me agacho atrás de uma árvore, rezando para ninguém olhar pelas janelas da casa geminada atrás de mim. Minhas coxas brilham brancas na luz fraca de um poste de luz. Dou um leve gemido, o estômago doendo pela surra do Cara de Porco. Uma poça se forma abaixo de mim no solo congelado. Tiro os pés do caminho para proteger os sapatos. Nunca senti um alívio tão autêntico. Quando me levanto para erguer a calça jeans e a calcinha, Peter está me olhando do carro. Ele ri quando pego ele me observando e cobre os olhos em um arremedo de embaraço.

17h45

Minha mente está ocupada com fantasias — a pungência doce e brutal do dia. Parece que não consigo me livrar delas. Nadar até o outro lado da lagoa, até em casa, lavou Jonas de mim, mas ele está aqui, preso dentro de minha cabeça, enquanto fico de pé diante do fogão da cozinha de maiô molhado e com a toalha, esperando a chaleira ferver. Vejo a mim mesma borboleteando para longe dele, deixando-o para trás na praia. O rosto ferido. No âmago fundo da lagoa, onde a água verde-clara escurece, parei para recuperar o fôlego, chapinhando na água, com medo de olhar para trás e vê-lo parado ali, com medo de nadar para casa, para Peter, para minha vida.

— Você tem que ser um completo pé no saco — diz minha mãe, pegando uma lata preta antiga de chá Hu Kwa da prateleira. — Você e Jonas ficaram fora durante horas. Estávamos prestes a enviar a Caravana Donner.

— Não sei muito bem o quanto isso teria sido útil — respondo. — E não foram horas. A gente andou para dar uma olhada rápida no mar. A luz da tarde estava tão bonita.

— Hoje é noite de lua cheia — comenta.

Atrás de nós, Peter e as três crianças estão jogando Parcheesi. Olho para ver se Peter está ouvindo, mas ele acabou de jogar os dados e está ocupado tentando criar um bloqueio.

— Ninguém lá? — pergunta minha mãe.

— Vi os Biddle instalados à direita, na direção de Higgins. E tive um vislumbre de uma saia roxa, mas tenho certeza de que era Pamela descendo até a praia, fazendo a caminhada diária dela. Fora isso, estava bem vazio. As placas das batuíras foram retiradas.

— Graças a Deus. — Ela arranca a tampa da lata de chá com o cabo de uma colher. — Aqui.

Ela me entrega a lata e tira a chaleira, que ainda não havia fervido, do fogão.

— A água já deve estar quente o suficiente.

— Pelo amor de Deus, Wallace — diz Peter —, espere a água ferver. Daria no mesmo você me entregar só uma xícara de mijo quente. E nem pense em me enrolar com aquela porcaria de Lapsang Souchong. Coisa nojenta.

— É defumado com agulhas de pinheiro — argumenta minha mãe.

— Pior ainda.

— É um pouco mandão, esse seu marido — diz para mim, mas dá para ver que ela gosta. Ela põe a chaleira de volta na boca do fogão e sai à procura de um chá inglês comum.

Finn se levanta, sai da mesa e vem me dar um abraço.

— Achei um ovo de tubarão na praia.

— Um ovo de tubarão? — pergunto, incerta.

— Aqui. — Ele enfia a mão no bolso e extrai o que parece ser uma bolsinha preta endurecida com chifres de demônio em cada ponta. — Gina disse que é uma cápsula de ovo. Para um tubarão de areia filhote.

— Todo mundo pensa isso, por alguma razão. Mas na verdade é para um cação. É chamado de Bolsa de Sereia.

— O que não faz sentido, a menos que a sereia seja gótica — comenta Peter, rindo.

Eu a devolvo para Finn.

— Ponha na prateleira para não quebrar.

— Talvez eu deva me vestir de sereia este ano no Halloween — diz Maddy.

— Excelente ideia. No entanto, pode ser difícil caminhar pela vizinhança sem pés... — responde Peter. — Venha jogar a próxima rodada com a gente, esposa.

— Não estou muito no clima para jogos... Preciso tirar este maiô molhado.

— Precisa mesmo. Vai ter uma infecção urinária. — Minha mãe sai da despensa segurando um pacote com dez rolos de papel higiênico. — Coloque isso no banheiro, sim? Estamos sem. Não sei como vocês conseguem gastar as coisas tão rápido. São um bando de gafanhotos.

— A sua filha tem uma bexiga do tamanho de uma ervilha — diz Peter. — É tudo culpa dela.

— Não mesmo — defendo-me. — Acho que você nunca trocou um rolo de papel higiênico na vida.

Peter se vira para as crianças.

— No nosso primeiro encontro, a mãe de vocês abaixou a calça e fez xixi na minha frente.

— Que nojo — responde Jack.

— Não foi um encontro. Você era só um cara me dando carona até meu dormitório. E era isso ou fazer xixi no seu carro, o que teria passado despercebido, porque aquele carro era nojento. Cheirava a carne podre.

— Não, não. — Peter ri. — Você me queria. No momento em que vi você agachada debaixo de uma árvore de calcinha branca, eu soube.

— Não mesmo.

— Vocês *dois*... — Jack faz um barulho de vômito.

— Além disso, eu tinha acabado de salvar a sua vida.

— O pai de vocês foi muito heroico.

O que, é claro, faz as crianças rirem.

— Dixon e Andrea nos convidaram para comer hambúrgueres — conta minha mãe. — Eles estão fazendo um churrasco improvisado. Disseram para irmos por volta das seis e meia, sete.

— Ugh... — gemo.

— Não me deixe esquecer: eu disse que levaria uma cebola roxa.

— A gente não pode jantar em casa? Ainda estou me recuperando de ontem à noite.

— Nossos armários estão vazios. Ninguém foi ao supermercado — comenta minha mãe, a vontade de apontar culpados perceptível em cada sílaba.

— Sei que temos um pacote de macarrão. E ervilhas congeladas.

— E não estou com vontade de cozinhar.

— Eu cozinho. É para chover hoje à noite.

Peter ergue os olhos do tabuleiro de Parcheesi.

— Posso levar as crianças, se você quiser ficar em casa.

— É só que... mal faz vinte e quatro horas que chegamos em casa de Memphis, e tem sido um encontro atrás do outro. Preciso dormir cedo. — Na verdade, preciso de tempo para pensar.

— Então vai ter o que precisa — diz Peter.

Vou até ele, ponho as mãos em seus ombros, me inclino e lhe dou um beijo.

— Você é um santo.

— Não me distraia. Este aqui é um jogo muito sério... — E retira uma das pequenas peças amarelas de Finn.

Faço uma pausa do lado de fora do Casarão e observo minha família. Finn atira os dados de um pequeno cilindro de papelão. Minha mãe derrama água fervente em um velho bule marrom. Um rastro de vapor sobe do bico. Ela observa a infusão do chá antes de derramá-lo em uma caneca de faiança lascada através de um coador de bambu. Espia dentro do açucareiro, franze a testa e se afasta.

Peter arregaça a manga da camisa e faz um muque.

— Veem isso? — pergunta para as crianças. — Estão vendo? Ninguém mexe com este homem.

Ele bagunça o cabelo de Maddy.

— Pare com isso, pai.

— Rabugenta.

Ele a agarra num abraço e beija o topo da cabeça dela, rosnando.

— Estou falando sério. — Ela ri.

Jack se levanta, sai da mesa, anda até o balcão da cozinha e pega uma ameixa da fruteira.

— Me alcance aquela xícara de chá, querido? — pede Peter a Jack. — Sua avó senil se esqueceu de trazer para mim.

— Eu ouvi isso — retrucou minha mãe da despensa.

TOMO O rumo da trilha, sentindo o triturar familiar das agulhas de pinheiro sob os pés descalços. Consigo sentir o cheiro da promessa de chuva no ar. Há uma toalha molhada largada nos degraus da cabana das crianças. Eu a pego e penduro em um galho de árvore. Eles deixaram a luz do quarto acesa. Entro e apago antes que a porta de tela fique coberta por um mar de mariposas e escaravelhos barulhentos. A cabana está uma bagunça. Quando éramos Anna e eu acontecia a mesma coisa: um caos de biquínis e brilho labial e tamancos e discussões. Recolho as roupas usadas do chão e jogo no cesto de roupa suja, ponho um suéter de volta na gaveta de Maddy, penduro um maiô molhado em um gancho. Sei que é a primeira lição de *Como ser uma mãe ruim* — eles deviam limpar o próprio quarto —, mas é tranquilizador me concentrar em algo simples e fácil. A cura de minha mãe para todas as aflições: "Se você está se sentindo deprimida, organize a gaveta de roupa íntima."

O cobertor áspero e cor de aveia de Jack está quase caindo no chão. Os travesseiros estão amassados entre o colchão e a parede. Puxo a cama dele. Algo cai com um baque. Com mão cega, tateio pelo chão com teias de aranha, pego um caderno preto. O diário dele. Meu filho enigmático, que mal reconhece minha presença hoje em dia, que se mantém à parte, se fecha. E estou segurando todas as respostas em minha mão.

O relógio Braun na estante marca os segundos. Fecho os olhos e ponho o caderno no nariz, respiro o cheiro das impressões digitais de Jack, os pensamentos mais íntimos, os anseios dele. Ele nunca ia saber. Mas eu, sim. Conhecimento pode ser poder, mas também pode ser veneno. Coloco o caderno onde o encontrei, empurro a cama contra a parede e desarrumo as cobertas. Não quero o peso de mais segredos.

Outubro de 1984, Nova York.

Em nosso apartamento escuro e carregado, algo está cozinhando. Se eu tiver sorte vai ser hambúrguer, milho congelado e creme de espinafre. Mas não vou criar falsas expectativas. Ontem à noite, minha mãe cozinhou um frango inteiro ainda envolto em celofane. Ela tem estado distraída.

— Cheguei! — grito.

Encontro-a na cozinha, mexendo fígado de frango e cebola em uma panela de ferro fundido, um avental por cima da saia jeans. Há uma tigela de arroz e um pouco de catchup já esperando na mesa estreita, panelas de terracota penduradas nas paredes, temperos, pimenta vermelha seca que nunca é usada em um pote de vidro. Um suporte de panela manchado caiu no chão.

— A orquestra atrasou — digo, abaixando-me para pegá-lo.

— Pode me passar o orégano?

Abro o armário de comida. Os vidros da porta foram pintados de branco, assim a gente não precisa ver o que há dentro: uma caixa de cereal Shredded Wheat, três latas de *consommé* gelatinoso, comida de gato, uma lata de Metrecal vencida. Empurro para o lado uma lata de mostarda Colman's e pego o orégano.

— Falei com Anna mais cedo — conta. — Ela ligou de Los Angeles. Parecia muito bem. Mesmo assim, ainda não consigo entender como se pode considerar comunicação uma graduação. É como se graduar em comer. Ou caminhar. Vá lavar as mãos para o jantar.

O apartamento está escuro. Ando pelo corredor acendendo as luzes. Desde que Leo foi embora, ano passado, minha mãe se tornou obcecada em economizar energia. Digo a ela que se usa mais energia para ligar e desligar as luzes do que para deixá-las acesas, mas ela retruca que isso é lenda urbana.

Leva um tempo até a água quente sair da torneira do banheiro, e quando sai me escalda. Esfrego as mãos na jaqueta jeans para secá-las e largo a mochila no quarto. O gato se enroscou em minha cama. Do outro lado do pátio interno, posso ver minha mãe pela janela da cozinha, arrumando a mesa para nós duas. Observo-a colocar um garfo e uma faca ao lado de cada prato, depois uma taça de vinho. Estou quase chegando na cozinha quando paro e corro de volta para apagar a luz do quarto. É uma coisa pequena, mas ela se importa com isso.

É curioso eu não ter notado antes, penso. Meu antigo diário está aberto sobre minha escrivaninha. Eu me aproximo com cautela, como se ele pudesse saltar e me morder. Pego-o, com medo do que ela encontrou, o coração batendo forte no peito, e vasculho através do tempo.

Hoje é o último dia de aula. Oba!!!!! Becky e eu estamos indo na Gimbel amanhã para comprar maiôs novos. Vou usar minha mesada. Mamãe diz que vai contribuir com um extra de 15 dólares. Becky me disse que nesse verão eles estão ensinando meditação transcendental toda quarta-feira à noite na Câmara Municipal e ela quer que a gente tente.

Paro algumas páginas adiante.

Back Woods amanhã!!! Mal posso esperar para ver Jonas.

Lista de coisas para fazer no verão:
— Ler 12 livros
— Praticar flauta todo dia
— Vegetariana?
— Aprender a navegar
— Perder 7 quilos

Então, logo abaixo da lista:

Tenho tanto medo. E se ele fizer isso comigo de novo? E se ele entrar no meu quarto de novo? Odeio ele. Quero morrer... Mamãe nunca, jamais, pode saber. Arruinaria toda a vida dela se ela soubesse.

Odeio ele
Odeio ele
Odeio ele

Vou para a próxima página.

minha menstruação está atrasada. E se eu estiver grávida? Deus, por favor, não me deixe ficar grávida.

Depois disso há mais uma entrada, a página manchada de lágrimas, a tinta azul borrada.

Encontraram o corpo de Conrad na praia hoje. A senhora disse que os olhos dele estavam abertos. Não consigo respirar. Por que não joguei o colete salva-vidas pra ele? Sou doente.

E então nada a não ser páginas em branco.

APAGO A LUZ do quarto e olho pela janela. Em algum lugar, em um andar mais acima, uma vizinha começa a vocalizar, praticando escalas de soprano que sobem e descem pelas paredes do pátio. Minha mãe fecha a janela da cozinha com força, serve-se de uma taça de vinho, leva-a aos lábios e bebe de um gole só. Ela se serve de outra taça. Ela sabe. O pátio não é varrido há algum tempo. O chão está repleto de cardápios de comida para viagem, de sacos plásticos. No canto estão duas latas vazias de comida de gato — um dos porteiros alimenta os vira-latas, estritamente contra as normas do prédio. De algum lugar acima vem uma chuva repentina de ervilhas verdes. Elas atingem o concreto como pedras de granizo. Anna e eu costumávamos fazer a mesma coisa: jogar ervilhas, brócolis, cenouras cozidas, palitos de peixe — o que quer que não quiséssemos comer — pela janela, direto no pátio, no momento em que mamãe virava as costas. Se sabia, ela nunca disse uma palavra.

Quando entro na cozinha, ela não ergue os olhos. O ambiente está abafado, opressivo. Abro a janela alguns centímetros. Há uma porção de arroz e fígado de frango com cebola já servida em meu prato. Atrás da porta da cozinha, ouço a respiração barulhenta e sibilante do elevador de serviço quando para um andar acima.

Minha mãe põe a taça de vinho na mesa de madeira, puxa uma cadeira para mim e me passa o frasco de catchup. Sentamos em silêncio.

— Mexi no seu armário hoje — diz por fim. — Achei que seria legal doar seus velhos patins de gelo para a campanha de arrecadação da escola. Já não servem mais em você.

Ela sacode a cabeça como se estivesse tentando embaralhar qualquer que seja a imagem lá dentro.

— Como isso pode ter acontecido?

Há uma pontada insuportável de desespero na voz dela.

— Sinto muito. Sinto muito. — Uma lágrima vai parar no meu arroz e desaparece, engolida em um mar branco. — Não sabia mais o que fazer... — Minha voz mal era um sussurro.

— Por que não me contou?

Ela analisa meu rosto.

— Não queria que você me odiasse.

Olho fixo para o chão da cozinha.

— Eu nunca poderia odiar você. É *ele* que eu odeio.

— Sinto muito, mãe.

— Não foi culpa sua. Fui eu que o trouxe para a sua vida. Se soubesse que estava machucando você... Estou contente que ele se foi.

Ela pega minha mão e a aperta com muita força.

— Jesus. Eu devia ter notado. Como não notei?

As pontas de meus dedos ficam rosadas, depois brancas. Tem algo no rosto dela que há tempos eu não enxergava. Aço. Uma centelha de luz.

— Se eu alguma vez o vir de novo, juro por Deus que o mato.

— O quê?

— Eu devia conseguir um mandado de prisão para Leo. Devia chamar a polícia.

18h15

Apago a luz da cabana das crianças e fecho a porta atrás de mim o mais rápido que consigo para que os mosquitos não entrem. A superfície da lagoa está serenando, escura, o ar da noite dispersando as últimas partículas quentes do fim da tarde. Vou até a cabana tirar o maiô. Do Casarão, ouço a risada estrondosa de Peter. Uma vez, depois daquela noite, Leo ligou para minha mãe, bêbado, de algum bar. Ele implorou que ela o aceitasse de volta, jurou que ainda a amava — ela era o amor da vida dele, disse. Ela desligou na cara dele.

CAPÍTULO 21

Março de 1989, Londres.

Peter e eu transamos no terceiro encontro. Ele me leva a um restaurante indiano minúsculo e despojado em Brick Lane, cheio de vapor e cravos. "Westbourne Grove é para turistas. Este é indiano de verdade", garante. Mais tarde, ele me convida para ir ao apartamento dele para um drinque rápido e me surpreendo ao dizer que sim. Raramente tenho encontros, que dirá ir à casa de um homem. Mas Peter é um jornalista da área de economia e, por alguma razão perversa e antiquada, o fato de ele escrever sobre dinheiro me faz confiar nele — como se alguém com um trabalho tão maçante não pudesse ser perigoso.

Vamos de carro até a casa dele debaixo de uma chuva interminável, as janelas embaçadas, o cheiro de diesel, um calor. Peter mora em Hampstead, que fica praticamente do outro lado de Londres. Em uma faixa de pedestres, ele reduz para um idoso atravessar. Abaixa a janela uns poucos centímetros e acende um cigarro. O velho cruza a rua se arrastando centímetro por centímetro, gola apertada contra o aguaceiro, as mãos pálidas e enrugadas segurando um guarda-chuva quebrado. Peter não olha para mim quando pega minha mão pela primeira vez, os olhos experientes no poste de luz amarela piscante, na chuva torrencial.

— Tudo bem eu fazer isso?

Ele parece quase tímido, e isso me surpreende.

Viramos em uma rua estreita e fazemos uma curva fechada em uma linda praça de paralelepípedos, paramos em frente a uma fileira de casas georgianas.

Estou encharcada antes de sair do carro. A água é despejada sobre nós de todos os lados, poças se elevam diante da porta de entrada.

— Esta chuva é uma loucura — comento.

— Que chuva? — Peter ri enquanto corremos para nos proteger.

O apartamento dele é lindo — muito mais amplo do que eu esperava: pé-direito alto com molduras de gesso ornamentadas, janelas imensas com vista para a charneca escura, a vidraça tão velha que a água se infiltra, portas de seis painéis com maçanetas de bronze no formato de ovos, assoalho rústico de pinho. Uma lareira. Ao longo do corredor da entrada, ganchos de madeira estão abarrotados de casacos de tuíde e de veludo, um Barbour coberto de lama. Abaixo deles, com os bicos virados para a parede, uma fila de sapatos maravilhosos e botas de couro usados.

— Peço desculpas adiantadas — diz, jogando as chaves em uma cômoda no corredor da entrada. — Está um pouquinho desorganizado.

Jornais velhos estão espalhados por todo lado, cinzeiros cheios de bitucas, um vidro aberto de mostarda com sementes na mesa de centro, um terno risca de giz atirado no encosto de uma cadeira estofada demais.

— Minha mãe... — explica, enquanto assimilo as cortinas de veludo pesadas, os retratos ancestrais, os tapetes turcos espalhados. — ... ela tem muito bom gosto.

— Você está certo. É um chiqueiro.

— Para ser sincero, eu não estava esperando companhia.

— Fico feliz.

— Que estranhas criaturas são as americanas.

— Somos diretas.

Peter ri.

— Não me subestime. Venha, vou mostrar o quarto para você.

Hesito, parte de mim querendo segui-lo, parte de mim querendo correr para me salvar. Mas o sigo. Ao contrário da sala de visitas, o quarto é surpreendentemente limpo, a cama arrumada direitinho, os cantos do lençol bem dobrados.

— Nossa, você é encantadora. — A voz dele é franca, direta, segura do próprio conhecimento. — Vamos nos livrar dessas roupas molhadas.

Eu me encolho quando ele começa a desabotoar minha camisa. Já se passaram seis anos desde Conrad. E, embora tenha dado alguns beijos bêbada, nunca deixei um homem me tocar debaixo da roupa.

Peter vai abrir o zíper do meu jeans, mas contenho a mão dele.

— Desculpe. Pensei...

— Não. Está tudo certo. Só... Prefiro fazer isso sozinha.

Meus dedos tremem enquanto termino de desabotoar a camisa, abaixo o jeans, tiro. Fico parada diante dele com nada além de calcinha e sutiã. A chuva está mais forte, uma cascata entrelaçada escorrendo pelas janelas enormes. Atrás de Peter, em uma cômoda Tudor alta, há uma carteira fechada de Rothmans e uma pera comida pela metade. Abro o sutiã e o deixo cair no chão. Ele vem até mim, segura meus seios. Meu corpo inteiro está tremendo.

— Você está com frio.

Ele me ergue e me carrega até a cama. Faz amor comigo devagar, os dedos traçando minhas curvas, me deixando reagir a ele, nossos corpos altos e esguios envolvidos um no outro, a chuva nas janelas, o cheiro penetrante de tabaco, os braços fortes e musculosos. Fecho os olhos bem apertados e me preparo, quando ele entra em mim. Minha respiração rascante me trai.

— Você quer que eu pare? — sussurra.

— Não.

— Podemos parar.

— Só... doeu um pouco.

Peter fica imóvel.

— Você é virgem, Elle?

Gostaria de poder contar a verdade, mas digo:

— Sim.

E assim começamos com uma mentira.

Dezembro de 1989, Nova York.

A estação de metrô da rua 86th é um lugar sombrio e sujo, cheio de chicletes escurecidos e pedaços de papel inertes nos trilhos. A estação termina nas quatro esquinas de uma rua larga e feia. Anna e eu saímos da esquina noroeste para uma rajada de vento gelado que se infiltra pela parte de baixo do meu casaco. Esqueci quanto Nova York fica fria. Ali fora, na rua, o homem das castanhas está aninhado no calor do fogão dele, tostando nozes gordas e abertas em um braseiro. O ar da noite tem um cheiro doce e delicioso.

Viramos a esquina na Lexington Avenue, escolhendo o caminho em torno dos montes de neve manchados de preto com nossas botas de salto alto. Às seis da tarde, a luz se foi, substituída pela acidez total do halo de luz das lâmpadas de rua e por uma escuridão pantanosa.

— Então, ela foi uma idiota — diz Anna.

Acabamos de tomar nosso chá de véspera de Natal com nosso pai no apartamento dele em Greenwich Village, onde fomos apresentadas a sua nova namorada. Mary Kettering é uma ruiva de Mount Holyoke de lábios finos e nariz pontudo. Quando sorria, a boca dela se tornava uma linha de raiva, revelando em um instante tudo o que ela era.

Estou carregando uma sacola de compras cheia de presentes para nós. Estão embrulhados, mas sei, pelo peso morto, que são livros de novo. Nosso pai finge que foram escolhidos com carinho, mas sabemos que ele os consegue de graça das editoras, como brindes. Todos os anos, ele nos dá livros sem sentido com dedicatórias significativas escritas em tinta azul que flui de uma caneta-tinteiro. Pelo menos, ele tem uma caligrafia elegante, marcante, e é muito habilidoso com as palavras.

— Ela também não suportou a gente — respondo.

— O eufemismo do ano! Ela conseguiria nos odiar *mais*? E quando ela começou a falar de Hamptons? — Anna enfia o dedo na boca e finge vomitar. — E South Hampton, nem mesmo Watermill. Como ele pode beijar ela? Que nojo. Ela é um esqueleto de passarinho horroroso.

— Você é má mesmo. — Dou uma risada. Senti falta da minha irmã desde que estive em Londres, mais do que sou capaz de expressar. — Ela podia ter sido mais legal com a gente se você não tivesse revirado os olhos cada vez que ela abria a boca.

Escolho o caminho no meio da neve.

A seu favor, meu pai gaguejou para passar por cima do constrangimento, parecendo genuinamente feliz e orgulhoso por ter aproximado a gente. Depois do chá, ele derramou cinco centímetros de uísque na xícara e tocou *Rock the Casbah* em sua vitrola nova, dançando com movimentos convulsivos vergonhosos e desajeitados. Estava descalço, com calça de sarja velha da Levi's, a parte de cima dos pés peluda. Tufos grossos cresciam em cada dedo. Era hipnotizante. Mary acompanhava o ritmo com um mocassim belga.

— Ela é só mais uma história de terror do papai numa longa série de histórias de terror do papai — explica Anna.

— Talvez ela seja mais legal do que a gente pensa.

Meu pé escorrega em um pedaço de gelo preto e caio estatelada.

— Acho que esse é o jeito de Deus dizer "Não".

Anna ri. A sacola de compras arrebentou, espalhando nossos presentes na calçada lamacenta.

Fico de joelhos e engatinho para recolher os presentes.

— Espere! Me ajude aqui.

Anna já está quinze metros à frente.

— Deixe aí. Vamos morrer congeladas. Afinal, a gente não quer os livros ridículos dele.

Ela marcha na direção de casa.

— Sério?! Tá bom. Vou dizer ao papai que você não queria os presentes dele.

— Pode contar — diz ela por cima do ombro. — Ele pode dar para a Mary em vez disso. Rapaz, a satisfação que ela vai sentir. Que alegria. Uma cópia de capa dura da porra das citações do Bartlett.

Uma mulher passeando com um Greyhound, vestida com uma capa xadrez e botas de cano curto, para e observa enquanto rastejo recolhendo os pacotes. A meu lado, o cachorro dela se equilibra nas patas traseiras trêmulas e caga na neve.

Alcanço Anna quando ela está entrando no saguão de nosso prédio.

— Legal, viu? Obrigada pela ajuda.

O vento implacável nos segue pelas portas duplas de vaivém e o novo porteiro, Mario, corre para fechá-las. Um pinheiro falso no saguão pisca com luzinhas coloridas. Na cornija de mármore ao lado, uma menorá com enormes lâmpadas alaranjadas piscantes está plugada na tomada.

— Senhoritas — diz Mario, nos conduzindo em direção ao elevador. — Feliz Natal.

— Feliz *Hanukkah* — corrige Anna.

Mario parece confuso.

— Somos judias — conta ela.

Entramos no elevador e subimos.

— Judias? O que foi isso?

— A gente podia ser. Ele não sabe.

— Por que você está sendo tão babaca?

— Porque ele me dá nojo.

— Mario?

Anna me dá o melhor olhar de "como você pode ser tão estúpida" dela.

— O *papai*.

Batemos a neve das botas e as deixamos do lado de fora no tapete para escorrer. A porta de entrada para o apartamento está, como sempre, destrancada. As luzes estão apagadas. Mamãe está sentada em uma cadeira no meio do corredor de entrada, iluminada por trás por uma lâmpada da sala de estar, o gato malhado enroscado no colo dela.

— Você está parecendo Anthony Perkins — diz Anna, tirando o casaco. — Trouxemos biscoitos de gengibre para você.

— Nem mais um passo — responde nossa mãe.

— Você acha que ela está sendo mantida refém? — Anna me pergunta em um sussurro audível. — Mãe — diz, a voz normal —, você está esquisita.

Ela pendura o casaco no armário e tenta passar, mas minha mãe a bloqueia.

— O pai de vocês me ligou depois que vocês saíram. Parece que a nova namorada dele, Mary, deixou um saco grande de marijuana numa lata de café e ele desapareceu depois da visita de vocês.

— Ela fuma erva? — indaga Anna. — Você só pode estar brincando.

— Gostaria de estar, de verdade. Não quero fazer isso, mas o pai de vocês me fez prometer. Por favor, tirem a roupa, vocês duas, e esvaziem as bolsas.

— Você está maluca. — Anna ri. — Quantos anos eu tenho? Cinco?

Mamãe suspira.

— Eu sei. É ridículo. Mas ele deu a palavra dele a Mary, e pediu que eu respeitasse o pedido dela.

— Eu nem fumo erva — comento.

— Pode dizer para ela pegar o pacotinho e enfiar na vagina dela — retruca Anna.

— Anna.

— Você não conheceu ela, mãe. Ela é repugnante. Tem dentinhos pontudos de pterodátilo.

— Não tenho dúvida. — Minha mãe retira o gato do colo e se levanta. — Seja como for, prometi ao pai de vocês que insistiria para que me deixassem revistar vocês, e insisti. Não prometi que revistaria. Vou fazer uma gemada e me enfiar na cama.

— Espere — digo. — Ele realmente pediu que você nos revistasse? Sem roupas? Na véspera de Natal? Sabe o quê? Que se foda. Certo.

Tiro a roupa, me livro da roupa íntima e atiro tudo nela.

Ela as devolve para mim com um suspiro devastado.

— Estou muito velha para isso.

— *Você* está muito velha? Eu tenho vinte e três, porra. Diga a ele que nunca mais vou falar com ele.

— Você precisa se depilar — comenta Anna, e sai pelo corredor.

Telefono para Peter do meu quarto. É quase meia-noite em Londres, mas sei que ele está acordado, tentando terminar o artigo antes do prazo final.

— Minha mãe acabou de tentar me revistar pelada. Feliz Natal, porra.

— Desculpe, o quê?

— A nova namorada do papai nos acusou de roubar a droga dela.

Peter ri.

— Ela encontrou alguma coisa?

— Vá se foder, Pete. Não é engraçado.

— É espetacularmente engraçado. Mas se é assim que fazem as coisas na sua família, talvez eu tenha que repensar minha visita no ano-novo.

— Não precisa vir. Vou pegar o próximo voo de volta para Londres. Para mim já chega dessa gente.

— É uma péssima ideia. Você vai ter de comer o salmão frio da minha mãe com maionese de erva-doce, que tem gosto de vômito. E ir à missa da meia-noite. E dormir num quarto gelado com paredes de pedra e janelas medievais. Sozinha. Porque a minha mãe *não* aprova.

— Achei que sua mãe já gostasse de mim.

Os pais de Peter são muito elegantes. O pai é membro do Parlamento. Quando não estão na casa de campo em Somerset, moram em uma casa enorme em Chelsea com vista para o Tâmisa. Eles caçam e tomam um copo de Pimm's durante o almoço. Dão caminhadas vigorosas pelas charnecas usando tuíde. A mãe dele é a clássica megera com pérolas. Depois do meu quinto encontro com Peter, ela pediu que ele me levasse para ser avaliada. Bebemos xerez em uma grande sala de estar com piso de madeira polido — madeiras de árvores frutíferas embutidas em mogno, explicou ela. Uma pintura abstrata de bom gosto se destacava acima da lareira de mármore. Recentemente, ela havia se interessado "pelos modernos". Eu me empoleirei em um sofá de veludo verde-oliva e pensei em Becky Sharpe enquanto cruzava e descruzava as pernas. A mãe de Peter mal conseguiu esconder o desdém quando confessei que nunca havia andado a cavalo. Eu me redimi um pouco quando ela soube que eu estava fazendo pós-graduação em literatura francesa no Queen Mary e planejava lecionar. "Entretanto seria muito melhor você ler alemão. Muito mais profundidade, menos excesso vulgar", disse, e encheu apenas o próprio copo.

— Ela gosta de você. Bastante, para uma americana. Dito isso, ela deixou tremendamente claro para mim, tremendamente — diz Peter, com ênfase —, que acredita ser impróprio para mim estar com uma jovem que peguei numa esquina. Você poderia ser *qualquer uma*.

— Rá-rá.

— Escute, mantenha a calma. Vou estar aí em quatro dias. Vamos resolver tudo isso. A propósito — Peter ri —, estou muito ansioso para ficar chapado com seu pai.

— Você não vai conhecê-lo, porque nunca mais vou falar com ele ou vê-lo de novo.

— Pensei que esse era o objetivo da visita, assim eu poderia pedir sua mão em casamento.

— Ah, pelo amor de Deus, cacete. Pare de transformar tudo em piada. Encontro você do lado de fora da retirada de bagagens.

Desligo o telefone, me deito de costas na cama e olho para o teto. Há rachaduras no gesso. Pedaços de tinta descascando. Alho e cebola estão cozinhando em um apartamento em algum andar acima. O cheiro está forte no pátio interno. Minha cama de solteiro — a mesma cama em que durmo desde os cinco anos — é curta demais para mim. Na prateleira de livros acima de minha escrivaninha, ao lado da tartaruga de madeira que meu pai esculpiu para mim quando eu era pequena, está uma coleção completa e inútil da *Enciclopédia Britânica* que minha mãe recolheu de uma lixeira quando eu tinha dez anos, jogada fora porque estava desatualizada. "Conhecimento é conhecimento", argumentou ela. Levanto-me e pego o volume 4, *Botha a Cartago*, da prateleira. Escondida bem fundo nas dobras está uma única folha de papel, dobrada em um pequeno quadrado, totalmente coberta com palavras. Uma frase, escrita várias e várias vezes. Parte castigo, parte encantamento. "*Eu devia ter salvado ele.*" Torno a dobrá-la, coloco a enciclopédia de volta na prateleira. Lá fora, o vento sopra rajadas de neve seca no chão de cimento. Percorro o corredor para achar Anna. A porta do quarto dela está parcialmente fechada. Ela está na escrivaninha, de costas para mim, enrolando um baseado.

CAPÍTULO 22

Dezembro de 1989, Nova York.

O voo de Peter chega no horário, mas estou atrasada. O trem que vai direto até o aeroporto para de funcionar em Rockaway e todos nós temos que esperar o próximo chegar do lado de fora, na plataforma. A chuva com neve está se transformando em neve pesada e posso sentir meus cílios começando a congelar. É por isso que odeio pegar pessoas no aeroporto. É um gesto que quase sempre dá errado. Peter vai ficar puto e emburrado por eu não estar lá, pulando, quando ele sair do portão internacional depois de um voo de oito horas. E, mesmo que eu esteja indo até a porra do JFK e sendo perfurada no rosto por milhares de agulhas de granizo congelantes, me sinto culpada *e* ressentida. Devia ter dito a ele para pegar um táxi.

Na hora em que chego ao portão de desembarque internacional, estou suada, sem fôlego e pronta para uma briga. Vejo-o antes que ele me veja, sentado em cima da mochila, as costas contra a parede encardida do aeroporto, lendo um livro. Ele sorri quando me vê.

— Bem na hora — diz, e se levanta para me dar um longo beijo. — Deus, senti sua falta, linda.

PREPAREI PETER para nosso apartamento escuro, para a obsessão de minha mãe deprimida em economizar energia elétrica, para o jeito lento e pesado como ela se move — como se estivesse vergando sob o peso das próprias regras.

— Deve ter sido um Natal alegre para todos — comenta ele.

Mas, quando chegamos lá, todas as luzes do apartamento estão acesas. Um tronco de Duraflame crepita silencioso na lareira. Um LP arranhado toca *bossa nova*.

— Mãe? Chegamos!

— Aqui — cantarola ela da cozinha. — Deixem as botas do lado de fora se estiverem molhadas.

Balanço a cabeça, perplexa.

— Talvez *ela* tenha roubado a erva da Mary.

Peter me lança um olhar irônico quando nos dirigimos para a cozinha.

Minha mãe está de pé na frente da geladeira. O cabelo dela está preso em um coque. Ela está usando batom e uma blusa de seda vermelha.

— Peter. — Ela lhe dá um beijo em cada bochecha. — Você chegou. Como foi o voo?

— Bom. Um pouco turbulento, mas não foi nada de mais.

— Tem nevado sem parar o dia todo. Estávamos preocupadas que pudessem desviar o voo.

— Onde está Anna? — pergunto. — Ela disse que ia estar aqui.

— Um amigo dela da faculdade de direito ligou. Ela saiu apressada.

— Desculpe — digo a Peter. — Queria que ela estivesse aqui quando você chegasse.

Minha mãe tira uma coqueteleira e três copos de martíni do congelador.

— Azeitona ou limão?

— Limão, obrigado.

— Um homem que pensa como eu.

Ela serve uma bebida para ele.

Tem queijo, patê e uma pequena tigela de picles francês na mesa da cozinha. Ela trouxe a tábua de queijos especial feita de jacarandá com a faquinha curva irritante que ela e meu pai ganharam, um milhão de anos atrás, de presente de casamento.

Ela ergue o copo.

— A um novo ano. É tão bom finalmente associar um rosto a um nome. Você nunca me disse que ele era tão bonito, Elle. — Ela está praticamente flertando. — Tim-tim.

Sinto que entrei em um daqueles filmes sobre a alta sociedade em preto e branco onde todos vivem em um apartamento com pé-direito de quase cinco metros e usam estolas de pele no almoço. A qualquer momento, Cyd Charisse vai pôr uma perna de meia-calça preta para fora, atrás de uma porta, enquanto uma empregada de uniforme serve canapés e um cachorrinho branco saracoteia ao redor.

Eles batem os copos. Ergo meu copo para brindar, mas eles já estão bebendo. Minha mãe pega o braço de Peter.

— Vamos nos sentar na sala de estar. Acendi a lareira. Elle, pegue os *hors-d'oeuvres*. Comprei um pedaço de queijo Stilton no Zabar's. Achei que era uma aposta segura.

Peter a segue, me deixando ali parada com o copo na mão.

— Ah, e o seu pai ligou. Duas vezes — avisa, por cima do ombro. — Você vai ter de ligar para ele algum dia. É tão bom ter um homem em casa, Peter... — ouço-a dizer ao desaparecerem no outro cômodo.

Sei que todos os esforços dela — a acolhida calorosa a Peter — são para mim. E a última coisa que quero é que o primeiro instinto dele seja "escapar do castelo dos horrores". Mas, ao ouvir minha mãe gargalhar de algo que Peter disse, tudo o que quero fazer é esbofeteá-la.

— GOSTO DELA — diz Peter mais tarde, enquanto arrasta a mochila pelo corredor até meu quarto. — Ela não tem nada a ver com a forma como você a descreveu.

— Uma vaca narcisista?

— O que você *disse* foi que ela tem estado muito triste. E que ela gosta de economizar energia. Você nunca mencionou como ela é uma mulher atraente.

— Stilton? Porque você é inglês? A gente tem vivido à base de salgadinhos, manteiga de amendoim e sopa em lata desde o Natal. Acredite em mim, essa não é a vida normal.

— Então é só meu charme britânico?

— Não. Ela é um porco chauvinista macho. Além disso, ela pediu que eu tirasse a calcinha na frente dela na véspera de Natal. E me deu luvas horríveis e um abridor de garrafas de presente. Então, pode ser culpa natalina.

Peter se detém para examinar as prateleiras de livros que forram o corredor. Pega um velho livro escolar meu.

— *Caribu e a tundra do Alasca.* Leitura perfeita para dormir. — Ele abre e dá uma examinada. — Ah, Deus. Você sublinhou as partes importantes. Isso vai me poupar tempo.

— Minha mãe não joga livros fora.

Ele empurra o livro de volta para a prateleira cheia.

— Acho ela muito glamorosa. Elegante. Estou surpreso que não tenha casado de novo.

— Você pode dormir no quarto dela hoje à noite. A cama dela é maior que a minha.

— Ora, ora.

— Finalmente apresento um homem para minha mãe e o primeiro instinto dela é flertar? Que porra é essa? Minha mãe mal tinha energia para lavar o cabelo nos últimos anos. Entre perder Leo e perder o bebê. Ela vaga pela casa num transe derrotado faz tanto tempo que esqueci que ela já foi atraente. Passa a maior parte do dia de camisola. A única razão pela qual ela se veste é para atravessar a rua até o *Gristedes* atrás de qualquer carne que esteja em promoção porque atingiu o prazo de validade.

— Parece que ela vive a vida no limite.

Peter ri.

— Pare. — E ando pelo corredor.

Ele me segue até o quarto e tenta me abraçar, mas o afasto.

— Elle. Acabei de cruzar o Atlântico, numa tempestade furiosa, para ver minha linda namorada. Por quem, para constar, sou completa e doentiamente apaixonado. Estou exausto. Tudo o que comi nas últimas doze horas foi um pedaço de queijo mofado. E as minhas meias estão molhadas. — Ele se senta em minha cama e me puxa para o colo dele. — Seja legal.

— Você está certo. — Enterro a cabeça no peito dele. — Devia estar contente por você ter animado ela. *Estou* contente. Têm sido uns dias de merda, só isso. E senti sua falta.

— Eu sei. É por isso que estou aqui. — Ele se deita na minha cama. Os pés dele ficam meio metro para fora da borda. — Humm... Talvez precise dormir na cama da sua mãe, afinal.

— Odeio você pra caralho, Pete.

— Eu sei. Todas as mulheres odeiam. Esse é o meu charme pessoal.

Dou uma risada, apesar de tudo.

1º de janeiro de 1990, Nova York.

Dia de ano-novo, e, se o dia de hoje pode servir de base, este vai ser um ano genuinamente de merda. A temperatura está negativa, estou mal do estômago depois do nosso *dim sum* familiar anual em um restaurante barulhento e superaquecido em Chinatown, onde extrapolei comendo coisas não identificáveis cozidas no vapor, coisas com carnezinhas que eu nem mesmo queria, e minha mãe começou uma discussão com o garçom por causa da conta. Agora Peter está me pressionando para retornar as ligações de meu pai.

— É ano-novo. Momento perfeito para uma bandeira branca — argumenta quando saímos do restaurante para uma tempestade de neve.

— Merda. Deixei uma das minhas luvas no restaurante.

— Devem estar dando elas para algum otário comer.

— Não seja bobo.

Vinte minutos depois, estamos espremidos dentro de uma cabine telefônica a poucos quarteirões do apartamento de meu pai. Sinto vontade de chutar Peter. Cubro o receptor com a mão.

— Foi uma péssima ideia — sibilo.

— Isso é entre você e a Mary — diz meu pai.

— Como isso pode ser entre mim e a Mary?

— Vocês duas precisam resolver isso.

— Não há nada *entre* mim e a Mary. Eu a vi uma vez.

— Eu sei. Quero que isso mude. Ela é importante para mim.

— E eu sou o quê?

— Elle...

— Ela convenceu você de que as suas filhas são ladras viciadas em drogas.

Ele está quieto do outro lado da linha.

— Olhe. Mary errou. Eu sei. Eu errei. E sinto muito. Podemos, por favor, deixar isso para trás?

— Tá. Mas se acha que algum dia vou pôr os pés na mesma sala que aquela mulher com lábios de galinha, você está maluco.

— Por favor, não piore ainda mais as coisas.

— *Não* tente fazer com que isso seja culpa minha.

Ele suspira.

— Mary e eu estamos noivos. A gente vai se casar em março.

— Vocês acabaram de se conhecer.

— Sei que é pouco tempo, mas ela diz que não há razão para esperar. A gente se ama.

— Uau.

Um pedaço de bolinho gorduroso sobe pela minha garganta.

— Preciso que você me diga que está tudo bem.

— Você é ridículo.

Bato o telefone.

— Não foi tão mal — comenta Peter.

Fico olhando para o receptor na minha mão. Alguém riscou a palavra “boceta” na parte de trás. E uma carinha sorrindo.

— Eles vão se casar.

— Ah.

— Por que dei ouvidos a você? Eu devia ter desligado no segundo em que ele mencionou o nome dela.

— *Não tente fazer com que isso seja culpa minha* — diz ele, me citando.

— Tirando sarro de mim? Essa é a sua escolha? Meu pai acabou de me dizer que vai se casar com uma mulher que Anna e eu vimos uma vez. Que é horrível. E banal. E falsa.

O vapor de minha respiração cobre o vidro diante de mim. Esfrego uma pequena janela com as costas da luva, olho fixo para a rua.

— E mais uma vez ele não escolhe a gente.

Sei que estou prestes a chorar, o que me enfurece ainda mais. A fraqueza é a única coisa que herdei de meu pai. O céu da tarde está se transformando em pedra. Uma rajada furiosa de vento carrega uma corneta "Feliz ano-novo" pela calçada. Fico olhando até ela rolar para fora do meio-fio e desaparecer.

— Elle, você é a única que está transformando isso em um ou/ou.

— O que isso quer dizer?

— Ela fez a acusação, não ele. Ele está numa posição complicada. Ele ama você. E, aparentemente, ama ela também.

— Você nem mesmo o conhece. Preciso de um aliado, Pete, não de uma testemunha imparcial.

— Sei que parece traição, mas quando se acalmar você vai perceber que isso não tem a ver com você.

— Me acalmar? Muito útil.

Peter abre a boca para dizer alguma coisa, mas pensa melhor.

— Você está certa. Sinto muito. Agora podemos sair desta cabine telefônica? Por mais que eu curta ficar apertado com você, isso está começando a cheirar como um puteiro chinês.

— Como você sabe?

Abro a porta sanfonada com um empurrão e me afasto.

Peter me segue para o frio implacável do lado de fora. Está começando a nevar.

— Elle. Pare. — Ele segura minha manga. — Por favor. Amo você. Essa briga não é nossa.

Ele me puxa para uma porta, longe do alcance do vento.

— Estou defendendo seu pai porque quero que vocês dois façam as pazes. Assim posso conhecer ele antes de voltar para Londres. Só isso. É um ato egoísta. Mas aí está. Não quero ter que voltar para esta cidade gelada como o diabo.

No fim do quarteirão, um táxi da Checker surge. Peter sai para a rua e acena.

— Vamos para casa. Podemos nos enfiar naquela sua caminha miserável e fazer nossas resoluções de ano-novo. — O táxi encosta. — A minha é parar de tentar vencer uma discussão contra você.

— Você vai. Encontro você lá.

— Elle...

— Está tudo bem. Estamos bem. Mas você está certo: preciso me acalmar. Preciso andar até isso passar.

— E do nada venço a minha primeira discussão.

Peter pega as duas pontas do meu cachecol e o enrola em volta do meu pescoço. Depois, puxa o chapéu mais para baixo na minha cabeça.

— Não demore.

Observo as luzes traseiras do táxi virando a esquina, se afastando de mim, desaparecendo em um halo de neve. A rua está deserta. Nenhuma pessoa sã quer sair com um tempo assim. Lágrimas secaram nas minhas bochechas como pingentes de gelo fininhos como mijo. Baixo a cabeça e começo a subir a Bank Street até a casa de meu pai.

Todas as luzes do apartamento de dois andares dele estão acesas. Toco a campainha e espero. Pelo vidro jateado das pesadas portas da frente de mogno da casa geminada, posso ver um carrinho de bebê parado na escada, a bicicleta de meu pai presa atrás dele, encostada em um radiador descascado. Parece aconchegante e ruidoso lá dentro. Toco de novo. Meus dedos estão começando a parecer cubos de gelo dentro das botas. Bato os pés para fazer o sangue circular, toco mais uma vez e me escoro na campainha. Nada. Sei que está, mas não consegue ouvir a campainha se a porta do quarto estiver fechada. Há um telefone público na cafeteria grega virando a esquina que já tive de usar antes.

Saio da varanda cheia de sal, me dirijo para o quarteirão cheio de lama. A maioria das casas geminadas está iluminada e alegre. Tenho vislumbres de tetos de salas de estar, cozinhas bagunçadas, paredes de tijolo à vista. O ar cheira a lenha queimando e a contentamento. Minha respiração exala como fumaça branca no turbilhão cinza-pardacento. Latas de lixo transbordando de garrafas vazias de champanhe e caixas de pizza já estão cobertas de neve. Está um frio do caralho.

É um quarteirão só, mas quando chego ao café meu rosto está petrificado pelo frio.

— Feche a porta — diz um homem atrás do caixa, antes mesmo de eu ter entrado.

O lugar está meio vazio. Apenas meia dúzia de sofredores está sentada nos cubículos de vinil vermelho comendo ovos e bacon para a ressaca. Dois velhos estão tomando café junto ao balcão.

O telefone público fica bem lá no fundo, perto dos banheiros. Passo pelos cubículos, por uma pilha de cadeirinhas altas e pegajosas, a máquina automática de cigarros. Um cara está tendo uma discussão acalorada ao telefone. O cabelo dele é oleoso e está ficando ralo. Um rabo de rato. Há uma pilha enorme de moedas em uma saliência ao lado dele. Removo a luva, tiro o chapéu e tateio pela bolsa, chacoalhando uns trocados. Ele alimenta a fenda com mais algumas moedas e me dá as costas. Eu me encosto contra a parede e espero ele terminar a ligação.

Uma garçonete põe um pedaço de torta de creme de banana no balcão e torna a encher uma xícara de café. O gerente enfia um lápis atrás da orelha e registra um pagamento de pistaches.

— Com licença? — digo quando o vejo pegando mais moedas. — Você vai demorar muito mais tempo?

— Estou no telefone, moça.

— Só preciso fazer uma ligação rápida. Dois segundos.

Ele cobre o receptor com a mão.

— Vou terminar quando tiver terminado. — Ele se inclina para o telefone e continua falando. — Desculpe, era uma moça maluca.

Há um espelho da Coca-Cola barato e envelhecido na parede a meu lado. Tenho uma visão de mim mesma. Meu cabelo está se sacudindo em todas as direções, cheio de estática, minhas bochechas vermelhas com queimadura de vento e calor seco. Pareço uma mendiga. Ouço o café chiando na cafeteira atrás de mim. A porta tilinta e uma rajada de ar atinge a parte de trás do meu pescoço.

Estou quase chegando à conclusão de que meu pai não vale tudo isso quando o cara grita "Vá se foder, sua anta" para o telefone e bate o receptor. É esse tipo de dia. Ele bate na alavanca de devolução de moedas algumas vezes e confere a caixa até estar convencido de que não deixou um centavo para trás por engano. Pesco uma moeda e vou em direção ao telefone.

— Você está mesmo com pressa, não é, moça?

Ele se demora fechando o casaco, atrapalhando a minha passagem.

— Babaca — digo, enquanto ele se dirige para a porta. Algumas pessoas levantam os olhos, mas a maioria só continua comendo.

O telefone toca seis vezes antes que alguém atenda. É Mary.

— Alô, Elle. Feliz ano-novo. — A voz dela é como melado. Até pelo telefone eu consigo ouvir o sorrisinho falso dela.

— Feliz ano-novo, Mary. Pode passar o telefone para o meu pai, por favor?

— Seu pai está descansando.

— Preciso falar com ele.

Imagino-a com o conjuntinho de blusa e cardigã em tom de verde, os olhos pequenos e calculistas.

— Prefiro não incomodar ele.

— Estou aqui na rua. Toquei a campainha, mas ninguém atendeu.

— Sim.

— Pode chamar ele, por favor?

Tento manter a calma.

— Não acho que seja uma boa ideia. Você deixou ele muito chateado. Ele tentou correr para fora de casa sem sapatos. Fiquei doente de preocupação.

— Só passe o telefone para ele, por favor.

Não consigo disfarçar a raiva na voz.

— Acho que vocês dois precisam de um tempo para deixar a poeira baixar.

— Como é?

— Você foi muito grossa com ele há pouco.

— Isso é entre mim e o meu pai.

— Não. — E dessa vez ela não se incomodou em disfarçar o veneno. — Isso é entre mim e você.

Respiro fundo, tento controlar o ódio, o desgosto por todas as promessas quebradas de meu pai — a quebra da promessa que ele fez no verão depois que ele e Joanne se separaram.

Era agosto. Anna tinha um trabalho de verão como ajudante em Watermill e Conrad estava em Memphis, então eu ia ficar com meu pai enquanto mamãe e Leo estavam na França. O papai sublocou o apartamento de Dixon para o verão.

Mamãe e Leo me colocaram em um ônibus da Greyhound a caminho de Logan, com dinheiro suficiente para um sanduíche e uma bebida se o ônibus parasse na beira da estrada e para o táxi de Port Authority até o apartamento dele.

— Por que ele não pode me pegar no ônibus? — perguntei.

— Ah, pelo amor de Deus — disse minha mãe. — Você tem treze anos. Ele disse que esperaria você com o jantar pronto.

— Tá. Não me culpe se eu for sequestrada por algum cafetão à procura de garotas que fogem de casa e acabar como prostituta aos catorze anos.

— Você assiste à televisão demais — comentou minha mãe.

QUANDO ACORDEI no dia seguinte, levei um instante para reconhecer onde estava. Um quarto escuro. Luz fraca de duto de ar. O cheiro do sabão em pó de outra pessoa. O beliche, as marcas de giz de cera nas paredes, lençóis marrons florais. O quarto de Becky. A última coisa de que conseguia lembrar era de meu pai me dando uma das pílulas dele para dormir. Esfreguei um sono sem sonhos dos olhos e vaguei pelo longo corredor procurando por ele. Ele estava sentado diante de uma grande mesa de carvalho na gigantesca sala de estar banhada pelo sol do apartamento de Dixon, lendo um manuscrito, vestindo o uniforme habitual de fim de semana — Levi's, sem sapatos, uma Lacoste azul-marinho desbotada, o leve cheiro de hortelã do sabonete.

Ele ergueu os olhos e sorriu.

— Ei, filhota.

— Que horas são?

— Quase três da tarde. Você dormiu por dezessete horas. Com fome? Tem meio sanduíche de peru na geladeira.

— Não, obrigada. Por que você não me acordou?

— Posso fazer um bule de café. — Ele largou o manuscrito. — Você bebe café?

— Não tenho permissão.

— Novas regras.

Eu o segui até a cozinha e me sentei em um dos banquinhos junto ao balcão. Ele tirou um saco de grãos de café do congelador.

— Você precisa deixar eles no congelador, ou os grãos perdem o sabor.

Observei ele moer o café, parando o moedor elétrico duas vezes para dar uma chacoalhada.

— Garante que seja moído de forma uniforme — explicou, pegando duas xícaras de vidro do armário. Aqueceu leite em uma panela.

Meu pai é meticuloso com os detalhes da cozinha.

— Adoro essa música — disse ao ligar o rádio, e começou a cantarolar "Rhiannon". — Bolinho inglês?

— Claro.

Ele pegou um garfo de uma gaveta, fez pequenos furos em volta do bolinho, partiu ao meio e colocou na torradeira.

— É tão bom ter você aqui. — Pôs a mão no bolso. — Fiz uma chave para você.

Ele sorriu para mim como se isso fosse uma conquista extraordinária e puxou um banquinho a meu lado.

— Então. Meu divórcio é definitivamente definitivo.

Não tinha certeza do que deveria dizer — se devia ficar feliz por ele ou triste. Optei pelo silêncio.

— Joanne fez com que fosse uma decisão muito fácil. Ela me deu um ultimato: meu casamento ou minhas meninas. E, óbvio, nem tive que pensar. — Ele fez uma pausa dramática. — Você e Anna não sabiam disso, mas Joanne nunca gostou que eu tivesse filhas.

Fingi um olhar de surpresa, tentei não rir.

O bolinho saltou da torradeira.

— Sinto muito por ter sumido da vida de vocês. Joanne deixou tudo tão difícil. Enfim — ele pegou uma barra de manteiga e um frasco de geleia inglesa da geladeira —, já vai tarde. Nunca mais. De agora em diante somos só você, eu e Anna. Ninguém nunca mais vai ficar entre a gente de novo. E isso é uma promessa.

— MARY — estou sibilando no telefone público. — Vá dizer ao meu pai que preciso falar com ele. E diga que se não vier ao telefone eu nunca mais vou falar com ele de novo. — Ouço ela fazer uma pausa mental. — Não tome essa decisão por ele, Mary, se é isso que você está pensando. Acredite em mim, o tiro vai sair pela culatra.

Ela põe o telefone no balcão. Ouço os passos dela entrando no quarto. Consigo ouvir ela falando com meu pai. Depois de alguns minutos, ela pega o fone.

— Ele disse "Tudo bem, se é isso o que você quer".

— Você disse a ele que seria *o fim*?

— Sim — responde com doçura —, repeti suas palavras exatas.

Eu me sinto doente, apunhalada pelas costas.

— Bem, então acho que não há mais nada a dizer. Tenha um lindo casamento. Da última vez que ele se casou, a noiva não estava usando calcinha. Acho que ele gosta daquela coisa de virilha sem nada.

Desligo o telefone e corro para o banheiro da cafeteria, tenho ânsias de vômito sobre o vaso algumas vezes até a náusea diminuir. Nunca consegui me forçar a vomitar, não importa quanto tente. Odeio ele. Odeio a fraqueza dele. Tudo o que nunca fez por nós. Tudo o que prometeu. As infinitas traições. Passo água fria no rosto. Estou toda borrada e com os olhos vermelhos, mas pelo menos consigo respirar. Tenho de sair daqui. Preciso de Peter.

Estou quase chegando à porta da frente quando alguém no cubículo atrás de mim diz:

— Elle?

A voz dele mudou. Ficou mais grossa, é claro. Mas eu a reconheceria se estivesse em um coro de mil vozes. Imaginei esse momento por tantos anos. Como seria. Quem seríamos agora. Na minha versão, estou carregando um rascunho da minha tese sobre Colette, correndo para encontrar um professor, vestindo veludo cotelê; ou saindo da lagoa depois de um mergulho vigoroso — bronzeada, em forma, madura —, sem arrependimentos. Passo os dedos pelo meu cabelo selvagem e estático. Podia sair pela porta, deixar ele pensar que cometeu um engano.

— Elle — repete Jonas, na voz mais suave e simples, monossilábico mas perfeito, como uma camisa passada.

E eu me viro.

Ele está diferente. Menos rústico, menos selvagem. O cabelo preto grosso está curto. Mas os olhos continuam do mesmo verde-mar: resolutos, puros.

— Uau — digo.

— De fato. Uau.

— Isso é tão estranho. O que está fazendo aqui?

— Estava com fome.

— Você não devia estar em Cambridge com a sua família? É ano-novo.

— Elias teve um bebê. Todos estão em Cleveland. Hopper é o padrinho. Eu tinha muito trabalho. Qual é a sua desculpa?

— Eu estava cortando relações com meu pai. Ele mora na esquina.

Ele assente.

— Isso sempre foi meio previsível. Quem era aquele cara de cabelo seboso com quem você estava gritando?

— Só mais um babaca.

Ele sorri.

— Então não é seu namorado?

— Engraçadinho. — Deslizo para o cubículo na frente dele. — Não consigo acreditar que é você. Você envelheceu.

— Eu sempre disse que ia envelhecer, mas você se recusou a acreditar em mim.

Debaixo do casaco de lã preto surrado ele está usando jeans e uma camisa de trabalho desbotada, manchas por toda parte, borrões grossos de tinta colorida.

— Você parece um maluco. — Mas, para ser sincera, ele está maravilhoso.

— Você parece bem.

— Estou um trapo e nós dois sabemos disso.

Puxo alguns guardanapos de papel da caixa metálica na mesa e assoo o nariz. Olho para ele, tentando absorver o que estou vendo. Ele me encara de volta, abertamente — aquela mesma expressão um tantinho inquietante que ele tinha quando nos conhecemos —, os olhos de um homem velho no rosto de um jovem.

— Ouvi dizer que você estava morando na Inglaterra — comenta.

— Estou. Londres.

Jonas aponta para um prédio residencial sem graça na esquina.

— Eu moro ali.

— Você odeia a cidade.

— Estou na Cooper-Union. Estudando pintura. Tenho mais um ano.

A garçonete se aproxima e fica imóvel até notarmos a presença dela.

— Café? — pergunta Jonas. — Ou você gosta de chá agora?

— Café.

— Queremos dois cafés — pede à garçonete. — E duas rosquinhas de açúcar.

— Sem rosquinhas.

— Tá. Uma rosquinha — diz para a garçonete. — Vamos dividir. Então. O que há em Londres?

— Pós-graduação. Literatura francesa.

— Por que lá? Por que não aqui?

— Mais longe.

Jonas assente.

— Então... Sete anos — digo.

— Sete anos.

— Você nunca voltou para Woods. Desapareceu.

— Gostei do acampamento.

— Não faça isso. Você nunca foi bom em fingir.

Ele pega minha mão, toca meu anel.

— Você ainda tem.

Puxo o anel do dedo, ponho na mesa. A prata se desgastou em alguns lugares e as garras mal seguram o vidro verde no lugar.

— Esta é a primeira vez que tiro ele desde que você me deu.

— Estou surpreso que você não tenha morrido de gangrena.

— Fui assaltada ano passado. Em Londres. Por um *skinhead*. Ele tentou pegar o anel, mas não deixei. Disse que não valia nada. Ele me deu um soco no estômago.

— Cristo.

— Tinha um homem lá. Ele me salvou. Por causa dele ainda tenho o anel.

A garçonete coloca duas xícaras de café na mesa entre nós.

— Estamos sem rosquinhas de açúcar. Temos uns enroladinhos de canela ou torta com creme.

— Acho que estamos bem assim... Pode me trazer um pouco de leite?

Ela se estica por cima de uma mesa vazia. Pega uma tigela de creme artificial.

— Enroladinhos de canela — diz Jonas.

Fico olhando ela se afastar.

— Estou com ele agora. O cara do anel. Peter. Ele está aqui. Bem, na casa da minha mãe.

— Bacana.

Jonas parece indiferente. Ele pega um potinho de creme da tigela, puxa a tampa de papel-alumínio e derrama no café.

— Então, o que ele faz?

— Ele é jornalista.

— Sério?

— Acho que sim.

Jonas dá uma mordida no enroladinho. Fica um pó de canela nos lábios dele.

— Bem, espero que tenha deixado claro para ele que já está comprometida *comigo*.

Dou uma risada, mas, quando o olho, seu rosto está sério.

— É melhor eu ir. Ele está me esperando.

— Fique. Se amar você, ele vai esperar. Eu esperei. Espero.

— Jonas, não.

— É verdade.

— Você não esperou. Você foi embora.

— O que eu devia fazer, Elle? Voltar no verão seguinte e fingir que nada aconteceu? Fazer aulas de vela? Colocar uma mentira entre a gente? Você sabe que eu não podia fazer isso.

Todos esses anos pensei nele, senti falta dele, queria andar ao lado dele em trilhas tranquilas, almas entrelaçadas. Contudo, agora que ele está aqui comigo, tudo que vejo é quanto as nossas vidas se distanciaram.

— Talvez você esteja certo. Não sei. Só que agora não existe *nós*. — E a verdade disso é quase insuportável. — A gente nem sequer se conhece. Nem sequer sei onde você mora.

— Sabe, sim. Moro do outro lado da rua naquele prédio de merda.

— Você sabe o que eu quero dizer.

— Sou a mesma pessoa que era naquela época. Provavelmente um pouco menos peculiar.

— Espero que não. — Dou uma risada. — Sua esquisitice sempre foi sua melhor qualidade.

Jonas pega o anel de vidro verde e o segura contra a luz.

— Você precisa ter cuidado com isso. É valioso. Usei todo o dinheiro da minha mesada para comprar ele.

— Eu sei. Significa muito.

— Não me arrependo do que aconteceu.

— Bem, devia. Nós dois devíamos.

— Ele estava machucando você.

— Eu ia sobreviver.

Jonas coloca o anel de volta na mesa na minha frente. Está ali entre nós. Essa coisa minúscula — tão feia, tão linda.

— Não uso porque você me deu. Uso para lembrar do que a gente fez.

A garçonete volta à nossa mesa segurando a jarra de café de vidro na mão.

— Encho sua xícara? — pergunta.

— Não precisa — respondo.

— Querem mais alguma coisa?

— Só a conta. — Visto o casaco e me levanto. — Realmente preciso ir.

Ele me estende o anel.

— Pegue. É seu. Mesmo que faça você se lembrar dele.

— Não.

— Por que não?

Podia mentir. Para qualquer outra pessoa eu mentiria.

— Porque também me faz lembrar de você — digo com tristeza.

Jonas pega uma caneta e rasga um pedaço do guardanapo.

— Vou dar meu número para você. Para quando você voltar a ter juízo. Não perca.

Dobro o papel frágil e ponho na carteira.

— Está ridiculamente congelante aqui fora. — Coloco o chapéu e enrolo o cachecol em volta do pescoço.

— Sinto sua falta.

— Também. Sempre. — Inclino-me e o beijo na bochecha. — Preciso ir.

— Espere. Vou acompanhar você até o metrô.

Do lado de fora da lanchonete, a neve está caindo aos borbotões, despejando punhados de cada vez. Jonas passa o braço pelo meu, enfia minha mão fria e sem luva no bolso do casaco dele. Caminhamos os sete quarteirões sem falar, ouvindo o cair suave da neve. O silêncio entre nós é fácil, familiar — como andar pela trilha em fila indiana até a praia, perambulando pela floresta —, tudo entre nós é vibrante, mas calado.

A boca cinzenta e aberta do metrô surge mais cedo do que desejo, lançando pessoas enlameadas e cheias de roupa no bafo fétido de concreto. Jonas segura minhas mãos.

— Você não tem que sentir minha falta, sabe?

Retiro a mão e a coloco na bochecha dele.

— Sim. Preciso.

Ele me puxa para perto tão depressa que não tenho tempo de reagir e me beija com a intensidade de cada dia, cada mês, cada ano que nos amamos. Não é nosso primeiro beijo. Isso foi há muito tempo, debaixo da água, quando éramos crianças — quando nos despedimos pela primeira vez, sabendo que não seria a última. Mas dessa vez, quando me afasto dele, é uma agonia. Não achado, mas perdido. Hesito, fico parada no precipício da memória, querendo cair dentro dele de um jeito tão desesperado, sabendo que não posso. Jonas é animal. Peter é mineral. E preciso de uma rocha.

— A gente se vê — digo. E nós dois entendemos o que quero dizer.

— Elle! — grita ele enquanto desço a escada para o metrô.

Paro, mas dessa vez não me viro.

— Peter não é o cara do anel. Eu sou.

CAPÍTULO 23

Fevereiro de 1991, Londres.

Não há ninguém em Heath. Só alguns adoradores de cachorros de aparência sombria, que estão parados bem longe um do outro observando os animais de estimação empolgados correndo sem coleira, as pernas finas e ossudas cobertas de lama, se divertindo à custa dos donos. Está chovendo. Não um dilúvio fértil, exuberante, mas aquele chuvisco sem fim de um céu baixo e cor de chumbo projetado especialmente para fazer você puxar as meias para cima. Um cachorro preto avança perseguindo uma bola vermelha sob uma garoa cinza.

Eu me mudei para o apartamento de Peter em Hampstead com o pé-direito alto e imponente e as cornijas de gesso. Estantes de livros revestem as paredes, repletas de volumes encadernados em couro que falam de construção naval ou Agripa, que Peter realmente leu. À noite, quando ele volta do centro, acendemos a lareira, nos aninhamos juntos no sofá debaixo de edredons de plumas enquanto ele lê em voz alta para mim o livro mais chato que consegue encontrar, até que imploro para ele parar e fazer amor comigo.

O apartamento seria o paraíso se não tivesse sido decorado pela mãe dele com sofás de veludo austeros com patas de leão no lugar dos pés e gravuras de cães de caça carregando aves mortas e flácidas na boca. Peter colou um pôster do Clash por cima de uma cena de morte hedionda de um coelhinho e jogou tapetes *kilims* nos encostos das *chaises*. No entanto, ainda consigo sentir ela aqui, espiando através dos olhos do ancestral de aparência assustadora cujo retrato está pendurado acima de nossa cama. Sei que ela não ficou feliz quando me mudei. Uma namoradinha americana é aceitável, desde que o namoro termine quando ela voltar para o país medonho dela.

Em dias como hoje, quando Peter está no escritório e estou sozinha em casa tentando terminar a tese, andando de um lado para outro, comendo Nutella no pote, não conseguindo fazer nada de concreto, posso senti-la me encarando das paredes, do teto, como se os tivesse revestido com desaprovação. Se ela soubesse como tem razão.

No fim da nossa rua, há um velho pub com um terraço promissor para os dias de sol. Um pouco além fica o vasto Heath, os campos selvagens e descuidados e um gostinho de floresta no meio da cidade. As árvores aqui são deformadas, druídicas, as raízes se estendendo para fora como dedos procurando às cegas por um passado do qual ainda se lembram. Pequenos caminhos que se encontram, trilhas desgastadas que desaparecem em buracos profundos, fecundos, em decomposição, cobertos de vegetação, escondendo as tocas de raposas e os homens que vagam por aqui em busca de boquetes depois que escurece.

Ando pelo Heath quase todas as tardes, deixando a mente arejar depois de muitas horas olhando para uma máquina de escrever. Planejei fazer uma boa e longa caminhada hoje à tarde, de Parliament Hill a Kenwood House, mas a chuva começa a cair, bem forte, alagando o mundo, então mudo o percurso e corto o campo na diagonal na direção de casa, passando pelos lagos de natação dos homens.

Dois velhos com toucas de banho de borracha azul combinando e calções largos estão parados na beira do lago público, a pele de papel crepom branca e translúcida, os chuviscos batendo nas costas deles. Vejo-os aqui quase todos os dias. É uma coisa britânica — encontrar prazer no dever, preservar o direito do cidadão de nadar em um lago frio e pouco palatável no meio de um parque público porque *se pode fazer isso*. A mesma razão pela qual a mãe de Peter insiste em caminhar cruzando o jardim do vizinho, ou os chiqueiros de porco da fazenda, patos e gansos debandando quando ela escala um portãozinho de madeira: porque é um direito de passagem do cidadão, e o prazer de caminhar invadindo dentro da lei é muito mais puro que a facilidade de contornar.

Agora, enquanto passo apressada pelo lago, consigo enxergar os velhos se esforçando de uma ponta à outra da água, braçadas em perfeita sincronia; duas cabeças de tartaruga azul brilhantes em um mar sombrio. Deve estar um gelo.

Estou quase fora do parque quando ouço gritos atrás de mim. Uma mulher com um cachorrinho está agitando os braços, gritando. Um homem do outro lado do campo a ouve, engata uma corrida, mas estou mais perto e a alcanço primeiro.

— Ele está se afogando! — grita ela, apontando o lago, desesperada. — Não sei nadar.

Lá embaixo no lago, vejo só uma cabeça azul.

— Ele estava bem ali. — Ela aponta. — Ele estava logo ali, gritando por ajuda. Não sei nadar.

— Chame a emergência! — grito.

Entro no lago antes de ter tempo para pensar, tirando os tênis, deixando a capa de chuva e o suéter grosso em algum lugar no chão atrás de mim. A água está mais quente do que eu esperava, fresca. Emerjo a seis braçadas rápidas do velho. Ele está tentando ficar de pé na água, tremendo em estado de choque, os olhos aterrorizados procuram na superfície por um sinal do amigo.

— Era a nossa terceira volta — diz ele. — Sempre damos seis voltas.

— Volte para a margem — respondo.

Mergulho, olhos procurando na escuridão por um ponto dissonante, de cor. Rompo a superfície em busca de ar e mergulho de novo, mais fundo dessa vez, até o leito cheio de juncos. À minha frente, vejo algo parecido com azul.

Os paramédicos chegam assim que alcanço a margem, sem fôlego, arrastando o peso inerte do velho. Dois entram na água para me tirar de lá, mas os dispenso.

— Salvem ele. — Estou ofegando. — Por favor, salvem ele.

O amigo do homem está tremendo no pequeno cais de madeira. A mulher passou o casaco dela em torno dele. Ficamos olhando os paramédicos golpeando o peito pálido e triste, soprando o ar dentro dele. Prendo a respiração, espero aquele jorro de água ser expelido dos pulmões dele, os olhos se abrindo de surpresa, como se tivesse acabado de cuspir um sapo vivo. Nas águas rasas lamacentas, a touca azul de borracha gira na margem.

PETER JÁ ESTÁ em casa quando entro, deitado no sofá desconfortável, lendo. Ele deve ter acabado de chegar, porque há apenas uma ponta de cigarro no cinzeiro e a xícara de chá ainda está fumegante. Fico à porta, descalça, pingando uma poça no tapete rústico.

— Você foi surpreendida pela chuva — comenta ele, colocando o livro de lado. — Vou acender a lareira.

Estou congelada no lugar, o coração uma coisa pesada e ensopada.

— Venha — Peter se aproxima para me dar um beijinho distraído —, vamos tirar essas roupas molhadas.

— Um velho se afogou no lago de natação.

— Agora?

— Ele nada lá todos os dias. Com o amigo dele.

— E você viu isso? Pobrezinha...

Estou entorpecida, entorpecida demais para ter alguma sensação.

— Ele nem tinha alcançado o leito da lagoa. Ainda estava afundando quando alcancei ele.

— Espere um instante. Quer dizer que você mesma foi atrás dele? Na lagoa de natação dos homens?

— A água estava escura, mas vi a touca de banho dele.

— Meu Deus, Elle.

Peter pega um cigarro e o acende.

— Os paramédicos já tinham chegado quando alcançamos a margem. Ele parecia um feto, uma daquelas coisas mantidas em formol.

— Você podia ter se afogado. No que estava pensando? — O tom áspero de amor e preocupação na voz de Peter.

Olho para longe dele. Gostaria de poder contar, explicar. Eu precisava salvá-lo. Uma gota no oceano. Mas não posso.

Ele me abraça com força.

— Que tal um banho quente? — sugere Peter.

— Não. Nada de água.

Meu corpo inteiro está tremendo. Peter tira minha roupa molhada ali mesmo, me carrega para nossa cama. Entra comigo debaixo das cobertas, todo vestido, e fica de conchinha. Gosto da sensação da camisa dele, da fivela do cinto, das calças, um tecido rústico, tão concreto, pressionadas contra a minha pele nua.

— Você devia tirar os sapatos — digo.

— Vou fazer uma xícara de chá para você. Não se mexa. Nunca mais vou deixar você sair deste apartamento.

Minha pele se recusa a ser aquecida. Puxo as cobertas para mais perto de mim, mas meu corpo continua tremendo. Não consigo parar de pensar no corpo dele à deriva, o abraço amniótico da morte, como parecia gracioso enquanto caía. Ouço Peter encher a chaleira elétrica, o tilintar dos talheres quando abre a gaveta. Imagino cada um dos pequenos movimentos que está fazendo: escolhendo com cuidado uma xícara de chá da qual sabe que vou gostar, colocando dois saquinhos de chá PG Tips em vez de um, macerando quarenta segundos a mais do que eu faria, derramando leite suficiente para deixar no tom rosa pálido correto, não claro demais, mexendo com uma colherzinha cheia de açúcar.

— Uísque dentro ou à parte? — pergunta, me trazendo o chá.

— Tenho de ir para casa. Estou de saco cheio da chuva.

— Que chuva?

CAPÍTULO 24

Setembro de 1993, Nova York.

A gata se esticou no parapeito de uma janela banhada pelo sol ao lado de um vaso de gerânios vermelhos. O rabo comprido dela balança de um lado para outro como uma planta pendente, espalhando pétalas de flores soltas do peitoril para o piso de madeira abaixo. Uma pousou nas costas dela, e descansa delicadamente em cima do pelo malhado macio, um respingo de tinta vermelho. O telefone toca, mas o ignoro. Não estou com disposição para falar com ninguém. Odeio todo mundo hoje.

Peter está bebendo café, lendo o jornal na cozinha de nosso apartamento sem elevador no East Village.

— Você pode atender? — grita. — Pode ser do escritório.

Estou odiando Peter acima de tudo. O apartamento fede a cigarro, tem marcas de dedos sujos de jornal nas paredes, nos interruptores de luz, nos encostos das cadeiras. Tínhamos planos de ir para o interior do estado nesse fim de semana, para meu aniversário, mas Peter teve de cancelar. Trabalho demais. E ainda assim, de alguma forma, ele tem tempo para o jornal de domingo e o café. Suas cuecas sujas estão amontoadas ao lado da cama, esperando que eu as pegue e lave. Ele comprou leite desnatado. Odeio leite desnatado, a textura fina, a cor quase transparente.

Só para irritá-lo, deixo o telefone tocar mais duas vezes antes de atender, mas a secretária eletrônica chega primeiro.

— Eleanor? — pergunta uma vozinha trêmula, confusa. — Eleanor? É você?

Agarro o telefone.

— Vovó, estou aqui! — grito, com medo de que ela já esteja desligando, como se minha voz pudesse pegar a mão dela ainda no ar.

Agora que meu avô morreu, meu pai e a piranha decidiram tirar a vovó Myrtle da fazenda dela em Connecticut, pondo-a em uma casa de repouso. Não uma casa agradável, com uma entrada circular enorme pontilhada de alfeneiros de cheiro adocicado e enfermeiras tranquilizadoras que a aconchegam com uma tigela de sopa quente e leem para você. Só um esgoto a céu aberto em Danbury que fede a penico com um monte de auxiliares mal pagos — um asilo de blocos de concreto, pisos sujos, corredores nojentos e sem janelas.

Dei a ela minha palavra, não vou deixar isso acontecer. Ela vai ficar na própria casa. Ela já disse para meu pai e para Mary que eles não vão ter de pagar enfermeiras em tempo integral, se a coisa chegar a esse ponto. Ela está em ótima forma. É capaz de cuidar de si mesma. Há uma garota nas redondezas que pode fazer compras e uma limpeza superficial, pegar a correspondência da caixa no sopé da colina. Ela vai se arranjar. Porque é com isso que a piranha está preocupada: gastar qualquer coisa da possível herança com enfermeiras particulares. Meu pai me prometeu que eles não vão tirá-la de casa se eu descobrir uma solução que seja boa para todo mundo. A preocupação deles é que ela caia, diz ele, a menos que eu esteja disposta a passar todos os fins de semana com ela para substituir a garota. "Vou fazer o que for preciso", digo.

— Eleanor... — A voz dela treme. — É você?

— Sou eu, vovó.

— Estou com medo.

Ela está chorando. Nunca a ouvi chorar antes.

— Vovó, o que houve? O que aconteceu?

— Não sei onde estou. — Ela começa a soluçar.

— Não chore, vovó, por favor, não chore.

— Elas me puseram neste lugar. Está frio aqui. Não consigo achar minha luminária de leitura. Onde está todo mundo? Estou com medo, Elle. Por favor, venha me buscar.

Uma raiva me atravessa, uma fúria vermelho-carmim.

— Espere. Onde você está, vovó? Quem levou você?

— Não sei. Não sei. Elas vieram e me trouxeram para cá.

A voz dela está frágil, como a de uma criança.

— Quem veio?

— Mary e a amiga dela. Ela disse que minha pressão arterial tinha disparado, que eu tinha uma consulta médica no hospital. Liguei para o Henry. Ele me disse para ir com ela. Não sei o que fazer. Onde estão os meus cobertores?

— Vovó, preciso ligar para o papai. Vou resolver isso. Você vai estar fora daí hoje à noite. Não se preocupe.

— Está escuro aqui. Não tem janela. Não consigo respirar. Você tem que vir agora!

Ela parece confusa, em pânico, como um cavalo amarrado em um celeiro em chamas.

Tudo o que quero fazer é abraçar minha avó frágil e magra.

— Vou resolver isto. Estou indo buscar você.

— Quem está aí?

— Vou estar aí em algumas horas. Apenas tente ficar calma.

— Não conheço você — diz.

— Sou eu. Eleanor. Estou ligando para o posto de enfermagem agora. Vou me certificar de que levem você para um quarto com janela.

— Não conheço você — repete.

Agora ouço a voz de um homem ao fundo, dizendo a ela para ficar parada. O telefone cai, mas consigo ouvi-la se debatendo na cama. "Não chegue perto de mim!", grita. Seja quem for, ele desliga o telefone.

QUANDO CHEGO à Avis para alugar um carro, há uma fila. A mulher atrás do balcão parece pensar que trabalha no correio. Um gerente sai do setor administrativo arrastando os pés e todos nós soltamos um suspiro coletivo de alívio. Mas, em vez de abrir uma segunda fila, ele digita algum código de anulação no computador dela, diz alguma coisa que faz ela dar uma boa e sonora risada falsa e depois desaparece lá atrás.

— Com licença?! — grito. — Você pode conseguir outra pessoa para ajudar?

— Senhora, estou trabalhando o mais rápido que consigo.

Como se para enfatizar esse ponto, ela se levanta do banquinho e anda em câmera lenta até a impressora. Espera um contrato ser expelido.

— Desculpe — digo, esperando agradá-la. — Preciso ir para o hospital ver a minha avó. Não quero armar confusão.

— Todos nós temos lugares onde precisamos estar. — Ela se vira para o homem na frente dela e dá um sorriso complacente, revira os olhos. Ela está do lado dele e quer que ele saiba, só não está do meu.

CHEGO À CASA de repouso com quinze minutos de folga, pego a bolsa e corro. Estou sem fôlego quando entro na recepção.

— Estou aqui para ver a minha avó.

A mulher atrás do balcão me encara sem expressão, como se nunca tivesse visto um visitante antes. Olha para o relógio.

— O horário de visitas acabou.

— Não. Ainda tenho quinze minutos. Myrtle Bishop.

Ela suspira. Não lhe pagam o suficiente para lidar com essa merda.

— Desculpe. Você chegou atrasada.

Quase bato o pé.

— Acabei de chegar de Nova York. O trânsito estava um horror. Ela é velha e frágil e está esperando por mim. Você não pode apenas ser gentil?

— Senhora, a senhora Bishop faleceu há uma hora.

A VOVÓ está enterrada ao lado de meu avô no antigo cemitério do outro lado da estrada. Percebo que ela passou a maior parte da vida olhando para o lugar onde o corpo dela vai apodrecer. Estamos debaixo de um céu ameaçador ao lado de um buraco mal-acabado no chão. O cemitério se expandiu colina acima. O velho túmulo do suicida onde Anna e eu costumávamos brincar está agora cercado pelas lápides de pessoas boas e normais. Anna está a meu lado, elegante e magra em um vestido preto de lã. A vovó aprovaria. Ela aperta minha mão com força quando a primeira pá de terra bate forte na madeira de ébano. A chuva começa a cair, gotejando no caixão como uma música de fundo. Meu pai está do outro lado do túmulo, os ombros pesados de lágrimas. O guarda-chuva inclinado para longe dele. Gotas de chuva pousam no chapéu de feltro preto. Meu coração está em pedaços desde que minha avó morreu, a mente travada em um ciclo de arrependimento e autorrecriminação. Por que não agi antes, não corri para protegê-la no minuto em que meu pai e Mary a ameaçaram com uma mudança? Ela foi a única pessoa na minha vida que me fez sentir segura quando criança, que me protegeu de fantasmas, leu para eu dormir, me alimentou com proteínas e legumes, cujo amor nunca vacilou. E falhei com ela. Ela estava, literalmente, morrendo de medo.

O pastor fecha o *Livro de oração comum* cheio de pontas dobradas. Os soluços de meu pai se tornam desesperados, guturais. Ele cambaleia na direção de Mary. Ela abre bem os braços para envolvê-lo, mas em vez disso ele passa por ela e joga os braços em volta de mim. Sinto um triunfo momentâneo quando vejo os lábios dela, um rasgo vermelho, se apertarem de humilhação.

Seguro meu pai bem perto, sinto o frio ensopado da gabardine dele contra minha bochecha.

— Você não tem o direito de chorar — sussurro no ouvido dele.

Depois do funeral, todos nós atravessamos a rua e subimos a estradinha íngreme até a casa. A chuva deu um tempo, mas as árvores no pomar — as macieiras e as ameixeiras ainda carregadas de frutas não colhidas — choram na grama alta sob os ramos.

Deixo Anna e Peter preparando drinques na sala de estar, discutindo o caso em que Anna está trabalhando. Ela é advogada em um escritório de advocacia chique no centro de Los Angeles. "Bom, eu teria preferido que você fizesse algo nas artes, mas suponho que seja bom você ter encontrado uma maneira de aproveitar essa sua veia contestadora terrível para algo produtivo" foi o parabéns da minha mãe quando Anna ligou para dizer que tinha conseguido o emprego. Ando pelo corredor até nosso antigo quarto. Está do mesmo jeito de sempre: nossas camas de solteiro feitas, nossos livrinhos infantis favoritos ainda nas prateleiras, uma lata de tabaco vermelha cheia de tocos de giz de cera. Sei que, se entrar no banheiro ao lado da cozinha e esticar a mão para cima às cegas, vou encontrar, na prateleira acima do vaso sanitário, um maço de cigarros escondido onde ela achava que ninguém encontraria. A coisa mais maravilhosa a respeito de minha avó, entre tantas coisas maravilhosas, é que tudo é sempre igual. O cheiro agradável de pinho da casa, as garrafinhas de refrigerante empurradas para o fundo da geladeira nos dias quentes. O dedal de prata que a mãe lhe deu quando ela era uma menina aninhado em uma caixinha lilás na cômoda.

Abro o armário de nosso quarto. No que me diz respeito, meu pai e a piranha podem ficar com tudo. Eles vão pegar tudo mesmo. Anna pode brigar com eles pela cama de dossel e pela primeira edição do *Gatsby*. Tem só uma coisa com que quero. Estico a mão para a parte de trás da pilha empoeirada de jogos de tabuleiro — a velha caixa de palavras cruzadas e xadrez chinês. O Jogo da Vida. Minha mão procura por nosso baú do tesouro repleto de bonecas de papel que Anna e eu fizemos. Mas a caixa não está ali. Tiro tudo do armário e ponho no chão em uma pilha. Checo os armários, debaixo da cama. Nada.

Anna está na sala de jantar ao celular.

— Não. Você fica na Vinte e Dois. Passando Pawling — diz ela, enquanto passo. Jeremy, seu novo namorado, acaba de pousar vindo de Los Angeles. — E não se apresse. As estradas estão molhadas e você já perdeu o funeral.

Na sala de estar, os enlutados estão comendo biscoitos Triscuits e queijo brie, bebidas fortes nas mãos. Meu pai está sentado sozinho no sofá, olhando para o nada. Há uma mancha de lama em um dos sapatos de couro preto polidos. Ele parece desorientado, como se estivesse esperando a mãe surgir da cozinha, o avental ainda amarrado na cintura, segurando um prato de biscoitos de açúcar.

— Papai. — Sento ao lado dele. — Fiquei procurando uma caixa de latão que ficava no armário do nosso quarto. Estava lá da última vez que olhei. Consegue imaginar onde a vovó colocou?

— As bonecas de papel? — indaga.

— Sim. Procurei em toda parte.

— A sobrinha da Mary esteve aqui conosco algumas semanas atrás. Ela gostou delas. Mary disse que ela podia levar para casa quando fosse embora.

Fico de pé.

— Bom, melhor eu ir. Quanto mais cedo todos saírem da casa, mais cedo você vai poder vender.

Eu me estico para a estante de livros atrás da cabeça dele, puxo da prateleira a primeira edição valiosa do meu avô de *O grande Gatsby*.

— Estou levando isto para Anna.

Peter nos leva para casa, entrando meio depressa demais nas curvas do asfalto escorregadio. Nossos faróis altos abrem caminho através da noite chuvosa. À nossa frente, as árvores se inclinam de ambos os lados como fantoches de sombra gigantescos. O rádio está desligado. Fecho os olhos e ouço os limpadores de para-brisa indo e vindo. Não consigo falar. Não consigo nem chorar. Como um hidroavião, planamos por uma curva íngreme em S, mas Peter nos puxa de volta ao eixo, acelera. Não digo para ele ir mais devagar. Sou grata pela distância que está colocando entre meu passado e o presente.

— Odeio ele — digo por fim.

— Então eu também odeio. — Peter tira uma das mãos do volante e passa o braço em torno de mim. — Chega mais.

Ele me puxa e me aperta ao lado dele.

O carro se desvia um pouco, mas não me importo.

CAPÍTULO 25

Abril de 1994, Nova York.

Afasto a cadeira da mesa, estico as costas. Estou corrigindo trabalhos pelo que parecem ser dez horas. Pego o telefone e ligo para Peter no escritório.

Ele atende depois de um toque.

— Olá, linda. Estou sentindo sua falta.

— Nesse caso, ainda bem que você vai me ver muito em breve. Terminei o que tinha para fazer aqui. Se eu ler outro ensaio de graduação óbvio sobre "Feminismo e Colette" ou "Apologia à homossexualidade em Gide", vou me dar um tiro. Quer que eu vá até o seu escritório para a gente ir junto?

— Tenho de terminar um artigo. Melhor a gente se encontrar lá, para o caso de eu ficar preso.

— Espero que não. Odeio essas coisas. — Multidões de parasitas da arte fingindo que o rei não está nu.

Os pais de Peter estão vindo para a cidade para a abertura da Bienal do Whitney e vamos encontrá-los lá. Ouço ele acender um cigarro, inalar.

— Só porque você não gosta de arte conceitual não significa que o resto do mundo esteja errado.

— Três palavras: Michael. Jackson. Bubbles.

— Minha mãe diz que a mostra deve ser muito “política” este ano.

— Onde eles vão levar a gente para jantar?

— A algum lugar legal. Estão ansiosos para ver você.

— Estão ansiosos para ver *você*. Eu sou a mulher que sequestrou o filho deles e trouxe para viver no meio dos selvagens.

Peter ri.

— Vou estar lá assim que puder. Prometo.

DESÇO DO trem na 77th com a Lexington. É uma tarde quente e perfeita de primavera — o cheiro de concreto empoeirado se elevando das calçadas, a brisa doce das tílias, as casas geminadas recebendo um resto de sol. Na esquina do Whitney, sento em uma entrada e troco os tênis de corrida por um par de sapatilhas pretas, passo um pouco de batom vermelho, penteio os cabelos com os dedos e ajeito os seios um pouco para cima. Estou usando meu vestido de festa de linho azul-claro favorito, mas o decote é um pouquinho baixo e, se não erguê-los e separá-los, meus seios acabam parecendo bumbum de bebê.

O Whitney é uma casa de loucos, a ponte de concreto da entrada lotada de corpos, um trem expresso no horário de pico. Ainda nem entrei e já estou puta. À porta, uma mulher me dá um bóton que diz “Não dá nem para imaginar querer ser branca”. Pego um copo de vinho de uma bandeja que passa e me dirijo para a multidão. Se houver um incêndio, vou ser pisoteada até a morte.

Combinamos de encontrar os pais de Peter no elevador, mas eles ainda não chegaram. Encontro um pedacinho de espaço vazio junto à parede, me encosto e entorno o vinho de uma só vez, observo as pessoas bonitas abrindo caminho pela sala. Um garçom de cabelo escuro, carregando uma bandeja de champanhe, se afasta de mim no meio da multidão.

— Posso pegar um desses? — pergunto, mas ele não me ouve por cima do barulho.

Puxo-lhe a manga para chamar sua atenção antes que seja engolido. A bandeja oscila na mão dele e, por um segundo, parece que ele vai perder o controle, porém consegue manter o equilíbrio, deixando todas as taças cheias na posição vertical. Nem um respingo.

— Idiota — murmura, enquanto avança sem me deixar pegar uma taça de champanhe da bandeja.

Conheço essa voz.

— Jonas?

O garçom se vira e olha com raiva para mim. Não é ele.

Enquanto observo ele se afastar, uma tristeza toma conta de mim, uma frustração que não sabia que estava lá, uma sensação de soco no estômago — como se tivesse recebido o perdão de minha sentença de morte e então, segundos depois, fosse avisada de que tinha acontecido um erro. Já se passaram quatro anos desde a cafeteria. Desde que Jonas me beijou. Desde que ignorei a mensagem que ele deixou na secretária eletrônica da minha mãe no dia seguinte, sabendo — enquanto a apagava, enquanto tostava um bagel, enquanto levava o café na cama para Peter — que Jonas era o que poderia ter sido. Talvez até o que *deveria* ter sido. Sabendo que era tarde demais.

Peter é o que *é*. Nossa vida juntos é boa. Ótima. Apaixonados pela realidade um do outro — com desentupidores de banheiro e hálito matinal e correndo até a mercearia para conseguir absorventes para mim, pegando no sono durante o programa do Letterman, uivando com wasabi. Mas nada disso importa agora. Pego a bolsa e tiro a carteira, cheia de recibos que preciso jogar fora, cartões de taxistas que pego por educação, algumas fotos antigas, um cartão de crédito estourado. Meus dedos apalpam as reentrâncias na parte de trás do bolso frontal, onde a foto medonha da minha carteira de habilitação me encara. Puxo o pedaço de guardanapo dobrado. O número dele está desbotado, mas ainda legível.

Tem um telefone público em um canto do saguão perto da loja de presentes. Jonas atende no quarto toque e dessa vez sei que é a voz dele.

— Sou eu — digo.

Silêncio. O barulho no saguão atrás de mim é ensurdecedor. Pressiono o receptor do telefone com força contra o ouvido, tapo o outro ouvido com o dedo indicador tentando criar uma redoma de silêncio.

— Sou eu — repito, mais alto dessa vez.

Um homem entra no Whitney usando um terno de vinil rosa, a mulher ao lado dele é uma cabeça mais alta, vestida com um casaco Chanel e meias pretas transparentes que não ajudam em nada a esconder a nudez por baixo. Fico olhando enquanto eles atravessam o saguão lançando beijos.

— Jonas? Você está aí? É a Elle.

Ouço ele suspirar.

— Eu sei quem é. Você está me ligando bêbada?

— Claro que não. Estou no Whitney.

— Ah... Achei que você estava em Londres.

— A gente se mudou para cá. Pensei ter visto você agora. Tinha um garçom. Eu tinha certeza que era você.

— Não.

— Eu sei. Você está aí.

Ele espera que eu diga mais alguma coisa.

— Enfim, eu estava parada sozinha no meio dessa multidão de babacas de Fiorucci vintage, esperando pelo Peter, e pensei...

— Você pensou: *babacas... Jonas. Nunca retornei a ligação dele, mas tenho certeza de que ele vai ficar feliz de receber notícias minhas cinco minutos antes de o meu namorado chegar.*

— Não seja idiota. Estou ligando para você agora.

— Por quê?

— Não sei.

Ele está quieto do outro lado da linha.

Atrás de mim há uma nuvem de som.

— Tá bom — responde.

— Graças a Deus. Fiquei preocupada que você fosse continuar emburrado.

— Eu ia. Mas tenho a firmeza de uma minhoca. Como você está?

— Estou bem. A gente voltou no ano passado. Estava com saudades de casa. Chove em Londres.

— Ouvi falar.

— Peter conseguiu um emprego no *Wall Street Journal*. A gente mora perto do Tompkins Square Park, assim vejo o verde. E drogados. — Faço uma pausa. — Queria ter retornado a ligação.

— Então por que não fez isso?

— Você me pediu que escolhesse.

Jonas suspira e diz:

— Pedi que você *me* escolhesse.

A operadora interrompe, me pedindo que deposite dez centavos pelos próximos três minutos. Ponho uma moeda na abertura e espero o estrondo reconfortante.

— Enfim — diz Jonas, em uma voz de "quero desligar o telefone agora" —, estou trabalhando, então é melhor desligar.

— Posso ver você?

— Claro. Você tem meu número.

Há uma ausência, uma frieza na voz dele, e sinto um pânico repentino e agudo. Não o perdi ainda, mas sei em cada átomo do meu corpo que ele está prestes a fechar a porta.

— Que tal amanhã? — pergunto.

— Na semana depois da próxima é melhor — responde.

Do outro lado da sala, vejo Peter e os pais dele abrindo caminho pela multidão em direção ao elevador. Viro as costas, assim ele não consegue me ver.

— Se quer saber, fiquei tão emocionada quando achei que aquele garçom era você. Fiquei tão feliz! Então não era você, e não conseguia pensar em mais nada exceto que precisava ver você naquele exato segundo. Não conseguia esperar. Não ia conseguir respirar se não ouvisse a sua voz no mesmo instante. Ainda tinha o seu número na minha carteira. Andei até o telefone público. Disquei.

— Isso soa um pouco dramático, até mesmo para você.

Dou uma risada.

— Sim, um pouco. Mas é verdade.

— Então vem *agora* — retruca ele, com calma.

CONSIGO VER Peter encostado na parede, magro e bonito no terno risca de giz. Ele olha para o relógio, passa os olhos pelo saguão. Eu me escondo atrás de um homem grande em um smoking roxo. Se conseguir escapar pela porta lateral antes de Peter me ver, posso ligar para ele da rua — dizer que estou me sentindo muito mal para vir. Posso ir até o centro para ver Jonas e estar de volta ao apartamento antes que Peter chegue em casa. O homenzarrão se vira e me encara como se estivesse olhando para um pequeno camundongo que pisca. O rosto dele está pintado com maquiagem de palhaço.

— Boa tarde — diz. A voz é esganiçada, como a de uma menininha.

Sorrio para ele, tentando agir como se ficar agachada no meio da multidão fosse algo perfeitamente normal. Ele me analisa por um momento, a boca de palhaço com batom vermelho franzida, antes de ir embora. Ouço meu nome ser chamado. Pela janela que o Homem Palhaço deixou no rastro roxo dele, Peter me viu.

— Ah, ainda bem... — A mãe de Peter me beija no ar nas duas bochechas. — Estávamos começando a nos preocupar.

— Deixei cair as chaves — explico.

O pai de Peter, sempre elegante, está ao lado dele, os grossos cabelos grisalhos penteados para trás, terno Saville Row. Ele parece mais velho que da última vez que os vi. O cansaço estampado em volta dos olhos.

— Você deve estar com *jet lag*...

Dou um abraço desajeitado nele. Mesmo depois de todos esses anos, os pais de Peter ainda me intimidam com a retidão deles, a adesão a um misterioso código de boas maneiras da classe alta britânica. Por mais que tenha tentado aprender as regras, sempre que estou com eles tenho a sensação de que estou dando um *faux pas*. E, para piorar, não sei o que *é* um *faux pas*.

— Tirei um cochilo no hotel — responde o pai de Peter.

— Não acreditamos em *jet lag* — comenta a mãe dele.

— Pensei que *eu* estava atrasado. Corri saindo do metrô. Quase me matou.

Peter me dá uma beijoca molhada. Consigo sentir as sobrancelhas da mãe dele se erguendo. Demonstrações públicas de afeto são malvistas. Quase pior que a marca da calcinha à mostra.

— São os cigarros — retrucou ela. — Eleanor, você tem de fazer ele parar.

— Eu estava aqui — respondo a Peter. — Fui ao banheiro.

Faço uma pausa, tentando pensar em alguma desculpa, qualquer coisa que me tire daqui. Jonas está esperando. Se eu der um bolo, ele não vai me perdoar de novo. Peter pega minha mão.

— Que tal irmos subindo? — O pai dele pressiona o botão do elevador. — Fizemos reserva no Le Cirque.

O elevador começa a descer fazendo barulho. Ouço-o se aproximando, sabendo que é agora ou nunca.

— Encontro vocês lá em cima — comento, no momento em que as portas se abrem. — Preciso usar o banheiro.

Peter olha para mim, confuso.

— Achei que você tivesse acabado de sair do banheiro.

— Estou me sentindo um pouco mal... Estômago.

— Você parece mesmo corada. — Ele estende a mão para sentir minha testa, segurando as portas do elevador abertas com a mão livre.

— Se você não está se sentindo bem, Eleanor, devia ir para casa. De nada serve deixar o resto de nós doentes — diz a mãe de Peter.

— *Mãe.*

— Ela está certa — digo.

A mãe dele parece tão entusiasmada com o triunfo insignificante que quase me sinto absolvida.

— Então vou com você — responde Peter.

— Não. Fique com os seus pais. Estou bem. Vou ficar bem.

O elevador tilinta impaciente.

— *Peter*, outras pessoas estão esperando... — diz ela.

— Vai. Nos vemos em casa.

Espero as portas do elevador se fecharem antes de correr para a rua e chamar um táxi.

JONAS ESTÁ do lado de fora do prédio dele, as mãos nos bolsos, olhando para uma árvore desgrenhada em um vaso na calçada. Quase não o reconheço. Ainda é Jonas — o cabelo preto rebelde, aquela expressão intensa nos olhos —, mas tem ombros largos, musculosos: um homem *homem*. Sigo o olhar dele até um grande falcão empoleirado em um galho alto.

— É um de cauda vermelha — diz Jonas. — Deve estar caçando ratos.

— Que nojento.

— Ainda assim, uma ave de rapina em Greenwich Village.

— Esse podia ser o título da autobiografia da minha madrasta.

Jonas ri.

— Como você faz isso?

— Faz o quê?

— Consegue me fazer rir mesmo quando estou odiando você.

Ele me encara, o olhar direto, sem mentiras por trás dos olhos verde-água.

— Para ser honesto, desejei que você tivesse ficado muito velha e gorda. Toda flácida e inglesa. Mas você está linda.

Jonas franze a testa, corre os dedos pelo cabelo escuro. Está mais comprido de novo, mais selvagem. Está usando as roupas de trabalho, jeans e camiseta coberta de tinta. Cheira a terebintina. Há uma mancha de ocre na bochecha dele.

Estendo a mão para limpar, mas ele detém minha mão no ar.

— Tem tinta no seu rosto.

— Não toque em mim.

— Não seja bobo.

Passo os braços em volta dele, não solto. É uma sensação boa estar perto dele. Quando me afasto, há tinta a óleo úmida no meu vestido de linho.

— Foi isso que quis dizer... — explica ele.

— Merda. Gostava desse vestido.

No fim da rua, vejo um casal de braços dados atravessando no semáforo. Por um segundo, acho que são meu pai e Mary, e uma sensação de putrefação e esmagamento comprime minhas entranhas.

— O que foi? — pergunta Jonas.

— Pensei ter visto meu pai. Não falo mais com ele.

— O que aconteceu?

— Ele colocou a vovó num asilo. Contra a vontade dela. Ela morreu no dia seguinte. Me ligou. Estava tão assustada e sozinha. Tentei chegar lá, mas era tarde demais. Nunca vou perdoar ele.

Acima de nós, o falcão levanta voo, perseguindo um pássaro menor. Observo-o voando em círculos.

— Menti para Peter e para os pais dele. Disse que estava me sentindo mal do estômago.

— Sinto muito.

Mas posso ver nos olhos dele que o fato de eu ter mentido para Peter para vê-lo o deixa feliz.

— Não minta. É desnecessário.

Ele sorri. A verdade de tudo entre nós.

— Estava pensando que a gente podia pegar algumas cervejas na esquina e caminhar até o rio — sugere Jonas.

As janelas do apartamento do meu pai estão abertas. Alguém — Mary, óbvio — prendeu floreiras de bom gosto cheias de hera e gerânios brancos nelas. Jonas e eu caminhamos, os braços entrelaçados, pelas ruas estreitas de paralelepípedos. Descendo a Perry e atravessando a West Street até um antigo cais, cheio de cocô seco de cachorro e cachimbos de crack. Encontramos um lugar mais ou menos limpo e nos sentamos. Pernas balançando por sobre a borda.

— Achei que seria romântico, mas na verdade é meio nojento — diz Jonas.

— Esqueci quanto gosto de você.

— Idem. Meio que odeio todos os outros.

Ele me entrega uma cerveja. Abre uma para si mesmo.

— Nunca vi você beber antes. Engraçado — comento.

Mas não é engraçado, é triste, todas as coisas que perdemos.

— Sim. — Ele entorna a cerveja.

Ficamos sentados em silêncio, observando a corrente. Uma pequena colher de plástico cor-de-rosa passa flutuando. Da Baskin-Robbins, provavelmente. Não há constrangimento. Nenhuma tensão. Só familiaridade — a afinidade entre a gente que nada jamais vai poder substituir.

Jonas olha para o próprio joelho, esfrega uma mancha de tinta.

— Não estava esperando sua ligação. Acho que pensei... Fiquei esperando por um bom tempo. E depois desisti.

— Foi muito difícil.

— E agora? — pergunta ele.

— Não sei.

Ele acabou de beber aquela garrafa e pegou outra.

— Então, você está planejando se casar com esse cara?

Olho para longe dele. Atrás de nós, na West Side Highway, o trânsito está parado. Ao longe, escuto o barulho de uma sirene aumentar e diminuir. Um taxista se apoia na buzina, um gesto sem sentido, como apertar de novo o botão do elevador quando ele já está aceso. Outro motorista buzina para ele por estar buzinando e grita "Vá se foder, otário" pela janela. Uns quatrocentos metros atrás deles, vejo a luz circular de uma ambulância tentando abrir caminho entre os carros relutantes.

— Talvez... — Suspiro. — Provavelmente.

Ele olha para o outro lado do rio enorme.

— Prometa que você vai me avisar com antecedência.

— Certo.

— Só não me surpreenda. Odeio surpresas.

— Eu sei. Prometo.

— Estou falando sério.

O sol se pôs, deixando para trás um céu alaranjado de fogo. Pilares que antes tinham sustentado os antigos píeres avançam para o rio em fileiras de dois, pretos contra o céu em chamas.

— É dolorosamente lindo — digo.

— Só para ficar claro, nunca vou amar alguém do jeito que amo você.

CAPÍTULO 26

Agosto de 1996, Back Woods.

É Anna, não eu, quem insiste para irmos à fogueira de fim de verão. Não consigo lembrar a última vez que fui, e, o principal, não quero ir. Mas Anna veio para o bosque sozinha para uma visita. Ela raramente vem à Costa Leste — é quase impossível para ela tirar uma folga do trabalho, agora que está prestes a se tornar sócia — e Jeremy, o namorado de Orange County que não suporto, acha que o Palácio de Papel é uma pocilga decadente: os degraus caídos das cabanas, os tetos de Homasote manchados de marrom com pequenos círculos de mijo de rato ou com o lento pinga-pinga das placentas. Ninguém nunca teve coragem para investigar o que há lá em cima. E os mosquitos que Jeremy insistiu em dizer, na primeira e única vez que eles vieram ao acampamento juntos, quatro anos atrás, que não existem em Manhattan Beach. Ele não tinha voltado desde então.

— Moramos na praia, querida — disse ele a Anna no café da manhã, depois da segunda noite. — Este lugar é ótimo, mas por que ficar aqui quando a gente pode ficar em casa no condomínio? Ar-condicionado gelado, relaxando no terraço, um bom Chardonnay.

— É por isso que a gente adora isso aqui — respondi. — Não tem Chardonnay.

Eu tentei entender por que a minha irmã está com Jeremy. Até onde consegui entender, ele representa tudo o que detestamos. Mas talvez seja esse o ponto.

— É estranho — comenta minha mãe, entrando na varanda com o café dela e um romance nas mãos. — *Manhattan* e *Beach* são duas das melhores coisas do mundo. Mas junte as duas e tudo o que você tem é mediocridade.

— *Mãe...* — disse Anna.

— É um deleite ter vocês dois aqui. — Minha mãe se sentou no sofá de crina de cavalo, se acomodou e abriu o livro na metade. — Anna — chamou sem erguer os olhos —, espero que você tenha explicado ao seu jovem que não damos descarga ao fazer xixi. — Ela tomou um golinho de café. — Não me deixe esquecer de ligar para o encanador para falar da substituição da fossa séptica. É óbvio que a água contaminada do lençol freático está vazando para dentro da lagoa.

Ela apontou para os lírios.

— De que outra forma se explica a proliferação de algas?

NESTE VERÃO, por algum milagre, os chefes de Jeremy o chamaram para participar de uma conferência de marketing em Flagstaff na mesma semana que ele e Anna haviam reservado para vir a Cape.

— Não acredito que você foi capaz de resistir à paisagem-dramática--mas-benéfica e aos bufês-coma-à-vontade para vir ao "esgoto-a-céu-aberto" — comento, enquanto vamos de canoa até o outro lado da lagoa.

Na noite da fogueira, é impossível estacionar na praia — é muito mais rápido ir de canoa e caminhar. Embalamos *marshmallows*, batatas fritas Cape Cod, vinho tinto e um cobertor militar roído por traças para a gente se sentar quando a areia esfriar.

Anna ri.

— Cruel.

— Ele insultou meu lugar favorito na Terra.

— Não dá para condená-lo por não "sacar" a lagoa. A culpa foi minha. Esqueci de dizer para ele que "Palácio de Papel" era uma ironia.

— Não é só o nosso acampamento. É toda a visão de mundo dele. É como se tudo devesse ser feito com a porra dos ladrilhos Saltillo e bancadas de granito polido.

— É por isso que gosto dele. Ele é previsível. Sei o que escolhi.

Reviro os olhos.

— Porra, Elle, todos temos coisas diferentes. Jeremy faz eu me sentir segura. De qualquer forma, nem todo mundo pode se apaixonar loucamente por um jornalista inglês rico e arrojado. Alguns de nós temos que nos contentar com um cara californiano meio chato com um peitoral legal. Por isso, não seja uma vaca tão implicante.

— Justo. — Nunca vou gostar de Jeremy. Não porque, como diz Anna, ele é previsível, ou "burguês", segundo minha mãe. Mas porque ele a faz se sentir inferior e isso me emputece.

Ficamos as duas caladas por um momento, nossos remos cortando a superfície imóvel e vitrificada da lagoa, a canoa deslizando em silêncio em um reflexo rosado do céu. Uma garça para como uma estátua nos juncos, deixando a gente passar.

— A que horas Peter vai chegar amanhã? — Anna quebra o silêncio.

— Logo depois do almoço. Ele quer se livrar do horário de maior movimento.

— Se ele pegar a Merritt, peça a ele que compre alguns bagels na H&H.

Nossa canoa atinge a areia do outro lado da lagoa. Pulo para a parte rasa, tentando não ensopar a bainha do meu jeans.

Anna faz uma careta ao pular.

— Não devia ter ido para a cidade de bicicleta hoje de manhã. Aquela estrada de terra é toda esburacada. Acho que machuquei minha vagina.

— Nojento.

Dou uma risada.

Arrastamos a canoa até a margem, para a grama densa, passando o raspar áspero da areia molhada de encontro ao metal, escondendo-a em uma abertura estreita entre as árvores.

— Não vejo nenhuma dessas pessoas há muito tempo — diz Anna enquanto caminhamos pela estrada de barro na direção da praia. — Vai ser estranho.

— É como andar de bicicleta, só que mais chato.

— Queria não me sentir tão gorda. — Ela puxa o cabelo para cima em um rabo de cavalo. — Não estou com disposição para ser julgada por esses filhos da puta.

Anna tem um corpo de modelo há anos, mas ainda se acha uma criança gorda. "Coxas gordas são como um membro fantasma", diz. "Anos depois de emagrecer, você ainda consegue sentir elas roçando uma na outra."

— Você está incrível, Anna. Eu, por outro lado, passei o inverno enfurnada no apartamento com Peter comendo Milanos. Preciso passar fome entre agora e o casamento.

Caminhamos pela estrada em fila, Anna vai na frente, contornando moitas de hera venenosa. A parte de trás dos chinelos dela erguem pequenas nuvens de poeira vermelha.

— Você sabe quem são subestimados? — indaga Anna. — Biscoitos de chocolate.

— E biscoitos de manteiga.

— Os favoritos do papai.

— Você falou com ele recentemente? — Não falei com ele desde o funeral da nossa avó.

— Ele me liga de vez em quando — comenta Anna. — Temos essas conversas em que tudo o que quero fazer é desligar o telefone. A coisa toda é ridícula. São vocês dois que sempre foram próximos, não eu.

— Isso acabou.

— A única razão de ele ligar é porque Mary obriga. Ela gosta de dizer para as amigas que ele é um marido e um pai amoroso. Ela está tentando entrar em algum country club em South Hampton. Um desses lugares sem judeus.

— Odeio ela.

— Enfim, eu disse para *ele* ligar para *você*. Ele é o pai, porra.

— Essa é a última coisa que eu quero. Sinceramente? É um alívio. Não tenho que esperar ele me desapontar o tempo todo.

Paramos no topo da duna alta. Abaixo de nós, uns cem metros à direita, há um amontoado de linho. Alguém colocou bandeirolas chinesas de peixes em estacas na areia — um círculo brilhante e colorido de birutas. A fogueira foi acesa, as chamas quase invisíveis no anoitecer ainda iluminado de verão, o calor impregnando o céu acima.

— P.S., sei que você está chateada comigo porque acha que agi feito uma escrota por perdoar ele. Não ligo o suficiente com ele para me importar. Posso dar um gelo nele se você quiser.

— Eu *queria* que você fizesse isso, mas, pensando bem, prefiro que seja você a única a ganhar mocassins belgas de Natal, metida numa cadeira estofada antiga na sala de estar bebendo gemada com a pau no cu demoníaca.

— Justo.

— Feliz Natal. — Dou uma risada. —Aqui estão algumas provas de livros.

— "E da minha parte, uma niqueleira!" — guincha Anna em uma voz alta, imitando Mary.

Descemos correndo a duna íngreme na direção do mar, gritando para o vento, eufóricas, o mais rápido que as pernas podem nos levar. Lá embaixo, nosso ímpeto é abrandado pelo triturar intenso e quente da praia plana.

Anna cai para a frente de joelhos, ergue os braços para o céu, vitoriosa.

— *Disso* eu sinto falta! — diz ela.

— Disso *eu* sinto falta!

Caio de costas ao lado dela, fazendo um anjo de neve na areia. As bochechas de Anna estão rosadas, o cabelo emaranhado pelo vento.

— Você está absurdamente linda — comento.

— Não me deixe ficar bêbada e transar com um cara gato nas dunas — pede Anna.

— Acho que você está segura. Todo mundo aqui tem mil anos.

— Mesmo assim! — E ri alto.

Apoio-me nos cotovelos e olho para o mar. O sol se dissolvendo, os salpicos de espuma branca das ondas, a crista e a ondulação. Toda vez que vejo o oceano, mesmo que tenha estado ali de manhã, parece um novo milagre — o poder, o azul sempre tão avassalador. É como se apaixonar.

O vento muda, carregando o cheiro de madeira queimada e água salgada. Anna se levanta e tira a areia dos joelhos.

— Certo. Vamos lá pôr as manguinhas de fora.

— Me recuso a ser vista em público com qualquer um que diga "pôr as manguinhas de fora" — digo.

— É desagradável, concordo — diz Anna, tendo um ataque de riso.

Venero a minha irmã.

A primeira pessoa a entrar em foco enquanto andamos pela praia é a mãe de Jonas. Ela está um pouco afastada, de costas para mim, mas reconheço o cabelo grisalho, agressivamente natural, os Birkenstocks de camurça gasta que está segurando em uma das mãos, desenhando uma linha na areia com o dedão do pé. Ela deve sentir as vibrações de nossos passos na areia, porque se vira, como uma cobra, e sorri. Está falando com uma garota que nunca vi antes: jovem — talvez vinte anos —, bonita, pequenina, o cabelo loiro-escuro opaco nas pontas, a pele bronzeada de um castanho perfeitamente uniforme, vestindo shorts e uma camisetinha curta. No umbigo dela há um piercing com um grande diamante incrustado.

— Zircônia cúbica — comenta Anna, ao nos aproximarmos delas. — A gente conhece ela?

— Não.

— Olá, Anna. Eleanor — diz a mãe de Jonas, apertando os lábios. Ela sempre me detestou. — Não sabia que vocês duas estavam aqui.

— Tenho evitado a praia — respondo. — Está parecendo Coney Island neste verão.

— Cheguei ontem — conta Anna.

A mãe de Jonas põe um braço possessivo em volta da garota com quem estava conversando.

— Esta é Gina.

Anna estende a mão para cumprimentar, mas, em vez disso, Gina dá um passo para a frente e lhe dá um grande abraço.

— Estou tão feliz em conhecer você — diz, me abraçando em seguida. Pelas costas, Anna me lança um olhar de falso terror que a mãe de Jonas capta.

— Encontrei sua mãe no mercado — conta a mãe de Jonas. — Deduzi que você está planejando um *casamento no inverno*.

Ela diz as palavras como se estivessem entre aspas, fazendo questão de que eu perceba a pontada de desdém.

— Sim — respondo. — Estamos pensando em estátuas de gelo e uma fonte de chocolate.

— E bem a tempo.

— Como? — indago.

— Bem, sejamos realistas, nenhuma de nós está ficando mais jovem.

— Elle ainda tem algumas semanas antes de virar uma coroa murcha de trinta — ironiza Anna, doce como um soco. — Mas a gente entende o que você quer dizer. Algum dos seus garotos está por aqui?

— Eles são *homens* agora — retruca a mulher, como se estivesse explicando algo para uma imbecil. Em seguida, grita para algumas crianças brincando na parte de baixo da duna íngreme: — Nada de subir nas dunas! — E vira-se para Gina ao dizer: — Pode desabar em cima delas... Eu me preocupo.

— Como está o Jonas? — pergunto a ela.

— Ele está muito bem.

— Ele é incrível! — Gina salta. — Ele tem uma galeria em Chelsea. Nós estamos empolgados. E acabamos de encontrar um loft fantástico. Era uma fábrica de fitas.

— Que tipo de trabalho ele está fazendo agora? — Anna quer saber.

Ouço vagamente Gina dizendo algo a respeito de acrílicos e objetos descartados, mas minha mente se recusa a focar. A imagem de Jonas morando com essa mulher me enche de um ciúme que não tenho o direito de sentir. Físico, palpável. Jonas pertence a mim. Tudo o que consigo fazer é não chutá-la nas canelas.

A mãe de Jonas parece que acabou de engolir um grande e saboroso pássaro.

— Estamos todos encantados.

Cada partícula de aversão que já tive por ela — a falta de generosidade, a hipocrisia, o jeito como insinuou para todos em Woods, naquela época, que Jonas nunca, jamais teria saído para velejar comigo e com Conrad naquele dia se eu não o tivesse pressionado — começa a fluir para a superfície. "Ela praticamente o forçou a ir", minha mãe a ouviu dizer certa vez. Eu me forço a pensar em Peter, no meu inglês adorável e galante. A inteligência natural, a ironia certeira, a forma como cozinha um assado de porco com torresmo crocante de sal, os sapatos de couro gastos, a maneira como puxa meu cabelo quando transamos. Consigo dar um sorriso luminoso.

— São ótimas notícias. Você deve estar tão feliz por ele.

— Sim — diz ela. — E pela Gina, é claro.

Vejo-o caminhando na nossa direção através da multidão. Está carregando um saco de papel pardo de supermercado debaixo de um dos braços. Um pacote enorme de pães de cachorro-quente oscila no topo. Fico olhando enquanto ele examina a multidão. Ele acha Gina, virada de costas para ele, e sorri. Então me vê. Para onde está. Olhamos um para o outro pela areia. Ele balança a cabeça, mais com raiva do que com tristeza — alguma combinação de dor e desgosto, como se não conseguisse acreditar no que eu havia feito, não conseguisse assimilar que quebrei a promessa que fiz há dois anos, quando estávamos sentados naquele cais destruído, bebendo cerveja, olhando para o Hudson, aceitando nosso destino.

A mãe dele o vê, os olhos dele fixos em mim. Ela dá um tapinha no ombro de Gina.

— Jonas voltou.

O rosto de Gina se ilumina, como se nunca tivesse visto nada tão maravilhoso.

Ele vem até ela, passando por mim, e lhe dá um beijo longo e intenso.

— Estava procurando você — diz ele. — Anna. — Ele a cumprimenta com um abraço, entrega os pãezinhos para a mãe. — Só tinham embalagem grande.

— Todos vão ser comidos. Ninguém nunca traz pãezinhos suficientes para essas coisas.

Ela vai até a mesa da comida e os entrega a um homem que está preparando linguiça e hambúrgueres.

— Pãezinhos! — anuncia, como se tivesse acabado de entregar o Santo Graal.

— Oi. — Jonas se vira para me cumprimentar por último.

O tom é amistoso, nenhum traço do que vi no rosto dele. Ele sorri para mim, composto, benévolo.

— Oi — digo, lançando um olhar de que-porra-é-essa.

Ele coloca o braço em volta da cintura de Gina.

— Gina, essa é Eleanor. Elle e eu nos conhecemos quando éramos crianças.

— Fomos apresentadas — aviso.

— Minha mãe disse que ninguém da sua gangue ia estar aqui esta semana.

— Sei que sua mãe detesta quando as pessoas discordam dela — comento, minha voz mais ferina do que eu pretendia. — Mas nós estamos aqui. Tenho ficado por aqui.

— Gina e eu chegamos ontem. Soube pela minha mãe que você está planejando um casamento de inverno. Ela cruzou com Wallace no mercado.

A voz dele é fria.

— Tentei falar com você.

Gina olha de um para o outro, como se de repente sentisse que está acompanhando uma história que não a inclui.

— Jonas vai me levar para pescar lulas mais tarde — comenta ela.

— Legal — responde Anna.

Gina parece hesitante.

— Pescar coisas se contorcendo em um cais à meia-noite?

Anna ri.

— É muito gratificante. Você ilumina a água com uma lanterna e elas se agrupam. Você mal precisa mover a isca. É como atirar num peixe num barril.

— A gente fazia isso o tempo todo. — Sorrio para ele, tentando quebrar o gelo. — Você era obcecado.

Ele não dá a mínima, só fica ali parado olhando através de mim.

— Se você ama, eu vou amar. — Gina o puxa para ela e o beija como se fosse a dona dele.

— Só não fique pintada — comento.

— E marine elas no leite durante a noite antes de grelhar — diz Anna.

— Não como frutos do mar — conta Gina.

Anna engancha o braço dela no de Gina.

— Vou lá pegar uma cerveja. Venha. Vou apresentar você às duas únicas pessoas interessantes aqui.

Ela a puxa antes que Gina consiga pensar em um motivo para dizer não.

NO VERÃO depois que me formei no ensino médio, Anna e eu decidimos dar um mergulho na maré intermediária em Higgins. O mar estava perfeito naquele dia, nenhuma sujeira, nenhuma agitação. Flutuamos no oceano, embaladas pelo subir e descer das ondas, enquanto Anna falava sem parar de como estava apaixonada pelo professor de comunicação midiática.

— Não faço ideia do que isso significa — disse eu.

— Isso significa que quero transar com o meu professor.

— Midiática! — Ri, e mergulhei na água. Emergi onde dava pé.

— Então, e quanto a você, senhorita "vou esperar até o casamento"? — gritou Anna. — Ainda é virgem?

— Claro! E nunca falei nada de casamento. Só disse que queria esperar até me apaixonar.

— Então por que você tem anticoncepcionais na gaveta da cômoda?

— Por que você olhou na minha gaveta?

— Precisava pegar uma calcinha emprestada. Todas as minhas estão sujas.

— Nojento.

— Não mude de assunto.

— Tanto faz. Tenho para o caso de precisar um dia.

— Para o caso de você de repente se apaixonar pela primeira vez?

— Não. — E isso pelo menos era verdade. Hesitei um momento antes de dizer. — De qualquer forma, já aconteceu.

Anna parecia confusa.

— Aconteceu o quê?

— Estar apaixonada.

— Ahn... Isso é novidade. Nesse caso, por que nada de sexo?

— É o Jonas.

— Espere. Aquele garotinho que costumava seguir você por aí?

Assenti.

— Certo, isso é um pouco pervertido. Excelente escolha essa coisa de ficar sem sexo.

— Ele cresceu. Mas sim.

— Então, o que aconteceu?

Por um momento, ali parada no mar familiar, olhando para a minha linda irmã, os cabelos escuros contra o azul infinito, pensei em contar tudo. Ia ser um grande alívio. Mas, em vez disso, disse:

— A mãe mandou ele para um acampamento no Maine.

— Aquela mulher é tão desagradável. Toda vez que a vejo tenho vontade de cagar no sapato dela.

FICO OLHANDO Anna e Gina se afastarem em busca de cerveja, me sentindo enjoada. Nunca senti nada com Jonas além da nossa simbiose única, mas esse homem eu não conheço. *Esse* Jonas tem os olhos mortos.

— Não sabia que você estaria aqui — digo.

Ele fica lá, me deixando no vácuo.

— Jonas. Não faça isso.

Ele me encara. Não diz nada.

— Liguei para contar, mas o número estava desligado. Estava planejando ligar para a sua mãe para pedir. Sinto muito.

— Pelo quê?

— Minha mãe é uma vaca estúpida de boca grande. Disse a ela para não dizer nada a ninguém.

— Não é nada de mais.

Ele abre um saco de salgadinhos e enfia uma mãozada na boca. Em seguida, me oferece o pacote.

— Você tem todo o direito de estar zangado comigo.

— Por favor. Não se preocupe com isso. Isso é passado.

— Vi o olhar no seu rosto quando você me viu.

— Não esperava ver você aqui. Só isso.

— Não minta. Odeio quando você mente.

— Não estou mentindo, Elle. Estava com raiva de você por ter sumido de novo. Foi grosseiro. *Você* ligou para mim. Foi você que disse que a gente devia ser amigo. Isso fez eu me sentir um idiota. Mas superei. Foi há um milhão de anos. Eu era uma criança ridícula com uma paixão ridícula.

— Uau — digo, a voz saindo por entre os dentes cerrados. — Isso é uma coisa bem bosta de se dizer.

— Não foi minha intenção. Estou tentando dizer que está tudo bem. Passado é passado. Estou com Gina agora. Estou apaixonado por ela.

— Ela tem doze anos.

— Não faça isso. Não é digno de você.

— Ela nem sequer come peixe.

QUANDO O céu fica escuro, e todos se reúnem em torno do calor da fogueira, eu me afasto para a escuridão. Preciso fazer xixi. Sento-me na encosta íngreme na parte de baixo das dunas, abaixo o jeans até os joelhos e cavo um buraquinho debaixo de mim. O jato de xixi desaparece na areia. Como Anna sempre disse, fazer xixi na praia sentada é ainda melhor do que fazer xixi no chuveiro em pé. Puxo a calça de volta, me movo meio metro para a direita e sento de novo num lugar mais seguro. Mal consigo enxergar minhas mãos, de tão escuro que está. Um escuro sem lua. Jonas e Gina estão amontoados na ponta mais distante do fogo. Os rostos brilham na cintilação laranja-dourada. Ele olha em torno do círculo reunido, examinando, e sei que está procurando por mim. Começa a se levantar, e então muda de ideia. Vejo-o encarando as brasas, vejo as sobrancelhas franzidas porque teve um pensamento que o incomoda e sei que está pensando em mim. Esse homem que me salvou. Que magoei. Cuja confiança agora perdi. Prometo a mim mesma que, de alguma forma, vou encontrar uma maneira de consertar as coisas.

Bem acima da duna mais alta, uma estrela aparece no céu, pálida no início, em seguida ganhando força até se tornar uma joia brilhante. E ainda assim sei que é a morte dela que estou vendo. O apagar. O arfar silencioso. A beleza cintilante. Uma chama desesperada — gigantesca, transcendente — lutando pelo último suspiro.

CAPÍTULO 27

Dezembro de 1996, Nova York.

O amanhecer chega mais cedo do que deveria. Estou deitada nua em cima do edredom, olho pela janela de nosso apartamento no East Village, ouvindo os estalos e os assobios do aquecedor. Estão prevendo neve pesada e o céu tem aquela claridade de ar parado, de gelo seco, como se a atmosfera tivesse tirado uma folga. É o dia do meu casamento. Peter passou a última noite dele como solteiro no Hotel Carlyle, na Madison Avenue, com o padrinho, um amigo elegante de Oxford que sempre pareceu desconfiar um pouco de mim — como se o fato de eu ser americana significasse que devo ser uma caçadora de fortunas.

Anna está dormindo na sala de estar. Consigo ouvir o ressonar suave dela. Ela deve ter desmaiado deitada de costas. Ontem à noite, pusemos nossas velhas camisolas da Lanz, as que vovó Myrtle nos dava todos os anos no Natal até estarmos velhas demais para dar valor ao conforto antiquado delas, bebemos doses de tequila e conversamos até tão tarde noite adentro que vou ficar com bolsas roxas horríveis debaixo dos olhos. Anna é minha dama de honra. Ela e Jeremy estão hospedados com minha mãe, que tem sido, como sempre, horrível com ele, para meu grande prazer. Jeremy fez com que fosse quase impossível eu passar um tempo junto com Anna. Ele a faz praticar uma hora inteira de ioga com ele todas as manhãs depois do café e até insistiu em ver a prova do meu vestido de noiva. Na quarta, quando Anna e eu tínhamos planos de ir ao Russian Tea Room para um almoço só das garotas, ele a surpreendeu com entradas para a matinê de *Cats* no Winter Garden — embora Anna odeie musicais e o espetáculo esteja em exibição desde 1982.

— É cansativo — diz minha mãe quando ligo para me queixar. — Mas é o que pessoas da Califórnia *fazem* quando vêm para cá. Por alguma razão incompreensível, assistir a atores cantando no palco vestidos como animais faz eles pensarem que estão adquirindo cultura.

Meu vestido de veludo de seda creme está pendurado na porta do armário, ainda na embalagem da lavagem a seco. É longo, com uma cauda, o corte bem justo no corpo, o decote baixo o suficiente para revelar muito. Junto a ele, no chão, estão os escarpins de seda de trezentos dólares que Anna insistiu que eu comprasse. São o tipo de sapatos que nunca mais vão ser usados — aqueles que você jura que vai tingir de preto depois do casamento, mas nunca tem tempo para isso. Em vez disso, a poeira vai se entranhar no branco e deixá-los opacos, escurecidos, e assim eles vão viver por anos no fundo do armário, pouco a pouco ficando cinza.

DIXON ME leva pelo corredor, bonito e elegante em um fraque. Meu pai ainda está excomungado, embora esteja aqui por insistência de minha mãe, sentado no banco da família ao lado de Jeremy. Recusei-me a ceder no caso de Mary, a piranha. Enquanto caminho pelo corredor até minha vida futura, sorrio pensando na crueldade da vingança dela contra meu pai, por ele ter concordado em vir sem ela. Peter está esperando por mim no altar e sorri de volta do outro lado da igreja, feliz e orgulhoso. Eu me pergunto se ele me amaria se conseguisse ver dentro da minha cabeça — a mesquinhez, a maldade de meus pensamentos, as coisas terríveis que fiz. A igreja está enfeitada com lírios e encorpadas rosas de Provence brancas que cheiram como o balcão de perfumes da Bloomingdale's. Tenho um vislumbre repentino de Anna segurando minha mão na escada rolante muito íngreme quando eu era pequena. Ela me levou para experimentar Keds novos enquanto nossa mãe comprava presentes de Natal. Nós a encontramos na seção de acessórios, experimentando um par de luvas de couro vermelho forrado de caxemira preta.

"Elegantes, não?", disse, e as colocou de volta na mesa. Mais tarde, enquanto estávamos na plataforma do metrô esperando pelo trem expresso, vislumbrei um vermelho despontando do bolso do casaco. Na manhã de Natal, ela abriu uma caixa estreita, amarrada com uma fita de cetim verde. Eram as luvas vermelhas. "Do seu pai. Como é que ele sabia?"

O organista toca o "Cânon em Ré Maior" de Pachelbel, talvez a música de que menos gosto. Exigência de Peter. Quando argumentei que era medíocre, ele riu e me disse que era uma tradição de família e que eu parecia a minha mãe, então não tive escolha a não ser ceder. Agora, indo passo a passo até o altar com a melodia melosa, estou irritada.

A mãe de Peter está sentada no lado britânico — um mar de mulheres com chapéus de tule e penas horríveis, segurando os homens bem perto, os lábios apertados desaprovando meu vestido justo. Enquanto ando, minha cauda recolhe pétalas de rosa caídas no chão de mármore. Procuro nas fileiras por Jonas, esperando que ele não esteja aqui — convidei toda a família dele. Mas a neve está caindo forte agora, e a igreja escureceu com sombras, um cinza gritante como na arte primitiva holandesa. Eu me viro para a frente e caminho na direção de Peter, tão lindo em sua autoconfiança esguia e ancestral. Eu o amo — amo tudo a respeito dele. O jeito como as pontas das orelhas dele se tingem de vermelho quando está empolgado. A extensão do passo. A forma como me estabiliza, me deixa segura. As mãos longas e elegantes. O modo como sempre dá dinheiro para os mendigos, olhando nos olhos deles com respeito. A pessoa que vê quando olha para mim. O padrinho está perto demais dele. Ele está certo em proteger o amigo de mim, penso, enquanto pego a mão de Peter.

DEVE SER muito tarde. Pela janela, o céu está preto como carvão. A neve parou. Peter está no chuveiro. Sei disso porque, da cama do Hotel Plaza onde aparentemente acabei de recobrar a consciência, consigo ouvi-lo ligado. Ainda estou com o vestido de noiva. Meus pés em escarpins de seda saindo do colchão, como se uma casa tivesse desabado sobre mim. Não faço ideia de como cheguei aqui. Fecho os olhos tentando me lembrar da nossa festa de casamento. Um borrão de chapéus coloridos. Travessas de ostras em gelo picado. A mãe de Peter em um terninho de tuíde ameixa da Chanel conversando com a mãe de Jonas. Um garçom de smoking me entregando uma taça de cristal de champanhe, eu bebendo o líquido de um gole só e pegando outra da bandeja. "Earth, Wind & Fire". Anna e eu dançando música lenta juntas, bebendo champanhe direto da garrafa. Vendo meu pai fugir pelos fundos antes de os brindes começarem. "Uma vez otário, sempre otário", disse Anna.

— Peter? — chamo.

— Um segundo!

Ele surge de uma onda de vapor momentos depois, uma toalha felpuda do hotel enrolada na cintura.

— A alcoólatra pródiga retorna. — Ele salta em cima de mim e me beija. — Oi, esposa. — Ele me cheira. — Você está cheirando a vômito de bebê. Talvez queira tirar esses sapatos. Os respingos.

— Ah, Deus.

Ele se abaixa e os tira, um de cada vez, e os joga na cesta de lixo.

— Você nunca mais vai usar isso de novo. Saltos de cetim branco? Você ia parecer uma vagabunda em Charing Cross.

— Eu vomitei na festa? Na frente de todos?

— Não, não. Só na frente do pessoal do hotel e do motorista da limusine. Foram necessários três carregadores uniformizados para levar você até o elevador.

— Eles me carregaram?

— Eu insisti que você era uma bagagem.

— Preciso de um cheeseburguer... — resmungo.

— Para a minha linda noiva bêbada inconsciente, qualquer coisa.

Peter tira meu cabelo da testa.

— Foi o champanhe. Não posso beber champanhe. É o açúcar. Sinto muito.

— Não se desculpe. Ver você jogar a liga direto para o meu pai foi o ponto alto do dia.

— Vou me matar.

— E depois eu caso com a mulher dos meus sonhos.

Estico-me, ponho os braços em volta do pescoço dele e olho fundo nos olhos.

— Preciso escovar os dentes.

QUANDO ACORDO, bem mais tarde, um sonho permanece na periferia de minha mente. Estou em uma nuvem, navegando pelo céu. Abaixo de mim, o mar é azul brilhante, infinito. Um grupo de baleias migra para o norte ignorando solenemente as criaturas menores no rastro delas. Um barco branco aparece, andando depressa nas ondas encrespadas. Há duas crianças no barco. Atrás deles, um enorme cachalote mergulha, sonda as profundezas. Estou debaixo da água. Fico olhando enquanto a baleia se lança como um torpedo em direção à superfície, mirando a sombra triangular do barco. Uma casa passa flutuando. Fitas vermelhas voam por uma porta de tela quebrada.

A bandeja do serviço de quarto está na mesa de cabeceira. Peter está desmaiado a meu lado, uma mancha de catchup no canto da boca. A maior parte das fritas já era. Estou casada.

Fevereiro de 1997, Back Woods.

Dois meses depois da lua de mel, recebo uma ligação de Anna. No início, não tenho certeza se é ela — ela está chorando tanto que não consigo entender o que está dizendo, e Anna não chora.

— Devagar — peço. — Não consigo entender.

Escuto os soluços por um momento ou dois antes de ela desligar. Quando tento ligar de volta, o telefone toca e toca até que a secretária eletrônica atenda. Ligo para Jeremy no escritório dele.

— Ela está bem — diz. — Ela tem trabalhado muito em si mesma.

Minha garganta se contrai com uma repulsa instintiva.

— Isso é ótimo — obrigo-me a manter o julgamento longe da voz. Ela parecia muito chateada quando me ligou há pouco.

— Ela tinha terapia em grupo hoje. Isso pode ter soltado um pouco do sedimento.

— Diga a ela para me ligar quando você chegar em casa, ok?

Odeio ele.

— Então, como está indo? — pergunta, sem aproveitar a deixa para desligar.

— Bem. Ótima.

— *Você* se divertiu no seu casamento.

Ele ri.

— Diga para ela me ligar.

A RODOVIA é desolada, estéril — uma faixa coberta de cinzas, cheia de sal por conta do gelo sujo, as bordas arenosas congeladas, duras e planas. Uns poucos pinheiros escurecidos pontuam a floresta, mas a maioria das árvores aqui está nua, as últimas folhas marrons, prestes a morrer, esperando, tristes, para serem carregadas pela próxima rajada de vento gelado. Não são nem três horas da tarde, mas a luz do inverno já está desaparecendo. Anna não fala desde que fui pegá-la no Aeroporto de Logan em um carro alugado. Está abatida, vazia, os olhos vermelhos. Ela é durona. Uma rocha. Mordaz e engraçada. O monstro da lagoa. Essa não é minha irmã. Ouço o barulho dos pneus na estrada molhada, o sal se espalhando. Mexo no rádio. Nada além de AM. Odeio Cape no inverno.

Todas as casas pelas quais passamos a caminho do bosque estão fechadas para a temporada. Nem um único sinal de vida. Logo depois da saída para a casa de Dixon, uma raposa atravessa a estrada na frente do carro carregando um pequeno animal na boca. Ela fica imóvel diante dos faróis e olha para nós por um momento antes de seguir em frente.

A lagoa está grossa de gelo. A geada cobre os arbustos mortos, frutinhas vermelhas brilhantes em um ramo prateado fino. O acampamento parece despido, todas as deficiências expostas. Estaciono junto à porta dos fundos e desligo o motor. Ficamos ali sentadas por um tempo no silêncio, no calor, os estados de espírito se intensificando. Anna apoia a cabeça na janela de vidro.

— Fique no carro. Vou ligar o aquecimento.

A porta dos fundos está fechada com cadeado. Dou a volta pela lateral da casa, examino uma pilha de folhas mortas e me estico sob os beirais. Mesmo depois de todos esses anos, sempre fico espantada e aliviada quando meus dedos a encontram — uma chave simples, pendurada em um prego enferrujado. A mesma chave para o mesmo cadeado antigo, que está aqui desde que éramos crianças.

— Peguei! — grito para Anna.

Abro a porta, tropeço na soleira e entro na despensa escura, onde ando até a caixa de fusíveis na parede mais distante. Meus dedos tateiam como braile o caminho pelos disjuntores até encontrar um interruptor um pouco mais grosso do que os outros. O principal. É preciso um pouco de força para movê-lo da esquerda para a direita. A porta da geladeira foi mantida aberta com uma vassoura para evitar que apodreça, e a luz interna se acende quando ela ribomba para a vida. A sala de estar está limpa, sem cor, as almofadas e mantas do sofá guardadas dentro de grandes sacos de lixo pretos. Parece mais frio do lado de dentro do que do lado de fora, como uma câmara frigorífica, preenchida com o frio aprisionado de ar parado. A água foi desligada para os canos não congelarem. Vou ter de esperar até que a casa fique aquecida antes de ejetar o anticongelante e deixar a água correr. Para essa noite, vamos buscar água na lagoa.

Ando pela sala acendendo lâmpadas. Está frio demais para ficar em uma cabana sem aquecimento, mas podemos acender a lareira, dormir nos sofás do Casarão. Debaixo de uma mesa estão dois aquecedores elétricos. Plugo-os na tomada da sala de estar. Eles ligam como as torradeiras antiquadas, as bobinas finas aquecendo até um tom de laranja-avermelhado, enchendo a sala com o cheiro de poeira queimada, e sempre surge a faísca de preocupação em mim de que vão queimar a casa enquanto estamos dormindo. Há uma pilha de lenha e gravetos ao lado da lareira e uma pilha de jornais desbotados — basicamente *The New York Times* do verão passado, misturados com alguns *Boston Globe*. Alguém, provavelmente Peter, deixou um fogo preparado no braseiro, esperando o próximo verão. Pego a caixa de fósforos do console da lareira, fico de joelhos, acendo o jornal amassado, o material inflamável. O fogo assobia, crepita, arde vivo. Atrás de mim, ouço Anna entrar.

— Devíamos patinar no gelo — diz.

— Vou abrir uma lata de sopa. Pode ser que tenha sardinhas...

Puxo uma grande pilha de travesseiros de penas, cobertores e lençóis gelados de um velho baú.

Adormecemos ouvindo o crepitar do fogo, o ruído ocasional de pedaços de madeira caindo nas brasas. Lá fora, ao luar do inverno, o mundo é frio, implacável — um eco vazio do lugar que amo, o lugar onde, para mim, a vida começa e termina. Ainda assim, deitada aqui ao lado de minha irmã angustiada, perplexa, a mão dela a meu alcance, respirando o cheiro de fumaça de lenha e mofo e o mar invernal, começo a sentir sua pulsação. Não faço ideia do que aconteceu para aniquilar Anna desse jeito — só sei que, o que quer que seja, a trouxe de volta para cá. Como um pombo-correio que, surdo a tudo menos ao puro instinto, ouve o vento soprando através de uma cordilheira a trezentos quilômetros de distância e estabelece a rota.

Ao amanhecer, a luz de sódio penetra pelas janelas da varanda, me acordando. O fogo se apagou durante a noite e já consigo ver minha respiração. Visto as meias debaixo das cobertas, pego a jaqueta do chão e a visto por cima da camisola. As brasas ainda estão vermelhas. Ponho lenha seca, atiço as brasas com cuidado para não acordar Anna, pego um jarro e vou até a lagoa. Preciso de café. Vai ter uma lata fechada de Medaglia D'Oro na despensa. Minha mãe sempre faz questão de deixar café, azeite e sal. A lagoa está congelada. O gelo deve ter uns quinze centímetros de espessura. Galhinhos e folhas estão prensados como papel dentro dele, capturados em um movimento, como fósseis. Mas, onde o gelo encontra a margem, ele afina até se tornar nada além de um caramelo escuro. Quebro a superfície com um pedaço de pau, coloco as mãos em concha e bebo da lagoa antes de encher o jarro.

O cheiro do café acorda Anna.

— Ah, Deus — diz, bocejando.

— Ela fala.

Anna inclina a cabeça, um pequeno gesto, como um pardal no inverno. Então o rosto dela fica cinzento da tristeza recordada.

— Me conte. — Levo uma xícara de café para ela. — Tem açúcar, mas não tem leite. — Eu me sento na beira do sofá ao lado dela. — Chega para lá.

Ela se desloca para abrir espaço para mim, um espaço côncavo ao lado do quadril dela.

— Ia gostar de caminhar até a praia enquanto o sol sai.

— Deve ter suéteres extras na cômoda — comento.

Ela se senta e ajusta um travesseiro atrás das costas.

— Fui ao ginecologista na semana passada. Não menstruei.

— E?

— Eu tinha certeza de que estava grávida.

— Conversei com você na semana passada. Você não disse nada.

— Estava com medo que, se dissesse alguma coisa, perderia de novo. Fiquei pensando, "três é o número da sorte". — Ela toma um gole do café e faz uma careta. — A gente devia ter parado no Cumby's para comprar leite. Bem... não estou grávida.

— Anna. Porra. Isso é foda. Sinto muito.

Ela põe o café no parapeito da janela e baixa os olhos para as mãos. Então as vira, encarando as palmas. Passa o dedo na linha superior da palma direita.

— Lembra das linhas da vida?

Assinto.

— Lembra das linhas do amor?

Anna ri.

— A minha tinha todas aquelas teiazinhas. Lindsay as chamava de linhas de vagabunda.

— O que aconteceu com a Lindsay? — pergunto.

— Eu nunca vou ter um bebê.

— Claro que vai. Você só tem trinta e três anos. Tem de continuar tentando. Você vai ter uns quatro pirralhos que têm a aparência e o jeito de ser de Jeremy.

Ela balança a cabeça.

— Não menstruei porque tenho o Grande O.

— Por que isso atrasaria a sua menstruação?

— Câncer de ovário.

— "O Grande O" significa um orgasmo, sua idiota.

As palavras saem da minha boca antes que eu perceba o que ela disse. A sala para de respirar, partículas de poeira congelam no lugar, a luz solar hesita na janela, espera. Dentro de mim há um silêncio como cimento.

Balanço a cabeça.

— Não, você não tem.

— Elle.

— Como sabem que não é só um mioma?

— É o estágio quatro. Já se espalhou.

— Você ao menos buscou uma segunda opinião, porque, se não buscou, tem que fazer isso imediatamente.

— Elle, fique quieta e me deixe falar. Sério. Só. Cale a boquinha, tá? Eles viram manchas no meu fígado. Os exames vão sair na próxima semana, mas o médico diz para nos prepararmos para as más notícias.

— Essa é só uma possibilidade. Também pode ser operável. Eles não sabem ainda. Você vai fazer químio e radioterapia. Vamos conseguir o melhor médico de Nova York. Você vai ficar bem.

— Certo. Se você diz.

— Digo.

— Nesse caso não temos nada com que nos preocupar. Vamos andar até a praia. — Ela joga a roupa de cama para o lado e me cutuca no quadril. — Se mexa, por favor, para eu poder sair.

— Sei que você detesta contato físico, mas vou dar um abraço bem grande em você, e você vai ter de aguentar.

— Bom. Me dê um segundo para me preparar.

Coloco os braços em torno dela e a abraço apertado.

— Amo você, Anna. Vai ficar tudo bem. Prometo.

— Também amo você. Não sei por que odiava tanto você quando você era pequena.

— Eu era irritante.

— Eu estava com raiva.

— Você era assustadora. Ainda é um pouco... — Dou uma risada.

— Lembra aquela vez que Conrad me deu um soco?

— Sim.

— Leo repreendeu e Conrad caiu e chorou. Ainda me sinto mal por isso.

— Por quê? Ele bateu em *você*.

— Por que eu provoquei. Eu queria colocar ele em apuros.

Ela olha fixo para a lagoa pela grande janela de vidro. O sol está batendo no gelo em um ângulo perfeito, fazendo com que brilhe como cristal, lançando cintilações.

— Fui tão má com ele — diz.

— Você foi má com todo mundo.

— Depois que Leo mandou ele para a cabana, me tranquei no banheiro e chorei. Não tenho ideia do porquê. — Ela se levanta, vai até o fogão, pega o jarro de metal e despeja água na chaleira. — Vi um pouco de chá de menta na despensa.

— Vou pegar.

— É estranho, as coisas que a gente lembra. Provavelmente teve um milhão de coisas piores que fiz naquela época, mas, quando o médico me falou do câncer, aquele dia com Conrad foi o que me veio à cabeça. Como eu tinha sido horrível. E então ele morreu no verão seguinte.

— Foi dois verões depois. Você estava trabalhando naquele *kibutz* em Santa Cruz.

— Por que eu estava fazendo isso? Um *kibutz*? Eu devia estar sob efeito de ácido. — Ela ri, e por um momento volta a ser a Anna de sempre. — Fico pensando que se eu fosse uma pessoa mais legal isso não estaria acontecendo comigo. E se toda essa história de carma for verdade? Posso voltar como uma centopeia. Ou um coágulo de sangue.

— Isso não é culpa sua. E não tem isso de carma.

— Você não sabe.

Mas eu sei. Porque, se carma existisse, eu estaria com câncer, não Anna. Respiro fundo, sabendo o que preciso fazer. Todos os anos mantive minha promessa para Jonas. Mas Anna tem de saber que isso não é culpa dela.

— Você se lembra de como Leo andava furioso pelo apartamento berrando *por quê*? Quebrando coisas e gritando com a mamãe?

Anna assente.

— Ele se culpou por causa de Conrad. Mas não teve nada a ver com ele. A culpa foi minha. — Respiro fundo. — Aquele dia no barco, quando Conrad morreu...

— Não quero morrer, Elle — interrompe Anna. — Não quero ser nada além de um *nada*... Nada mais de árvores, nada mais de você... Só um monte de carne apodrecendo. Lembra da mamãe? E as minhocas?

Ela está meio rindo, meio chorando.

— Você não vai. Não vou deixar.

— Pobre Conrad — diz, a voz quase um sussurro. — Eu nem fiquei triste.

CAPÍTULO 28

Maio de 1998, Nova York.

O tampo da mesa da cozinha de minha mãe já foi uma velha porta de celeiro, as bordas afiadas suavizadas por décadas de jantares em família. Ainda há um buraco de fechadura no qual antigamente cabia um cadeado e buracos como pontinhos de alfinete feitos por cupins, cobertos por tantos anos de sujeira alimentar que ficaram com a consistência de cera de ouvido. Quando eu era pequena adorava remexer em cada buraco com um garfo, fazendo pilhas minúsculas que se espalhavam pelo topo da mesa como excrementos de cupins. Estou sentada aqui agora, cutucando a mesa com a pontinha de uma caneta esferográfica. Peter já devia ter chegado. É o aniversário da minha mãe e vamos levá-la para jantar. Nossa reserva é às vinte horas. Pego o telefone da cozinha e ligo para saber as horas. "Ao sinal, a hora será... 19... 25... e 50 segundos... Ao sinal, a hora será... 19... 26... em ponto." O novo gatinho entra na cozinha. Listras laranjas, patinhas brancas, os olhos amarelos. Ele olha para mim querendo atenção. Coloco-o na mesa e ele começa a comer as sujeiras dos cupins. Em algum lugar do apartamento, ouço um estrondo. Empurro a cadeira para trás e entro no corredor.

Minha mãe está em uma escada, organizando as estantes em ordem alfabética.

— Ah, que bom... Você pode me ajudar com a seção de poesia. — Ela puxa uma pilha de livros da prateleira e os entrega para mim.

— Peter está atrasado. — Sento no chão e começo a separar os livros. — Primo Levi entra em poesia?

— Ainda não decidi. Coloque ele em filosofia por enquanto.

Pego *Poemas reunidos de Dwight Burke* do topo da pilha e abro. Na primeira página, há uma dedicatória manuscrita, rabiscada em caneta-tinteiro azul desbotado: "Para as meninas do Henry, que são mais doces que paquisandra, com a esperança de que suas vidas sejam repletas de poesia e emoção. Com amor, Dwight."

— Isso é meu.

Minha mãe olha de relance da escada.

— Acredito que é seu e da Anna.

— Você tem razão. Vou mandar para ela.

— Eu o deixaria aqui. Provavelmente vale uma fortuna agora — uma primeira edição assinada pelo Burke. Jeremy vai querer que ela venda.

Na contracapa do livro está uma foto desbotada em preto e branco de Dwight Burke com um blazer de algodão listrado e gravata-borboleta de bolinhas. O rosto dele tem a mesma expressão gentil da qual me lembro da infância, um simpático americano da classe alta.

— Ele era um homem bom — digo.

— Que tragédia.

— Ele usava mocassins com moedas. Eu devia escrever para a Nancy.

— Seu pai sempre pensou que ele fosse homossexual.

Durante anos depois que Dwight Burke se afogou, houve rumores de que ele tinha se matado — de que Carter Ashe, o homem para quem ele tinha ido devolver o livro naquele dia de primavera quando meu pai e eu fomos buscar as caixas dele, era amante de Burke. De que Burke, um católico devoto, estava mergulhado na culpa e na vergonha. Meu pai insistiu em que os rumores não eram verdadeiros. As roupas de Burke foram achadas em uma pilha cuidadosa nas margens do Hudson, dobradas — tudo menos a cueca samba-canção que ele estava usando quando o tiraram da água. "Se ele estivesse planejando se afogar", dissera meu pai, "por que ficar de cueca? Dwight teria desejado sair do mundo da mesma forma que entrou. Ele era um poeta. Ele amava a simetria".

— Autor ou assunto? — pergunta minha mãe. Ela está segurando um livro sobre Gandhi. Ela avançou para biografias.

— Assunto. Ninguém dá a mínima para quem escreveu isso.

Abro o livro de poesia. Os poemas são vivos, estranhos, vibrantes de insetos e gramas tenras. Enquanto folheio, um verso chama minha atenção.

No cume da colina dois garanhões,
os dorsos pretos contra um charco de néctar,
pastam no ressaibo verde do trevo
landes para farejar.
Deitamos juntos debaixo do pilriteiro florido,
seu colarinho branco desabotoado.

Certa vez ouvi o som
do vento debaixo d'água, respirei no mar
e sobrevivi.

Espero que meu pai tenha razão, que o afogamento de Dwight tenha sido um acidente. Espero que ele tenha deixado a casa do amante naquela manhã desejando tão somente um mergulho estimulante; que tenha se deitado nas margens do Hudson, ouvido a água fluindo, respirado as flores de açafrão, o cheiro agridoce das gramíneas. Ele se despiu até ficar de cueca e mergulhou na água funda, flutuou, observou as nuvens percorrerem o céu azul estimulante, o burburinho dos pássaros. Ele se virou para nadar de volta, mas a paisagem havia mudado. Agora estava passando por uma costa desconhecida, puxado por uma corrente forte demais, com a qual não podia lutar.

A CAMPAINHA toca duas vezes.

— Alguém em casa?! — grita Peter.

— Estamos aqui atrás! — grita minha mãe. — Não deixe o gatinho sair. Ele continua tentando escapar pela porta da frente.

Peter está carregando um ramalhete de flores enorme, lírios e rosas de jardim de um cor-de-rosa pálido embrulhados em papel pardo.

— Feliz aniversário, Wallace — diz, entregando-as para minha mãe. Ele olha em torno, as pilhas de livros por toda parte, minha mãe na escada portátil, pondo tudo em ordem alfabética. — Muito festivo.

— Estou velha demais para aniversários. Vou trocar de blusa e então podemos ir. — Ela me entrega as flores. — Você pode pôr isso na água?

A MAIOR parte das luzes no nosso quarteirão está apagada, as lâmpadas deliberadamente quebradas por viciados em crack que preferem as sombras. Peter e eu voltamos para casa depois do jantar pelo centro da rua 10th leste, de braços dados, fazendo de nós um alvo maior e menos interessante. Metade dos apartamentos do andar térreo tem placas de *Cuidado com o cão* nas janelas, apesar de raramente vermos alguém passeando com um cachorro.

— Sua mãe estava em excelente forma hoje à noite — diz Peter. — Estava irradiando luz quando a colocamos no táxi.

— Ela adora ser paparicada. Finge não ligar, mas levar ela a um restaurante caro e pagar a conta? Ela age como uma garotinha encantada que acabou de ganhar uma boneca nova do papai. Além disso, ela adora você. Você a faz se sentir jovem.

— E você?

— Eu *sou* jovem.

— Você me adora?

— A maior parte do tempo. Às vezes, você só é irritante.

Ele me puxa para ele, respira em mim.

— Você está com um cheiro gostoso. Cítrico.

— Provavelmente a fatia de limão envolta num paninho que me deram para espremer no peixe.

— *Eau de Linguado. Porque toda mulher tem um.* Acho que a gente podia comercializar isso... — Peter ri.

— Nem *toda* mulher — digo.

Quando abrimos a porta do apartamento, o ar na sala parece carregado, elétrico. Um leve odor metálico nas moléculas. O telefone está tocando e tocando, sem ser atendido. Ao lado dele, na estante, um vaso de tulipas virou, a água empoçando.

— A porra do gato pisou na secretária eletrônica de novo. Vou estrangular esse maldito — comento.

Jogo o casaco na mesa e entro furiosa no quarto. Há duas janelas amplas. Uma à direita, acima da cama; a outra, a que dá acesso à escada de incêndio, tem a maior parte tapada por grossas barras de metal de segurança e só pode ser aberta pelo lado de dentro no caso de a gente precisar escapar. A janela acima da nossa cama está deitada em cima dela. Acima da cama, um buraco aberto, uma armação de madeira lascada. Há um homem agachado no parapeito da janela. Ele sorri para mim, os olhos vidrados, aparentemente sem saber que está oscilando à beira de uma queda de três andares. O cabelo preto comprido está emaranhado, semanas de sujeira por lavar cobrindo a superfície, como se aranhas tivessem feito ninho, os ovos microscópicos aquecidos pelo couro cabeludo úmido e coberto de crostas. De algum jeito, o homem conseguiu escalar a lateral do prédio pela escada de incêndio, evitar a queda livre e quebrar com violência toda a moldura da janela. Na escada de incêndio, do lado de fora das grades da janela destrancada, vejo nossa TV e o videocassete, os fios emaranhados da secretária eletrônica.

O homem segue meu olhar, depois me olha de volta, inclina a cabeça, como se decidisse se vai ou se fica. Umedece os lábios com a ponta da língua cor-de-rosa e sorri. Grito por Peter, mas sai um sussurro. Rindo em silêncio, o homem começa a voltar para o quarto. Todo o meu corpo se contorce. Se eu correr até lá agora, pegá-lo de surpresa, bater meu corpo contra o dele, ele vai cair para trás no céu noturno, se espatifar no cimento, ficar deitado lá, os olhos bem abertos, enquanto algum outro drogado rouba o que ele tiver nos bolsos. Eu me lanço na direção dele como um torpedo antes que possa mudar de ideia. E então estou de cara no chão, as pernas chutadas na base. Peter passa, alto, ameaçador. Está segurando uma faca de cozinha. Quando fala, a voz é determinada, fria como uma lâmina.

— Saia por onde você entrou. Pode ficar com a televisão, é um monte de sucata com antena interna. Mas você vai deixar a secretária eletrônica. Tem um número ali que eu preciso. — Ele dá alguns passos à frente. Está assustador, poderoso de um jeito que eu nunca tinha visto. Um lobo, transformado pela lua cheia. — Agora. Antes que eu fique com o seu sangue nas mãos.

O homem recua, salta como um gato da janela para a escada de incêndio, pega a TV em um braço e o videocassete debaixo do outro. Ouço o barulho dos sapatos dele descendo a escada de metal, o leve atrito e o ruído dos cabos arrastando atrás. Nas tábuas do piso ao lado do meu rosto há um respingo vermelho. Cortei o queixo. No canto mais afastado da sala, a porta do armário se abre devagar.

— Peter — alerto. — Atrás de você.

Então fecho os olhos para o que está vindo, espero o rangido de passos pesados no piso de madeira. Em vez disso, algo sedoso roça meu rosto. Abro os olhos. A meu lado, o gato está lambendo meu sangue do chão.

MAIS TARDE, depois que a polícia veio e foi embora, depois que a secretária eletrônica foi vasculhada em busca de impressões digitais, depois de termos varrido cacos de vidro e lascas de madeira, depois de ter perdoado meu marido por ter me dado uma rasteira, pela cicatriz em meu queixo que vou carregar pelo resto da vida, Peter pergunta:

— Se eu não tivesse contido você, você teria empurrado ele para fora da janela?

— Acho que sim. Não sei. Só reagi.

Peter franze a testa e olha para mim como se tivesse visto algo debaixo da superfície da minha pele, minúsculos vasos capilares rompidos, ou uma tonalidade azulada — algo que não devia estar exposto à luz —, e sinto o rastejar da vergonha, da exposição.

— Você ia matar um homem por causa de uma TV e de um videocassete?

— Não por causa da TV. Ele estava voltando para dentro por *mim*. Os olhos dele estavam sombrios.

— Temos que sair deste bairro antes que você acabe na prisão por assassinato.

— Vá se foder, Pete. Eu estava apavorada.

— Estou *brincando*. Bem, basicamente.

Ele ri. Pego a secretária eletrônica da cômoda e a levo para a sala de estar.

— Você disse que tinha um número do qual precisava?

Peter segue atrás de mim.

— Elle. Por favor. — Ele pega um maço de cigarros da mesa de centro e dá palmadinhas em si mesmo até achar um isqueiro. — Você arriscou sua vida para salvar um homem se afogando, porra. Você dificilmente é uma assassina. Ele ameaçou *a mim*.

Ele olha em volta em busca de um lugar onde pôr as cinzas. Escolhe o vaso de gerânios. Viro de costas, finjo procurar algo na estante.

— O babaca deve ter roubado o meu cinzeiro...

— Está na máquina de lavar louça.

Peter vem até mim, me vira de frente para ele, sério agora.

— Não daria a mínima se você tivesse empurrado e esquartejado aquele porco e pendurado as vísceras dele num mastro. A única coisa que me importa é que você esteja segura. Você é minha esposa. O amor da minha vida. Não há nada que você possa dizer ou fazer algum dia que vá mudar isso. Só fiquei surpreso, é tudo. Nunca vi esse lado seu.

Quem me dera poder acreditar nele. Mas não acredito. Algumas coisas podem ser perdoadas — um casinho, um comentário cruel. Mas não o instinto sujo e vil que espreita como uma tênia nas dobras escuras de meu intestino, pronto para emergir no momento em que sente cheiro de carne sangrenta. Até esta noite, pensava que tinha desaparecido. Tirado da minha boca, milímetro por milímetro, centímetro por centímetro, ano após ano, deixando somente um espaço vazio, a memória do lugar onde antes havia se aninhado.

Peter cutuca a ponta do meu nariz com um dedo.

— Agora chega de cara feia, mocinha. — Ele vai até a cozinha, volta com um cinzeiro e um pires de leite. — Aqui, gatinha, gatinha.

Ele coloca o pires em cima do aquecedor.

Conte, penso. Deixe ele ver você. Mate o verme. Fique limpa. Mas, em vez disso, digo:

— Os gatos são intolerantes à lactose.

NAQUELA NOITE, quando vamos para a cama, sinto uma distância em relação a ele muito maior do que o amassado de lençóis entre nós. As fissuras que cimentei. Amo-o demais para correr o risco de perdê-lo.

31 de julho de 1999, Los Angeles.

Meu voo deixa para trás a última cordilheira de montanhas pontiagudas e desoladas. Abaixo de mim, uma extensão interminável de subúrbio, uma camada banal por sobre a terra, o brilho baixo do Pacífico quase invisível a distância. O avião estremece em um giro, abaixa o trem de pouso com um ruído áspero como pigarro. Instantes depois alcançamos a pista e os passageiros aplaudem. Estamos sempre à espera do pior.

Vou direto do Aeroporto Internacional de Los Angeles para o hospital, arrastando a mala pesada atrás de mim, avançando pelo ar e pelo espaço com uma urgência agressiva e apavorada. *Não posso ter chegado tarde demais. Não posso ter chegado tarde demais.* Há um táxi esperando por mim — Jeremy providenciou tudo —, mas o motorista é lento, descuidado. Ele consegue perder todos os sinais abertos, diminui a velocidade para deixar outros carros passarem na frente, escolhe com cuidado a rota seguindo a Lei de Murphy. Até pararmos na frente do hospital, meus dentes estão reduzidos a giz, e diminuí a gorjeta de quinze para dez por cento ao empurrar algumas notas de dólar na mão dele e chamá-lo de "babaca" em voz baixa.

Lá dentro, um guarda me aponta os elevadores e corro, erguendo a mala do piso polido estilo palacete. Uma multidão está a minha frente à espera do elevador, todos olhando para cima, na esperança de adivinhar qual elevador vai chegar primeiro. Por algum milagre, as portas bem na minha frente se abrem. Pressiono onze e bato repetidamente no botão Fechar as Portas, esperando que se fechem antes que alguém entre, mas nada acontece. Uma mulher de lenço na cabeça e peruca entra no momento em que as portas estão se fechando. Câncer. O elevador fica lá. Fechado, como um túmulo.

— Acho que este não está funcionando.

Pressiono o botão Abrir as Portas. Pressiono de novo. Posso sentir uma claustrofobia crescendo dentro do peito, como se meu corpo estivesse me aprisionando. Mas então o elevador começa a se mover. Ele sobe lenta e ruidosamente um andar e para, abre as portas. Quando fica óbvio que ninguém vai entrar, o elevador avança e sobe mais um andar. Mais uma vez paramos e esperamos um tempo infinitamente longo.

— Alguma criança deve ter apertado todos os botões — digo.

— É um Shabat.

— Você deve estar de sacanagem comigo, caralho. — Estou em um elevador de Shabat, que para em todos os andares. — Não tenho tempo para essa merda.

A mulher olha para mim como se eu tivesse alguma doença contagiosa e se afasta.

— Sinto muito. Não quis dizer... — Estou achando impossível conseguir respirar. — Você não entende. Não posso me atrasar. Minha irmã está morrendo.

A mulher olha para o teto, a boca apertada em um desprezo amargo.

Sempre me considerei uma pessoa tolerante. Cada um na sua. Mas agora, neste momento, quando o que está em jogo não é a punição por acender um interruptor de luz, mas se vou chegar a tempo de dizer adeus para minha linda irmã, subir na cama do hospital ao lado dela, segurá-la nos braços, admitir que fui eu quem rasgou o pôster dela do Bobby Sherman, fazer ela rir comigo uma última vez — neste exato momento, sinto apenas a mais pura raiva pela imbecilidade de todas as religiões. Fecho os olhos e rezo para um Deus em que não acredito para que Anna espere por mim. Tenho de contar para ela o que fiz.

LIVRO QUATRO
ESTE VERÃO

CAPÍTULO 29

Seis semanas atrás. 19 de junho, Back Woods.

Todas as manhãs na lagoa, antes que Peter e as crianças apareçam, varro as tábuas do chão, fazendo pilhas ordenadas de poeira e areia e lacraiazinhas, que depois passo para a pá de lixo, pilha por pilha, antes de sacudir a coisa toda lá fora debaixo do arbusto mais próximo. E todas as manhãs na lagoa eu penso, neste exato momento, em Anna. Um brevíssimo instante. Não tanto uma memória dela, mas o reconhecimento de uma marca pequenina mas permanente, um pedaço vivo dela que ainda vive em mim. Anna me ensinou a varrer quando eu tinha sete anos. "Não desse jeito, boca-aberta", corrigiu ela da varanda enquanto eu balançava a vassoura ao redor da sala como um pêndulo, levantando ondas de sujeira e poeira diante de mim. "Você tem de fazer pequenos movimentos, rente ao chão. Faça muitas pilhas pequenas. Varra para dentro, senão é isso que acontece."

Nesta manhã, quando guardei a vassoura no lugar entre o refrigerador e a parede da despensa, ela escorregou para o lado e caiu na brecha cheia de teias atrás da geladeira. Suspiro, sabendo que não tenho escolha a não ser retirá-la da escuridão cheia de aranhas. Minha mãe sempre limpa o acampamento antes de chegarmos, mas só os lugares que ela consegue enxergar. Quando chegamos ontem para passar o verão, a primeira coisa que Maddy notou foi um ninho imenso de ratos na viga acima das prateleiras da despensa.

— Estou fingindo que não vi — disse minha mãe a ela enquanto passei pela porta dos fundos levando as malas com nossas roupas do carro para dentro. — Deixo as coisas realmente horríveis para quando a sua mãe chega.

— Eu ouvi isso — respondi.

— Uma família de rato-almiscarado está vivendo nos nenúfares — comentou com Maddy, me ignorando. — São muito fofos: três filhotinhos nadam atrás da mãe todas as manhãs. Havia quatro, mas encontrei um flutuando nas algas quando estava na canoa. O corpo dele era como uma madeira com pelos. *Rigor mortis* completo.

— Que bacana, mãe. Obrigada por contar isso para a minha filha — gritei por cima do ombro.

— Você está com planos de se mudar para cá de forma permanente? Nunca vi tanta tralha.

Parei no fim da trilha e fiquei olhando a lagoa, o céu luminoso de junho. Um dia perfeito para nadar. "Estou tão feliz por estar aqui, meu coração não aguenta", disse eu para o nada.

Mas hoje a manhã está cinzenta e encoberta, frio demais para um mergulho. Deixo a vassoura onde ela caiu, ando pela trilha até a nossa cabana e tateio a bolsa de lona em busca do tênis e de um top. As roupas de Peter estão em uma pequena pilha no chão onde ele as tirou ontem à noite. Penduro a camisa branca de algodão em um gancho, dobro a calça surrada de algodão e a coloco no encosto da cadeira.

Peter se agita atrás de mim.

— É cedo — sussurro. — Volte a dormir.

Ele se vira, sorri para mim, o cabelo emaranhado na testa, a bochecha amarrotada com marcas do travesseiro.

— Aconchegante — diz. Ele parece tão doce, como um garotinho.

— Volto logo.

Beijo as pálpebras dele e respiro o cheiro familiar de sal e cigarros.

— Vou fazer o café da manhã — murmura.

Subo correndo a entradinha íngreme, desviando das raízes e dos buracos deixados no solo pelo inverno, antes de seguir pela estrada de terra que contorna a lagoa e acaba no mar. O bosque está silencioso, mal se movendo. A maioria das casas ainda não foi aberta para a temporada. Junho pode ser chuvoso e úmido. O ar fresco da manhã se assemelha a um jato de água fria. Consigo sentir meu corpo acordando a cada batida de meus pés no chão arenoso, como se estivesse voltando à vida depois de uma longa hibernação, farejando abelhas nos dentes-de-leão, procurando a árvore exata para me arranhar. Todos os anos é assim.

Pego velocidade à medida que me aproximo do oceano, ansiosa para que o bosque denso dê lugar à vegetação rasteira e ao mirtilo, ansiosa pelo mar. Na última curva da estrada, me surpreendo ao ver Jonas sentado no acostamento, binóculos pendurados no pescoço.

— O que está fazendo aqui? — Estou ofegante quando o alcanço. — Você disse que só viria depois da próxima semana.

Sento ao lado dele.

— Decisão de última hora. Cem por cento de umidade, a cidade inteira fedia a sovaco, e então o ar-condicionado do apartamento decidiu parar de funcionar.

— Ah, por favor. Admita. É porque você sentiu muito a minha falta.

Dou uma risada. Ele só sorri.

— Bom, isso também. Parece impossível para a gente passar algum tempo juntos na cidade. Estamos todos enlouquecidos lá. E de repente é verão. Graças a Deus. As crianças estão contentes por estarem aqui?

— Acho difícil. Chegamos há um dia e já estão reclamando da falta de wi-fi. Peter está ameaçando mandar todos para a escola militar.

— Ele fica aqui por um tempo?

— Duas semanas. Então o habitual vai e vem nos fins de semana. Você está indo para a praia ou já foi?

— Já fui. Fui olhar os ninhos dos pássaros marinhos.

— E?

— Estão incubando os ovos.

— As cercas de proteção estão erguidas?

— Isolaram metade da praia — conta, assentindo.

— Odeio a porra das batuíras.

— Você odeia qualquer um que não entende que *você* é a dona de Back Woods.

— A coisa toda é ridícula. O jornal diz que a população de batuíras *diminuiu* desde que começaram a isolar essas partes da praia para protegê-las.

— É possível que o cheiro de humanos estivesse mantendo os coiotes longe dos ovos.

— Então, como estão as coisas? Gina está bem?

Jonas vacila um segundo antes de responder, é quase imperceptível, mas eu noto.

— Empolgada por estar aqui. E já está procurando maneiras de evitar minha mãe. Ela saiu para velejar antes de eu acordar. Levou Rhodes para verificar o equipamento.

— Velejar...

Mesmo depois de todos esses anos, a palavra trava um pouco em minha língua, como se estivesse falando o idioma dos cliques da Namíbia. Ela fica no ar entre nós como uma pedra caindo em câmera lenta. Sinto o desvelamento de algo terno e horrível e triste e vergonhoso entre nós, como sempre. Mas Jonas amortece a queda, e o momento passa.

— Ela quer comprar um CAT 19. Estou em cima do muro.

— Jack vai ficar doido se ela comprar.

Minha voz aguda soa falsa, e sei que ele também nota. Mas é o que fazemos, o que fazemos há anos. Arrastamos nosso passado atrás de nós como um peso, ainda acorrentados, mas longe o suficiente para que nunca tenhamos de olhá-lo, nunca tenhamos de reconhecer abertamente quem fomos um dia.

Acima de nós, um falcão-peregrino voa no céu. Ficamos olhando ele atingir o ponto mais alto nas nuvens, virar e mergulhar de cabeça em direção à terra, avistando a presa.

Jonas se levanta.

— Preciso voltar. Minha mãe quer ajuda para plantar calêndulas. Os mosquitos estão terríveis este ano. Venham beber alguma coisa mais tarde. Estaremos em casa hoje à noite.

— Vamos adorar.

Ele me dá um beijo rápido na bochecha e vai embora. Vejo-o se afastar até fazer a curva, fora de vista. É mais fácil assim.

MINHA MÃE está no lugar de sempre no sofá da varanda quando volto. Peter está na cozinha fazendo café.

— Bom dia, linda! — grita ele. — Como foi a primeira corrida do verão?

— O paraíso. Sinto que finalmente consigo respirar.

— O café já vai sair. Conseguiu aguentar até o mar?

— Consegui. A maré estava baixando. Achei isso.

Caminho até ele e estendo a mão aberta.

— Nunca vi um caranguejo tão miudinho. É perfeito.

— Como estava a água? — pergunta minha mãe.

— Não nadei... Estava com roupas de corrida.

— Você podia ter nadado pelada — retruca ela. Uma crítica.

— Podia. — Já começou. — Encontrei Jonas na estrada. Ele convidou todo mundo para beber alguma coisa mais tarde.

— Excelente — diz Peter.

— Você notou que as lagartas ciganas estão de volta? — comenta minha mãe.

— A estrada até a praia parecia limpa.

— Elas vão chegar lá. São como gafanhotos. Metade das árvores daqui até a casa da Pamela estão nuas. É deprimente. Aquele barulhinho horrível e ritmado de detritozinhos caindo na trilha. Ontem de manhã, tive que colocar o xale por cima da cabeça e correr.

— Lagartas cagam? — pergunta Peter.

— Parece borra de café bege — respondo.

— Isso aconteceu comigo uma vez — diz minha mãe. — Só que era uma úlcera.

— Sua mãe está com distúrbio de linguagem novamente, Elle.

Peter ri.

— Seu marido é insolente. De qualquer forma, se algum dia você encontrar o que parece ser borra de café no vaso sanitário, vai saber.

— Isso é nojento — digo.

— Ainda assim...

— Café, Wallace? — pergunta Peter, entrando com a cafeteira, e serve uma xícara para ela.

Adoro meu marido.

Quatro semanas atrás. 4 de julho, Wellfleet, Massachusetts.

Ouvimos falar da criança morta no desfile de Quatro de Julho. Uma menina de cinco anos, enterrada viva quando uma duna desabou em cima dela hoje de manhã em Higgins Hollow. A mãe estava em um banco de areia fazendo ioga. Quando se virou para olhar a filha, tudo o que conseguiu enxergar foi o balde cor-de-rosa da menina, que a princípio parecia estar flutuando dez centímetros acima do solo.

— Nunca vou tirar essa imagem da cabeça. Aquela mãozinha saindo da areia.

Estou com Jonas e a mãe dele à sombra de um bordo imponente, assistindo ao desfile. Gina, Maddy e Finn avançaram por entre a multidão na esperança de acompanhá-lo da primeira fila.

— O que eu sempre disse a vocês, crianças, a respeito de escalar as dunas? — diz a mãe de Jonas, com um tom de satisfação presunçosa do tipo "eu-bem-que-avisei". — Entenderam?

Jonas olha para mim com espanto e cai na risada.

— Isso é *extremamente* insensível da sua parte — ralha a mãe dele, e dá as costas para a gente. — Você é deplorável.

Estou me esforçando para manter o rosto sério. Mas não consigo evitar. Eu me sinto como se tivesse catorze anos de novo, de pé na sala de Jonas sendo repreendida por ter gostado de um programa de televisão abertamente racista como *Os pioneiros*. Ou aquela vez na praia, quando ela deu um sermão em Anna sobre os perigos de usar biquíni. "Você está se permitindo ser objetificada pelos homens." Anna tinha tirado a parte de cima do biquíni e simulado um *strip tease*, antes de caminhar até a água de topless. Certa vez, a mãe de Jonas cometeu o grave erro de repreender minha mãe por trazer um saco de carvão vegetal para uma das fogueiras.

— Carvão vegetal, Wallace? Mesmo? Quase não resta uma árvore no Congo. Você também poderia ir até Virunga e atirar nos gorilas da montanha.

— Eu gostaria, mas a passagem aérea é exorbitante — respondera minha mãe.

E em seguida virou todo o saco de carvão na fogueira, que se ergueu em uma chama gloriosa. "Você é *deplorável*", a mãe de Jonas tinha cuspido. Jonas e eu ficamos ali parados, de queixo caído, encantados com a visão de nossas mães travando uma batalha, antes de fugir pela praia rindo e gritando "Você é deplorável" um para o outro.

Jonas sorri para mim.

— Você é *deplorável* — murmura ele.

— Você que é deplorável — murmuro de volta.

Um carro alegórico de garotas adolescentes em trajes de lagosta passa. Elas acenam e sorriem, jogando balas para a multidão. Atrás delas, a banda da escola secundária local toca uma versão desafinada de "Eye of the Tiger". Gina se aproxima de nós com Maddy e Finn a reboque. Todos três estão agitando bandeiras americanas de plástico grampeadas em pauzinhos de madeira. Maddy está usando um colar de balas.

— O que é tão engraçado? — Gina quer saber, passando o braço pelo de Jonas.

— Olha! — Finn agita a bandeira dele para mim. — Gina comprou bandeiras para nós.

— Não precisava — digo a ela. — Essas coisas são um desperdício de dinheiro.

— É para os veteranos de guerra — responde Gina, em um tom que deixa claro que a ofendi.

— Ah, claro... Foi muito generoso da sua parte.

— Custou *três* dólares.

— Quis dizer que você os deixou felizes. Olha!

Maddy e Finn correram colina abaixo de novo e estão agitando as bandeiras com entusiasmo para quatro velhos desgastados pelo tempo em um Oldsmobile marrom segurando uma faixa do Rotary Club.

Jonas põe a mão em meu braço. Aponta para o Oldsmobile e diz:

— Podia jurar que são os mesmos velhotes para quem a gente costumava acenar.

— Estou quase certa que trocam a cada dez ou vinte anos. Lembra o cara com o boné do Tio Sam que gritou comigo por usar uma camiseta do Walter Mondale e nos perseguiu pela rua?

Jonas ri.

— Então — intromete-se Gina —, o que era tão engraçado?

A mãe de Jonas se vira, os lábios franzidos.

— Uma criança morreu na praia hoje cedo. Seu marido e Elle pareceram achar engraçado. Enfim, estou indo embora. Está um forno aqui. Agradeceria se você parasse na loja no caminho de casa e comprasse biscoitos de arroz e suco Clamato. E precisamos de páprica.

Ela saiu às pressas sem se despedir.

— Uau... — comenta Gina. — O que foi *isso*?

— Ela está irritada porque a gente estava rindo — diz Jonas.

— Da morte de uma criança?

— Claro que não. Dela, que estava sendo obtusa.

— E... — Gina pressiona para que ele continue.

— Algo que ela costumava dizer quando a gente era criança. Não dá para explicar — responde ele.

— Tenho certeza de que consigo entender. Tanto faz. Fiquem falando entre vocês.

Jonas solta o ar, irritado.

— Ela nos chamou de deploráveis — conta ele.

— E com razão — dispara ela.

Sinto como se tivesse levado um tapa na cara. Olho para Jonas em busca de uma explicação, mas ele está focado em Gina, os olhos em combustão lenta.

— Desculpe — recua ela. — Não sei por que disse isso. Está calor e dormi mal.

— Está tudo bem — digo.

Mas não está. A hostilidade e a insegurança dela não fazem sentido. Gina sempre teve uma autoconfiança inquestionável, uma completa falta de superego. Ela *gosta* de si mesma. Quando ela e Jonas começaram a namorar, eu sabia que ela se sentia ameaçada por mim. Não porque tivesse alguma ideia de quanto Jonas um dia me amou, ele nunca lhe contou. O que a deixou com ciúmes naquela época foram as raízes antigas de nossa amizade — uma história em comum que sempre a excluiria. Mas isso foi há cem anos. Fizemos nossa própria história juntos, todos nós. Envelhecemos juntos. Como casais. Como amigos. E, no entanto, parece que ainda há pouco, por um segundo rápido, ela perdeu o controle e revelou seus verdadeiros sentimentos, um ciúme e um ressentimento profundo por mim que manteve escondidos por todos esses anos. Então, percebendo o que tinha escapado, tentou colocar de volta na garrafa. Algo deve ter motivado isso. É mais do que falta de sono, do que o calor. Algo está acontecendo entre eles, alguma tensão que Jonas não me contou.

— Vou pegar as crianças e ir embora — aviso. — Está quente mesmo, Gina. Parece uma fornalha. Nos vemos mais tarde, para os fogos de artifício?

— A gente não vai — conta Gina. — Tenho a regata amanhã cedo. Seis da manhã.

— Talvez *eu* vá — responde Jonas.

SAINDO DA CIDADE com as crianças, passo por Jonas e Gina do lado de fora do supermercado. Estão discutindo. Gina gesticula para ele, pálida. Ela está chorando. Jonas tem uma garrafa de plástico de Clamato debaixo do braço. O poder de atração do suco de tomate misturado com mexilhões sempre me intrigou. Jonas balança a cabeça com raiva para o que quer que ela esteja dizendo. Carros avançam devagar na minha frente. Sei que devia desviar o olhar, mas não consigo. A luz amarela fica vermelha. Acima do zumbido baixo do ar-condicionado, através da janela fechada do carro, ouço Gina gritar "Vá se foder". Olho para trás para ver se as crianças ouviram, mas elas estão agarradas nos celulares. Jonas responde algo, depois se vira e sai andando pela rua. Gina grita atrás dele — implora para que ele pare —, mas ele continua em frente. Vejo os ombros dela desabarem. Sinto-me uma *voyeuse*. Ela limpa o catarro escorrendo do nariz com a parte de trás da manga da camisa preta, deixando um rastro de muco que brilha e cintila ao sol como uma trilha de caracol. Há algo tão derrotado na postura dela — uma vulnerabilidade que nunca vi antes —, uma parte dela que sempre fora mantida escondida, e isso me deixa tão triste por ela que olho para o outro lado, implorando para que o sinal abra antes que ela perceba nosso carro. Atrás de mim, Maddy abaixa a janela e acena para Gina, chamando-a. Gina ergue os olhos no momento em que o sinal muda.

— MÃE — diz Maddy assim que entramos na rodovia em uma fila interminável de tráfego pós-desfile. — Gina disse que tem jacarés nos esgotos de Nova York. É verdade?

— Ela disse? — Dou uma risada. — Ela também disse que se você tocar o *White Album* ao contrário ele diz "Paul está morto".

— Quem é Paul? — indaga Finn.

— Não acho que tenha jacarés lá embaixo, Maddy. Embora nunca se saiba. Quando eu tinha quatro anos vi um namorado da minha mãe jogar um filhote de jacaré na privada e dar descarga.

— Qual o tamanho dele? Será que ficou preso? — pergunta ela.

— Parecia uma lagartixa.

— E se subirem até a calçada e matarem pessoas? — argumenta Finn.

— Tenho certeza que você está a salvo, coelhinho.

— Não quero mais ir a pé para a escola.

O tráfego avança devagar. Os ciclistas passam por nós no acostamento.

— Sabe, quando Anna e eu éramos pequenas, nosso pai nos deu kikos marinhos de Natal. Vinha com um aquário de plástico e um pacote de ovos de camarão de água salgada. Dizia na caixa que, quando você colocasse os ovos na água, eles iam se transformar em animais de estimação instantâneos. E tinha um pacotinho de comida com uma colher minúscula.

— Ainda existe isso — avisa Maddy. — Podíamos comprar alguns. Parece legal.

— Mais ou menos — conto. — Eles deveriam se transformar em criaturas que pareciam cavalos-marinhos pelados com pernas humanas compridas e coroas que viviam em castelos subaquáticos.

— Podemos ter alguns? — pergunta Finn.

— Não.

— Por que não? Quero um animal de estimação.

— Porque eles são uma merda.

— Mãe! Olha a boca! — acusa Maddy.

— Desculpe. — Dou uma risada. — Anna e eu esperamos e esperamos que a família dos kikos marinhos aparecesse. Corríamos para casa todos os dias depois da aula para ver se tinham eclodido em pequenos reis e rainhas. E eis que, depois de uma semana, essas coisas microscópicas parecidas com camarões começaram a disparar pela água.

— Então, o que aconteceu? — pergunta Maddy.

— Nada. Eles não cresceram. Ficaram assim. Eram só crustáceos microscópicos.

— Isso é o que as baleias comem — conta Maddy para Finn.

— Eu *sei* disso — responde ele.

— Fim da história: um dia chegamos em casa da escola e eles tinham desaparecido. Minha mãe tinha derramado pelo ralo. Ela disse que a maioria dos kikos marinhos estava morta no fundo do recipiente e o aquário estava se transformando em um criadouro de mosquitos.

— Isso é tão triste — comenta Maddy.

— Talvez sim, talvez não. Nunca os vimos crescer, mas quem sabe? Talvez tenham crescido depois que ela deu descarga. Talvez existam reinos de kikos marinhos nos esgotos cheios de pequeninos reis e rainhas e princesas com suas coroas minúsculas.

— Espero que você esteja certa. Seria a melhor coisa do mundo — diz Maddy.

— Também acho, querida. De qualquer forma, a questão é que talvez Gina esteja certa a respeito dos jacarés. Talvez eles estejam ali vivendo de minúsculos camarões de água salgada.

— Não! — grita Maddy. — Odeio isso. Isso ia ser horrível.

Havia anos que não pensava nos kikos marinhos. Como Anna e eu observávamos aquele aquário de plástico todos os dias. Como desejamos e esperamos e aplaudimos quando as coisas minúsculas começaram a se mexer, e sentimos um desapontamento amargo quando não passou disso. A espera começa cedo, acho. As mentiras começam cedo. Mas também os sonhos e as esperanças e as histórias.

Deixo a rodovia e entro na nossa estrada de terra de uma pista, sigo até Back Woods, rezando para não encontrar outro carro saindo. Odeio dar ré e esse trecho da estrada não tem desvios.

TODOS OS ANOS a cidade dispara fogos de artifício de uma velha embarcação de madeira no porto, testando a sorte, as faíscas apontando para a costa enquanto a barca range e geme. Meu lugar favorito para assistir aos fogos de artifício sempre foi no fim do píer mais distante que se projeta na direção da baía a partir do cais da cidade. Passando pela linha de traineiras transportadoras de sal com as redes de arrastão empilhadas ainda úmidas, amarradas ao cais como um cavalo do lado de fora de uma taberna. Passando pelos botes balançando nas amarras. Até onde a água mais profunda lambe os topos dos pilares, longe das multidões. O cheiro de peixe e madeira molhada. A maioria das pessoas vai para Town Beach para assistir à exibição: cascatas de cores disparando noite adentro, iluminando a abóbada do céu, caudas de cometas e estrelinhas colossais refletindo na baía como um milhão de estrelas, de modo que, por um instante, o mar passa a ser o céu. Sentar no fim do píer, as pernas pendendo acima da água escura, as estrelas surgindo logo abaixo de nossos pés, passando por nós sob o píer, entrando naquele mundo misterioso. Fui ali pela primeira vez com Jonas.

O calor desolador e insuportável do dia se transformou em uma perfeita noite de verão. Brisas suaves na escuridão. As crianças correram para algum lugar para assistir aos fogos de artifício com os amigos. Peter, minha mãe e eu bebemos vinho branco em copos de papel, esperando, antecipando o primeiro apito em um crescendo. A qualquer momento minha mãe vai começar a reclamar.

— Se importa se eu puxar uma cadeira?

Jonas se materializa na noite, uma aproximação fantasmagórica e silenciosa, como costumava fazer quando éramos pequenos e eu andava sozinha pela praia. Raramente, ou nunca, ouvia os passos dele.

— Eles disseram nove em ponto, mas, como de costume, estão nos fazendo esperar — diz minha mãe.

— Gina não vem? — pergunta Peter, enquanto Jonas se senta ao lado dele.

— Ela manda lembranças. Ela queria muito vir, mas está se sentindo um pouco indisposta.

Olho para ele, surpresa com a mentira inofensiva. Não é da natureza de Jonas. Sei que ele sente meu olhar firme, mas não se vira.

Uma hora mais tarde, quando tudo o que resta no ar era o cheiro penetrante da pólvora e os céus recuperaram a gravidade, voltamos para reunir as crianças. Peter e minha mãe estão na liderança, rindo e discutindo. Diminuo o ritmo para ficar para trás com Jonas antes de mencionar a mentira dele.

— Não estava mentindo — argumenta, incomodado. — Estava inventando uma desculpa. Isso se chama ser educado.

— Na verdade, isso se chama mentir — digo, sem aliviar a barra dele.

— Ela teve um dia de merda. Realmente tenho de explicar isso para Peter e a sua mãe?

— Não seja idiota. Eu só estava perguntando. Vi vocês gritando um com o outro em frente à farmácia.

— Lamento.

— Então? O que está acontecendo?

— Gina perdeu a galeria em maio. Ela não contou para ninguém, se sente humilhada demais. Enquanto isso, estou preparando minha grande exibição no outono. Ela acha que contei para você, e está chateada.

— Mas você não contou.

— Bom, contei agora.

Diminuímos o ritmo até parar e ficamos olhando a água juntos. Os barcos imóveis. Espero por ele.

— A briga foi culpa minha — conta. — Fiquei zangado por ela falar com você daquele jeito. Perdi a paciência.

Jonas me defendendo me dá um choque de satisfação e volúpia que não deveria sentir, mas digo:

— Isso foi idiota.

— Gina ama você, e você sabe disso. Mas ela sabe que conversamos sobre tudo. Acho que se meu melhor amigo fosse um homem ia ser mais fácil para ela.

— Isso é ridículo! — zombo. — Ela é o Rochedo de Gibraltar.

Mas sei que o que ele diz é verdade. Enxerguei isso: uma fissura; a vulnerabilidade que ela revelou hoje quando pensou que ninguém estava olhando; a forma como o corpo dela oscilou, privado de ar, quando Jonas se afastou e não olhou para trás. Apesar disso, algum instinto cerebral reptiliano dentro de mim reconhece que admitir até mesmo a menor ruptura entre mim e Gina vai nos deixar mais expostas — ainda que não saiba exatamente a quê. Uma energia tensa.

— Você deveria ter ficado em casa com ela esta noite. Feito as pazes.

— Nós fizemos. Estamos numa boa. E você e eu sempre assistimos aos fogos de artifício juntos.

— A gente podia ter pulado um ano.

— É nossa tradição.

— Assim como comer peru no Dia de Ação de Graças. Mas peru é seco e sem graça. Quem gosta disso de verdade?

— Eu gosto.

Ele passa o braço bem apertado pelo meu e descemos o píer para nos juntar aos outros.

Cinco dias atrás. 27 de julho, Back Woods.

Domingo. Peter, minha mãe e as crianças foram até o mercado de pulgas para o ritual semanal de examinar mesas com tralhas de outras pessoas em busca de tesouros, geralmente na forma de alguma reprodução laminada horrorosa de uma Gibson Girl bebendo Coca-Cola, ou um livro sobre pesca com moscas que Peter acha que um dia pode ser útil. Depois almoçam no Clam Shack, onde toda vez ele tenta convencer as crianças a comer ostras cruas e sanduíches de lagosta, e toda vez pedem cachorros-quentes de trinta centímetros em pães amanteigados.

Ando até a beira da lagoa, tiro o maiô, coloco a toalha na areia quente e sinto a brisa serena no rosto. Acima de mim, as árvores se inclinam, os galhos acenando como se estivessem saudando um velho amigo. Estou pensando em Bain de Soleil, na oleosidade alaranjada espessa, no cheiro de caramelo queimado, sem protetor solar — em como Anna e eu costumávamos tentar atrair o sol em vez de bloqueá-lo —, quando o telefone começa a tocar no Casarão. Tento ignorar, mas ele não para. Minha mãe não confia em secretárias eletrônicas. "Se quiserem falar comigo, que liguem de novo."

É do escritório de Peter. Eles precisam que ele vá a Memphis de manhã para uma matéria. Detalhes do voo. Informação do hotel. Números de telefones locais.

Procuro uma caneta e algo para escrever. Tudo o que encontro é um menu de disk-entrega e um panfleto para uma produção local de *O Cordão de Prata*. Perto dali, fixada a uma prateleira de madeira acima do telefone, está a lista de "números de telefones importantes" de minha mãe. A lista está ali desde que eu era criança, agora coberta de rabiscos e correções, nomes de encanadores e eletricistas locais, a sede da guarda florestal; números riscados com caneta esferográfica, reescritos a lápis; o símbolo da paz que Anna uma vez desenhou com marcador de texto verde. No meio da lista, escrito em tinta azul desbotada, o número de telefone da mãe de Conrad em Memphis ainda está visível. A letra é de Leo.

— O SEU padrasto não era de Memphis? — diz Peter, jogando algumas coisas em uma mala de mão. — Meias.

— Ele era.

Abro a última gaveta e tiro quatro pares de meias.

— Você já foi lá?

— Uma vez. Para o funeral de Conrad.

— É claro. Não me lembrava.

— Foi há muito tempo.

— Quantos anos ele tinha quando morreu?

— A idade do Jack. Você precisa de camisetas?

— Nossa! Como se supera algo assim?

Peter joga algumas coisas na mala — um pacote de chiclete, um pente, o livro da mesa de cabeceira e fecha o zíper.

Eu me sento na beira da cama.

— Não se supera — respondo.

Ouço Finn e Maddy discutindo na trilha.

— Sem gritaria na lagoa! — berra minha mãe da varanda.

— Não acredito que você está me abandonando com essa mulher maluca — comento. Lasco o esmalte vermelho do dedão. Meus calcanhares parecem feitos de chifre de rinoceronte. — Preciso ir a uma pedicure.

— Venha comigo. Pode ser uma escapada romântica.

— Em Memphis?

— Em qualquer lugar onde a gente possa transar sem a sua mãe ouvir.

— Por mais que eu ame você, Memphis é o último lugar na Terra que quero ver de novo.

Peter se senta a meu lado na cama.

— Estou falando sério. Vai ser catártico. Vou levar você para comer espaguete de churrasco.

Olho pela porta aberta da cabana, à procura de uma desculpa simples. A lagoa está dourada, vítrea, se curvando em direção ao entardecer. Aqui e ali, umas cabecinhas de tartaruga surgiram acima da superfície como pequenos polegares, desfrutando o finalzinho do sol. Eu me pergunto se ele está certo — se poderia um dia haver algo como uma catarse.

— Vamos. Você vai me salvar de quatro dias deprimentes sozinho na capital americana do assassinato. Podemos fazer sexo barulhento. Você pode ir a uma pedicure.

— Duvido que minha mãe esteja disposta a cuidar das crianças.

Mas, mesmo enquanto saio pela tangente, ouço a voz da minha mãe na cabeça, o sermão que ela sempre dava para mim e para Anna quando tínhamos medo de alguma coisa — o escuro, uma nota ruim em estudos sociais, a ideia de que algum dia ela iria morrer e apodrecer. "Não somos uma família de covardes, meninas. Enfrentamos nossos medos de frente."

— Vou perguntar para ela — sugere. — Você sabe que se eu perguntar ela vai dizer que sim.

— É verdade.

— E você pode visitar o túmulo de Conrad.

CAPÍTULO 30

Três dias atrás. 29 de julho, Memphis.

O cemitério é mais bonito do que na minha lembrança — um bosquezinho de árvores adultas em floração e encostas sombreadas dando lugar a gramados amplos pontilhados com as lápides cinzentas dos mortos. Anjos esculpidos se agarram às bordas das tumbas. Demoro meia hora para encontrar o túmulo. Percorro fileiras e mais fileiras de lápides chinesas e sepulturas de confederados em ruínas. Grupos de turistas perambulam pelo cemitério ouvindo um guia de áudio com os Grandes Sucessos das Pessoas Mortas. Fico olhando eles se moverem como lêmingues entre as lápides.

O túmulo é pequeno, coberto de pétalas caídas e esponjosas — cor-de-rosa pálido ficando marrom até apodrecer. Um corniso florido se eleva, sombreando e sujando o espaço. Nas proximidades, há um grande obelisco de granito com uma borda baixa agradável para se sentar, o chão em torno dele acarpetado com grama verde espessa. Alguém deixou um buquê de flores frescas recentemente. Movo as flores para um lado e me sento no banco frio de pedra. Anna detestava túmulos gramados. "Eles têm mais grama porque há mais vermes no solo. Pense nisso." Em vez disso, penso nos piqueniques que Anna e eu fazíamos quando crianças, quando visitávamos nossos avós. Sentadas na lápide fria de mármore do túmulo do suicida, brincando com nossas bonecas de papel — as minhas, esquisitas e arredondadas, os pés roliços e os rostos singelos. As de Anna sempre foram os ideais das revistas — as garotas com cabelos de Susan Dey, os garotos com cabelo espesso e castanho. Um guarda-roupa infinito de roupas em miniatura — calças *baggy* e tamancos roxos, suéteres listrados estilo marinheiro, biquínis de bandana, blusões com padrões geométricos multicoloridos, saias escocesas com alfinetezinhos minúsculos. Nosso mundo secreto e unidimensional — o mundo que fingíamos ser o nosso, enquanto nos sentávamos no túmulo de um homem triste, comendo sanduíches de pão branco com manteiga e presunto, olhando em meio ao antigo cemitério para a casa de nossos avós na colina, os campos com as vacas e seu ruminar incessante.

Fico de pé, limpo a parte de trás da saia, caminho até o túmulo de Conrad. A grama aqui é cheia de ervas daninhas, esparsa. Isso pelo menos teria deixado Anna feliz. A lápide é simples. Nenhuma inscrição. Só o nome dele e as datas: 1964-1983. Ele mal tinha dezoito anos quando morreu. Um garoto idiota que sonhava em ser Hulk Hogan, que amava a mãe mais do que ela o amava, que queria a aprovação do pai. Ele teria ficado tão feliz ao ver Leo desesperado, despedaçado depois que se afogou — saber quanto o pai o amava na realidade. Tento imaginar Conrad fazendo flexões em frente à porta, discutindo com Anna, o roupão atoalhado horrendo, lendo uma história em quadrinhos nos degraus da cabana. Qualquer coisa. Mas tudo o que consigo enxergar é o rosto dele, branco de medo, aterrorizado, suplicante, enquanto Jonas se sentava a meu lado no barco e segurava minha mão. A súbita compreensão nos olhos dele antes que as ondas o sugassem para baixo. Penso nas escolhas que fiz — das quais passei a vida me escondendo. A escolha que Jonas e eu fizemos naquele dia tempestuoso. A escolha que fiz de manter Conrad escondido da minha mãe. Se tivesse tido a coragem de contar a ela — de deixar que a vida *dela* desmoronasse em vez da minha —, Conrad ainda estaria vivo. Não foram só os sonhos dele que morreram. Que crianças idiotas. Conrad arruinou tudo. Jonas arruinou tudo. Eu arruinei tudo.

Deito-me no túmulo dele, coloco a boca no chão e, embora saiba que ele nunca vai me ouvir, falo com ele. Digo que sinto muito. Você não merecia isso. Você fez algo terrível, mas eu fiz algo pior. Conto a ele dos preços que paguei, esperando que sirva para alguma coisa, embora saiba que o fardo de carregar um segredo não é nada comparado ao fardo da terra que ele carrega. Falo sobre Peter, as crianças. E, pela primeira vez em quase trinta e cinco anos, choro por ele.

PETER ESTÁ no bar do hotel, os ombros caídos, bebendo algo âmbar com gelo. Sou capaz de dizer da porta que ele teve um longo dia. Sei que está esperando por mim, ansioso para desabafar. Mas tudo que quero é subir para o quarto e me enfiar debaixo das cobertas, me esconder dele, de mim mesma. Estou dando ré quando ele se vira e me vê.

— Memphis é mesmo uma porcaria de cidade — diz enquanto puxo uma banqueta ao lado dele. — E não posso fumar no bar.

— O que você está bebendo? — Pego o copo dele e tomo um gole. — Rum? Essa é uma escolha estranha. Você está bem? Parece cansado.

— Passei o dia falando sobre mortos. Não é de admirar que essa cidade tenha descambado para a ruína econômica. Essas pessoas estão tão entorpecidas pela violência. É trágico. Entrevistei um professor que já teve três alunos assassinados este ano. Crianças. É como uma zona de guerra, só que mais sem sentido. E você?

— Também passei o dia conversando com mortos.

Peter entorna a bebida e faz sinal para o barman.

— Foi ao cemitério?

— Fui.

— E como foi *isso*?

— Foi estranho visitá-lo depois de todos esses anos.

Imagino o túmulo — a lápide já gasta pelo tempo, minhas lágrimas regando pedaços de terra nua.

— Levei um tempo para encontrar. Na minha lembrança, ele foi enterrado no alto de uma colina. Mas o túmulo estava numa depressão baixa. Tudo o que me recordo do funeral é de como estava abafado e de Anna reclamando que o cabelo dela estava ficando crespo e se recusando a rezar o pai-nosso.

— Bem Anna.

— A mãe dele nunca disse uma única palavra para nós. Nem mesmo para minha mãe. E minha irmã postiça, Rosemary, agarrada à mãe... Era uma coisinha branca fantasmagórica.

— Elas ainda moram aqui?

— Não sei. Nunca mais nos vimos depois disso. Leo deixou minha mãe alguns meses depois que Conrad morreu.

— Quantos anos Rosemary tinha?

— Quando Conrad morreu?

Peter assente.

— Uns catorze, acho.

— Vocês eram amigas?

— Da Rosemary? Deus, não.

— Por que não?

— Ela era... Não sei. Esquisita. Espectral. Como se faltasse toda a reação social normal, se isso faz sentido. Lembro que ela gostava de cantar hinos.

— Você devia procurar por ela, ver se ainda existe.

— Ela deve ter se mudado há muito tempo.

— Quem sabe? Talvez não.

— De qualquer forma, seria muito estranho. Ligando assim de surpresa depois de todos esses anos sem fazer nenhum esforço.

— Antes tarde do que nunca. — Peter se levanta da banqueta. — Vou lá fora fumar.

— Você devia parar.

— Um dia desses.

Vejo-o atravessar o saguão para longe de mim, empurrar as portas giratórias e sair para a calçada cheia de fuligem.

Dois dias atrás, 30 de julho. Memphis.

Rosemary vive em um bairro sossegado e desinteressante no lado leste da cidade. Quarteirão seguido de quarteirão de casas compridas de um andar só e quase idênticas, com os pátios da frente bem limpos. Mas sei qual é a casa dela no minuto em que o táxi para: no patamar da frente está o porta-guarda-chuvas de crocodilo da varanda da mãe, a boca ainda bem aberta depois de todos esses anos. Rosemary vem até a porta segurando um cachorrinho — resgatado, conta ela. O cabelo dela é bege, cortado curto. Ela é professora de musicologia. Jerome, seu marido, ensina física quântica. Eles não têm filhos.

— Minha área é a barroca — diz ela, enquanto a sigo até a sala de estar. — Tenho chá de ervas ou descafeinado. Cafeína me deixa agitada.

— Descafeinado está ótimo.

— Fique à vontade. Fiz bolo de cenoura.

Ela vai até a cozinha, e fico sozinha na sala. O console da lareira está repleto de fotografias emolduradas: Rosemary desinteressante em um traje acadêmico; Rosemary e o marido no dia do casamento; uma jovem Rosemary em um bonde com Leo. Não há uma única foto de Conrad. Pego uma moldura prateada com uma foto dela e de um casal idoso em um navio de cruzeiro. Demoro um momento para perceber que o homem é Leo. Ele está com o braço em volta de uma mulher que reconheço como a mãe de Rosemary.

— Eles se casaram de novo — conta, chegando por trás de mim.

— Não sabia.

— Alguns anos depois que o meu irmão morreu. — Ela pega o porta-retratos e o coloca de volta em cima da lareira. — Os dois já faleceram.

— Sinto muito.

— Bom, é a vida... — Ela me entrega uma fatia do bolo de cenoura. — Uso molho de maçã em vez de açúcar. E Anna? Como está?

— Ela morreu também. Vinte anos atrás. Na verdade, amanhã é o aniversário da morte dela.

— Vocês duas nunca se deram muito bem, pelo que me lembro — comenta Rosemary.

Fico indignada.

— Ela era a minha melhor amiga. Sinto falta dela todos os dias.

— A vida pode ser solitária.

Ficamos sentadas juntas em silêncio, ambas fingindo nos concentrar no bolo.

— Está uma delícia — digo, depois de um tempo.

— O molho de maçã faz com que fique molhadinho. Então, o que a traz a Memphis?

— Meu marido, Peter. Ele teve de vir a trabalho. Minha mãe está na lagoa, cuidando das crianças. Temos três.

— E é a primeira vez que você volta?

Assinto.

— Devia ter vindo antes. Visitei o túmulo de Conrad ontem.

— Nunca fui. Cemitérios me deprimem. Mamãe o visitava uma vez por semana. Ela nunca se recuperou de tudo. Acho que ela culpava você.

Sinto como se ela tivesse jogado um copo de água gelada na minha cara.

— Sinto muito — digo, sentindo a inadequação dessas palavras. — Não consegui salvá-lo.

— Ah, bem. Se você tivesse pulado, ele, em pânico, teria puxado você junto para baixo. Ele era desse tipo. — Ela dá uma grande mordida no bolo e mastiga-o devagar. — Você viu ele se afogar.

— Sim.

— Deve ser difícil não pensar nisso.

— Nunca consegui.

Rosemary fica quieta por um momento. Ela mexe em uma pequena cruz que tem pendurada no pescoço. Parece estar pesando alguma coisa.

— Tentei imaginar uma coisa: Conrad caindo do barco no mar aberto e gelado. Ele era um péssimo nadador. Como é que foi, ver ele afundando? Gostaria de ter estado lá para ver eu mesma.

É uma coisa tão bizarra de se dizer.

— Não entendo.

— Não? — Ela me lança um olhar demorado e duro. — Você se lembra daquele verão em que ele voltou para casa para ficar comigo e com mamãe?

Aceno com a cabeça, sentindo um pavor embotado.

— Bom, aquilo foi ideia minha. Estava muito sozinha depois que ele foi embora. Mamãe estava de mau humor metade do tempo. Eu sentava no balanço da varanda e tentava ficar quieta como um camundongo. Ela dizia que barulho a deixava nervosa. Enfim, nós três planejamos atravessar o país de carro até a casa do meu tio em Santa Fé. Eu estava tão animada. Na primeira noite de Conrad em casa, ele veio até meu quarto depois que mamãe dormiu. Acordei com ele em cima de mim. Eu mal conseguia respirar. Tentei gritar por ajuda, mas ele ficou com a mão em cima da minha boca. Solucei na palma da mão dele. — Ela para e tira um fiapinho da calça. — Ele ficava repetindo seu nome enquanto me estuprava.

A sala é drenada em uma névoa branca. Sinto como se estivesse sendo sugada em câmera lenta para o centro de uma estrela. Consigo ouvir vagamente o zumbido baixo do ar-condicionado. Crianças estão gritando em algum lugar da rua. Imagino-as brincando com uma mangueira, encharcando umas às outras de água fria. Um carro passa. Depois outro.

— Ele entrou no meu quarto quase todas as noites naquele verão. Eu tinha treze anos. — O rosto dela está impassível, sereno. Ela poderia estar falando de gatos. — Meu irmão era um monstro. Todas as noites, eu rezava a Deus para que ele morresse. E finalmente Deus respondeu às minhas orações. — Ela faz uma pausa. — Parte de mim sempre se perguntou se não foi Deus quem respondeu às minhas orações, mas você.

Rosemary estende a mão para a cafeteira, se serve de mais três centímetros de descafeinado e adiciona com cuidado dois cubos de açúcar com uma pinça de três pinos.

— Jerome queria filhos, mas nunca consegui ver razão para isso. Mais café?

Estou entorpecida demais para responder.

A campainha da porta toca.

— Que bom — diz ela, se levantando. — Deve ser a lavagem a seco.

DO LADO de fora da casa de Rosemary, o sol ainda está brilhando, o ar impregnado de calor e da exaustão de existir. Um menino passa de bicicleta, tocando a campainha metálica. As ervas daninhas crescem de uma rachadura na calçada. Chego a uma faixa de pedestres. O cheiro de casca de banana, um terreno vazio arenoso cheio de sacos plásticos que flutuam e assentam como um varal arrebentado cheio de camisetas. Preciso ligar para Jonas.

CAPÍTULO 31

Ontem. 31 de julho, Back Woods.

— A que horas as pessoas chegam?

— Eu disse sete horas mais ou menos. — Minha mãe está com a cabeça enfiada na geladeira, à caça de um tubo perdido de pasta de tomate.

Pego uma toalha de mesa branca de linho de uma gaveta e jogo em cima da mesa da varanda.

— Somos oito ou dez?

— Nove, incluindo a mãe insuportável do Jonas. Não sei por que a gente incluiu ela. Odeio números ímpares.

Pego uma pilha de tigelas para macarrão da prateleira, carrego-as com cuidado e as distribuo em torno da mesa.

— E Dixon e Andrea? — pergunto.

Minha mãe me entrega uma pilha de guardanapos de pano.

— Dixon, sim. Andrea, não. Use esses. E os castiçais de latão.

— Por que não?

— Aquele filho horrível dela veio de Boulder para o fim de semana. Ela perguntou se ele podia vir junto e eu disse que não.

— Você é mesmo terrível.

Ela me entrega uma tábua de pão.

— Por que eu incluiria ele? Ele não conhecia Anna.

Trago taças de vinho para a mesa, um par de cada vez. Garfos e facas. Sal. Pimenta. Eu me concentro em cada pequena tarefa como se fosse uma linha de vida me ancorando ao presente, a minha vida *neste momento*. Não consigo tirar as palavras de Rosemary da cabeça, a voz banal, sem rodeios, quando me deu a absolvição, um perdão para meu o crime.

— O que mais precisa ser feito? — pergunto.

— Você pode abrir algumas garrafas de clarete, para deixar ele respirar. E rale o queijo. Há um naco de parmesão na porta da geladeira.

Ela coloca uma tigela de faiança branca cheia de limões e peras verdes brilhantes no centro da mesa.

— Ficou bonito — digo.

— Você deve estar exausta.

— Estou.

— Ainda não entendo por que quis ir a Memphis.

— Peter me pediu. Ele nunca pede. — Entro na despensa. — Estou feliz por ter ido. Você tem alguma ideia de onde foi parar o saca-rolhas? Não está aqui.

— Da última vez que olhei estava ali no gancho. Pode ter caído. Aproveite e pegue uma cabeça de alho.

— Peguei. Vi Rosemary. — Volto e lhe entrego o alho. — Fui à casa dela.

— Rosemary... Praticamente esqueci que ela existia.

— Foi ideia do Peter.

— Ela era uma garotinha tão estranha. A forma como se agarrava ao pai. Aqueles olhos vazios. Me lembro que tinha algo nela que fazia Anna sair correndo de casa toda vez que ela vinha visitar a gente.

— Ela odiava o cheiro da Rosemary.

— É verdade. Anna dizia que ela cheirava a formol. Tão doce que até enjoava.

Ela esmaga cinco dentes de alho gordos com a parte larga da faca e os joga em uma panela de ferro fundido. Cenouras, aipos e cebolas picados bem fininhos já estão caramelizando em azeite e manteiga derretida. Ela abre um pacote de carne moída embrulhada em papel pardo — vitela e porco — e põe na panela aos poucos, depois põe leite para deixar a carne tenra. Uma garrafa aberta de vinho branco morno aguarda no balcão para a deglaçagem.

— Me passa isso, por favor? — Ela aponta para uma escumadeira. — Como ela está?

— Ainda esquisita. Direta. É musicóloga. Vive numa casa comprida de um andar. Cabelo curto desbastado. Calça larga. Esse tipo de coisa.

— Casada?

Assinto.

— E a mãe dela?

— Morreu há alguns anos.

— Pobre mulher. Que vida triste.

Observo minha mãe mexer o molho devagar, voltas e mais voltas. Mudo de ideia.

— Leo voltou para ela. Você sabia? Eles se casaram de novo.

— Não sabia. Pensava que estava morto ou na prisão.

— Havia uma foto de casamento em cima da lareira. Deles num cruzeiro. Só um casal mais velho de aparência comum.

Ela pega um pepino e começa a descascá-lo.

— Não vamos falar dele. No que me diz respeito, ele morreu há muito tempo. Era um homem mau. Não gosto de pensar nele e você também não devia.

Ela pega a garrafa de vinho branco do balcão e despeja um pouco em um copo.

— Não era para deglacear?

— É vinho.

— Preciso falar com você sobre Leo, mãe.

— Eleanor, as pessoas vão chegar logo e estou tentando cozinhar. Então, o que quer que seja, vai ter de esperar.

JONAS E EU não nos falamos desde que liguei para ele de Memphis ontem, da calçada oscilante do lado de fora da casa de Rosemary. Quando vejo a mãe dele e Gina surgirem à porta, meu estômago dá uma cambalhota — algo familiar e ainda assim esquecido. Demoro um tempo para perceber o que é: estou nervosa, ansiosa, antecipando a chegada dele. É a sensação mais estranha, como uma memória sensorial do passado — algo que não me permiti sentir em tantos anos; e ainda assim, aqui está.

Mas Jonas não está com elas.

— Ele insistiu em tomar banho, mesmo tendo acabado de dar um mergulho. Desperdício de água — comenta a mãe dele, entrando pela porta de tela.

— Ele não vai demorar. — Gina entrega uma garrafa de vinho para minha mãe. — Trouxe branco.

— Estamos bebendo tinto — responde minha mãe, levando-o para a cozinha.

— Ignore ela. — Peter se aproxima e dá um abraço em Gina. — Ela tem se comportado como uma vaca a tarde toda.

— Seja razoável — digo, apesar de concordar com ele. — Esse é sempre um dia difícil para ela.

— Você está certa — diz Peter. — Retiro o que disse.

— Lamento por Anna — comenta Gina. — Ela parecia ser uma pessoa legal.

— Ela era — respondo. — A mais legal.

Minha mãe aparece segurando uma travessa de queijos e biscoitos.

A mãe de Jonas recusa com um gesto.

— Cortei glúten e laticínios. Minha artrite.

— Você deveria ter me avisado — diz minha mãe, irritada. — Estou cozinhando macarrão. Mas temos azeitonas.

— Como estava Memphis? — pergunta Gina.

Peter suspira antes de responder:

— Abafado. Cansativo.

— Nunca fui lá — comenta Gina.

— Elle gostou.

— Gostei. É uma cidade cheia de fantasmas.

— Você quer vinho ou uma bebida "bebida"? — questiona Peter para Gina.

Por cima do ombro de Gina, através da tela, vejo Jonas vindo pela trilha arenosa. O cabelo dele está molhado e bagunçado. Está descalço, de Levi's rasgada e uma camisa de cambraia azul. Tem as bochechas coradas. Parece o mesmo de quando éramos jovens. Mais gracioso, evidente. Quando me vê, ele sorri: não o sorriso habitual do tipo "feliz em ver a velha amiga" ao qual estou tão acostumada. É algo mais, íntimo e aberto, como se dizendo: enfim, depois de todos esses anos, podemos olhar um para o outro sem o cenário da vergonha entre nós.

PETER SE levanta da mesa de jantar e se espreguiça.

— Estava uma delícia, Wallace. O que tem de sobremesa?

Ele acende um cigarro e perambula até a prateleira onde minha mãe guarda um monte de LPs velhos ao lado da vitrola.

— Temos peras frescas e sorvete. Quem quer café?

Uma música arranhada do Fleetwood Mac começa.

— Foi você quem comprou esse álbum, Wallace? — grita Peter da sala de estar.

— Era da Anna — responde ela. — Você não vai ler o Shelley?

Todos os anos, no aniversário da morte dela, Peter lê para nós o poema favorito de Anna, "To a Skylark", a oração que ela pediu para o funeral dela. É um ritual sagrado.

Mas esta noite Peter diz:

— Estou muito cansado e muito bêbado. Alguém mais pode fazer isso?

E se deixa cair no sofá.

Gina puxa a cadeira para perto dele, e eles começam uma conversa inútil a respeito de restaurantes em Bushwick.

Tenho vontade de socar os dois na cara.

Dixon pega o livro gasto, o examina, em seguida o entrega a Jonas e diz:

— Meus olhos já não são o que eram.

Jonas encontra a página.

— Para a bela Anna. Saudamos a Ti, espírito radiante.

E ele começa.

— SIMPLESMENTE não acredito em psiquiatria — discursa minha mãe para o último dos convidados.

— Isso é porque você tem medo de ser mandada para o manicômio — ironiza Peter do sofá.

— Até onde eu sei, isso só serve para uma coisa: que é fazer os filhos culparem os pais por tudo o que deu errado na vida deles.

— A única coisa pela qual eu culpo você é por me fazer ter aulas de vela — comento, e todos riem, esquecidos. Todos menos Jonas.

— Prestem atenção. Agora ela vai dizer que não recebeu amor suficiente de mim quando criança — comenta minha mãe, levantando-se, saindo da mesa e indo para a cozinha a fim de começar a lavar a louça. — É óbvio que ela tem razão.

— Nem tudo tem a ver com você, mamãe.

Jonas olha para mim, os olhos em chamas.

Eu me levanto da mesa e saio pela porta dos fundos para a noite escura. Então me inclino contra a parede fria de blocos de cimento e espero pelo que parece uma vida inteira.

LIVRO CINCO
HOJE
18H30 ÀS 6H30

CAPÍTULO 32

Hoje. 1º de agosto, Back Woods.

18h30

Tiro o maiô úmido, deixo-o no chão da cabana e me deito na cama. Do casarão, ouço a risada de Peter, minha mãe pedindo que as crianças parem de jogar Parcheesi e se preparem para o churrasco. O teto de nossa cabana está cheio de formigas carpinteiras, despertadas pelo calor, pela tempestade iminente. Ciscos de papelão cobrem o abajur de cabeceira de Peter. Fico olhando pela claraboia para a luz do sol do entardecer atravessando as árvores, a delicadeza dos ramos à sombra. Nimbos passam flutuando, carregados de chuva.

Quando Anna e eu éramos pequenas, nosso pai plantou uma delicada muda de bétula perto de nossa cabana, o tronco tão fino quanto um ramo de salgueiro. Uma árvore plantada em um bosque. Ele disse que ela se desenvolveria com a gente, cresceria com a gente. Naquela época, antes de ela ultrapassar a linha do telhado, a claraboia acima de minha cama era um retângulo ininterrupto de azul. Adorava ficar deitada ali, olhando a extensão do céu azul, observando as gaivotas planando nas correntes súbitas de vento. Depois que Conrad morreu, rezei para aquele céu imenso — não em busca de perdão, mas de orientação, de uma forma de superar o passado, de um rumo para seguir em frente. Naquela época, as pontas bifurcadas dos ramos da bétula começaram a aparecer nos cantos da claraboia — pequenos filamentos elegantes que se projetavam no ar. Centímetro por centímetro, ano após ano, a juba incontrolável da bétula crescia em direção ao caixilho até cobrir a vidraça, bloqueando o céu. Tinha implorado por respostas, pela clareza do vidro. Mas a passagem do tempo trouxe só um emaranhado confuso de ramificações indicando meu fracasso em me curar.

"É uma janela", dissera Jonas naquele dia longínquo junto ao riacho. E respondi: "Sim."

Ontem à noite, olhei para ele do outro lado da mesa cheia, os olhos verdes escurecendo longe da luz das velas. Ele me encarou de volta. Ninguém hesitou. Por fim, os lábios dele se curvaram naquele sorriso irônico — alívio, pesar, as inevitabilidades absurdas e tristes. Sempre estivemos destinados a ficar juntos. Casamento, filhos — nada mudou essa verdade essencial. Se pudesse apagar o que fiz, eu apagaria. Todas as decisões ruins quando a estrada se bifurcava. Todas as escolhas terríveis que me afastaram dele. Todas as escolhas terríveis que me afastaram de Peter. Não só ter transado com Jonas na noite passada, ou o que fizemos hoje, no que não consigo parar de pensar, o que quero fazer amanhã, mas Conrad — e aquele dia, aquele dia brilhante e agitado, quando os ventos mudaram. A verdade que escondi de Peter. A mentira que levei para o nosso casamento. Imagino Rosemary, a sala de estar formal e sem graça, o bolo úmido, a raiva por trás de seus olhos. A maneira como me agradeceu por ter lhe salvado a vida. Nunca agradeci a Jonas por salvar a minha. Simplesmente o culpei. Culpei a mim mesma. Mantive Peter afastado, punindo-o pelo meu pecado. Construí toda a minha vida em uma linha divisória. Se tivesse contado a Peter sobre Conrad, sobre aquele dia no barco, sei que ele teria me perdoado. E é por isso que não podia contar para ele. Porque não queria ser perdoada.

E Jonas está me pedindo agora que escolha. Deixar meu marido maravilhoso. Causar dor a meus filhos. Peter não é vingativo — o que quer que aconteça, ele nunca os tiraria de mim, nunca criaria uma ruptura entre mim e eles. Ele nos ama demais para isso. Ele é um homem de caráter. É a gravidade dele que mantém minha órbita estável quando vacilo. Estou apaixonada por Jonas. Sempre estive. Não consigo viver sem ele, não posso desistir dele agora, depois de esperar tanto tempo. Mas também estou apaixonada por Peter. Tenho duas opções. Uma que não posso ter. Outra que não mereço ter.

Eu me levanto da cama. Preciso de um banho quente e muito Advil. Meu corpo está dolorido. Minha cabeça dói de tentar pensar, dando voltas e mais voltas em círculos. Desapego significa perder tudo o que você tem ou significa ganhar tudo o que você nunca teve? Eu me envolvo em uma toalha. Devia ir à casa de Dixon. Ficar com Peter, com meus filhos.

Do lado de fora do banheiro, ligo o chuveiro para deixar a água ficar quente, depois saio em busca do Advil. Vasculho o armário fundo e desorganizado de minha mãe. Minha mão roça em algo na parte de trás e puxo para fora, já sabendo o que é. Um dos antigos absorventes Playtex de Anna. Ninguém mais usou essa marca. O invólucro de plástico ficou amarelo, mas o pequeno aplicador de plástico cor-de-rosa continua cor-de-rosa. Penso em Conrad espiando pela janela do banheiro, nas minhas pernas bem abertas, no tampão derrubado no chão. O dia em que conheci Jonas. E penso em Anna, sempre gritando comigo por encostar nas coisas dela — mas foi para mim que ela contou quando perdeu a virgindade. A tristeza e o pavor dela nos últimos meses. O jeito como Peter me abraçava com força todos os dias, quando as lágrimas vinham. Entro no chuveiro, fico debaixo da água quente, jorrando, esperando que abafe meus soluços guturais e animalescos, em uma dor extrema, de sal na ferida, implorando à água para me deixar limpa, escaldar o passado e levá-lo embora. Sabendo que só há uma escolha a fazer.

18h45

Subimos o caminho íngreme da entrada, paramos na estrada de terra e esperamos por minha mãe no triângulo.

— Não esperem por mim! — grita, da metade do caminho.

Mas esperamos. Estou descalça, com um vestido de linho, chinelos enfiados em uma bolsa de palha, lanternas para a caminhada de volta para casa, tentando manter as entranhas sob controle. Maddy correu na frente — ela gosta de ser a primeira — com Finn, se apressando pela estrada de terra atrás dela. Observo o progresso lento de minha mãe. Os joelhos dela já não são o que eram. Ela está usando o mesmo jeans velho — um pouco curto demais, um pouco largo demais — e uma camisa indiana preta de algodão que cobre o traseiro, como ela gosta de dizer. O lago emoldura a subida dela: uma linha do horizonte azul vítreo, à altura da cintura, atrás de um emaranhado de árvores. Finjo escutar Jack explicando a Peter a razão pela qual precisamos de uma licença em White Crest Beach. O surfe é melhor, e só custa trinta dólares para os residentes.

— Vamos ver — responde Peter.

Bato com força nos tornozelos. Estou sendo comida viva por borrachudos. Uma mutuca pousa em meu braço. As asas matizadas como uma codorna se acomodam. Mutucas são mais lentas do que borrachudos, maiores e mais fáceis de matar, mas a picada delas é dez vezes pior. Bato com força. Acabo com ela. Fico olhando ela cair na estrada de terra e se contorcer uma vez antes de morrer.

— Quem está com o repelente?

Peter mete a mão em uma bolsa de lona.

— Eu — anuncia minha mãe. — Os mosquitos estão de volta. Estou feliz que decidiu vir conosco, Eleanor. Mas queria que você prendesse o cabelo para trás. Fica muito melhor quando está fora do rosto.

Estamos chegando à casa dos Gunther quando Peter para. As pastoras-alemãs ferozes morreram há muito tempo. Os Gunther também. Não conheço a família que comprou a casa. No entanto, ainda sinto um vestígio de nervosismo, a expectativa dos latidos agudos, a saliva, os rosnados, as gengivas expostas para a matança, todas as vezes que me aproximo da cerca de madeira branca, agora parcialmente apodrecida, caída no matagal escuro como todo o resto.

— Ah, pelo amor de Deus — resmunga minha mãe. — A cebola roxa.

— Jack pode buscar — diz Peter. — Vai demorar cinco minutos.

— Por que sou sempre eu que tenho que fazer tudo? — responde Jack. — Por que Maddy ou Finn não podem ir?

Vejo o músculo na mandíbula de Peter se contraindo.

— Porque no momento você está compensando seu indiscutível comportamento de merda para com sua santa mãezinha hoje de manhã.

— Eu *disse* que sentia muito.

— Está tudo bem. Eu vou.

Começo a voltar antes que Peter me contradiga. Sei que toda família é infeliz à sua maneira. Mas agora, por algumas horas, preciso de uma Família Feliz. Até estar em segurança na margem, preciso me agarrar a essa verdade como a um colete salva-vidas. Não soltar.

— Você pode pegar um suéter para mim?! — grita Peter atrás de mim. — Vai esfriar um pouco.

UM GATO branco que nunca vi antes está sentado no deque do lado de fora da varanda com tela. Há algo em gatos brancos que me enoja, um caráter libidinoso semelhante a um rato. O gato desaparece entre os arbustos quando me vê chegando. A metade inferior de um esquilo está no deque, a cauda peluda balançando entre as ripas de madeira. Sei que devia limpar aquilo, mas é nojento e posso muito bem esperar o gato terminar o jantar dele. Vou até nossa cabana pegar um suéter para Peter.

A gaveta superior da cômoda está aberta. *Peter*, penso, irritada. Tenho sempre o cuidado de fechá-las bem para manter as traças e aranhas longe. Empurro a gaveta para dentro. Minha caixa de joias está em cima da cômoda. Estranho, porque sei que não a deixei ali. Abro-a para verificar se está faltando alguma coisa. Nada foi levado, mas algo foi acrescentado. Um pedacinho de papel dobrado está em cima do emaranhado de brincos e colares. Foi recortado no formato de uma tartaruga mordedora. Dentro está meu anel de vidro verde. Jonas o guardou por todos esses anos. Desde que demos de cara um com o outro no café grego. Desde aquela noite de primavera no píer. Desde o piquenique na praia em que conheci Gina — o último verão de Anna na lagoa. Eu me pergunto onde ele o guardou. Escondido. Um segredinho. É uma coisa tão pequena, uma coisa de lata sem valor, o dourado desapareceu há muito tempo. No entanto, sinto uma sensação de plenitude poderosa quando o coloco no dedo — como se finalmente tivesse sido curada, renovada —, como uma Vênus de Milo cujo braço perdido foi encontrado, aprisionado sob a terra por séculos, e recolocado. Fecho os olhos, me permitindo pelo menos isso. Eu me lembro do momento em que ele o deu para mim. A mão pegajosa e trêmula. Dizendo adeus. Duas crianças que sempre se amariam. Enfio o anel no bolso, amasso a tartaruga de papel, jogo-a no cesto de lixo e pego um suéter para Peter.

19h15

Alcanço os outros quando se aproximam do desvio para a casa de Dixon. A entrada dele é na verdade um trecho da Old King's Highway. Passando a casa dele, a estrada termina em um campo gramado bem amplo, coberto de varas-de-ouro e cenouras selvagens. No entanto, passando a outra extremidade do campo, escondida sob a sombra do bosque, a antiga estrada ressurge. Quando éramos pequenos, essa era nossa rota secreta para a cidade. Podíamos andar os mais de seis quilômetros — da casa de Becky até a loja Penny Candy — sem nunca ir à estrada de alcatrão. Às vezes, depois de uma chuva forte, encontrávamos pedaços de cerâmica ou pontas de flechas desenterradas das margens íngremes. Um ano encontrei um pequeno frasco de remédio, roxo-ameixa, que se tornou opaco com o tempo. Imaginei algum peregrino atirando-o da carroça ou do alforje para a floresta densa com um rápido olhar por cima do ombro para ter certeza de que ninguém o tinha visto descartar o lixo. O frasco ficou ali intocado por dois séculos — indo diretamente da mão dele para a minha.

A trilha sai do bosque no cemitério Peregrinação, um cemitério há muito deserto. Ele nos fascinava: as fileiras de pequenas lápides afundadas e esculpidas com caveiras aladas, desgastadas pelo vento e corroídas, os epitáfios quase invisíveis, cheios de vida, de resignação. A maioria dos mortos eram crianças. Temperance, Thankful, Obediah, Mehetable.

Idade três semanas; catorze meses e vinte e quatro dias; dois anos e nove meses, cinco dias. Todos voltados para o leste. No Juízo Final, as crianças se ergueriam de frente para o amanhecer, esperando ser colocadas à direita de Deus para serem julgadas entre os justos.

O cheiro de lenha de algaroba e hambúrguer flutua na entrada.

— Obaaa — digo, alcançando as crianças. — Estou morrendo de fome.

— Deve estar, depois de nadar tanto... — comenta minha mãe.

— Quero três hambúrgueres — conta Finn. — Posso comer três hambúrgueres, mãe?

— Não depende dela — diz Jack. — Você precisa perguntar a Dixon.

— E que tal cachorros-quentes? — tenta Finn.

— O que eu preciso mesmo é de um gim-tônica forte — declara Peter. — E vou atirar no Dixon se tudo o que ele tiver for aquela porcaria de Almadén.

— Ele usa as garrafas como luminárias — explica minha mãe.

Peter olha para ela, confuso.

— É só enchê-las de areia — diz ela.

— Areia.

— Você perdeu os anos setenta.

— Elle, acho que sua mãe está numa fase inicial de demência.

Ela bate nele com o chapéu e diz:

— Considerando quanto bebíamos, tínhamos que usar elas para alguma coisa.

— Se você não está se sentindo bem, Wallace, posso acompanhá-la de volta.

— Seu marido é insuportável! — Ela ri. — Talvez esteja na hora de pensar em divórcio.

Finn e Maddy parecem aflitos.

— *Mãe.*

— Ah, pelo amor de Deus, estou *brincando*. Foi uma piada — defende-se ela. — Adoro o pai de vocês, ele sabe disso.

— A avó de vocês sempre foi muito inteligente — retruca Peter.

Pego a mão de Finn e me agacho ao lado dele.

— Sua avó estava sendo boba... Sabe como ela às vezes é boba. Papai e eu nos amamos. Sempre vamos nos amar.

Cerca de quinze pessoas estão cruzando o gramado da frente, o grupo de sempre de Back Woods, conversando, comendo queijo cheddar Kraft com biscoitos Wheat Thins, bebendo em copos de plástico. Um bar improvisado foi montado em uma mesa redonda de piquenique, velas de citronela queimando.

— Certo, então... À batalha? — pergunta Peter.

A primeira pessoa que vejo é a esposa de Dixon, Andrea. Mesmo agora, todos esses anos depois, toda vez que a vejo penso em Banco Imobiliário e em Dixon andando pelado pela sala de estar. Eles voltaram a ficar juntos três anos atrás depois de se encontrarem em um leilão de livros raros. Estavam disputando uma primeira edição autografada de *Fernão Capelo Gaivota*. Dixon diz que não a reconheceu no início, ela estava tão mudada. A massa de cabelo ruivo cacheado de Andrea é agora um grisalho curto bem-arrumado. Ela trocou os brincos tribais africanos por brincos de pérola de bom gosto, o bóton com a pomba de Peter Max por um laço cor-de-rosa. O filho dela é um investidor. Ele vive no Colorado e especula com energia renovável, segundo ela própria, como se isso tornasse o troço ecologicamente aceitável. Ela ainda acredita na paz mundial. Andrea está envolvida em uma conversa com Martha Currier, uma ex-cantora de jazz um pouquinho acabada de Nova Orleans que tem uma casa modernista com vista para a praia e está sempre com um turbante. Martha está fumando um Virginia Slim em uma piteira comprida de marfim. Andrea afasta a fumaça do rosto toda vez que Martha sopra, ignorando-a — e parece soprar ainda mais no rosto da outra. Sempre gostei de Martha.

Minha mãe se abaixa atrás de mim quando nos aproximamos do grupo.

— Me proteja — pede. — Só até eu passar pela Andrea com segurança. Antes que ela me encurrale e me pergunte como estou, daquela maneira “interessada”, e fique esperando eu dar uma resposta sincera. Como se alguém quisesse ficar preso em uma conversa séria em uma festa.

Dou uma risada.

— Não poderia concordar mais com você. O que é raro. Conversinha fiada e bola pra frente.

— Não consigo compreender como ele aguenta passar mais de dez minutos com ela. A mulher é tão sem graça quanto uma caixa de sal.

— É um mistério — digo, conduzindo-a para longe.

— Bem, ele diz que ela ainda é um dínamo na cama. O que acho que significa que ela faz bons boquetes.

— Mãe, que desagradável.

— Concordo. É muito perturbador. Ela tem uma boca tão pequena.

— Eu quis dizer que *você* está sendo desagradável.

Dou outra risada.

— Não seja tão puritana.

— Não quero falar da vida sexual de Dixon. Ele deve estar com quase oitenta anos.

Do outro lado do gramado, Dixon acena para nós. Minha mãe acena de volta.

— Ele ainda é um homem muito atraente. Pode conseguir qualquer mulher que deseje.

— Qualquer mulher com mais de sessenta e cinco anos.

— Não tenha tanta certeza. Ele sempre foi muito sexual.

— E agora estou presa a uma imagem de Andrea com um pênis na boca.

— Pelo menos, significa que ela não está falando. Você pode ser um anjo e pegar uma vodca para mim? Gelo, sem água com gás. — Ela se senta em uma cadeira Adirondack. — E se por acaso encontrar amendoins... Ah, graças a Deus — diz, ao ver a madrasta dela, Pamela, se aproximando.

Pamela está usando uma longa túnica e um colar grosso de contas de âmbar.

— Pamela, sente-se aqui. — Ela dá um tapinha em uma cadeira vazia ao lado dela. — Me salve dessas pessoas.

Pamela ri, de sua maneira adorável e bondosa. Ela acha minha mãe maravilhosa, por razões que não consigo compreender. Entretanto, Pamela é o tipo de pessoa que sempre vê o melhor em todo mundo. Até mesmo em Conrad.

No verão depois que Conrad foi morar com a gente, ela levou Anna e a mim para comer mexilhões fritos na cidade.

— Pois bem, vocês duas — disse, quando nos acomodamos em um reservado —, quero todas as novidades. Leo está se comportando? Ele sabe ser um pouco canalha, esse aí. Mas que homem adorável. A mãe de vocês parece a de sempre.

— Acho que eles estão bem — respondi.

— E Conrad? Deve ser um pouco difícil ter um irmão.

— Irmão postiço — comentei.

— Você quer a verdade ou a mentira? — perguntou Anna.

— Vou deixar vocês decidirem isso. Tiras de mexilhões ou barrigas inteiras?

No fim, decidimos pela verdade.

Contamos para ela como Conrad era horrível. Como estava sempre espreitando. Ficava na geladeira bebendo leite direto da caixinha, então nenhuma de nós podia comer cereais no café da manhã. A barba de adolescente nojenta que ele se recusava a tirar.

— Ele usa toda a água quente todas as manhãs. Batendo punheta no banheiro. É nojento. Quero dizer — Anna enfiou o dedo na boca, fingindo vomitar —, imagine no que ele fica pensando.

Eu tinha certeza de que Pamela ficaria horrorizada. Em vez disso, ela disse a Anna que concordava com ela — com certeza, a situação parecia abominável. Seria possível, porém, ela se perguntava, que Anna pudesse estar culpando Conrad por ter sido mandada para um colégio interno e ele ficado com o quarto dela?

— Porque, por mais repugnante que seja o comportamento dele, isso não é culpa dele. Na verdade, essa era a última coisa que ele queria nesse mundo. Tudo o que queria era que a mãe dele o amasse. Portanto, se puder, tente se lembrar de que ele está sofrendo. Seja mais gentil. Vocês duas.

Ela mordeu uma barriga de mexilhão, espalhando fluido por toda a mesa.

— Você tem os olhos mais lindos, Anna. Sempre quis dizer isso para você. Esse cinza pálido. De tirar o fôlego. Se você vir nossa garçonete, preciso de molho de pimenta.

DIXON ESTÁ manejando duas churrasqueiras Weber a carvão, vestindo, como sempre: calça branca de sarja e camisa de linho azul, descalço e bronzeado. Pegador em uma das mãos, martíni na outra, nenhum respingo de gordura nele. O cabelo grisalho, ainda úmido da praia, está lambido para trás na cabeça. Três pranchas de surfe surradas estão encostadas na lateral da casa, a roupa de mergulho dele jogada por cima de um cavalete de madeira, secando. Ele é o único homem que conheço que ainda entra direto no mar durante a maré alta sem hesitar. Minha mãe está certa — ele ainda é um homem bonito. Um amante do perigo, um Hubbell Gardiner. Ele chama Jack, aperta firme a mão dele e lhe entrega uma espátula.

Peter está no bar. Vejo-o derramar cinco centímetros de gim e bem pouquinho de água tônica em um copo. Só então acrescenta três míseros cubinhos de gelo. Eles flutuam como bosta no mar. Os britânicos adoram beber, mas fazem coquetéis sem graça e sem gosto. Chego por trás e coloco os braços em volta da cintura dele.

— Quem é? — pergunta.

— Rá-rá.

Ele se vira e beija a ponta do meu nariz.

— Minha mãe está pedindo vodca. Um cubinho de gelo.

— Entendido. E você?

— Vou descobrir onde Andrea escondeu o vinho decente.

— Vou assobiar três vezes se a vir chegando.

Entro pela porta da cozinha. Sempre adorei a cozinha de Dixon — o piso vermelho-papoula, as extremidades gastas no tampo do balcão, o cheiro almiscarado de band-aid e cominho e copos de refrigerante de gengibre. Sempre que estou nesta cozinha tenho vontade de puxar um banquinho até o balcão e comer uma tigela de flocos de milho com leite e montes de açúcar branco. Abro um armário acima da pia e pego uma taça de vinho. No alto de uma prateleira está um processador Cuisinart amarelado que provavelmente não é usado desde 1995. Ao lado dele, uma velha iogurteira Salton junta poeira. Ver isso me faz pensar em leite coalhado, em hipocrisia e nos pais das outras pessoas fazendo sexo.

Há uma garrafa recém-aberta de Sancerre decente na geladeira. Encho a taça e vagueio em direção ao escritório de Dixon. Do outro lado da vidraça, vejo Peter levar uma lata de amendoim espanhol para minha mãe e dar um beijo em Pamela. Ele roubou a garrafa de vodca do bar e a entrega para ela. Ela pega sem vacilar e a entorna. Devolve para ele. Ele ri e se senta no braço da cadeira dela. Acende um cigarro. Sussurra algo no ouvido dela que a faz lhe dar um tapa. Mas ela também está rindo. Ninguém mais consegue fazer minha mãe relaxar e voltar a ser como antes. Ele tem uma combinação perfeita de gentileza, humor maldoso e jeito de estou-cagando-e-andando que a deixa feliz. De certa forma, Peter a salvou anos atrás, depois que Leo desapareceu, depois que o bebê morreu, depois que ela achou meu diário. Peter a acordou de um torpor, tornou a acender as luzes de nosso antigo apartamento. Fez todas nós sentirmos que era seguro voltar a sermos felizes.

Maddy e Finn vêm correndo e ficam ao redor dele, se juntando como patinhos. Peter os puxa para o colo dele. Dá um tapa em um mosquito que pousou no seu braço esquerdo, abre a palma para mostrar às crianças que o pegou. E, nesse pequeno gesto, sinto uma sensação de alívio arrebatadora. E gratidão.

Passo pela sala de estar para ir ao banheiro no andar de cima. Algumas pessoas da turma mais antiga vieram para dentro. Estão sentadas ao redor do fogo, entretidas em uma conversa a respeito do canto dos pássaros.

— Para mim, é o bem-te-vi. Bem-te-viii... Tão doce. Como pedacinhos de milho saltitantes — diz alguém.

— Os bem-te-vis estão desaparecendo da nossa propriedade aos montes — comenta Andrea. — Estou convencida de que é o gato do vizinho. Eles se recusam a colocar um sino na coleira dele. Liguei para o Serviço Nacional de Parques, mas insistem que não há nada que possa ser feito.

— Gosto do grito do gaio-azul — diz Martha, o sotaque sulista profundo e rouco. — Embora saiba que isso me deixa em minoria.

A casa de Dixon tem duas escadas. A escada larga que subo agora leva à parte formal da casa — o lado "adulto". Aqui os quartos são lindos, elegantes. Cada um dos quartos tem papel de parede *vintage* — arranjos decorativos de botões de rosa pálidos ou lírios-do-vale contra um azul de ovo de tordo. O quarto principal sempre foi meu quarto favorito no mundo. Quando criança, costumava sonhar que, um dia, teria um quarto igual a esse. Papel de parede pintado a mão com peônias brancas exuberantes que pendiam de folhas verde-jade; uma cama de dossel romântica, cortinas com ilhoses, um piso gasto de tábuas largas; lareira com uma pilha arrumada de lenha e gravetos ao lado; banheira com pés em forma de garra no banheiro.

A escada das "crianças" é íngreme e escura, sem corrimão — só a proximidade das paredes em ambos os lados para se equilibrar. Elas levam diretamente da cozinha para o "dormitório" — um quarto tipo loft com janelas altas e beliches que ocupam todas as paredes. Essa era a casa em que sempre dormíamos quando éramos crianças, o lugar onde podíamos deixar os garotos entrar sorrateiramente para jogar verdade ou consequência, fumar cigarros de cravo. A única maneira para se chegar ao dormitório pela parte da casa dos adultos era através de um banheiro com duas portas compartilhado por dois quartos que podíamos trancar do nosso lado.

O banheiro de hóspedes está ocupado, então vou usar o do quarto de Dixon. Quando abro a porta, meu coração naufraga. Andrea o redecorou. O antiquado papel de parede de peônia foi removido e o quarto pintado em um tom de berinjela. A linda cama de dossel se foi, substituída por uma cama revestida de linho bege, piso de tábuas elegantemente cobertas com sisal. Há armários combinando de meados do século e luminárias de vidro Simon Pearce. Poderia matar aquela mulher. Só preciso fazer xixi, mas estou tentada a cagar no banheiro só para provar meu ponto de vista.

Em vez disso, ando até o fim do corredor comprido, até o banheiro compartilhado. Estou trancando a porta atrás de mim quando ela se abre do lado do dormitório e Gina entra.

— Ei — diz ela, como se um encontro em um banheiro fosse normal. Ela abaixa a calça jeans e se senta no vaso.

Fico lá, muda. *Ele está aqui*, é tudo em que consigo pensar, o coração disparado, sem fôlego.

Gina pega um pedaço bem grande de papel e se enxuga.

— Quando vocês chegaram?

— Há meia hora, talvez — consigo dizer. — Viemos a pé.

— Quase não viemos, mas a mãe de Jonas estava ameaçando fazer um refogado de tofu.

Ela dá a descarga e se levanta para fechar o zíper da calça jeans. Vejo que ela se depila tirando todos os pelos. Uma preocupação súbita e autoconsciente explode dentro de mim enquanto imagino meus pelos pubianos antiquados. Será que incomodaram Jonas? Tiraram o tesão dele? Ele está acostumado com outra coisa. Suave, infantil.

— Sua vez — diz.

Não consigo olhar para ela. Não consigo desviar o olhar.

Ela abre o armário de remédios e encontra um tubo de Neosporin, espreme um pouco na ponta do dedo e tira um band-aid de uma caixa.

— Acho que bati o pé hoje cedo. Só um pequeno arranhão, mas dói como o inferno, e agora tem uma bolha de sangue. Jonas acha que pisei em um caranguejo.

Vejo ela esfregar pomada em cima do machucado em um movimento circular certinho. Ela remove as pequenas tiras da parte de trás do band-aid, estica por cima de *nenhum* arranhão e alisa ambas as pontas sobre a pele de forma precisa, com amor. Estou fascinada com o cuidado que ela se dá, a importância de cada gesto. É como ver uma daquelas mulheres que realmente escovam os dentes durante dois minutos completos. Espero que ela saia, mas ela tira um brilho labial do bolso de trás e se inclina na direção do espelho. Não tenho escolha a não ser sentar e fazer xixi com ela a meio metro de distância, calcinha ao redor dos tornozelos, o anel de Jonas com o mais imperceptível dos pesos me cutucando pelo bolso do vestido.

— Forcei o Jonas a vir — comenta, fazendo um biquinho, verificando que os lábios estão perfeitos. — Quando ele chegou em casa os mosquitos estavam endemoniados lá. Sabe Deus aonde esse homem vai quando some.

Meu xixi dá uma pequena travada e para no meio do caminho, antes de recomeçar. Gina se vira e olha para mim como se estivesse pensando em algo. Fico imóvel, como um cervo sentindo um caçador oculto.

Mas ela sorri.

— Você não vai acreditar nisso, e eu provavelmente não devia contar, mas costumava achar que era *você*. — Ela seca as mãos em uma toalhinha de hóspedes. — Parece tão ridículo agora. Na verdade, eu o segui uma vez. Acontece que ele estava tentando encontrar algum ninho de águia-pesqueira durante todo o verão.

Ela ri.

— Ele adora esse bosque — digo, e pego o papel higiênico.

Atravessando o dormitório para voltar pela escada, Gina diz:

— Você viu o quarto principal renovado? Andrea fez uma remodelação fantástica. Ela finalmente convenceu Dixon a se livrar daquele papel de parede horrível. Vão desmantelar a cozinha em seguida.

— Cresci naquela cozinha.

— Sim. Mas você já a viu?

Ela nunca vai saber como esteve perto de perdê-lo.

— Este quarto deve ter sido o melhor lugar para adolescentes. — Ela aponta para a parede de beliches. — Jonas deve ter dado uns amassos em alguma garota num desses.

— Ele era muito mais jovem que a gente.

Sigo-a pela escada estreita.

— Mas você deve saber se ele tinha namoradas ou algo assim — comenta, como quem não quer nada.

Meu cabelo ainda tem o cheiro da água da lagoa.

MINHA MÃE está exatamente onde a deixei, Peter ainda empoleirado no braço da cadeira dela. Tochas de citronela recortam círculos de luz no crepúsculo.

— Vou pegar um hambúrguer — avisa Gina. — Quer um?

Procuro por Jonas no gramado, sinto um aperto angustiante. Encontro-o nas sombras atrás das churrasqueiras. Está olhando para mim. Ficou esperando por mim. Enfio a mão no bolso do vestido, fecho os dedos em torno do anel de vidro e me recupero.

— Acho que vou esperar um pouco.

Gina atravessa o gramado e vai até lá, passa os braços em torno da cintura dele e enfia as mãos nos bolsos de trás. Dona. Ela deve sentir meu olhar, porque vira a cabeça depressa, como um puma captando um cheiro, olha para a escuridão. Jonas sussurra algo no ouvido dela e ela sorri, se vira de novo para ele.

— Ei, esposa — diz Peter. — Onde você esteve?

— Com Gina. Fazendo xixi.

— Coma alguns amendoins — sugere minha mãe, me passando a lata.

— Eu estava lá em cima no banheiro das crianças. Gina abriu a porta do lado do dormitório sem bater e entrou. Sentou e fez xixi na minha frente.

— Ela é vulgar — comenta minha mãe.

— Sua mãe está em guerra esta noite.

— Não estou em *guerra* nenhuma. Simplesmente disse para Andrea que nenhum de nós gosta do novo paisagismo que ela fez. Isso não é "Woods".

— Isso foi muito político da sua parte, mãe.

— Em primeiro lugar, se não queria minha opinião ela não deveria ter perguntado o que eu achava.

— Sua mãe disse a ela que parece *pequeno-burguês* — conta Peter, e ri.

— Se ela vai nos dar lições sobre plantas nativas, não devia fazer um jardinzinho com paisagismo.

Do outro lado do gramado, as crianças mais novas estão brincando de jogar ferraduras no anoitecer. Jonas e Gina estão vindo em nossa direção, equilibrando pratos descartáveis e bebidas.

— Maddy devia passar mais repelente de insetos. Os mosquitos amam ela — digo.

Jonas puxa uma cadeira a meu lado e põe a mão em meu braço.

— Se importam se nos sentarmos com vocês? — pergunta a todo mundo, mas olhando só para mim.

Eu me levanto.

— Deixei meu vinho lá em cima.

Dessa vez tranco a porta do banheiro dos dois lados e deixo as luzes apagadas. Eu me inclino contra o parapeito da janela, ouço o balançar e roçar das árvores, o burburinho no ar, o tilintar de copos e conversas. Desde que passei a ter idade suficiente para questionar meus instintos, minha mãe me deu o mesmo conselho: "Jogue uma moeda, Eleanor. Se a resposta que você receber a desapontar, faça o contrário." Já sabemos a resposta certa, mesmo quando não sabemos — ou pensamos que não. Mas e se for uma moeda falsa? E se os dois lados forem iguais? Se ambos estão certos, então ambos estão errados.

Minha taça de vinho está no parapeito da janela do banheiro onde a deixei. Lá embaixo, no deque, Peter e Jonas estão conversando. Peter diz algo e Gina ri, joga a cabeça para trás. Os dois homens sorriem. É surreal, incompreensível. Apenas algumas horas atrás, parecia que o mundo era um devaneio, suspenso no espaço. Fico olhando o crepúsculo, imaginando a velha ruína abandonada, a quietude do bosque, o olhar franco e perspicaz de Jonas. Deslizo pela parede, puxo os joelhos até o peito, me enlaço, destroçada. Fiz minha escolha: desistir desse amor que pulsa, dói — por um tipo diferente de amor. Um amor sereno. Um amor *de afeição*. Mas a angústia é visceral. Lá fora, ouço minha mãe berrando pelo gramado até onde está Dixon, exigindo um hambúrguer.

— Sangrento! Quero ouvir o mugido. E, por favor, não mê dê um sermão sobre salmonela. Prefiro morrer de diarreia e desidratação do que comer carne cinzenta de papelão.

Ouço a gargalhada estrondosa e fácil de Peter.

— Juro, Wallace. Um dia desses eu realmente *vou* internar você.

Quando desço, Jonas está em frente a pia da cozinha com uma das mãos na água fria.

— Aí está você. — Ele tira a mão da água e a mantém erguida. Há uma vermelhidão, uma marca de queimadura, correndo em diagonal pela palma dele. — Estava buscando um hambúrguer para sua mãe, peguei uma espátula de metal que estava na grelha quente.

Ele se recosta no balcão com tampo de madeira grossa. Quero devorá-lo, a sua confiança indolente, lânguida. Ingerir, absorver.

— Venha aqui — diz ele com suavidade.

— Você precisa de manteiga.

Vou até a geladeira, encontro uma barra de manteiga e retiro o invólucro ceroso. Jonas estende a mão e esfrego manteiga na pele queimada. Os dedos dele se fecham sobre os meus. Eu me afasto e coloco a manteiga de volta na geladeira.

— Elle?

— O quê? — respondo, de costas para ele. O que quer que ele tenha a dizer, vai ser difícil suportar.

— Duvido que Dixon queira um fragmento da minha pele queimada na torrada dele amanhã de manhã.

— Certo.

Tiro a manteiga da geladeira, quebro um pedaço do topo, jogo no lixo, encontro um pano de prato limpo e atiro para ele. Eu me contenho.

— Enrole nisso por enquanto.

— Deixei algo para você no acampamento — diz Jonas. — Na sua cabana. Procure quando chegar em casa.

— Eu encontrei. Voltei para buscar uma cebola. — Ponho a mão no bolso e retiro o anel. — Não sabia que você ainda tinha ele.

Ele pega o anel de mim e o segura contra a luz. O pequeno pedaço de vidro verde brilha como criptonita.

— Minha resolução de ano-novo naquele ano foi esquecer você de uma vez por todas. E de repente, lá estava você, gritando com um babaca em um café.

Ele desliza o anel no meu dedo, por cima de minha aliança de casamento.

Tudo que quero é lhe dizer que sou dele. Que sempre fui, sempre vou ser. Em vez disso, tiro o anel e o coloco no balcão.

— Não posso.

— Ele pertence a você.

Luto para manter a voz fria.

— Vou lá ficar com Peter e as crianças. Mando Gina para enfaixar essa mão como deve ser.

Jonas está pálido, nervoso, como se tivesse visto um fantasma passar, sendo tocado, ainda que ligeiramente, pelo frio intenso de um braço fugidio.

— Coloque isso de volta. — A voz dele é dura.

Pego a mão dele e beijo a palma queimada, tento me manter firme.

— Pronto — digo, como faria com Finn. — Está melhor agora.

Eu me movo para sair, mas ele segura minha mão com força junto ao balcão, olhando para mim como um homem se afogando.

— Me deixe ir — peço, a voz não mais do que um sussurro. — Por favor.

Atrás de nós ouço um rangido. Peter está parado diante da porta do outro lado do cômodo.

— Ah, ei — digo. — Jonas queimou a mão.

CAPÍTULO 33

21h30

Quando saímos da casa de Dixon, não olho para trás. Meu peito está cheio de uma pressão oca, um balão inflado a ponto de estourar com o peso vazio do espaço morto. O nada. A escuridão se estende à frente. A meu redor, o canto agudo das cigarras se harmoniza com o ar noturno, o farfalhar das folhas. Peter anda na frente, a lanterna iluminando um trecho estreito da estrada, a faixa central de grama alta, trilhas de areia clara dos dois lados. A luz projeta um halo até as árvores. Mariposas voam para fora do bosque, atraídas pela luz — cintilações que pareciam poeira marrom, desesperadas por energia. Nunca entendi essa atração suicida. As crianças caminham atrás do pai, reclamando que as pernas doem; cansadas, assustadas, ficando perto da luz. Talvez as mariposas tenham medo do escuro. Talvez seja simples assim.

— Não existem lobisomens — diz Peter a Finn, tranquilizando-o.

— Mas e os vampiros? — pergunta Finn.

— Sem vampiros, amorzinho — comento.

— Mas não ia ser ótimo se *existisse* algo como monstros? — sugere Peter. — Pense nisso: se lobisomens e vampiros existem, então a magia existe. A vida após a morte existe. Isso é uma coisa *boa*, certo?

— Acho que sim... — responde Finn. — E fantasmas?

— Exato.

— E quanto aos assassinos em série? — argumenta Maddy. — E se alguém estiver se escondendo no bosque? E se ele quiser nos machucar? E se tiver um machado?

— Ou *ela* — diz Peter.

— Vocês se divertiram? — pergunto, chutando mentalmente as canelas de Peter. Agora Maddy vai ficar acordada a noite toda, preocupada. — Achei que foi agradável.

— Brincamos de estátua — conta Finn. — Podemos tomar sorvete quando chegarmos em casa?

Jack caminha a meu lado, carregando minha bolsa de palha. Em algum momento, ele passa o braço pelo meu e caminhamos assim, unidos, pela estrada escura, arenosa, cada um ruminando os próprios pensamentos. Em uma colina alta ao longe um coiote late, rasga a noite com os dentes. A distância, a matilha uiva de volta. Ouço o chamado e a resposta, a voracidade sem sentido daquilo. Eles estão vindo para matar, o jantar de ratos-do-campo e cachorros pequenos.

Um dos nossos latões de lixo está caído de lado no final da entrada, dois guaxinins montados nele. Eles congelam no lugar quando o facho da lanterna de Peter os atinge, pequeninas estátuas de pelo, pilotos de trenó, os olhos brilhando vermelhos na luminosidade. Espigas de milho e folhas de alface e borra de café e pedaços de toalha de papel destruídos estão espalhados pelo chão.

Minha mãe grita, incomodada, e corre até eles acenando com um pedaço de pau.

— Saiam daqui! Fora! Fora!

Ficamos olhando eles correrem, meio se esgueirando, para o arvoredo.

— Praga — xinga, dando um pontapé forte no latão de lixo. — Qual de vocês, seus palermas, esqueceu de colocar a corda elástica de volta?

Ela sai pisando duro até a casa sem esperar uma resposta.

— Imagine se ela tivesse acabado de descobrir o Naufrágio do Ródano — diz Peter.

— Vocês entram — digo. — Eu cuido dessa bagunça. Não comam todo o pistache. Guardem um pouco para mim. Jack, acenda a luz externa, está bem?

Espero até estar sozinha. Nas árvores acima de mim, ouço o ruído de movimentos cautelosos, sinto pares de olhos vigilantes. *E se alguém estiver se escondendo no escuro? E se ele quiser nos machucar?* Ignorei por tantos anos aquela noite terrível. Mas agora, nesta torrente de amor e pânico e arrependimento, deixo a cabeça esfriar. Eu me pergunto quantos anos os guaxinins vivem. Será que esses mesmos guaxinins testemunharam Conrad me estuprando? Eles eram aqueles bebês espiando minha cama iluminada pelo luar que atravessava a claraboia? Minhas lágrimas os assustaram? Meus gritos abafados? Ou estavam entediados, esperando pelo momento seguro para voltar ao lago e pegar mais alguns peixinhos? A mãe de Conrad ouviu o coração de Rosemary batendo nos sonhos dela? *E se ele tiver um machado?* Imagino Maddy sozinha, aterrorizada, implorando por misericórdia, Peter e eu dormindo em nossa cabana, sem saber. Parece impossível. Quero prometer a ela que nada de ruim vai acontecer, que ninguém vai machucá-la. Mas não posso.

Eu me sento no chão no meio da salada velha e de pontas de cigarro úmidas e saquinhos de chá. Uma caixa vazia de Bisquick rasgada em pedaços por garrinhas afiadas.

Ontem à noite, Jonas veio até mim no escuro, se enfiando em mim, minha cabeça pressionada com força contra o bloco de cimento frio, uma dor maravilhosa, celestial, arfante, o vestido puxado para cima em volta da cintura, e senti minha vida inteira se unificando dentro de mim.

Uma rã-touro coaxa na lagoa. Em algum lugar, bem fundo na lama, uma gigantesca tartaruga mordedora está à espreita. Pela janela, vejo Peter na despensa, servindo sorvete de chocolate em tigelas que não combinam. Ele as entrega para as crianças, depois pega a embalagem de sorvete de pistache e pensa por um momento antes de esvaziar tudo na tigela dele.

22h

Fiz uma pilha de espigas e cascas de milho. A porta dos fundos se abre e Peter sai com um grande saco de lixo preto. Ele olha escuridão adentro procurando por mim.

— Aqui — digo, dando um passo em direção à luz. — É uma área de desastre.

Peter abre a boca do saco e eu despejo tudo dentro.

— Vi você — diz Peter, a voz hesitante, estranha. — Com Jonas.

— Me viu?

— Eu sei.

Minha pele fica quente de rubor, uma descarga de adrenalina correndo dentro de mim. Afasto o pânico crescente e me concentro em catar pontas de cigarro úmidas.

— Esses guaxinins de merda.

Saio da luz, pego uma caixa de ovos rasgada, prendo a respiração e espero o que está por vir.

— Você o beijou.

Meu coração libera um milésimo de batida. Não houve beijo. Não beijei Jonas a noite passada. Ele saiu da escuridão, me pegou por trás. Expiro um suspiro de alívio sem respirar.

— Não tenho ideia do que você está falando, Pete.

— Não minta.

O rosto dele está duro como as pedras do rio, seguro da fúria dele.

— Não estou mentindo. Como assim, me viu? Onde?

Um pensamento terrível se insinua: Peter nos seguiu até a velha ruína? Ele nos observou das sombras? Viu nossa transa selvagem a céu aberto?

Peter balança a cabeça com repugnância.

— Agora mesmo. Na cozinha. Na casa de Dixon.

O mar vira no meu corpo, o fluxo de água pura do *Graças a Deus*.

— Você quer dizer quando beijei a queimadura na mão dele? Jesus.

— Não foi só o beijo. Vi o jeito como ele estava olhando para você. Como se desejasse você.

— Bom, sim. — Minha voz está carregada de sarcasmo forçado. — Como não ia desejar? Sou irresistível.

— Vi o jeito como você olhou para ele.

— Coloquei manteiga na mão dele. Entreguei um pano de prato para ele.

Peter pega a caixa de ovos de mim.

— Sabe o que mais, Elle? Acabei por aqui. Estou indo para a cama.

Ele enfia o saco no latão de lixo, fecha a tampa e prende-a com a corda elástica.

— Pelo amor de Deus, Pete. É o Jonas. É nosso melhor amigo.

— É o *seu* melhor amigo.

— Dei um "beijo para sarar", como se ele fosse um menininho. Você viu.

— É, eu vi.

Peter se afasta de mim.

— Espere. — Vou atrás dele. — Você está chateado comigo porque dei um beijo na mão queimada do Jonas?

Peter me confronta. Os olhos dele de um prateado glacial com manchas de mercúrio.

— Foda-se. Pense o que quiser. — Oculto meu nervosismo com uma raiva hipócrita. — Jonas é meu melhor amigo. Claro, ele me ama. Mas não dessa forma. Seria um incesto.

Uma hesitação percorre o rosto dele — esperança e dúvida combinadas.

Ficamos ali em um impasse: Peter, desesperado, querendo acabar com as suspeitas dele, indeciso; eu, apavorada, cruzando os dedos atrás das costas, firme, *querendo* que Peter acredite em mim, fingindo resistência. Desisti de Jonas. Escolhi Peter. Morri por ele. Faço uma prece ao Deus que sei que não existe. Depois disso, juro, não haverá mais mentiras.

— Certo — diz, o rosto cedendo um pouco. — Mas se você estiver mentindo…

Mantenho minha voz equilibrada e firme.

— Ótimo. Porque não tem nada acontecendo com Jonas nesse sentido, ou com qualquer outra pessoa. Você é o único homem que amo. Juro.

— Ótimo. — Ele se aproxima e me beija com força. — Mas chega de beijar outros homens. Você é minha.

— Sou.

— Agora venha para a cama para eu poder fazer amor com a minha esposa.

— As crianças ainda estão acordadas e minha mãe está zanzando em algum lugar.

— Silêncio.

Peter pega minha mão e me leva pela trilha escura até a porta de nossa cabana. Ele me empurra nos degraus de frente para ele.

— Vire-se — rosna ele.

Giro o corpo para ele e me agarro no vão da porta. Ele ergue meu vestido, puxa minha calcinha para baixo, se inclina e me lambe devagar com a superfície áspera da língua.

— Você tem gosto de mar — sussurra.

Fecho os olhos e imagino o oceano, a praia hoje, a tenda, Jonas. Gozo na boca dele pensando no outro homem que amo. Quando as lágrimas vêm, elas não são pelo que perdi, mas pela verdade a respeito de Jonas que não consigo mudar.

22h30

Estamos deitados juntos, Peter dormindo na letargia pós-sexo, os lençóis amassados em torno dos tornozelos, na região dos quadris. Viro o travesseiro, encosto a bochecha contra o lado frio, ouço as subidas e descidas do peito de Peter, o sibilar dos roncos suaves, o cheiro adocicado do hálito de cigarro. Estou inquieta, nervosa. Preciso que ele volte para mim. Mas sei que nada vai acordá-lo desse sono em especial. Os homens adormecem logo depois do orgasmo. As mulheres despertam. É curiosa, essa falta de compasso. Talvez, depois da exaustão de tentar nos engravidar, eles precisem de um descanso. É tarefa nossa ficar de pé, varrer a caverna, aconchegar as crianças nas camas de juncos, catar as lêndeas e os piolhos em seus cabelos, contar histórias que algum dia elas vão contar para os próprios filhos: sobre o fogo, rodas de pedra, uma caverna cheia de estalactites — cores radiantes, congeladas no tempo; o menino que perseguiu um grande pássaro pelo céu; como atravessar com segurança o mar aberto. Volto a vestir as roupas e saio da cabana. É tarde, mas tenho de beijar meus filhos.

A luz deles ainda está acesa.

— Onde você estava? — pergunta Maddy. — Você devia ter tomado sorvete.

— O papai não estava se sentindo bem. Tive que arranjar uma aspirina e pôr ele na cama.

— Certo — diz Jack, sem levantar os olhos do brilho, como lâmpada exposta, da tela do computador.

Maddy estava lendo em voz alta para Finn. Eles estão aninhados juntos na cama dela. Ela está segurando um livro pesado, esfarrapado, a capa verde-oliva mofada e manchada pelo tempo.

— O que você está lendo?

— Encontrei na estante do banheiro — conta ela, e o ergue para eu ver.

— Esse livro fica ali desde antes de eu nascer. Acho que ninguém nunca leu isso. — Eu me sento na beira da cama. — Abram espaço para mim.

Maddy chega mais perto da parede, Finn abre um espaço e apoia a cabeça em meu braço.

— É sobre um corvo chamado Johnny — diz ele.

— Eu sei. É por isso que ninguém o leu.

— Tem aranhas aqui.

Ele aponta para uma teia em um dos cantos, no alto. Ao lado, surgindo logo acima da beirada da viga, noto um pequeno buraco irregular de rato no teto de papelão. Vou ter que pedir a Peter para remendar. Uma aranha de pernas finas se agita em torno da teia, ajeitando uma mosca morta. Cinco ovos marrons maciços estão suspensos logo abaixo dela, mantidos em segurança em uma rede de filamentos.

— Você pode matar ela? — pergunta Finn.

— Aranhas são boas. Gostamos delas. Elas pegam mosquitos.

— Eu não gosto delas — responde.

— Não seja cagão — comenta Jack.

— Isso não é legal, Jack. — Em outra noite, eu entraria na onda dele, mas não hoje. Esta noite, quero estar aqui com meus lindos filhos, aconchegada e feliz, acreditando que isso vai durar para sempre. — Você tinha medo de aranhas quando tinha a idade de Finn.

— Tanto faz.

— Não é tanto faz. Peça desculpas para seu irmão e depois venha até aqui se aninhar com a gente, por favor. Preciso de um abraço gigantesco neste momento. Inegociável.

Jack suspira, larga o computador, vem e se deita no pequeno espaço que sobrou.

Envolvo o braço em torno dele e puxo-o para perto de mim.

— Assim está melhor.

Os quatro ficamos ali, esmagados como sardinhas.

— E agora? — pergunta Jack.

— Vocês estão me sufocando. — Maddy geme. — Não consigo respirar.

— Já contei para vocês a história do hamster que a minha irmã Anna esmagou entre a cama e a parede?

— De propósito? — pergunta Finn.

— Não sei... É possível. Anna podia ser difícil de entender. Mas não acho que queria matar ele.

— Bem, ou ela fez de propósito ou ela não fez — diz Jack.

— Certo. Apagar as luzes. — Pego o livro de Maddy. — *O corvo Johnny* ainda vai estar aqui amanhã.

Ergo Finn da cama de Maddy, aconchego-o debaixo das cobertas dele e o beijo por todo o rostinho lindo e doce até que ele me afasta.

Maddy ergue os braços para um abraço final.

— Eu! Eu! — diz ela.

Eu a aperto com força nos braços.

— Você não escovou os dentes. Seu hálito cheira a creme de milho.

— Escovei — defende-se, mas nós duas sabemos que ela não está dizendo a verdade. — Escovei!

— Milho é delicioso — sussurro no ouvido dela, e ela sorri.

— Certo, tá. Não escovei. Mas vou escovar o dobro de manhã.

— Agora é a sua vez — aviso a Jack.

— Tanto faz... — Mas ele está sorrindo.

23h

Minha mãe está sentada no sofá da varanda no escuro.

— Você ainda está acordada — comento.

— Estou arrotando todos aqueles amendoins.

— Vou pegar uma taça de vinho. Você quer alguma coisa?

— Estou indo para a cama em um minuto. Tem um *rosé* aberto.

Sirvo uma taça de vinho para mim e me sento ao lado dela.

— Estou exausta.

— Não sei como você faz isso. Todas essas pessoas de quem você cuida.

— Meu marido e meus filhos?

Dou uma risada.

— Você mima eles demais. Mal prestei atenção em você e na Anna, e olha como vocês se saíram bem.

De certa forma, a cegueira dela — a completa falta de autoanálise — é uma dádiva.

— Eles não podem nem mesmo colocar os próprios pratos na pia. Mal sobrevivi enquanto você e Peter estavam em Memphis. Ainda que Finn tenha me feito uma boa massagem nos pés.

— Você pediu que ele massageasse seus pés?

— As mãos dele parecem um pouco pequenas para a idade.

Balanço a cabeça em desespero. Minha mãe é quem é. Mas uma parte dela esteve no lugar errado durante muito tempo, e tenho de consertar isso.

— Sabe o que eu estava tentando dizer para você hoje à tarde? Sobre Leo?

Minha mãe boceja.

— Você me disse. Ele voltou para a primeira esposa, pobre coitada. Devia ter escrito para ela, contado o que ele fez com você.

— Mãe. — Meu coração começa a bater tão rápido que consigo ver o tremor dele na superfície do peito. — Não foi ele.

— O que não foi?

— Não foi o Leo — repito, minha voz pouco mais que um sussurro. — Aconteceu, mas não foi o Leo.

Ela parece confusa. Observo-a tentando entender o que eu disse, juntando todas as peças. Reconheço o segundo exato em que fica claro para ela: um espasmo, um deslocamento imperceptível, a dilatação nervosa das pupilas.

— Conrad?

— Sim.

— Até...

— Sim.

— Não o Leo.

— Não o Leo. Conrad. Conrad me estuprou.

Por um bom tempo, minha mãe não diz nada. Na escuridão, vejo a energia dela escapulir, enfraquecer. Ela suspira, um peso em cima dela.

— Sinto muito por ter deixado você culpar Leo.

— Ele me deixou. Nosso bebê morreu.

Consigo ver no rosto dela que ela está se preparando para o pior, enquanto me faz a próxima pergunta.

— E o afogamento de Conrad?

— A retranca o atingiu. Ele caiu no mar.

O olhar de alívio dela é palpável, e eu gostaria de poder deixar assim.

— Mas nós dois sabíamos que ele não era um grande nadador. Não jogamos o colete salva-vidas para ele.

— Nós... — Há um lampejo de confusão. — Claro, Jonas estava com você. Tinha esquecido.

— Ele sabia de tudo. Era o único.

Ela assente.

— Vocês dois eram inseparáveis. Ele tinha uma queda por você naquela época. Acho que você magoou ele quando se casou com Peter.

— Magoei.

Uma imagem de Jonas vem até mim. Não o homem que amei, devorei, desejei, ansiei, mas um menino pequeno, de olhos verdes, cabelos escuros, deitado a meu lado na floresta em uma cama de musgo aveludado. Ainda não o conheço. Mas estamos lá juntos, deitados na nascente, dois estranhos com um só coração.

— Eu também amava ele.

Minha mãe não é do tipo que demonstra afeto, mas põe os braços em volta de mim, aconchega minha cabeça contra o pescoço dela e acaricia meu cabelo como fazia quando eu era uma garotinha. Sinto mil anos de bile e amargor e lodo escoando das minhas veias, dos músculos e tendões, das partes mais sombrias, vertendo na cavidade do colo dela.

— Me desculpe, mãe. Tentei ser boa.

— Não. Fui eu que deixei Conrad entrar. — Ela se levanta do sofá com um gemido intenso. — Meus ossos já não são o que eram. Vou arranjar um Maalox e ir para a cama.

Ao passar pela grande mesa de piquenique, ela recolhe as tigelas de sorvete das crianças e leva-as para dentro até a pia, as colheres tilintando.

— Isso pode esperar até de manhã.

Ela para na porta de tela, uma expressão esquisita no rosto, como se estivesse saboreando algo, digerindo, tentando decidir se é bom ou não. Quando fala, a voz é enérgica, como sempre é quando está me dando conselhos importantes.

— *Sim*, a gente dá mergulhos de que se arrepende, Eleanor. O problema é que a gente nunca sabe até dar. Não fique acordada até muito tarde. E lembre-se de fechar a claraboia. Dizem que podemos ter cinquenta milímetros de chuva.

Espero até ouvir a porta da cabana dela se fechar antes de segui-la pela trilha. Há um anel ao redor da lua. As chuvas que esperávamos estão chegando. Posso sentir isso na atmosfera lúgubre, no céu agitado. Paro do lado de fora da antiga cabana que era minha e de Anna, onde meus filhos dormem. Todas as luzes estão apagadas — até mesmo o brilho ofuscante do computador de Jack. Ouço o silêncio, imagino que consigo ouvir a respiração suave e segura deles. Sem demônios, sem monstros. Se pudesse protegê-los de todo o terror, toda a perda, de todo o sofrimento, faria isso.

Uma faixa de luar se alonga do centro da lagoa em minha direção, ampliando-se à medida que se aproxima. Abro caminho através da trama de arbustos até a beira da água. A lagoa está baixa. Na margem úmida, arenosa, os guaxinins deixaram uma trilha de pegadas nítidas. Tiro a roupa, penduro o vestido em um galho de árvore e entro nua na água sedosa, a água turva e limpa, o coaxar das rãs-touro, o sussurro das mariposas. Consigo sentir as moléculas que Jonas deixou atrás dele em volta de mim na água. Coloco as mãos em concha na lagoa e levo-os até a boca e bebo.

Ao longe, um raio rasga o céu. Paro na trilha do lado de fora da nossa cabana, conto os segundos, ouço o estrondo distante do trovão, observo enquanto a radiação eletromagnética ácida vai desaparecendo, observo enquanto a escuridão retorna mais uma vez. Meu corpo se sente angustiado — alívio e arrependimento. Mas em relação a qual mergulho? Subo os degraus da nossa cabana, sabendo a resposta. Qualquer um. Ambos.

Peter ainda está no sono profundo e satisfeito. Desprendo a claraboia e baixo-a com suavidade no lugar. Subo na cama ao lado dele, me deito de conchinha, me agarro a ele — o calor familiar do corpo, o conforto da respiração calma — e espero que a tempestade chegue à terra firme vinda do mar.

4h

Às quatro da manhã, quando o vento aumenta, é a porta da cabana batendo nas dobradiças que me desperta com um susto. Lá fora os pinheiros estão inclinados para um lado, os galhos agitados em fúria. Saio da cama e vou até a porta. Uma toalha de praia voou do varal e caiu no telhado da cabana de minha mãe. Pássaros flutuam pelo céu tempestuoso como folhas de outono girando no ar, indefesos ao vento, à corrente circular incessante. Corruíras e tentilhões, cotovias — no ar, mas não em voo. Fico olhando para a luminosidade irreal de antes do amanhecer. Alguns centímetros além da tela, um beija-flor-de-pescoço-vermelho está suspenso, lutando para se manter no ar, vibrando contra a maré, as asas iridescentes batendo invisíveis de tão rápido, um lampejo de pedra preciosa no céu azul. Ele está voando para trás. Não empurrado pelo vento, mas de forma deliberada, cheio de um propósito frenético, tentando, por segurança, entrar em uma moita florida de caujuja branca do lado de fora da nossa cabana. As asas, ligadas por minúsculas articulações, formam números oito — os símbolos do infinito.

Chamo Peter.

— Acorde.

Ele se agita, mas não acorda.

— Peter — repito. — Acorde. Quero que você veja isso.

Mas ele nem se mexe. Vou até o lado dele da cama e o cutuco.

— O quê? — A voz dele grogue de sono. — Meu Deus. Que horas são?

— Não sei. Cedo. Mas acorde. Você tem de ver isso. Está uma loucura lá fora, como se fosse um redemoinho de pássaros.

— Estamos no meio da noite.

— Acho que podemos estar no centro de um furacão.

— Não teria todo esse vento, só ar parado. É só uma tempestade grande chegando. Nada para se preocupar. Agora me deixe dormir — resmunga com doçura.

Alguns anos depois que Maddy e Finn nasceram, muito tempo depois de nossa vida passar a ter um ritmo diferente, Jonas e eu estávamos caminhando no bosque uma tarde e passamos por um carvalho entrelaçado com uma madressilva. Havia o que parecia ser uma centena de beija-flores bebendo o néctar das flores com os bicos semelhantes a agulhas.

— Os beija-flores são os únicos pássaros que conseguem voar para trás — contou Jonas. — É um fato que sempre me surpreendeu. Eles podem voar para a frente e para trás com a mesma rapidez. A cinquenta quilômetros por hora.

— Se eu pudesse voar para trás, eu faria isso — respondi.

Para a segurança dos galhos, para o momento em que meu coração disparava por ele como o de um beija-flor, mil e duzentas batidas por segundo.

E ele disse, como sempre fazia:

— Eu sei.

6h30

Quando acordo de novo, as chuvas fortes já passaram. A água se acumulou no assoalho ao lado de nossa cama, ensopando a pilha de livros que eu planejava ler. Peter está sonhando. Dá para ver pela forma como as pálpebras dele se movimentam, pela duração da respiração pesada e com som de serrote. Afasto o cabelo da testa dele e beijo a bochecha, a testa.

Ele se mexe, se desloca, os olhos se abrem.

— Ei — sussurro. — Você está aqui...

Cubro o rosto dele com beijos estalados.

— Bom dia, querida — responde me enxotando. — Vai para seu mergulho?

— Por que você não vem comigo? A lagoa vai estar morninha depois da chuva.

Prendo a respiração e espero. Venha comigo. Acabe com isso.

Ele se vira para o lado, de costas para mim.

— Prometi a Jack que o levaria à cidade às nove. Me acorde se eu dormir demais.

Pressiono a palma da mão contra a curva do ombro dele, afasto bem os dedos. Gosto do jeito como as sardas dele ficam dentro dos vs que meus dedos formam, como constelações de estrelas. Traço um coração com a ponta do dedo na superfície ampla das costas dele.

— Amo você também — murmura, do emaranhado dos lençóis.

O AR DO início da manhã está úmido. Enrolo o velho roupão lavanda da minha mãe apertado em volta de mim e fico à porta olhando para fora. A superfície da lagoa está imóvel, parecendo vidro laminado, como se a tempestade nunca tivesse acontecido, os nenúfares fechados no sono circadiano. Uma quietude, o mundo banhado em uma tonalidade rosa--melancia. Nos degraus de nossa cabana, avisto uma única pena cintilante. Pego-a. Giro-a nos dedos pela haste óssea e afiada. Uma figura está de pé do outro lado da lagoa. Esperando. Esperançoso. Só consigo discernir a camisa azul dele.

O degrau da cabana cede debaixo de mim com um ruído, então salta de volta com uma vibração discreta que já ouvi milhares de vezes antes. Este lugar — cada zunido, cada grunhido — está em meu sangue. O esmagar suave das agulhas de pinheiros sob meus pés descalços, o flutuar dos peixinhos, o cheiro almiscarado de peixe da areia molhada e da água da lagoa. Esta casa, construída com papel — pequenos pedaços de papelão triturado pressionados juntos em algo forte o suficiente para resistir ao tempo, aos invernos difíceis, solitários; sempre ameaçando desabar em ruínas, mas ainda de pé, ano após ano, quando regressamos. Esta casa, este lugar, conhece todos os meus segredos. Estou em seu sangue também.

Fecho os olhos e inspiro a essência de tudo. Jonas. Peter. Eu. O que tudo poderia ter sido. O que pode ser. Tiro a aliança de casamento, seguro-a na palma da mão, ponderando, sentindo o peso dela — a forma gasta e eterna, o dourado. Aperto-a com força contra a minha linha da vida uma última vez, antes de deixá-la atrás de mim no degrau mais alto e descer a trilha para dar meu mergulho.

No lado mais distante da lagoa, um sol como gema de ovo surge da densa linha de árvores como um balão de ar quente, lento, gracioso. Ele paira, suspenso por um momento, antes de se libertar das amarras — o nascer do dia. Naquele instante, a menor brisa ondula a água, acordando a lagoa para mais um dia.

AGRADECIMENTOS

Quando eu era adolescente e tentei escrever minhas primeiras ficções, meu avô Malcolm Cowley me deu um conselho que nunca mais esqueci: tudo que você precisa saber, disse ele, é que toda boa história deve ter um começo, um meio e um fim, sendo que este deve se ligar ao começo.

Demorei muito para entender, mas acho que segui com perfeição esse conselho.

Há tantas pessoas a agradecer por me incentivar, animar, apoiar e auxiliar nesta jornada — em especial, minha incrível mãe, Blair Resika, que me ensinou a montar uma mesa e nos criou com uma beleza inflexível. Minhas amadas irmãs, Lizzie e Sonia, vocês são minhas bases e minha alma.

Meu pai, Robert Cowley, editor e historiador extraordinário, me disse, quando eu tinha 11 anos, que o melhor jeito de escrever é sempre considerando a menor distância entre dois pontos. Agradeço por isso, e também por me dar os dois redemoinhos maravilhosos que são minhas duas irmãs mais novas, Olivia e Savannah.

Obrigada a meu avô, Jack Phillips, por nos dar a imagem. A meu padrasto maravilhoso, Paul Resika, por imortalizá-la. A minha avó, Florence Phillips, pela lata de milho mágica que mudou a vida de uma garotinha.

Agradecimentos ilimitados a minha editora, brilhante e provocadora de pensamentos, Sarah McGrath, cujo olhar afiado nunca erra. Agradeço também a toda equipe de River, e as valquírias dos vikings, Venetia Butterfield e Mary Mount.

Obrigada, Anna Stein, minha agente maravilhosa, por tornar meus sonhos realidade e por me escolher. Sou muito mais do que sortuda por ter Will Watkins da ICM, Susan Armstrong da C&W, Claire Nozieres da Curtis Brown, e Jason Hendler, da HJTH, no meu time.

Mark Sarvas. Mentor e amigo para a vida toda. Você me manteve firme a cada passo. Palavras nunca serão suficientes, mas não vou parar de tentar. Obrigada, Adam Cushman, por acreditar neste livro antes mesmo de eu saber que era um livro. Obrigada, Jack Grapes, por me ensinar que ficção é poesia. Obrigada a todos os escritores no Novel Writers Group que trabalharam em *O palácio de papel* no workshop comigo. Entre eles, Andrea Custer, Samuel Stackhouse, Ondrea Harr, Victoria Pynchon, Catherine Ellsworth e o artesão maravilhoso Joel Villaseñor, que viveram na época da Metrecal. Meus companheiros da PEN America. Meus companheiros no Fine Arts Work Center.

Obrigada, Stepha, por tudo e qualquer coisa. Obrigada a Faran, pelas árvores. A Estelle, por sua sabedoria e seu coração. A Jimmy, pela iluminação. A Tanya, por manter o ritmo do livro. A Nick, pela alegria trazida desde o primeiro dia. A Christina e Olivia, por manter meu mundo no eixo. A Lily e Nell, por mantê-lo girando sem controle. A August, cuja forte batida de bateria esperamos seguir. A Lasher, Calder e Sebastian, pequenas e deliciosas criaturinhas. E a Georgia, ah, Georgia, minha floresta encantada, por inspirar meu devaneio.

Eu fui criada em um mundo de mulheres fortes com vozes fortes e corações constantes. Agradeço a todas e a cada uma por sua marcante amizade. Tem sido a maior bênção. Obrigada a Margot, Angela, Laura, Nonny, Tory, Busby, minhas garotas; a Charlotte, que leu antes de todos e disse "sim"; a Nina, que ficou ao meu lado dia após dia, digitando; a Kate, por seu otimismo sem fim; a Laura B. e Evgenia, amigas espertas e afiadas, além de leitoras; a Libby, pela irmandade; às mulheres magníficas na minha família — Antonia, Susannah, Hayden, Saskia, Cosima, Rachel, Nicky, Franlie, Lula, Lotte, Grace, Louisa, Millie. Cada uma de vocês dá forma ao passado.

A meus filhos, Lukas e Felix — eu amo vocês demais. Mas sabem disso.

Por último, e antes de tudo, obrigada, Bruno, pelos caminhos que trilhamos juntos, e pela incrível jornada.

intrínsecos

"*Nossa* lagoa é ampla e límpida. A beleza está no tamanho dela, na extensão de um quilômetro e meio de azul cristalino, na limpidez do céu. Essa lagoa é mais antiga, mais sábia, ressequida, como se guardasse muitos segredos. Um poço sem fundo cercado pelo bosque denso, que passa metade do dia na sombra."

A revista **intrínsecos** é uma publicação exclusiva do clube de assinatura da editora Intrínseca e chega aos leitores mensalmente acompanhando o livro distribuído pelo clube.

PROJETO EDITORIAL
Danielle Machado

PROJETO GRÁFICO E DIREÇÃO DE ARTE
Aline Ribeiro | alineribeiro.pt

DIAGRAMAÇÃO
Julio Moreira | Equatorium Design

IMAGENS
Foto do autora © Stepha Dansky Photography; *O nascimento de Vênus* © Gallerie degli Uffizi; *Retrato de um jovem de vermelho* © Museu J. Paul Getty; demais imagens: Shutterstock

www.intrinsecos.com.br
www.intrinseca.com.br

Intrínsecos® e Clube Intrínsecos® são propriedade da Editora Intrínseca Ltda.
CNPJ 05.660.045/0001-06 — Rua Marquês de São Vicente 99, 3º andar, Gávea,
Rio de Janeiro, RJ, CEP 22451-041
Telefone: (21) 3206-7474 — e-mail: contato@intrinsecos.com.br

nov

2021

intrínsecos

038

o palácio de papel

miranda cowley heller

AOS LEITORES

É novembro. Pelos autofalantes, Marina Lima canta "vem chegando o verão" e Felipe Dylon sai novamente em busca de sua "musa do verão". Sim, estamos chegando na estação mais quente do ano e o **intrínsecos** faz seu esquenta com *O palácio de papel*, livro de estreia de Miranda Cowley Heller. Na trama, ao longo de um único dia, acompanharemos Elle Bishop enfrentar o dilema entre continuar levando uma vida de casada e mãe de família ou largar tudo para reviver um amor de outros verões. Em paralelo, as histórias de família dessa personagem vão se revelando em uma casa repleta de lembranças.

Mas, diferentemente do que acontece no Hemisfério Norte, em grande parte do Brasil as estações do ano não são tão bem definidas. Nathan Fernandes escreve sobre a experiência de viver um ano em Portugal e a influência do clima em nossas vidas. Jotapê Jorge explora como o tempo pode ser um elemento central das narrativas literárias modernas. Renata Correa discorre sobre o padrão de beleza feminino das pinturas renascentistas, enquanto Prado Neto ilustra a *Vênus* de Botticelli em cenários contemporâneos. Julia Wähmann, por fim, discorre sobre aventuras aquáticas em cinco verões.

Boa leitura!

intrínsecos

coffee
PradoNeto

COLABORAÇÕES

Nathan Fernandes
Jornalista e escritor
@nathanef

Jotapê Jorge
*Professor de literatura e língua portuguesa, escritor e ex-*Playboy *formado pela Faculdade Cásper Líbero de São Paulo*
@jotapejorge

Renata Correa
Professora e historiadora, estuda arte como hobby

Julia Wähmann
Autora dos romances Cravos *e* Manual da demissão. *Teve textos publicados no jornal* O Globo *e na revista* Granta em Língua Portuguesa, *entre outros*
@aspiscinas

Prado Neto
Desenhista mineiro apaixonado por arte
@pradonetoartes

O PALÁCIO DE PAPEL

Um dia na vida de Elle Bishop

O quanto uma pessoa pode se reinventar em 24 horas? Quantos pensamentos, lembranças, elucubrações e decisões são capazes de direcionar não só um dia, mas um casamento, toda uma vida? No arrebatador romance de estreia de Miranda Cowley Heller, são os acontecimentos, diálogos e fluxos de consciência narrados por Elle Bishop que conduzem o leitor pelos caminhos de uma dúvida que é a página-mestra de *O palácio de papel*.

Uma casa de praia em Cape Cod, na qual a família de Elle passa os verões há pelo menos cinquenta anos, é o cenário dessa trama, que só existe porque a protagonista e seu amigo de infância, Jonas, consumam um desejo suprimido desde a adolescência. A explosão dessa atração acontece durante um jantar na casa dela, onde também estão o marido, a mãe e os filhos dela, além da mulher de Jonas.

Heller intercala duas narrativas — uma no presente, com a protagonista dividida entre o prazer e a culpa, a alegria e o remorso, hipóteses e certezas, repassando a noite anterior e analisando o comportamento de sua família; e outra com cenas pinçadas do passado, lembranças de acontecimentos marcantes na vida dos personagens. O passado de Elle percorre momentos de sua infância, adolescência, seu casamento, as histórias da família do pai e da mãe e dos avós de ambos os lados. Seus pais se divorciaram quando ela e a irmã eram pequenas, o que abriu espaço em suas vidas para madrastas, padrastos e até meios-irmãos.

Essas recordações funcionam como um verdadeiro inventário de traumas e episódios familiares, o tecido constitutivo da mulher que Elle se tornou e talvez até mesmo o da situação em que se encontra.

Logo percebemos que entre o casamento com Peter e a paixão adolescente que sente por Jonas há uma linha tênue em que Elle se equilibra. A dúvida que assola seus pensamentos passa principalmente por ela mesma, por sua história, a incerteza do futuro, a realização não só de alguns de seus desejos, como também a necessidade de experimentar outras sensações. Além do mergulho que Elle dá diariamente logo cedo, o que mais seria necessário para que ela se sinta viva todos os dias? E do que ela estaria disposta a abrir mão para isso?

Em um romance denso, caloroso e solar como o dia de verão no qual é ambientado, Miranda Cowley Heller nos faz mergulhar nos pensamentos de uma personagem indecifrável, que não somos capazes de deixar de lado até sabermos sua decisão final.

DÚVIDAS E CERTEZAS

Ao escrutinar o dilema de uma mulher, Miranda Cowley Heller se encontra com diferentes memórias de verões em família

Miranda Cowley Heller foi criada em Nova York, em uma família literária e artística. Seu avô, Malcolm Cowley, era poeta e crítico, seu marido é roteirista e a cunhada, Zoë Heller, é escritora. E, diante de um ambiente que poderia ser tão intimidador quanto incentivador, ela escolheu a segunda opção. Trabalhou como *ghost-writer* e editora na revista *Cosmopolitan* antes de se tornar vice-presidente sênior e chefe de séries dramáticas do canal HBO, em que desenvolveu programas de sucesso, entre eles *The Sopranos* e *The Wire*. Nota-se que essa experiência na televisão foi crucial para a criação de seu romance de estreia, *O palácio de papel*, especialmente na escrita dos diálogos fluidos, que privilegiam muitas vezes o silêncio e as repetições. O resultado são cenas literárias nas quais é possível entender perfeitamente os sentimentos dos personagens — até quando eles não dizem muito além do necessário.

> **“Todos os adultos eram completamente negligentes.”**

Em entrevista para o jornal *The Guardian*, Miranda conta que o impacto de uma frase de John Lennon — recortada e colada por ela na parede — foi o ímpeto inicial para criar a estrutura do livro: uma

"Eu sempre tive essa ideia de que todos nós recebemos apenas um carrossel de slides antiquado, contendo as histórias que contamos a amigos ou terapeutas quando estamos nos explicando. Eles se somam a quem você é e determinam sua direção."

história tensa, que evoca culpa e perdão e gira em torno do dilema da heroína Elle Bishop: ficar com o marido que ama ou seguir a vida que sempre imaginou compartilhar com outro homem. A citação fala sobre como a vida é o que acontece enquanto estamos ocupados fazendo outros planos. "Essa cisão foi meu pontapé inicial. Mas eu sempre tive essa ideia de que todos nós recebemos apenas um carrossel de slides antiquado, contendo as histórias que contamos a amigos ou terapeutas quando estamos nos explicando. Eles se somam a quem você é e determinam sua direção. As cenas do passado são os slides da vida de Elle até o precipício das 24 horas", explica a autora.

A história de *O palácio de papel* possivelmente deixará os leitores envolvidos até a última página, na esperança de saber a decisão final de Elle. Sobre esse tópico, Miranda revela nessa mesma entrevista que não fazia ideia de com quem a protagonista e narradora ficaria: "Para mim, nunca foi uma escolha entre dois homens, essa foi só uma forma de articular a ideia. O romance é sobre a jornada que leva uma pessoa a fazer uma escolha, a se tornar ela mesma, livre de uma culpa horrível que carrega há décadas."

Elle Bishop carrega algumas semelhanças com sua criadora: Miranda Cowley Heller também é casada com um britânico e cresceu nos anos 1970, em um ambiente liberal que, segundo ela, compunha uma atmosfera bastante sombria para crianças. "Porque nossos pais — pelo menos na minha vivência — estavam muito fora de controle. Nudez por toda parte. Todos os adultos eram completamente negligentes."

Essa negligência e liberdade estão presentes no episódio vivido e narrado por Elle, uma personagem de cinquenta anos desejada por dois homens e dividida entre eles. Um tema pouco explorado pela ficção, embora, nas palavras de Miranda, não tão incomum na vida real. Em um misto de livro de memórias, mesmo que apenas sugeridas, e ficção, *O palácio de papel* parece só o início de uma carreira que já se firmava no terreno da escrita criativa. No momento, existe a expectativa de que o livro vire uma série da HBO, que comprou os direitos de adaptação em um leilão. Pelo visto, após virarmos a última página, ainda veremos algumas reverberações desse dilema, além das imagens solares e voluptuosas evocadas pelas palavras de Elle.

ESTADO PERMANENTE DE VERÃO

O período mais quente do ano não é só uma estação, mas também um sentimento

NATHAN FERNANDES

Existe algo fascinante no vaivém das estações. Tão fascinante que, em 1948, o escritor Robert Graves resolveu romantizar os ciclos da natureza. No livro *A Deusa Branca*, ele narra a mudança das estações como uma história dramática, na qual um rei-deus nasce com o calor do verão, luta contra o sol instável do outono e morre no frio do inverno, só para renascer na primavera, fazendo referência aos nossos ciclos pessoais e influenciando comemorações pagãs contemporâneas, como os sabás.

Mas Robert Graves era inglês. Se morasse em Jericoacoara, no Ceará, dificilmente teria essa percepção tão bem desenhada sobre o tempo. Nos países do Hemisfério Sul, mais próximos da Linha do Equador, como o Brasil, as demarcações entre as estações do ano costumam ser borradas. Em quase todos os lugares nessa zona, existe apenas uma estação: o calorão. E, se você mora em São Paulo, já deve ter ouvido o famoso clichê de que, na cidade, é comum que as quatro estações do ano aconteçam no mesmo dia. Ou seja, não é fácil ser pagão no Brasil.

Isso faz com que as pessoas que vivem no Hemisfério Norte tenham uma relação completamente diferente com essa dança. Percebi isso quando passei um ano em Portugal a trabalho. Em Lisboa, o inverno é tão úmido e tão frio que comecei a apreciar momentos de calor até no ônibus lotado. Em março, depois de três meses naquela situação, o sol já era apenas uma memória distante e apagada pelo tempo. Tudo era triste. Pela primeira vez, notei a influência do clima no meu humor. Me toquei do porquê de algumas das bandas de que mais gosto, como Joy Division e The Smiths, parecerem meio fúnebres. As

11

duas vêm de Manchester, na Inglaterra, um lugar em que a melancolia é o único sentimento possível depois de meses de céu cinza e temperaturas congelantes. Era assim que eu me sentia: opaco e contorcido, sem esperança de voltar para o Brasil tão cedo e com a meia encharcada.

Até que, no fim do inverno, começaram a aparecer pela cidade outdoors anunciando a chegada da nova estação. Não era um nem dois. Mensagens com flores estavam distribuídas pela cidade inteira. Achei aquilo estranhíssimo, porque nunca tinha visto no Brasil alguém tão animado a ponto de espalhar por aí placas gigantes com mensagens de "Bem-vinda, primavera!".

Aí veio o equinócio. E, já no primeiro dia, o que era triste e frio se transformou em alegria e vontade de sensualizar, como se todo mundo estivesse fazendo figuração em um clipe da Kylie Minogue. Eu estava tão animado por sair daquela fossa siberiana que ergueria dez mil placas saudando o sol da primavera, se o euro não fosse tão caro. Nos meses seguintes, aquele clima de contentamento preencheu todas as minhas células. E se intensificou no verão.

Entendi por que as melhores festas e festivais do Hemisfério Norte, como o Burning Man, o Glastonbury e o Sónar, acontecem no verão. As pessoas parecem mais abertas e dispostas a novas experiências. Parece que o rei-deus quer aproveitar a vida ao máximo, porque sabe

que terá que morrer no inverno se quiser renascer no ciclo seguinte. O verão deixa de ser uma estação e vira um sentimento. E isso inspira paixões. Não à toa a história de amor entre Danny Zuko e Sandy Olsson — os icônicos personagens de John Travolta e Olivia Newton John no musical *Grease* — é um "summer love".

Os personagens do premiado *Me chame pelo seu nome* também aproveitam o calor da estação para iniciar um romance. Em uma das cenas mais memoráveis do filme, quando o verão acaba, o pai do jovem Elio o incentiva a contemplar seus sentimentos numa tentativa de manter o brilho daquele verão sempre aceso. "Nós roubamos tanto de nós mesmos para nos curarmos mais depressa, que vamos à falência aos 30 anos, e temos menos a oferecer a cada novo relacionamento. Mas se obrigar a não sentir nada, a nunca sentir nada, é um desperdício."

Se a estação do calor é um período de abundância e fertilidade, como acreditam os pagãos, então, talvez, sondar os nossos sentimentos e nos permitir viver experiências ensolaradas sejam as únicas formas de cultivar esse estado permanente de verão, mesmo dentro de um ônibus lotado.

UMA BREVE HISTÓRIA DO TEMPO

Resumido ou dilatado, o espaço temporal torna-se personagem na literatura moderna

JOTAPÊ JORGE

Todo dia 16 de junho, os fãs do escritor James Joyce se reúnem em Dublin para celebrar *Ulisses*. Ambientada no decorrer de um dia — o tal 16 de junho —, a obra-prima do autor irlandês traça um paralelo entre o protagonista Leopold Bloom e Ulisses, o herói da *Odisseia,* de Homero, e revolucionou a literatura por transformar um dia corriqueiro num verdadeiro evento homérico. Publicado em 1922, *Ulisses* é repleto de referências literárias, viradas de foco e mudanças de estilo narrativo, odes aos clássicos e longos fluxos de consciência. A partir dele, praticamente todo um mundo, toda uma história da literatura passa a caber dentro de um único dia.

O romance consolidou-se no final do século XVIII como o "épico da burguesia". Antes, a literatura estava focada em personagens grandiosos, mitológicos, deuses, santos e reis. Com *Os sofrimentos do jovem Werther*, obra inaugural do período romântico, o gênero passou a esmiuçar a vida de pessoas comuns. Daí que Honoré de Balzac tenha escrito 95 volumes de *A comédia humana* para traduzir o clima, o ambiente e os maneirismos da Paris do século XIX, da mesma forma que Tolstói, com seus enormes *Guerra e paz* e *Anna Kariênina,* tenha retratado os anos finais da Rússia czarista.

Em comum, romances desse período reportam longos momentos temporais. Anos, às vezes gerações inteiras, são colocados no papel. Essa foi a tônica por todo o século XIX. Em *Madame Bovary*, Gustave Flaubert inicia a narrativa com a educação do jovem Charles, assim como a trilogia realista de Machado de Assis conta de forma extensiva, não raro desde a infância, as histórias de Brás Cubas,

Rubião e Bentinho, em *Memórias póstumas de Brás Cubas*, *Quincas Borba* e *Dom Casmurro*.

No começo do século XX, o modernismo começa a subverter essa lógica. O tempo, como tudo, torna-se abstrato, não precisa mais correr de forma linear. Foi o que fez Virginia Woolf ao transformar o dia de sua personagem Clarissa Dalloway em premissa para *Mrs. Dalloway*. Como na obra de Joyce, o romance de Woolf se passa dentro de um tempo cronológico delimitado, mas há naquele espaço todo um mundo de *flashbacks* e *flashforwards* que transformam a narrativa num profundo retrato da psique de sua protagonista, da infância até a idade adulta.

Esse tipo de mecanismo tornou-se, de certa forma, um tropo da literatura moderna. William Faulkner, em *O som e a fúria*, descreve a história de uma família ao longo de quatro dias na vida dos personagens. Em *O velho e o mar*, Ernest Hemingway relata o encontro do pescador Santiago com um marlim na luta de alguns dias que se sucedem — nesse pequeno espaço, toda uma narrativa se desenrola. De forma ainda mais concisa, a escritora brasileira Clarice Lispector faz em *A paixão segundo G.H.*, publicado em 1964, um romance inteiro se passar no decorrer de apenas uma tarde. Levando a brinca-

deira temporal às últimas consequências, a ficção em versos *Daqui pra baixo*, do norte-americano Jason Reynolds, livro 009 do clube **intrínsecos**, se desenrola nos poucos minutos de uma descida de elevador.

Primo-irmão da literatura moderna, o cinema é farto em experimentações desse tipo. Há para todos os gostos e públicos, dos filmes comerciais de John Hughes, como *Curtindo a Vida Adoidado*, que relata um dia na vida do adolescente Ferris Bueller; e *Clube dos Cinco*, sobre um grupo de jovens em detenção; até experimentos estéticos como o alemão *Corra, Lola, Corra*, do diretor Tom Tykwer, que fez sucesso internacional no final dos anos 1990 ao contar, por meio de três diferentes perspectivas, uma história que acontece no decorrer de vinte minutos.

O tempo na ficção pode ser resumido ou dilatado. Dias se passam em minutos e minutos duram vários capítulos em nosso livro favorito. Que bom que seja assim. Sem cortes, a vida às vezes é muito chata. Que diga o clássico *Empire*, de Andy Warhol. O filme dura oito horas e cinco minutos e consiste apenas em um longo take do edifício Empire State, em Nova York.

PENSE EM BOTTICELLI

A expressão cândida e o olhar perdido das jovens renascentistas

RENATA CORREA

No Instagram da Renascença não faltaria beleza feminina. Todas as curvas, os ângulos e a nudez vistos hoje enquadrados em museus, galerias e coleções particulares celebravam o caráter quase divino da perfeição estética das mulheres. Uma perfeição ditada pelo olhar dominante da época: o masculino.

O Renascimento italiano marcou o começo da expansão desse movimento na Europa e influenciou, com seu interesse pela cultura e pelos valores da antiguidade clássica, não só as artes plásticas, mas a literatura, a filosofia, a ciência, a música e a arquitetura. Era o ápice da criação feita por encomenda, sob medida para atender as vontades da burguesia que a comprava. E ainda que algumas poucas mulheres tivessem meios para patrocinar o trabalho dos artistas, suas encomendas eram, sobretudo, de interesse religioso. A maioria dos contratantes de arte era formada por homens, assim como eram homens a quase totalidade dos pintores. Às mulheres não era permitido o ofício de aprendiz, o que nos furtou o prazer de ver mais daquele mundo através de seus olhos.

A pintura renascentista era influenciada pela crença corrente de que a beleza terrena espelhava o divino. Quanto mais talentoso o artista, mais perto ele chegava de materializar o encantamento etéreo que conecta a arte e a divindade através da virtude suprema da beleza. Dificilmente enxergaremos as individualidades femininas em qualquer retrato produzido na época, mas, sim, uma idealização de quem elas deveriam ser. As curvas de ampulheta e a corpulência que denotavam uma vida abastada, a fartura de quadris requerida para bem parir a prole, a testa

O Nascimento de Vênus,
de Sandro Botticelli

alta e arredondada, as sobrancelhas finas, o cabelo claro, a pele de fada e as bochechas rosadas.

Mas, para além dos padrões físicos, a beleza feminina renascentista só teria real valor se enquadrada nas regras sociais vigentes. *Virtutem forma decorat*, a beleza adorna a virtude, dizia-se. Respeito, humildade, compaixão, zelo e outras tantas qualidades cerceadoras da voluptuosidade feminina precisavam transparecer nos retratos criados pelas mãos de artistas que buscavam a excelência. Uma estética da mulher cordial que se faz notar principalmente na expressão das modelos retratadas — o semblante complacente, o olhar perdido.

Um dos grandes nomes da pintura na Itália Renascentista, Sandro Botticelli se notabilizou como retratista pela enorme habilidade de traduzir em imagens todas essas expectativas. Isso se vê claramente em *O Nascimento de Vênus*, talvez sua obra mais célebre. A deusa grega do amor, da beleza e da fertilidade surge na pintura de corpo inteiro, no centro da cena, brotada de uma concha gigante, com os cabelos em cachos, a pele à mostra, plena de beleza. Ela está nua, e mesmo assim tem recato. A boca está fechada. O olhar quase baixo mira um ponto indistinto. Não desafia. Não se impõe. Em vez disso, permite a contemplação de suas formas femininas. Em comparação, *Retrato de um Jovem de Vermelho*, de Raffaello Sanzio, outro nome importante da escola de Florença, desperta o oposto: sentado e vestido, o homem na imagem

encara sem cerimônia o espectador, que inevitavelmente desvia sua atenção para a exuberância do fundo da tela ou da tapeçaria sobre a mesa.

Ao longo dos séculos, o gênero exerceu papel determinante na produção de arte, refletindo os lugares do homem e da mulher em diferentes épocas e civilizações, de maneira realista ou simbólica. Como teorizou o historiador galês Michael Baxandall, a expressão evasiva das mulheres da Renascença refletia menos a vida cotidiana que levavam e mais os anseios sociais e estéticos impostos a elas. As reflexões acadêmicas sobre as representações femininas na arte ganharam volume nas décadas recentes, mas ainda há muito o que se observar e muitos pensamentos a construir. Desta vez, porém, não faltarão olhos femininos para nos dar o prazer de conhecer essa história.

Retrato de um Jovem de Vermelho, de Raffaello Sanzio

CINCO VERÕES

Entre braçadas pelo mundo, sensações e encontros poéticos

JULIA WÄHMANN

1. Enxurrada

Crawl peito costas golfinho. Chamava-se golfinho, naquela época. Eu ia pra natação como quem vai pro abate. Já tinha aprendido o básico, morava perto da praia, era preciso ao menos me virar. Por recomendações ortopédicas, acabei voltando às piscinas no início da adolescência. Achava tudo muito triste e, já na primeira aula, faltando ainda uns oitocentos metros pra terminar minha série, começou a chover. Aquilo era claustrofóbico. Olhei ao redor esperando uma debandada, o consentimento do professor. Não aconteceu. Resignada, recomecei o crawl e senti grossos pingos de chuva nas solas dos pés. Algum ineditismo, afinal. As solas dos pés, a gente se acostuma que encontrem dureza, que pisem objetos cortantes, eventualmente. Guardei aquela sensação, uma espécie de fôlego para atravessar as piscinas que viriam.

2. Continuar

Foi preciso insistência pra que a água deixasse de ser o lugar da angústia — a contagem tensa das chegadas, a ansiedade pra descansar na borda. Um dia, quando a mágica aconteceu, não sei se endorfina ou realinhamento vertebral, nadar se tornou o escape pra tudo, a ponto de buscar piscinas em todo lugar que eu ia.

ensaio /

3. Granada
À entrada da Piscina Cubierta Arabial, recebo a plaqueta número 01, a ser entregue ao socorrista local. Constato que sou mesmo a única ali. Cumprimento o socorrista, que me pergunta onde está minha touca. Mal cheguei e já infringi alguma regra — a paranoia de brasileiros no exterior, de achar o tempo todo que estão fazendo algo de errado, talvez porque esperem isso de nós. Aceno com a touca. O socorrista faz uma breve e vibrante apresentação da piscina mais antiga de Granada, além de apontar as raias rápidas, médias e lentas. Agradeço e escolho uma. Depois de trezentos metros de crawl, faço uma chegada de peito. O socorrista se aproxima e sugere que eu afunde mais a cabeça, pra deslizar melhor. Da forma como executo o nado, o topo da cabeça fica pra fora da água e perco velocidade. Aceito a dica, me esforço pra não decepcioná-lo.

À saída da piscina, antes mesmo de alcançar a toalha, o socorrista me pergunta de onde sou. Espero ouvir o nome de um jogador de futebol, mas ele me reserva bem mais que isso. Natural de Cádiz, Victor trabalhou por alguns anos a serviço da *Cruz Roja na América Latina*: na Amazônia peruana recebeu um chamado de socorro de uma senhora desesperada atrás de Paquito, que não, não era um *niño*, mas um cabrito — arregala os olhos; na Colômbia, sua equipe negociou o resgate de centenas de crianças com as Farc — se emociona; no Brasil, conheceu o Rio de Janeiro — sorri; ainda me explica os pormenores da distribuição de alimentos e água pela *Cruz Roja*. Tudo isso corresponde a cerca de um quarto do que ele narrou, e está cheio de imprecisões, graças ao meu por-

tunhol ruim. Jogadores de futebol nos fazem perder tantas histórias. Nos dias seguintes me pergunto como é que a vida de Victor de Cádiz se tornou aquele marasmo piscinal.

4. Crowd

Com média de 12 pessoas por raia, nadar em Paris é um desafio, apesar das placas às margens das piscinas, que determinam a velocidade de cada raia, além de estipularem horários em que são ou não permitidos nados borboleta ou peito, e o uso de acessórios. Impera a anarquia. Em quase todas as piscinas, varas compridas circundam as águas, e tudo se esclarece quando vejo um instrutor usar uma delas para corrigir o nado de uma criança. Penso que Victor de Cádiz ficaria louco afundando cabeças a distância.

5. Quarentena

A vida a seco é ainda mais triste que a adolescência que odiava nadar. Os Jogos Olímpicos me oferecem um refresco. Do sofá, noto uma figura coadjuvante, o socorrista da piscina dos melhores nadadores do mundo, que acaba virando meme: "Quando você se sentir inútil, lembre-se de que alguém é salva-vidas nas Olimpíadas." Então imagino pra ele, e pra Victor de Cádiz, e pra quantos mais socorristas existirem, uma vida paralela em que, passados os pódios e as medalhas, eles se esbaldam nas piscinas, inventando modalidades fantásticas que dobram a produção de endorfina e sempre, sempre, sentindo grossas gotas de chuva nas solas dos pés.

Prado Neto

out 2021

intrínsecos 037

AOS LEITORES

Em um cenário empobrecido pela falta de perspectivas, uma história de excessos e privações, sobre família, violência e sexualidade, que reflete especialmente sobre afetos — aqueles que nos fazem bem e os que fazem mal. Logo no início de *A história de Shuggie Bain*, o livro do mês do **intrínsecos**, somos apresentados a um garoto de 16 anos que aspira à faculdade de cabeleireiros, mas trabalha atendendo donas de casa mal-educadas na rotisseria de um supermercado e mora em um quartinho asqueroso. Shuggie é o filho caçula de Agnes, devotado a ela com solitária resiliência. Uma mulher embalada ladeira abaixo pela dependência do álcool e pela sucessão de relacionamentos abusivos aos quais se submete — o mais doloroso deles, com o pai de Shuggie, o taxista protestante por quem Agnes abandonou o marido católico. Premiado em 2020 com o Booker Prize, o escocês Douglas Stuart coloca em seu livro de estreia muito de si próprio, mas mais ainda de sua vivência na Glasgow dos anos 1980 e 1990, quando a depressão econômica fechou fábricas, estaleiros, carvoarias, deixando à própria sorte a vasta classe trabalhadora da cidade. Para entender melhor esse cenário, os humores sociais que dele derivam e o sectarismo na Escócia, nossa revista 037 traz artigos de Márvio dos Anjos e Ulisses Martins. Sandra Romeiro escreve sobre os papéis de pais e filhos e as consequências de se invertê-los. Abrindo e fechando a edição, as artes de Prado Neto.

Boa leitura!

intrínsecos

umbro
Ford
peoples
Celtic Football Club
1992
PradoNeto

COLABORAÇÕES

Nathan Fernandes
Jornalista e escritor
@nathanef

Sandra Romeiro
Psicóloga, doutoranda na Universidade de Talca, Chile

Márvio dos Anjos
Jornalista, foi repórter e editor de esportes na Folha de S.Paulo *e no* Globo *e comentarista do* Redação SporTV
@marvio

Ulisses Martins
Historiador e professor
@prof.ulissesmartins

Prado Neto
Desenhista mineiro apaixonado por arte
@pradonetoartes

A HISTÓRIA DE SHUGGIE BAIN

"Um romance de beleza rara e duradoura." – *The Observer*

Glasgow, Escócia, 1981. A cidade está morrendo. A pobreza, aumentando. As pessoas veem seus sonhos evaporarem. Agnes Bain sempre quis mais. Sonhava com coisas grandiosas: uma casa com porta para a rua, uma vida comprada e quitada, ainda que tão falsa quanto seus dentes perfeitos. Quando o segundo marido, um taxista mulherengo, sai de casa, ela e os três filhos são largados à própria sorte em uma região mineradora decadente, afastada do centro da cidade. Enquanto Agnes se entrega ao álcool em busca de conforto, os filhos querem salvá-la. Porém, um a um, eles a abandonam na tentativa de salvar a si mesmos, até que só resta o jovem Shuggie Bain.

Mas Shuggie também tem seus problemas. Apesar de todas as suas tentativas e do empenho do irmão mais velho em ajudá-lo a se comportar como manda a masculinidade bruta e castigada dos homens que os cercam, ele não sabe evitar a própria feminilidade. Agnes quer apoiar e proteger o filho, mas seu vício é tão destruidor que eclipsa todos que estão próximos a ela, inclusive seu amado Shuggie, vítima de bullying, de abuso sexual e do abandono familiar.

No romance de Douglas Stuart, todos são vítimas em alguma medida. Se não dos outros, de si próprios; se não de si próprios, das circunstâncias. A Glasgow retratada no livro tem muito pouco do sucesso europeu idealizado no imaginário sul-americano – ao contrário, traz a crueza da crise econômica e do desamparo social, frutos da desindustrialização e das decorrentes medidas de austeridade adotadas pela então primeira-ministra do Reino Unido, Margaret Thatcher.

Em capítulos que se revezam ao jogar luz sobre diferentes personagens, o autor revela aos poucos as facetas de cada um. Agnes toma forma na emulação de sua heroína, Elizabeth Taylor. Shuggie, nas palavras bem-escolhidas e cuidadosamente pronunciadas. O pai, nas janelas suadas do velho táxi. Através da humanidade impressa em cada um deles, Stuart nos leva a percorrer com empatia e compaixão temas outrora difíceis demais.

A história de Shuggie Bain é uma admirável estreia literária, que se fez notar nas mais importantes premiações e nas listas de destaque do ano. Emocionante e comovente, é uma exploração do amor infinito e inexplicável que só as crianças sentem por seus pais, apesar de todos os defeitos dos adultos. Trata-se de um romance sobre amor e abuso. Sobre pobreza e vícios. Sobre relações familiares e perdas. Sobre identidade e autodescoberta.

A CRUELDADE DO AMOR

Ao lado da mãe, o escritor Douglas Stuart encontrou beleza em meio ao sofrimento pós-industrial

NATHAN FERNANDES

"À Elizabeth Taylor, que acha que sim, mas não sabe nada sobre a crueldade do amor...", escrevia Douglas Stuart, quando ainda era criança, a pedido da mãe. Abandonado pelo pai, ele cresceu nos bairros operários assolados pelo desemprego na cidade de Glasgow, Escócia. O jovem autor não sabia, mas tricotar para se manter quieto e escrever a autobiografia da mãe — ditada por ela mesma, enquanto bebia cerveja — eram afazeres que moldariam seu futuro. Apesar de nunca ter passado das dedicatórias pouco elogiosas à atriz de *Cleópatra*, Stuart acredita que a mãe, mergulhada no alcoolismo, teria sido uma ótima poetisa.

Nascido em 1976, a história do escritor está ligada à história de seu país. Nas décadas de 1950 e 1960, a cidade de Glasgow se organizara para dar conta do crescente aumento da população. Conjuntos habitacionais baratos foram erguidos para resolver o problema de acomodação da classe trabalhadora. Mas o que no início parecia satisfatório acabou se tornando um inferno quando a taxa de desemprego ultrapassou os 20%.

"Não havia espaço para as pessoas se reunirem, não havia áreas verdes, nenhum aspecto humano... Para completar, ainda veio a onda de desemprego, que acabou levando a um problema sério de dependência de álcool e outras drogas", explicou Stuart em uma live com o escritor irlandês Colm Tóibín no Festival Internacional de Literatura de Cúirt.

Assim como o protagonista Shuggie Bain, Stuart conviveu desde muito cedo com a dependência química da mãe. "Eu sempre entendi a questão do vício como um problema social, porque minha famí-

"Desde os seis anos, tudo sobre mim parecia uma ficção; precisei fingir para me encaixar."

lia passou por momentos difíceis, mas a família do outro lado da rua e a família da rua seguinte também. Então havia uma estranha solidariedade entre nós", contou.

Além das questões sociais, Stuart tinha que lidar com a própria sexualidade. "Desde os seis anos, tudo sobre mim parecia uma ficção; precisei fingir para me encaixar. Eu estava sempre me escondendo das outras crianças e, quando sofria *bullying*, voltava para casa e mentia para minha família, fingindo que estava tudo bem", relembrou o escritor em uma entrevista à revista *The New Yorker*.

Persuadido a não estudar literatura inglesa na faculdade, por "não ser uma coisa que garotos da classe operária fazem", ele se especializou na área têxtil. Aos 24 anos, se mudou para Nova York e, em duas décadas, já trabalhou para marcas como Calvin Klein, Ralph Lauren e Jack Spade, chegando a ser vice-presidente da Banana Republic. Em 2008, entre linhas e costuras, o autor começou a escrever secretamente *A história de Shuggie Bain*, no metrô e nos fins de semana, levando mais de dez anos para concluir o livro.

O primeiro a ler o manuscrito de 900 páginas com aspectos autobiográficos foi o marido Michael Cary, um curador de arte especialista nas pinturas de Picasso. Apesar dos comentários elogiosos à obra do companheiro, nem Michael nem ninguém poderia imaginar que um trabalho recusado por 32 editoras teria uma recepção tão calorosa da crítica. Em 2020, o livro venceu o Booker Prize, prêmio mais prestigioso de literatura em língua inglesa. Para Margaret Busby, presidente do júri da premiação, está "destinado a ser um clássico".

Com o sucesso, Stuart pôde dedicar mais tempo à literatura. O autor já completou seu segundo romance: uma história de amor entre dois meninos que também se passa em Glasgow, uma década depois da retratada no livro de estreia. E uma terceira obra está a caminho. "Estou sempre escrevendo sobre solidão, pertencimento e amor", confessou ao jornal *The Guardian*. Elizabeth Taylor podia mesmo não saber nada sobre a crueldade do amor, como dizia a mãe de Stuart; já o escritor, depois de amortecer os impactos da dura vida pós-industrial em Glasgow, parece conhecer bem a brutalidade dos sentimentos encantadores.

UM PACTO DE AGRESSÃO

Como uma coleção de ódios transformou o clássico do futebol Celtic x Rangers na maior rivalidade do mundo

MÁRVIO DOS ANJOS

Poucos jogos de futebol abarcam tantos significados quanto o clássico escocês entre Celtic e Rangers, conhecido como Old Firm. Famosa em todo o mundo, a rivalidade de Glasgow desafia fortemente quem pensa que futebol são apenas vinte e dois homens correndo atrás de uma bola, uma vez que sintetiza uma história de nacionalismos, rancores xenofóbicos e diferenças religiosas na cidade.

Tudo isso, porém, era difícil prever. Quando foi criado no sudoeste fortemente portuário da cidade, em 1872, o time dos Rangers era uma manifestação precoce da paixão pelo futebol nas Ilhas Britânicas. Quarta equipe a surgir na Escócia, o time da camisa azul talvez não se tornasse tão protestante, nem tão conservador, nem tão monarquista, caso o Celtic não tivesse surgido.

Por sua vez, o time verde e branco foi fundado por iniciativa de Andrew Kerins, um padre católico conhecido como irmão Walfried. Desde a Grande Fome da década de 1840, causada por uma praga nas plantações de batatas, Glasgow recebeu um grande fluxo de irlandeses em busca de melhores condições de vida; todos eram católicos de baixa instrução num país de maioria protestante (anglicanos e presbiterianos) e chegavam condenados à marginalização. O plano de irmão Walfried era ter uma equipe que angariasse donativos para alimentar a infância pobre irlandesa no East End, e o Celtic estreou nos gramados com vitória por 5 a 2 num amistoso contra o Rangers, em 1888.

Não havia qualquer animosidade entre os colarinhos verdes e o rival azul, segundo os relatos da época, mas uma nova onda de imigração irlandesa, desta vez

Ibrox Stadium, Glasgow: na casa do Rangers, o Celtic vence por 2 x 0 o primeiro Old Firm da temporada de 2019.

protestante, mudaria tudo. Em 1912, a empresa Harland & Wolff (que construiu o malogrado *Titanic*) decidiu se instalar em Glasgow a fim de se afastar dos distúrbios separatistas na Irlanda do Norte. Era notória a aversão da H&W à contratação de católicos, e o novo estaleiro, erguido na região de Govan, despertou o interesse de muitos protestantes atrás de trabalho garantido. Esse movimento impulsionou uma nova ala do Rangers, que era o clube mais próximo da operação naval, gerando uma identidade em oposição à do Celtic: mais protestante e monarquista, que repudiava a criação de um Estado irlandês socialista.

Chega-se aí ao incrível paradoxo: uma rivalidade essencialmente irlandesa injetou ódio e rancor no maior clássico escocês, a tal ponto que as bandeiras do Reino Unido e da Irlanda são onipresentes nas arquibancadas. Na pulsante metrópole escocesa, o futebol encena a guerra civil da ilha vizinha: cantos ameaçadores dos Rangers caracterizam os celtas como nacionalistas do partido Sinn Féin, berço do Exército Republicano Irlandês (IRA), e são respondidos à altura pelos alviverdes.

Julgar essa rivalidade estritamente pela face histórica deixa de fora, porém, o fenômeno que é o ato de torcer. A população em geral é cada vez mais cética quanto ao partidarismo político, e é notória a queda da frequência dos fiéis em igrejas nas Ilhas Britânicas, segundo a maioria das estatísticas — mas nada disso arrefeceu o combustível tóxico do clássico. Um documentário recente sobre o Old Firm mostra um muçulmano fã do Rangers reproduzindo o que aprendeu nas arquibancadas, como um verdadeiro herdeiro dos homens e mulheres que migraram nos vapores.

A coreografia territorial própria de Ibrox (campo do Rangers) e Parkhead (do Celtic) se mantém em meio às batalhas, à impotência das autoridades e aos gastos com segurança multiplicados jogo após jogo. Por isso, é enganoso descrever o clássico como um conflito baseado em doutrinas e raízes vividas cotidianamente, na política e na religião. O Old Firm talvez seja mais bem descrito como um "pacto de agressão", que perdura pelas gerações, no qual o torcedor precisa contribuir para manter a rivalidade que serve de barômetro mundial das outras rivalidades, ainda que isso lhe custe alguns dentes ou a ficha criminal limpa. É como foi aprendido, é como tem que ser.

THE OLD FIRM
HISTÓRIA E ENFRENTAMENTOS

1888

28 de maio de 1888: Celtic e Rangers se enfrentam pela primeira vez num amistoso, com vitória celta por 5 a 2.

1902

O desabamento das arquibancadas de madeira de Ibrox, campo do Rangers, mata 25 pessoas, fere centenas e força o clube a vender seus melhores jogadores a fim de reconstruir as estruturas. As dificuldades econômicas dão vantagem ao Celtic, que emenda seis títulos escoceses entre 1905 e 1910.

1989

O técnico Graeme Souness, do Rangers, contrata o atacante Mo Johnstone, quebrando décadas de uma regra tácita que proibia jogadores abertamente católicos de vestirem a camisa azul. Johnstone já tinha atuado pelo Celtic, que jamais proibiu protestantes em sua equipe.

2012

Sufocado por dívidas, o Rangers abre falência e é vendido. Refundado como The Rangers, é mandado à quarta divisão escocesa, abrindo um hiato de cinco anos sem partidas do Old Firm e um aprofundamento do sarcasmo.

1904

Cartum satiriza o que seria uma espécie de parceria entre Celtic e Rangers, que supostamente combinavam resultados para realizar mais partidas de desempate e, com isso, aumentar a receita. Juntos, eles seriam a "Velha Empresa", o tal Old Firm.

1912

Criação do estaleiro da Harland & Wolff em Glasgow atrai protestantes irlandeses para o distrito de Govan, próximo à sede do Rangers, que adotam o clube. O Old Firm se acirra.

1967

Ano do título europeu do Celtic, equivalente à Champions League, conquistado em Lisboa. Trata-se da maior glória de uma equipe escocesa em toda a história de seu futebol.

1971

2 de janeiro:
O desastre de Ibrox: um incidente na saída dos torcedores gera quedas da arquibancada e pisoteamento. Morrem 66 pessoas e mais de 200 ficam feridas.

2012

No mesmo ano, o Parlamento escocês aprovou uma lei contra o comportamento abusivo de torcedores, que impunha até cinco anos de prisão contra quem xingasse ou cantasse, dentro e fora dos estádios, usando termos sectários. A lei durou até 2017, quando foi derrubada e descrita como um dos maiores fracassos do sistema legislativo escocês.

2021

O renascimento do Rangers se dá na temporada recém--encerrada, com o primeiro título conquistado desde a refundação do clube. Comandado pelo inglês Steven Gerrard desde 2018, o time alcança 102 pontos na tabela, a maior pontuação obtida neste século no Campeonato Escocês.

A GLASGOW DA ERA THATCHER

Riqueza cultural e depressão econômica

ULISSES MARTINS

A Escócia é uma nação situada no norte da ilha da Grã-Bretanha, parte integrante do Reino Unido, junto ao País de Gales, à Irlanda do Norte e à Inglaterra, com quem faz fronteira ao sul. Sua história remonta ao século I, quando os romanos, após avançar pelos reinos vizinhos, depararam com a resistência dos clãs locais. A região sofreu invasões dos povos pictos, bretões, anglos e escotos. Conquistou a independência com William Wallace e Robert Bruce (fato histórico que deu origem a *Coração Valente*, grande sucesso do cinema, de 1995) e, em 1707, teve seu Parlamento incorporado ao da Inglaterra, mas com um sistema jurídico independente e com independência religiosa, mantendo-se uma nação presbiteriana. Na segunda metade do século XVIII, com a Revolução Industrial, a Escócia tornou-se uma das potências econômicas, comerciais e intelectuais da Europa, uma conquista duramente abalada pelo período das guerras mundiais, que afetou globalmente a economia, e depois, na década de 1960, com o crescimento das indústrias japonesa e alemã. Os anos 1970 e o início dos anos 1980 foram períodos sombrios, quando siderúrgicas, minas de carvão, fábricas de motores e outras indústrias pesadas fecharam. Glasgow, maior cidade do país e um dos mais importantes polos fabris do mundo à época, entrou em um longo período de relativo declínio econômico e rápida desindustrialização, levando às alturas o desemprego e a decadência urbana. O cenário era cinzento e a melancolia dava o tom da atmosfera.

Desde o término da Segunda Guerra Mundial, em 1945, o capitalismo ocidental vivenciava um período de melhoria

Margaret Thatcher, apelidada "A dama de ferro", ilustração da artista polonesa Natallia Kaliankovich.

das condições de vida e de crescimento econômico alavancado por políticas estatais de bem-estar social — quando o Estado controla uma série de serviços sociais a fim de garantir a qualidade de vida da população. O modelo, aplicado em maior ou menor escala em cada país, aos poucos cedeu espaço para o neoliberalismo, especialmente após o baque da crise do petróleo de 1973-1974, que afetou a economia de diversos países industrializados com alta drástica do preço do combustível e um embargo que mirou, entre outros, o Reino Unido.

O modelo neoliberalista previa a mínima intervenção estatal na economia, transferindo essa responsabilidade para as empresas privadas e o mercado, que regulariam as relações socioeconômicas. Dessa forma, acreditava-se na volta do liberalismo que vigorou da origem do capitalismo à quebra da Bolsa de Valores de Nova York, em 1929. Os serviços outrora estatais passariam ao controle da iniciativa privada enquanto o governo controlaria a inflação e a emissão de moeda.

A Grã-Bretanha respondeu à crise aderindo à redução do Estado, pelas mãos da conservadora primeira-ministra Margareth Thatcher — a primeira mulher a governar uma democracia moderna. A partir de 1979, o *thatcherismo* privatizou inúmeras empresas, cortou gastos públicos e impostos e pôs fim a vários programas sociais que eram oferecidos à população mais necessitada. Enfrentou a força dos sindicatos de trabalhadores para diminuir sua influência e poder de reivindicação. O

resultado foi uma melhoria paulatina nas contas públicas e a lenta reativação da economia, uma vez que o capital privado começou a lucrar com os serviços oferecidos. No final dos anos 1980, os países da Grã-Bretanha assistiam à queda do desemprego e da inflação.

Desde então, Glasgow passa por um renascimento econômico e cultural e vem reconstruindo sua imagem. Nos subúrbios, as antigas plantas industriais abandonadas foram substituídas por áreas de lazer e eventos, atraindo turismo e novas atividades para a região, que se reinventa como polo de serviços financeiros, eletrônica e de petróleo. Uma efervescência que traz a promessa de mitigar o histórico recente de privação social da população.

"Apodreça no inferno, Thatcher" — com cartazes como esse, manifestantes tomaram a Trafalgar Square, em Londres, após a morte da primeira-ministra britânica, em 2013.

PAIS DOS PAIS

O alto preço da inversão dos papéis fundamentais de pais e filhos

SANDRA ROMEIRO

Ao longo da história, nas mais diversas culturas, a família — e suas diversas configurações possíveis — tem sido a célula primária da vida em sociedade. Nela, têm papel fundamental as figuras parentais — mães, pais ou outros adultos responsáveis por prover, cuidar e dar afeto a crianças e jovens. Por mais que a extensão dessa responsabilidade possa variar, submetida a diversos fatores, a vulnerabilidade infantil é um ponto pacífico. Como fazer, então, quando as funções parentais, inalienáveis e insubstituíveis, não são cumpridas dentro de casa?

Legalmente, no Brasil, os pais têm o dever de criar e educar os filhos menores de idade, sob o risco de incorrer nos crimes de abandono material, intelectual ou mesmo afetivo, previstos no código penal em capítulo que tipifica os "crimes contra a assistência familiar". As punições previstas vão do pagamento de indenização às vítimas até a pena de reclusão. Um exemplo que naturalmente vem à cabeça quando se pensa no assunto é o do homem que sai de casa e abandona mulher e filhos sem nenhuma assistência, mas em muitos casos o lugar parental se esvazia mesmo com as figuras paternas ou maternas presentes no espaço familiar — elas podem estar ali, porém, se mantêm absorvidas pelas próprias necessidades, objetivas, profissionais ou afetivas, por incapacidades ou limitações de saúde. Em *A história de Shuggie Bain*, assim como no recente *Era uma vez um sonho*, filme de Ron Howard, com atuação incrível de Amy Adams, o abandono é fruto da dependência química.

Nas duas obras, bem como em tantas outras documentais ou de ficção, a indisponibilidade dos pais leva a um estado de

inversão de papéis — uma confusão constante sobre quem se responsabiliza por quem, que muitas vezes impõe aos filhos a carga da parentalidade. Essa assimetria invertida na relação familiar é causa de um estado de desamparo radical dos filhos, com grande impacto no desenvolvimento emocional infantil e repercussão na vida adulta.

A parentalização da criança, por definição, se dá quando um filho passa a se encarregar das funções parentais conforme entendidas no contexto sociocultural e histórico em que ele vive. É um conceito forjado no campo da psicanálise, que ganhou corpo nos anos 1960 e 1970 na prática clínica de terapia familiar. Para o teórico e psicanalista húngaro Sándor Ferenczi, as crianças submetidas a essa inversão de papéis se tornam sábias com a pressão da urgência traumática do cuidado insuficiente nos estágios de dependência absoluta dos pais. O amadurecimento precoce surgiria como um mecanismo de defesa contra o colapso emocional — a tomada desproporcional de responsabilidade por parte da criança em relação aos pais seria menos um ato de cuidado e mais uma tentativa de assegurar a própria vida.

Ainda na infância, essa adultização precoce vai resultar na dificuldade de interação com outras crianças, causando solidão e não pertencimento. A desenvoltura e a independência ao cuidar de si levam à dificuldade de identificar as próprias necessidades e saber quando pedir ajuda, gerando um esgotamento emocional. As repercussões psíquicas desse processo muitas vezes se tornam mais evidentes na construção de identidade e intimidade do jovem adulto, dificultada pela falta de uma base segura e confiante. A saída da adolescência e o começo da vida adulta, porém, surgem com seus reposicionamentos psíquicos e remanejamentos familiares, abrindo caminho para a construção de novas relações até então não experimentadas — e potencialmente restauradoras. Porque o abandono, independentemente das circunstâncias, é um vazio com a medida certa para o afeto se instalar.

intrínsecos + JOGOS

Escondemos abaixo os quatro países que compõem o Reino Unido e algumas das suas principais cidades — 15 nomes ao todo, que podem aparecer na horizontal, na vertical, na diagonal e também grafados ao contrário. Todos aparecem no mapa ao lado. Será que você consegue encontrá-los?

O S W E E H T E I R L A N D A D O N O R T E
N L O O P R E V I L E R E D S T T I H B E M
A H R N G O S H E F H I R A C H D N Y I N I
A T R A C S H H F L H W H M O E I G R M E T
U N E E O T A I R L R T N E E B U L R O R A
E T W H F H D L N N R D E G N A E A E S U D
D E V H O R N U G S S U T G T E N T D E V N
I H E W A I C Ó C S E L R N O H C E N L G O
M L R C N O A V M E R A O E E E T R O A H I
B U E H S A W C O N D R P S T K N R D G M O
U C T I D E E L O H N D W R W S W A N S E A
R V A T E O O I O C O D E F A Y A S O L L D
G M D U N D E E H O L E N K E E T F L I A I
O E R I E R O E M L K F S D V H B H L H F S
A D I I G Y S M A N C H E S T E R E E E I O
Y E A E E O O I P M N U T E M A W F E N B T

Soluções no final da revista.

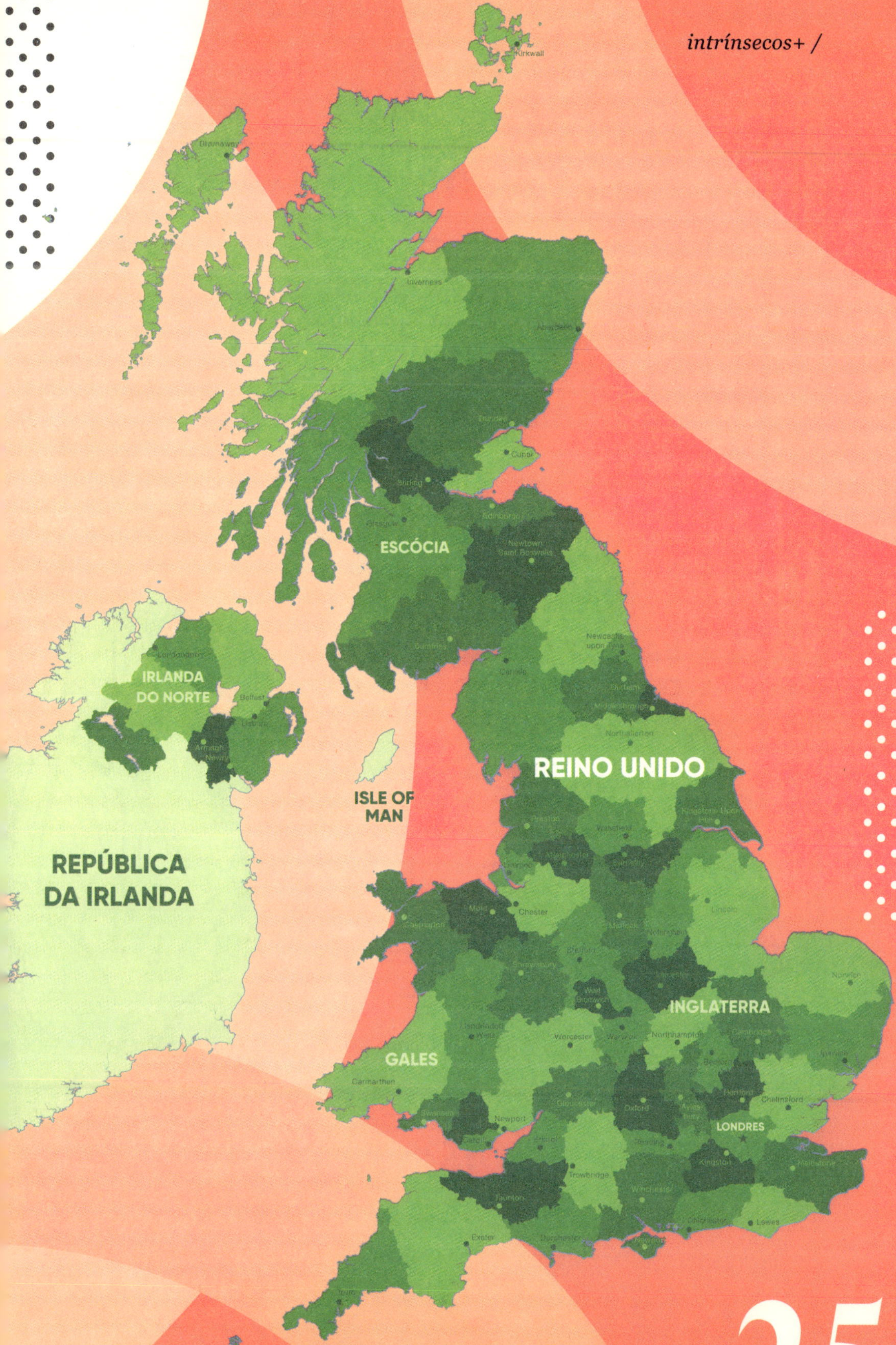
Kirkwall
Inverness
Aberdeen
Dundee
Cupar
Stirling
Edinburgh
ESCÓCIA
Newtown Saint Boswells
IRLANDA DO NORTE
Belfast
Armagh
REPÚBLICA DA IRLANDA
ISLE OF MAN
Newcastle upon Tyne
Northallerton
REINO UNIDO
Wakefield
Chester
Lincoln
Norwich
INGLATERRA
Worcester
Northampton
GALES
Carmarthen
Newport
Oxford
Chelmsford
LONDRES
Kingston
Trowbridge
Taunton
Exeter
Lewes

Árvore Genealógica

A história de Shuggie Bain atravessa décadas de uma família que se constrói e se fragmenta em torno de uma única mulher: a intempestiva e vulnerável Agnes, cuja marca seguirá para sempre na vida de todos.

Confira a lista de personagens do livro no intrínsecos digital

adidas
EQUIPMENT
RANGERS FOOTBALL CLUB
READY
McEWAN'S
LAGER
Rangers Football Club
1992
PradoNeto

Solução dos passatempos

A revista **intrínsecos** é uma publicação exclusiva do clube de assinatura da editora Intrínseca e chega aos leitores mensalmente acompanhando o livro distribuído pelo clube.

PROJETO EDITORIAL
Danielle Machado

PROJETO GRÁFICO E DIREÇÃO DE ARTE
Aline Ribeiro | alineribeiro.pt

DIAGRAMAÇÃO
Julio Moreira | Equatorium Design

IMAGENS
Foto do autor © Martyn Pickersgill; Celtic x Rangers, 2019 © Findlay / Alamy Stock Photo; demais imagens: Shutterstock

www.intrinsecos.com.br
www.intrinseca.com.br

CNPJ 05.660.045/0001-06 — Rua Marquês de São Vicente 99, 3º andar, Gávea, Rio de Janeiro, RJ, CEP 22451-041
Telefone: (21) 3206-7474 — e-mail: contato@intrinsecos.com.br

intrínsecos

I decided long ago / Never to walk in anyone's shadows / If I fail, if I succeed / At least I'll live as I believe / No matter what they take from me / They can't take away my dignity

— “The Greatest Love of All”, letra de Linda Creed e Michael Masser eternizada na voz de Whitney Houston